历代宋诗选本研究

王顺贵 著

四川省哲学社会科学重点研究基地李白文化研究中心课题（LB23-A01）成果
2010年度国家社会科学基金『历代宋诗选本研究』（10BZW042）成果

武汉大学出版社
WUHAN UNIVERSITY PRESS

图书在版编目(CIP)数据

历代宋诗选本研究/王顺贵著.—武汉：武汉大学出版社,2023.10
ISBN 978-7-307-23690-5

Ⅰ.历⋯　Ⅱ.王⋯　Ⅲ.宋诗—诗歌研究　Ⅳ.I207.227.44

中国国家版本馆 CIP 数据核字(2023)第 053293 号

责任编辑:李　琼　　　责任校对:李孟潇　　　版式设计:马　佳

出版发行:武汉大学出版社　（430072　武昌　珞珈山）
（电子邮箱:cbs22@whu.edu.cn　网址:www.wdp.com.cn）
印刷:武汉邮科印务有限公司
开本:720×1000　1/16　印张:23　字数:342 千字　插页:1
版次:2023 年 10 月第 1 版　　2023 年 10 月第 1 次印刷
ISBN 978-7-307-23690-5　　定价:98.00 元

目　　录

下编　历代宋诗选本个案研究

引　言

从中国传统的目录学分类来看，选本隶属于集部之总集。关于总集的滥觞，《隋书·经籍志》指出："总集者，以建安之后，辞赋转繁，众家之集，日以滋广。晋代挚虞，苦览者之劳倦，于是采摘孔翠，芟剪繁芜，自诗赋下，各为条贯，合而编之，谓为《流别》。是后文集总钞，作者继轨，属辞之士，以为覃奥，而取则焉。"①《四库全书总目》卷一百八十六《总集类·序》云："文集日兴，散无统纪，于是总集作焉。一则网罗放佚，使零章残什并有所归；一则删汰繁芜，使荑稗咸除，菁华毕出。是固文章之衡鉴，著作之渊薮矣。《三百篇》既列为经，王逸所裒又仅《楚辞》一家，故体例所成，以挚虞《流别》为始。其书虽佚，其论尚散见《艺文类聚》中，盖分体编录者也。《文选》而下，互有得失，至宋真德秀《文章正宗》，始别出谈理一派。而总集遂判两途，然文质相扶，理无偏废。各明一义，未害同归。惟末学循声，主持过当，使方言俚语，俱入词章，丽制鸿篇，横遭嗤点。是则并德秀本旨失之耳。今一一别裁，务归中道。至明万历以后，俭魁渔利，坊刻弥增，剽窃陈因，动成巨帙，并无门径之可言，姑存其目，为冗滥之戒而已。"②从《隋书·经籍志》和《四库全书总目》的叙述来看，总集肇始于建安之后，以晋代挚虞的《文章流别集》为标帜，实际上当时的选本也算是比较丰富的了，如谢灵运《诗集》《诗集钞》《诗英》；颜峻《诗集》；

---

① 魏徵等：《隋书·经籍志》卷三十五，北京：中华书局 1973 年版，第 1089～1090 页。

② 永瑢等：《四库全书总目》卷一百八十六，北京：中华书局 1965 年版，第 1685 页。

宋明帝《诗集》；江邃《杂诗》；荀绰《古今五言诗美文》；谢朓《杂言诗钞》；萧统《古今诗苑英华》；徐陵《玉台新咏》等。不过，保存到现在的最为完整的只有萧统的《文选》和徐陵的《玉台新咏》。

唐代为选本的兴盛时期。据陈尚君先生《唐人编选诗歌总集叙录》所考，唐人选唐诗即有 137 种之多。① 因为唐人多热衷于唐诗，所以是相对唐诗选本来说，如古诗选本则不是唐人所主要瞩目的对象，因为唐人将精力主要集中于近体诗的创作。唐诗选本比较成熟的有殷璠的《河岳英灵集》和高仲武的《中兴间气集》等，尤其是顾陶所编《唐诗类选》，唐诗的编选由过去的专选某一代、某一类的诗变为通选，这标志着整体唐诗观的初步形成。

宋人不仅编选唐诗，同时也注重编选本朝人诗作，宋人选宋诗为宋诗选本的起始期。这一时期有其自身的特点。第一，断代宋诗选本的出现。如曾慥《宋百家诗选》、陈起《中兴群公吟稿戊集》《前贤小集拾遗》、叶适《四灵诗选》、佚名《诗家鼎脔》、谢翱《天地间集》、刘瑄《诗苑众芳》，所选取的诗人大多为不甚有文名的诗人。这些选本一般偏重一个时期的诗作，大多规模较小。第二，专人和分类宋诗选本的出现。这一时期出现了专门选辑诗僧的选本，如陈起《圣宋高僧诗选》，孔汝霖编集、萧澥校正的宋诗选本《中兴禅林风月集》；专门选辑遗民类诗人的选本，如谢翱《天地间集》；孙绍远编《声画集》、桑世昌编《古今岁时杂咏》、刘克庄《分门纂类唐宋时贤千家诗选》。

元代所编选的宋诗选本仍然处于发展阶段，元人主要有《谷音》《瀛奎律髓》和陈世隆的《宋诗拾遗》和《宋僧诗补》，由于元蒙统治者对汉族文化采取了极端否定政策，传统的雅文学受到了压制，俗文学等得以盛兴。宋诗选本相对来说，就处于滞后状态，《瀛奎律髓》可算是宋诗选本中最为杰出者，但这仅是一部唐宋诗合集，偏重于宋诗，选诗体例单一，仅选律

---

① 陈尚君：《唐代文学丛考》，北京：中国社会科学出版社 1997 年版，第 188~198 页。

诗，不过方回倡"一祖三宗"之说，为江西诗派张目，并指出江西诗派与杜诗之间的内在关联，亦即寻找到了宋诗与唐诗之间的某种脉络，亦不失为一种创见。然而"宋诗之价值，到底是建立在其与唐诗之'似'还是与唐诗之'异'上，宋诗到底能不能与唐诗分庭抗礼，什么才是宋诗的精华，这些问题成了之后明清诗坛数百年来聚论纷纷的焦点"①。由此看来，金元时期在"宗唐得古"的诗风蔓延下，宋诗的地位仍获得应有的重视。

明代更是延续了金元宗唐的诗风，整个明代诗坛将盛唐格调作为信奉的趋向，以高棅和明七子为主流的诗学影响着有明一代。在明代，唐诗选本处于极盛时期，而宋诗选本却极少，据申屠青松考证，明代宋诗选本（包括已经遗失）仅有 13 种，现存主要有 5 种。② 李蓘《宋艺圃集》在选诗理念和文献保存上均最具代表性，他在《书〈宋艺圃集〉后》中指出："世恒言宋无诗，厥有旨哉……昔人选诗，取于欲离欲近，故余是编亦旁斯义。将离者离远于宋，近者近附于唐，执斯二义，以向是编，则庶几无谪于宋哉。""离者离远于宋，近者近附于唐"作为选诗标准，实际上是按照唐诗之标尺来选录宋诗，"近唐调"就很难选出反映宋诗特色的作品来。不过这一时期，宋诗选本中《宋艺圃集》《宋元名家诗集》《石仓宋诗选》因为所选录诗歌数量较大，所以在保存宋诗文献方面具有极大的价值，而且对清代宋诗选本产生了重大影响。

有清一代和民国，一反明人对宋诗的极端仇视情绪，宋诗的价值被发现，宋诗选到了兴盛期。这一时期，宋诗选本无论在数量、质量和选录规模上都超越了前此任何一个时期。尤其是出现了如《宋诗钞》《宋元诗会》《宋百家诗存》《御选宋诗》《宋诗纪事》《宋诗类选》《唐宋诗本》《宋诗精华录》等大型宋诗选本。而且在这一时期许多著名诗人有宋诗选本，如清初宋诗派重要代表人物吕留良选有《宋诗钞》、神韵派盟主王士禛选有《宋人绝句》、格调派盟主沈德潜选有《宋金三家诗选》、肌理派盟

---

① 张煜：《宋诗选本与唐宋诗之争》，《阜阳师范学院学报》2001 年第 6 期。
② 申屠青松：《明代宋诗选本论略》，《北京科技大学学报》2007 年第 3 期。

主翁方纲选有《七言律诗钞》、同光体领袖陈衍选有《宋诗精华录》、桐城派中坚曾国藩选有《十八家诗钞》、吴闿生有《古今诗范》等，这些诗人将诗学理论和选本结合起来，通过选本实践来表达自己的主张，从而扩大这一流派的影响。

　　本书所指的"选本"意即选家按照既定的选择主旨，依循一定的择录准则，在其锁定的范围内，择录出与其选录主旨和准则相吻合的作品，进而汇集成册。本书所谓的"宋诗选本"是一种比较宽泛意义上的，它不仅包含两人或两人以上的宋人诗歌作品的汇辑（或云"断代宋诗选本"），还包括通代宋诗选本①（或称"选宋"），所谓"选宋本"是指两个或多个时期的诗歌选本中选录宋诗，具体来说包含汉魏南北隋唐至宋、唐宋、宋元、宋金元、宋金元明、宋金元明清等朝诗歌选本。断代宋诗选本和通代宋诗选本为宋诗选本的主体。除此外，还有群体性、专题性、家族性和郡邑性的宋诗选本。

　　今人比较系统地研治宋诗选本最早从 21 世纪初开始，张智华《南宋的诗文选本研究》（北京师范大学出版社 2002 年版）开其先河，而其后祝尚书《宋人总集叙录》（中华书局 2004 年版）、卞东波《南宋诗选与宋代诗学考论》（中华书局 2009 年版）、张波《明代宋诗总集研究》（花木兰文化出版社 2013 年版）、高磊《清代宋诗选本研究》（2009 年苏州大学博士论文）、谢海林《清代宋诗选本研究》（上海古籍出版社 2011 年版）、王友胜《历代宋诗总集研究》（北京大学出版社 2021 年版）等著述研究比较成熟，由于各自研究体例的限制和研究重心的不同，本书与上述著作在研究视角上有所区别。

_____

　　①　就通代选本或称跨代宋诗选本，学界有不同的观点，谢海林《清代宋诗选本研究》将跨代选本纳入宋诗选本的范围。王友胜《历代宋诗总集研究》不同意谢著将通代宋诗选本纳入宋诗选本的范围，王著认为宋元、宋元明、宋元明清的跨代选本，方可纳入宋诗选本的范围，而如含汉魏至唐的选本，则不属于宋诗选本的范围。但在实际论述时，却将包含宋前诗作的蔡正孙《诗林广记》、王士禛《古诗选》、曾国藩《十八家诗钞》等选本纳入跨代宋诗选本的范围。

　　受作者识见及条件的限制，研究成果之浅陋在所难免，冀专家学者不吝指正。本书为总论和个案研究，至于书目提要，因为篇幅所限，俟后再予出版。本书于前贤时俊的著述，均有所借鉴，并于行文和参考文献中予以标注，在此一并致谢。

上编　历代宋诗选本总论

第一章　宋诗选本概论

相较于唐诗选本来说，宋诗选本从总体数量上不及唐诗选本，但宋诗选本仍然可谓诸体皆备、内容丰富、体系完整，体现出十分丰富的内蕴和显著的特征。简而言之，宋诗选本具有编选者身份的复杂多样性、编选时间的阶段性、编选地域的不平衡性、文献来源的广泛性等特点。

第一节　编选者身份——复杂多样性

宋诗选本数量较为巨大，编选者身份不同，因之，聚集成了非常庞大的编选者队伍，他们身份复杂多样。编选者大体可分为五类：具有举人、进士身份者；职位显赫者；普通地位的编选者；杰出的文人和学者；著名的藏书家、编辑家与专业的刻书者。

(一)具有举人、进士身份者

宋诗选本编选的主体是进士、举人以及贡生、诸生、监生等，他们组成了庞大的编选群体。编选者①(根据表1-1统计)中有进士28人、举人15人，共43人，占编选总数的48%；还有贡生7人、诸生11人、监生2人，共20人。进士、举人、贡生、诸生、监生共63人，他们占编选总数的70%。这些编选者中还有榜眼、探花各1人。

---

① 表1-1编撰宋诗选本者共有115人，其中生平仕履无可考证者25人，余者为可考者90人，以上统计编选数据以编选者可考为依据。

表 1-1　断代宋诗选本（含跨代宋诗选本）

序号	选本名称	辑选者	版本（稿本、钞本）（初刻时间）	籍贯	生平仕履（身份、官职）
1	二李唱和集	李昉	罗振玉《宸翰楼丛书》本	河北饶阳	乾祐年间（948）进士，中书侍郎
2	西昆酬唱集	杨亿	徐乾学刻本	福建建宁	淳化三年（992）赐进士及第，户部郎中
3	九僧诗	陈充	康熙年间毛扆刻本	四川成都	雍熙甲科进士及第。刑部员外郎
4	同文馆唱和诗	邓忠臣	文渊阁四库全书本	湖南长沙	熙宁（1068）进士
5	中兴群公吟稿戊集	陈起	知不足斋宋本	浙江杭州	举人，解元，著名刻书家和藏书家
6	江湖小集	陈起	文渊阁四库全书本	浙江杭州	举人，解元，著名刻书家和藏书家
7	江湖后集	陈起	文渊阁四库全书本	浙江杭州	举人，解元，著名刻书家和藏书家
8	南宋群贤小集	陈起	文渊阁四库全书本	浙江杭州	举人，解元，著名刻书家和藏书家
9	前贤小集拾遗	陈起	文渊阁四库全书本	浙江杭州	举人，解元，著名刻书家和藏书家
10	圣宋高僧诗选	陈起	南京图书馆清抄本	浙江杭州	举人，解元，著名刻书家和藏书家
11	两宋名贤小集	陈思	文渊阁四库全书本	浙江杭州	南宋末年杭州书商

序号	选本名称	辑选者	版本(稿本、钞本)(初刻时间)	籍贯	生平仕履(身份、官职)
12	四灵诗选	叶适	嘉庆七年焦循抄本	浙江瑞安	进士,淳熙五年(1178)榜眼,兵部侍郎
13	诗家鼎脔	曹溶	文渊阁四库全书本	浙江嘉兴	生平仕履不详
14	诗苑众芳	刘瑄	宋抄本	江苏苏州	生平仕履不详
15	宋文鉴	吕祖谦	嘉泰本	浙江金华	隆兴元年(1163)进士,累迁直秘阁学士
16	坡门唱酬集	邵浩	绍熙元年豫章原刊本	浙江金华	隆兴元年(1163)进士,江山县令
17	牡丹诗选	刘克庄	清抄本	福建莆田	赐同进士出身,后兼国史院编修官
18	天地间集	谢翱	知不足斋丛书本	福建长溪	布衣,从文天祥抗元,任咨议参军
19	昆山杂咏	龚昱	文渊阁四库全书本	江苏昆山	生平仕履不详
20	宋诗拾遗	陈世隆	清抄本	浙江杭州	布衣
21	宋僧诗选补	陈世隆	清抄本	浙江杭州	布衣
22	濂洛风雅	金履祥	《丛书集成》本	浙江兰溪	布衣
23	瀛奎律髓	方回	明成化三年龙集刻本	安徽歙县	宋景定进士,知严州
24	谷音	杜本	毛晋《诗词杂俎》本	江西清江	布衣
25	月泉吟社诗	吴渭	毛晋《诗词杂俎》本	浙江浦江	义乌县令
26	宋诗正体	符观	明正德元年(1506)刊本	江西新余	弘治三年(1490)进士,浙江参议
27	宋艺圃集	李蓘	明万历五年(1577)刻本	河南内乡	嘉靖三十二年(1553)进士,南京礼部郎中

续表

序号	选本名称	辑选者	版本(稿本、钞本)(初刻时间)	籍贯	生平仕履(身份、官职)
28	宋元名家诗选	潘是仁	明万历四十三年(1615)刻本	安徽歙县	生平仕履未详
29	宋人近体分韵诗钞	卢世㴶	明壬戌年(1622)刻本	山东德州	天启五年(1625)进士,监察御史
30	石仓宋诗选	曹学佺	明崇祯四年(1631)刊本	福建福州	万历二十三年(1595)进士,四川按察使
31	类选唐宋元四时绝句	毕自严	明稿本	山东淄博	万历二十年(1592)进士,户部尚书
32	宋诗英华	丁耀亢	清抄本	山东诸城	顺治贡生,官惠安知县
33	宋诗钞	吴之振 吕留良	康熙十年(1671)刻本	浙江桐乡 浙江桐乡	康熙时贡生,中书科中书 顺治十年诸生
34	宋金元诗永	吴绮	康熙十七年(1678)广陵千古堂刻本	江苏扬州	顺治十一年(1654)贡生,兵部主事
35	宋诗选	吴曹直 储右文	康熙二十年(1681)刻本	江苏宜兴 江苏宜兴	康熙十七年举人,户部浙江司主事 康熙十六年举人,京山令
36	南宋二高诗	高士奇	康熙二十年(1681)抄本	浙江余姚	康熙十五年迁内阁中书,礼部侍郎
37	宋元诗会	陈焯	康熙二十二年(1683)桐城陈氏刻本	安徽桐城	顺治九年(1652)进士,兵部主事
38	宋诗善鸣集	陆次云	康熙二十六年(1687)刻本	浙江杭州	监生,考授州判官江阴知县

续表

序号	选本名称	辑选者	版本(稿本、钞本)(初刻时间)	籍贯	生平仕履(身份、官职)
39	宋四名家诗	周之麟 柴升	康熙三十二年(1693)刻本	浙江海宁 浙江仁和	顺治十六年(1659)己亥科进士,通政使 顺治四年(1647)进士,广东布政使
40	宋十五家诗选	陈訏	康熙三十二年(1693)刻本	浙江海宁	贡生,淳安教授
41	宋诗删	邵曧	康熙三十三年(1694)刻本	浙江平湖	诸生
42	积书岩宋诗选	顾贞观	康熙三十八年(1699)刻本	江苏无锡	康熙五年举人,内阁中书
43	御选宋诗	张豫章	康熙四十八年(1709)刻本	江苏青浦	康熙二十七年(1688)进士,司经局洗马
44	宋诗类选	王史鉴	康熙五十一年(1712)刻本	江苏吴县	诸生
45	宋诗选	郑鉽	清抄本	江苏吴县	生平仕履不详
46	韩白苏陆四家诗选	余柏岩	康熙濂溪山房刻本	江苏扬州	诸生
47	宋人绝句	王士禛	清抄本	山东桓台	顺治十五年(1658)进士,刑部尚书
48	唐宋八家诗	姚培谦	雍正六年(1728)遂安堂刻本	江苏松江	诸生
49	南宋群贤诗选	陆钟辉	雍正九年(1731)刻本	江苏扬州	南阳同知
50	宋诗选	马维翰	清刻本	浙江海盐	康熙六十年(1721)进士,四川川东道

续表

序号	选本名称	辑选者	版本(稿本、钞本)(初刻时间)	籍贯	生平仕履(身份、官职)
51	宋诗窥	顾立功	康熙清刻本	山西新阳	生平仕履不详
52	宋诗	李国宋	雍正清抄本	江苏兴化	康熙二十三年(1684)举人
53	宋百家诗存	曹庭栋	乾隆六年(1741)刻本	浙江嘉善	乾隆六年(1741)举人
54	宋诗纪事	厉鹗	乾隆十一年(1746)刻本	浙江杭州	康熙五十九年举人
55	御选唐宋诗醇	梁诗正	乾隆十五年(1750)刻本	浙江杭州	进士,雍正八年探花,东阁大学士
56	宋诗啜醨集	潘问奇 祖应世	乾隆十八年(1753)刻本	浙江杭州 奉天范阳	诸生 监生,巡抚
57	宋诗别裁集	张景星	乾隆二十六年(1761)刻本	江苏松江	乾隆十年进士,鲁山知县
58	宋名家诗选	张景星	乾隆二十六年(1761)日本江户青云堂刻本	江苏松江	乾隆十年进士,鲁山知县
59	宋四家律选	彭元瑞	清抄本	江西南昌	乾隆二十二年(1757)进士,吏部尚书
60	宋诗选二集	幔云居士	乾隆丁亥荔月,幔云居士抄本	福建	生平仕履不详
61	宋金三家诗选	沈德潜	乾隆三十四年(1769)刻本	江苏苏州	乾隆四年(1739)进士,礼部侍郎
62	宋诗略	汪景龙 姚壎	乾隆三十五年(1770)刻本	江苏嘉定 江苏嘉定	贡生 生平仕履不详
63	千首宋人绝句	严长明	乾隆三十五年(1770)刻本	江苏江宁	乾隆二十七年举人,内阁侍读

续表

序号	选本名称	辑选者	版本(稿本、钞本)(初刻时间)	籍贯	生平仕履(身份、官职)
64	唐宋诗本	戴第元	乾隆三十八年(1773)览珠堂刻本	江西大庚	乾隆二十二年(1757)中进士,太仆寺少卿
65	微波榭钞诗三种	孔继涵	清抄本	山东曲阜	乾隆三十六年(1771)恩科进士,户部河南司主事
66	宋金元诗选	吴翌凤	乾隆五十八(1793)斯雅堂刻本	江苏吴县	诸生
67	宋诗选本	陈玉绳	乾隆抄本	浙江杭州	生平仕履不详
68	五七言今体诗钞	姚鼐	嘉庆三年(1798)方世平刻本	安徽桐城	乾隆二十八年(1763)进士,山东、湖南副主考
69	南宋八家诗	鲍廷博	知不足斋影钞本	浙江桐乡	诸生,藏书家
70	宋诗选粹	侯廷铨	道光五年(1825)刻本	江苏松江	生平仕履不详
71	宋元四家诗选	戴熙	民国十七年(1928)影印戴熙手抄本	浙江杭州	道光十一年(1831)进士,兵部侍郎
72	宋诗选	顾廷伦	民国十七年(1928)科学仪器馆石印本	浙江绍兴	天台训导、武康训导
73	宋诗纪事补遗	罗以智	清抄本	浙江杭州	道光二十五年(1845)官镇海教谕
74	宋诗三百首	许耀	道光二十五年(1845)	江苏娄县	道光举人,浙江教授
75	西昆集选录	董文焕	清抄本	山西洪洞	咸丰六年(1856)进士
76	宋七绝选	况澄	清抄本	广西桂林	道光壬午(1822)进士,河南按察使

续表

序号	选本名称	辑选者	版本(稿本、钞本)(初刻时间)	籍贯	生平仕履(身份、官职)
77	宋诗纪事钞	贝信三	同治二年(1863)抄本	江苏苏州	道光二十年举人
78	十八家诗钞	曾国藩	同治十三年(1874)传忠书局刻本	湖南湘乡	赐同进士出身,直隶总督、武英殿大学士
79	宋诗钞补	管庭芬	民国四年(1915)上海涵芬楼刻本	浙江海宁	诸生,藏书家
80	南宋群贤七绝诗选	卢景昌	清抄本	浙江乌镇	同治十二年(1873)举人
81	四明宋僧诗	董澜	光绪四年(1878)刻本	浙江宁波	诸生
82	甬上宋诗略	董沛	光绪七年(1881)刻本	浙江宁波	光绪丁丑(1877)进士
83	宋诗纪事补遗	陆心源	光绪十九年(1893)刻本	浙江湖州	咸丰九年(1859)举人,藏书家
84	西江诗派韩饶二集	沈曾植	宣统二年(1910)抄本	浙江嘉兴	光绪六年(1880)进士
85	宋诗吟解集	汪楷	清抄本	江苏常州	生平仕履不详
86	宋诗偶钞	张兰阶	清抄本	江苏无锡	清末举人
87	宋诗约	任文化	清抄本	浙江海盐	清末贡生
88	三体宋诗	刘钟英	清抄本	河北大城	光绪乙酉科(1885)贡生
89	宋诗略	李嘉绩	清抄本	四川华阳	历官陕西韩城知县
90	宋二十家集	李之鼎	民国三年(1914)南城李氏宜秋馆刻本	江西南城	藏书家
91	宋诗钞补	管庭芬	民国四年(1915)	浙江海宁	诸生
92	律髓辑要	许印芳	民国三年(1914)云南图书馆刻本	云南红河	同治庚午举人,文学家和教育家

续表

序号	选本名称	辑选者	版本(稿本、钞本)(初刻时间)	籍贯	生平仕履(身份、官职)
93	宋元明诗评注	王文濡	民国五年(1916)上海文明书局石印本	浙江湖州	光绪九年(1883)癸未科秀才,中华书局总编辑
94	宋诗钞	邱曾	民国九年(1920)石印本	江苏吴江	生平仕履不详
95	白话宋诗五绝百首	凌善清	民国十年(1921)中华书局石印本	浙江湖州	生平仕履不详
96	白话宋诗七绝百首	凌善清	民国十年(1921)中华书局石印本	浙江湖州	生平仕履不详
97	白话唐宋古体诗百首	凌善清	中华书局民国十年(1921)石印本	浙江湖州	生平仕履不详
98	音注陈后山、戴石屏诗	曹绣君	民国十八年(1929)上海文明书局铅印本	安徽绩溪	生平仕履不详
99	八家闲适诗选	周学渊	民国二十一年(1932)周氏师古堂刊印	浙江建德	诗人,生平仕履不详
100	话体诗选	陶乐勤	民国二十三年(1934)民智书店印行	江苏昆山	生平仕履不详
101	宋诗三百首	吴家驹	民国二十五年(1936)上海经纬书局印行	江苏无锡	生平仕履不详
102	宋诗选	陈幼璞	民国二十六年(1937)上海商务印书馆	安徽金寨	商务印书馆编辑
103	宋诗选	钱仲联	民国二十六年(1937)版	江苏常熟	国学大师
104	宋诗精华录	陈衍	上海商务印书馆1937年版	福建侯官	光绪间举人,学部主事

续表

序号	选本名称	辑选者	版本(稿本、钞本)(初刻时间)	籍贯	生平仕履(身份、官职)
105	宋五家诗钞	朱自清	上海古籍出版社 1981 年版	江苏扬州	中国现代散文家、诗人、学者
106	唐宋诗举要	高步瀛	民国间铅印本	河北霸县	光绪二十年(1894)举人，教育部社会司司长
107	唐宋诗选本	高步瀛	民国间铅印本	河北霸县	光绪二十年(1894)举人，教育部社会司司长
108	宋诗纪事拾遗	屈强	世界书局 1947 年版	浙江嘉兴	生平仕履不详
109	宋诗纪事续补	宣哲	清稿本	江苏高邮	生平仕履不详
110	南宋群贤诗六十家	吴湖帆	民国抄本	江苏苏州	书画家
111	唐宋诗选注	储皖峰	民国铅印本	安徽潜山	生平仕履不详

通代宋诗选本的编选者①(根据表 1-2 统计)中有进士 41 人、举人 17 人，共 58 人，占编选总数的近 46%；还有贡生 8 人、诸生 4 人、监生 2 人，共 14 人。进士、举人、贡生、诸生、监生共 72 人，他们占编选总数的 57%。这些编选者中还有状元 2 人、榜眼 1 人、探花 1 人。

---

① 表 1-2 编撰宋诗选本者共有 128 人，其中生平仕履无可考证者 39 人，余者为可考者 89 人，以上统计编选数据以编选者可考为依据。

表 1-2 通代宋诗选本("选宋")

序号	选本名称	辑选者	版本（稿本、抄本）（初刻时间）	籍贯	生平仕履（身份、官职）
1	古今岁时杂咏	宋绶	文渊阁《四库全书》本	河北赵县	赐同进士出身、历官参知政事
2	古今绝句	吴说	文渊阁《四库全书》本	浙江杭州	尚书郎
3	丽泽集	吕祖谦	文渊阁《四库全书》本	浙江金华	隆兴元年（1163）进士，累迁直秘阁学士
4	分门纂类唐宋时贤千家诗选	刘克庄	明抄本	福建莆田	赐同进士出身，后兼国史院编修官
5	诗准	何无适	文渊阁《四库全书》本	浙江金华	生平仕履不详
6	幼学日诵五伦诗选	沈易	洪武间（1372）刻本	江苏华亭	生平仕履不详
7	琼芳集	朱祁铨	民国三十一年（1942）约园抄本	江苏南京	康王
8	咏史绝句	程敏政	成化十六年（1480）刻本	安徽徽州	成化二年进士，礼部右侍郎
9	惠山集	邵宝辑	清抄本	江苏无锡	成化二十年（1484）进士，南礼部尚书
10	钓台集	吴希孟	嘉靖十五年（1536）焦煜刻本	江苏武进	嘉靖十一年（1532）进士
11	雍音	胡缵宗	嘉靖二十七年（1548）清渭草堂刻本	山东泰安	正德三年（1508）进士，官山东巡抚
12	诗女史	田艺蘅	嘉靖三十六年（1557）刻本	浙江杭州	贡生，任徽州训导

续表

序号	选本名称	辑选者	版本（稿本、抄本）（初刻时间）	籍贯	生平仕履（身份、官职）
13	六言绝句	杨慎	曼山馆刻本	四川新都	进士，正德六年状元，官翰林院修撰
14	绝句博选	王朝雍	嘉靖丙申（1536）刻本	陕西渭南	正德二年举人
15	编选四家宫词	黄鲁曾	嘉靖三十一年（1552）郭云鹏刻本	江苏苏州	正德丙子（1516）举人，藏书家
16	姑苏新刻彤管遗编	郦琥	隆庆元年（1567）刻本	浙江诸暨	贡生，官绩溪主簿
17	名贤诗评	俞允文	隆庆五年（1571）刻本	江苏昆山	文学家、书法家
18	诗文类范	史直臣	隆庆六年（1572）刻本	河北涿州	嘉靖二十六年进士
19	古今宫闱诗	周履靖	明刻本	浙江嘉兴	生平仕履不详
20	新刻五伦诗选	李攀龙	明刻本	山东济南	嘉靖二十三年（1544）赐同进士出身，河南按察使
21	新刊古今名贤品汇注释玉堂诗选	舒芬	万历七年（1579）金陵唐氏富春堂刻本	江西南昌	进士，正德十二年（1517）状元
22	养蒙诗	范涞	万历甲申（1584）年刻本	安徽黄山	神宗万历十二年（1584）进士，浙江布政使
23	钓台集	陈文焕	明万历十三年（1585）刻补修本	福建漳州	万历二十年（1592）进士，应天坐营都司
24	新刻彤管摘奇	胡文焕	万历二十一年（1593）刻本	浙江杭州	生平仕履不详
25	香雪林集	王思义	万历三十三年（1605）刻本	江苏华亭	生平仕履不详

续表

序号	选本名称	辑选者	版本(稿本、抄本)(初刻时间)	籍贯	生平仕履(身份、官职)
26	闺秀诗评	江盈科	万历刊本	湖南桃源	明万历二十年进士,户部员外郎
27	古今禅藻集	释普文	万历四十七年(1619)刻本	江苏南京	生平仕履不详
28	古今名媛汇诗	郑文昂	泰昌元年(1620)张正岳刻本	福建古田	生平仕履不详
29	花镜隽声	马嘉松	天启甲子(1624)刻本	浙江嘉兴	万历末年诸生
30	古今女诗选	郭炜	天启刻本	福建晋江	生平仕履不详
31	精刻古今女史	赵世杰	崇祯元年(1628)戊辰刊	浙江杭州	生平仕履不详
32	翠娱阁评选行笈必携诗最	丁允和	崇祯四年(1631)年刊本	浙江杭州	生平仕履不详
33	名媛诗归	钟惺	万历间刻本	湖北竟陵	万历进士,福建提学佥事
34	唐宋明诗	归庄	清稿本	江苏昆山	布衣,著名诗人
35	诗林辩体	潘援	明刻本	浙江丽水	举人
36	群芳诗抄	王象晋	乾隆二十六年(1761)刻本	山东新城	生平仕履不详
37	选刻钓台集	钱广居	顺治七年(1650)刻本	江苏娄江	严州太守
38	历朝诗家初集	戴明说	顺治十三年(1656)刻本	河北沧州	崇祯甲戌(1634)科进士,官至太常寺正卿
39	诗赋备体	张晴峰	康熙二十四年(1685)刻本	河北衡水	顺治辛丑年(1661)进士,官水曹郎
40	五朝名家七律英华	顾有孝	康熙二十四年(1685)金昌宝翰楼刻本	江苏吴江	明末诸生

续表

序号	选本名称	辑选者	版本(稿本、抄本)(初刻时间)	籍贯	生平仕履(身份、官职)
41	诗录	王辰	康熙丁卯(1687)刻本	江西宜春	生平仕履不详
42	历代诗发	范大士	康熙三十六年(1697)刻本	江苏如皋	富豪,藏书家
43	诗林韶濩	顾嗣立	康熙四十四年(1705)秀野草堂刻本	江苏苏州	康熙五十一年进士
44	御定佩文斋咏物诗选	张玉书	康熙四十五年(1706)武英殿刻本	江苏镇江	顺治十八年进士,文华殿大学士兼吏部尚书
45	濂洛风雅	张伯行	康熙四十七年(1708)正谊堂刻本	河南仪封	康熙二十四年(1685)进士,礼部尚书
46	剡川诗钞	舒顺方	康熙四十七年(1708)刻本	浙江奉化	康熙三十一年贡生,官宁海训导
47	朱弦集	宋荦	清抄本	河南商丘	吏部尚书
48	云涛阁历朝应制五言排律辑要	吴元安	康熙五十四年(1715)三多斋梓刻本	江苏上元	雍正丙午举人,兵科给事中
49	诗伦	汪薇	康熙五十六年(1717)寒木堂精刻本	安徽歙县	康熙二十四年(1685)乙丑科二甲进士,户部郎中
50	中州诗选	吴尚采	康熙五十七年(1718)抄本	江苏苏州	生平仕履不详
51	五朝绝句诗选	周仪	康熙五十九年(1720)晚畊堂刻本	江苏吴县	生平仕履不详
52	香奁诗泐	范端昂	康熙凤鸣轩刻本	广东三水	生平仕履不详
53	历朝咏物诗选	俞琰	雍正二年(1724)宁俭堂刻本	浙江嘉兴	生平仕履不详

序号	选本名称	辑选者	版本（稿本、抄本）（初刻时间）	籍贯	生平仕履（身份、官职）
54	湖山灵秀集	席玗	雍正八年（1730）刻本	江苏苏州	生平仕履不详
55	历朝制帖诗选同声集	胡浚	乾隆二十三年至二十四年（1758—1759）刻本	浙江会稽	康熙五十九年举人
56	历朝应制指南	沈绍	乾隆二十三年（1758）梅石山房刻本	浙江嘉兴	生平仕履不详
57	诗林韶濩选	周煌重	乾隆二十九年（1764）漱润堂刻本	重庆涪州	进士，翰林院编修
58	东皋诗存	汪之珩	乾隆丙戌（1766）刻本	江苏如皋	生平仕履不详
59	诗法易简录	李锳	乾隆三十二年（1767）刻本	山东东莱	乾隆二十一年举人，广信知府
60	宋元人诗集	法式善	乾隆三十七年（1772）抄本	蒙古正黄旗	乾隆四十五年（1780）进士，官至侍读
61	历朝名媛诗词	陆昶	乾隆三十八年（1773）红树楼刻本	江苏吴江	生平仕履不详
62	金华诗录	朱琰	乾隆三十八年（1773）刻本	浙江嘉兴	乾隆三十一年（1766）进士，直隶阜城知县
63	七言律诗钞	翁方纲	乾隆四十七年（1782）刻本	北京大兴	乾隆进士，内阁大学士
64	古诗选	沈宗骞	乾隆五十一年（1786）抄本	浙江乌程	生平仕履不详
65	历朝七言排律远春集	汪贤儒	乾隆五十二年（1787）刻本	浙江杭州	生平仕履不详
66	东瓯诗存	曾唯	乾隆五十五年（1790）刻本	浙江永嘉	生平仕履不详

续表

序号	选本名称	辑选者	版本(稿本、抄本)(初刻时间)	籍贯	生平仕履(身份、官职)
67	删正方虚谷瀛奎律髓	纪昀	乾隆间(1736—1795)中嵩山院刻本	河北沧州	乾隆十九年(1754)进士,官至礼部尚书
68	汇纂诗法度针	徐文弼	乾隆六十年(1795)刻本	江西丰城	乾隆六年举人,四川永川知县
69	梁溪诗钞	顾光旭	乾隆六十年(1795)刻本	江苏无锡	乾隆十七年进士
70	段七峰选钞唐宋诗醇	段时恒	清抄本	云南晋宁	乾隆五十四年贡生
71	三台诗录	戚学标	嘉庆元年(1796)刻本	浙江温岭	乾隆四十六年进士,宁波府学教授
72	竹伯诗钞	沈可培	清稿本	浙江嘉兴	乾隆三十七年(1772)进士,直隶安肃知县
73	集古诗臆	张惠言	清稿本	江苏武进	嘉庆四年(1799)进士
74	咏物七言律诗偶记	翁方纲	嘉庆十一年(1806)刻本	北京大兴	乾隆进士,内阁大学士
75	历代大儒诗钞	谷际岐	嘉庆十八年(1813)采兰堂刻本	云南赵州	乾隆四十年进士,授编修
76	历朝诗体	周日年	嘉庆十九年(1814)刻本	浙江萧山	生平仕履不详
77	历朝诗轨	沈椿	嘉庆十九年(1814)刻本	浙江绍兴	监生
78	咏史诗钞	王廷绍	嘉庆二十三年(1818)刻本	北京大兴	嘉庆四年(1799)进士,员外郎

续表

序号	选本名称	辑选者	版本(稿本、抄本)(初刻时间)	籍贯	生平仕履(身份、官职)
79	魏塘诗陈	钱佳	嘉庆年间(1796—1820)刻本	浙江嘉善	生平仕履不详
80	松陵诗征前编	殷增	道光二年(1822)刻本	江苏苏州	国子生,生平仕履不详
81	古今名媛玑囊	钱锋	道光三年(1823)绿筠庵主稿本	江苏吴江	生平仕履不详
82	曲阿诗综	刘会恩	道光五年(1825)刻本	江苏丹阳	生平仕履不详
83	佳句录	吴修	道光七年(1827)青霞馆刻本	浙江嘉兴	诸生,官布政使
84	历朝古体近体诗笺评自知集	柴友诚	道光八年(1828)宝研斋刻本	浙江湖州	诸生
85	历阳诗囿	陈廷桂	道光十一年(1831)刻本	安徽和州	乾隆六十年乙卯(1795)进士,历官奉天府丞
86	唐宋四家诗钞	张怀溥	道光十一年(1831)抱经堂刻本	四川广汉	贡生
87	唐宋四大家诗选句分韵	黄位清	道光十二年(1832)松凤阁刻本	广东番禺	道光元年(1821)举人,国子监学正
88	诗醇节录	刘建韶	道光十四年(1834)木活字本	福建长乐	道光十五年(1835)乙未科进士,临潼知县
89	鼓吹续音	张中安	道光十六年(1836)稿本	江苏南京	生平仕履不详
90	精选五律耐吟集	梅成栋	道光十八年(1838)金鹅山房刻本	天津	嘉庆庚申(1800)举人

续表

序号	选本名称	辑选者	版本(稿本、抄本) (初刻时间)	籍贯	生平仕履(身份、官职)
91	端溪诗述	黄登瀛	道光甲辰(1844)刻本	广东肇庆	嘉庆十八年拔贡
92	溪上诗集	冯本怀	道光二十八年(1848)刻本	浙江慈溪	官内阁中书
93	历朝诗选要	李元春	道光三十年(1850)刻本	陕西渭南	嘉庆三年举人,大理寺评事
94	绝句诗选	杨希闵	咸丰二年(1852)知圣教斋刊本	江西新城	道光十七年(1837)拔贡,候选内阁中书
95	江上诗钞	祝廷华	咸丰八年(1858)刻本	江苏江阴	光绪二十九年进士
96	精选诗本	胡公藩	清抄本	江苏华亭	生平仕履不详
97	十八家诗约选	俞寿昌	清刻本	浙江上虞	生平仕履不详
98	历代名人诗钞	袁芳瑛	清袁氏卧雪楼抄本	湖南湘潭	道光进士,授翰林院编修
99	训蒙诗选	贾履上	同治十三年(1874)刻本	江苏南汇	监生
100	律诗六钞	方俊	同治九年(1870)孟春金陵书局刻本	山西	生平仕履不详
101	今体诗类钞	陶濬宣	同治十年(1871)抄本	浙江绍兴	生平仕履不详
102	历朝二十五家诗录	邹湘倜	光绪元年(1875)新化邹氏得颐堂刊本	湖南新化	道光癸卯举人,官湘潭教谕
103	小学弦歌	李元度	光绪五年(1879)平江李氏刻本	湖南平江	道光二十三年举人,黔阳县教谕
104	四禅诗选	汪世泽	光绪九年(1883)刻本	云南昆明	咸丰癸丑(1853)进士,江西知府

续表

序号	选本名称	辑选者	版本(稿本、抄本) (初刻时间)	籍贯	生平仕履(身份、官职)
105	庐陵诗存	胡友梅	光绪十三年(1887)木活字本	江西庐陵	同治庚午举人,官乐平教谕
106	养良正集	孙仝庶	光绪十四年(1888)秦邮激面轩董氏藏板	江苏高邮	生平仕履不详
107	五朝诗铎	李寿萱	光绪十四年(1888)叙州府学署明伦堂	四川新繁	官戎州学正
108	历朝诗约选	刘大櫆	光绪二十三年(1897)文徵阁刻本	安徽枞阳	桐城派作家
109	咏史诗钞	谢启昆	光绪二十五年(1899)经世书局本	江西南康	历官编修、按察使、布政使、巡抚、兵部侍郎
110	绘图儿童诗歌	胡怀琛	民国四年(1915)上海广益书局刻本	安徽泾县	南社诗人,布衣,著名文字学家
111	弦歌选	王铭新	民国四年(1915)王氏家塾刊刻本	福建晋江	生平仕履不详
112	如话诗钞	朱骏声	民国十年(1921)上海广益书局铅印本	江苏吴县	嘉庆二十三年举人,文字学家
113	精选评注五朝诗学津梁	邹弢	民国十年(1921)上海新书社	江苏无锡	生平仕履不详
114	评注历代白话诗选	胡怀琛	民国十一年(1922)上海崇新书局铅印本	安徽泾县	南社诗人,布衣,著名文字学家
115	历代白话女子诗选	徐珂	民国十二年(1923)中华书局石印本	浙江杭州	光绪十五年恩科举人,官内阁中书
116	历代白话诗选	徐珂	民国十四年(1925)商务印书馆出版	浙江杭州	光绪十五年恩科举人,官内阁中书

续表

序号	选本名称	辑选者	版本(稿本、抄本)(初刻时间)	籍贯	生平仕履(身份、官职)
117	古今诗范	吴闿生	民国十八年(1929)文学社刻本	安徽枞阳	北洋政府时期任教育部次长、国务院参议
118	诗历	伍受真	民国十九年(1930)振群印刷公司铅印本	江苏常州	台湾东吴大学中国文学系教授
119	童蒙养正诗选	王揖唐	民国二十年(1931)合肥王氏刊行本	安徽合肥	洪宪男爵,北洋上将
120	诗范	蒋梅笙	民国二十年(1931)世界书局印行石印本	江苏宜兴	复旦大学、重庆大学教授
121	八家闲适诗选	周学渊	民国二十一年(1932)周氏师古堂刊	浙江建德	生平仕履不详
122	国难文学	吴贯因	民国二十一年(1932)九月和济印书局石印本	广东汕头	举人,北洋政府卫生司司长
123	历朝七绝正宗	袁励准	民国二十二年(1933)恐高寒斋石印本	河北宛平	光绪二十四年(1898)进士,授翰林院编修
124	中国历代女子诗选	李白英	民国二十二年(1933)上海乐华图书公司出版	江苏无锡	生平仕履不详
125	国魂诗选	王家棫	民国二十三年(1934)上海新中国建设学会铅印本	江苏常熟	台湾政治大学新闻系教授
126	国民古诗必读	柯进明	民国二十三年(1934)铅印本	浙江黄岩	生平仕履不详

续表

序号	选本名称	辑选者	版本（稿本、抄本）（初刻时间）	籍贯	生平仕履（身份、官职）
127	非常时期之诗歌	章桢	民国二十四年（1935）上海中华书局出版	河南祥符	举人
128	历代五言诗评选	杨钟羲	民国二十七年（1938）上海商务印书局铅印本	满洲	光绪十五年进士，授翰林院庶吉士，藏书家

这些出身举人和进士的选录者，因受过良好的教育，故而选诗时，总能把握好所选的素材，并能融进自己的体验，进而示人以正轨。他们利用在学界的影响及其交游网络，广树坛坫，招收弟子门生，或搜讨资料，或编纂，或校勘，或刊刻，或出资，共同参与完成了选本的编刻。其中的代表人物有：

李昉（925—996），字明远，深州饶阳（今河北饶阳县）五公村人，宋代著名学者。后汉乾祐年间进士。官至右拾遗、集贤殿修撰。后周时任集贤殿直学士、翰林学士。宋初为中书舍人，宋太宗时任参知政事、平章事。雍熙元年（984）加中书侍郎。辑有《太平广记》《太平御览》《文苑英华》等。

陈充（944—1013），字若虚，自号中庸子，益州（今属四川成都）人。雍熙甲科及第，授孟州观察推官。迁工部、刑部员外郎。著有《民士编》十九卷等。

符观（1443—1528），字衍观，号活溪，江西新喻（今新余人），弘治二年（1490）进士，浙江布政司右参议。著有《活溪存稿》《医家纂要》《地理集奇》等，编有《唐诗正体》（今佚）、《宋诗正体》《元诗正体》《明诗正体》等。

陈焯（1631—1704），字默公，号越楼，顺治九年（1652）进士，授兵部主事。著有《涤岑诗文前后集》，辑有《古今赋会》，纂《安庆府志》《江南通志》。

顾贞观（1637—1714），初名华文，字远平、华峰，号梁汾，江苏无锡人。康熙五年举人，著有《弹指词》《积书岩集》等。顾贞观与陈维崧、朱彝尊并称明末清初"词家三绝"。

(二)职位显赫者

表1-1统计的编选者中身份尊显者所在多有，有尚书4人：户部尚书毕自严、刑部尚书王士禎、工部尚书潘祖荫(《宋诗纪事补遗》参纂者)、吏部尚书彭元瑞；直隶总督2人：端方(《宋诗纪事补遗》参纂者)、曾国藩；侍郎5人：中书侍郎李昉、兵部侍郎叶适、礼部侍郎高士奇、礼部侍郎沈德潜、兵部侍郎戴熙；按察使2人：四川按察使曹学佺、河南按察使况澄；巡抚祖应世，广东布政使柴升，通政使周之麟，太仆寺少卿戴第元，中华民国教育部社会司司长高步瀛，还有众多知府县宰、御史参议等。

表1-2统计的编选者中身份最贵者莫若明代康王朱祁铨，次有宋代参知政事宋绶。尚书6人：尚书郎吴说、礼部尚书张伯行、吏部尚书宋荦、吏部尚书张玉书、礼部尚书纪昀、南礼部尚书邵宝；侍郎2人：礼部右侍郎程敏政、兵部侍郎谢启昆；内阁大学士翁方纲，太常寺正卿戴明说，山东巡抚胡缵宗，河南按察使李攀龙，浙江布政使范涞，布政使吴修，北洋政府教育部次长吴闿生，洪宪男爵、北洋政府上将王揖唐，北洋政府卫生司司长吴贯因等。

这些台阁重臣和政府官吏，占据要津，声望颇隆，他们凭借权力、名望、学识、财势等，广泛延揽读书士子，领骚诗坛。这些高官显要主持风雅，冀望通过选刻诗集来扩大影响，从而巩固自己在诗坛的霸主地位。他们的加入从客观上推动了编撰宋诗选本的繁盛局面。其中的代表人物有：

毕自严(1569—1638)，字景会，一作景曾，淄川人(今山东淄博)，万历二十年(1592)进士，授松江推官，官至户部尚书，著有《石隐园藏稿》。

王士禎(1634—1711)，原名士禛，字子真、贻上，号阮亭，又号渔洋山人，谥文简，新城(今山东桓台县)人。顺治十五年(1658)进士，刑部尚书。康熙时继钱谦益而主盟诗坛，论诗创神韵说。选有《古诗选》《唐贤三昧集》等。

宋荦（1634—1713），字牧仲，号漫堂、西陂、绵津山人，晚号西陂老人、西陂放鸭翁。河南商丘人。康熙三年（1664）授黄州通判，官至吏部尚书。著有《西陂类稿》《漫堂说诗》《江左十五子诗选》等。

张玉书（1642—1711），字素存，号润甫，江苏丹徒（今江苏镇江）人。顺治十八年（1661）进士，深邃于史学。历任翰林院编修、国子监司业、侍讲学士，累官至文华殿大学士兼吏部尚书。谥号文贞。康熙十八年主持修《明史》，《佩文韵府》《康熙字典》的总裁官。著有《张文贞集》十二卷。

张伯行（1651—1725），字孝先，晚号敬庵，河南仪封（今兰考）人。康熙二十四年（1685）进士。累官礼部尚书。著有《正谊堂集》《伊洛渊源续录》《续近思录》《广近思录》《濂洛关闽书》等。

沈德潜（1673—1769），字确士，号归愚，长洲（今江苏苏州）人。乾隆元年（1736）荐举博学鸿词科，乾隆四年（1739）进士，曾任内阁学士兼礼部侍郎。论诗倡言格调，提倡温柔敦厚之诗教。选有《古诗源》《唐诗别裁集》《明诗别裁集》《清诗别裁集》《七子诗选》等。

彭元瑞（1733—1803），字掌仍，一字辑五，号云楣，江西南昌人。乾隆二十二年（1757）进士，官至吏部尚书。著有《宋四六选》等。

高步瀛（1873—1940），字阆仙，河北霸县人。光绪二十年（1894）举人。民国初年为教育部社会司司长。曾任北京师范大学教授，吴汝纶弟子。著有《唐宋文举要》《先秦文举要》《两汉文举要》《古文辞类纂笺》等。

王揖唐（1877—1948），安徽合肥人。洪宪男爵，北洋上将。著有《逸唐诗存》《今传是楼诗话》等。

吴闿生（1877—1950），号北江，安徽枞阳人，吴汝纶之了。学者尊称北江先生。北洋政府时期任教育部次长、国务院参议。著有《北江先生诗集》《左传微》《左传文法读本》《孟子文法读本》《诗义会通》《晚清四十家诗抄》《古文范》等。

（三）杰出的诗人和学者

宋诗选本的编选者中有一部分人既没有举人或进士的身份，也无显赫的官职，但他们自身就是著名的诗人和学者，因为他们对诗歌有浓厚的兴趣，也具备高超的创作和辨识诗歌的能力，所以他们以诗人的身份进行选诗，就让诗歌选本不可避免地带有编选者的诗学思想、个性特点和艺术追求。如：

归庄(1613—1673)，字尔礼，又字玄恭，号恒轩，又自号归来乎等。江苏昆山人。散文家归有光曾孙。著有《恒轩诗集》《悬弓集》《恒轩文集》等。

吕留良(1629—1683)，字庄生，号晚村，别号耻翁、南阳布衣等，浙江桐乡人，顺治十年诸生，明末清初杰出的学者、思想家、诗人。辑有《四书语录》《四书讲义》《吕子评语》《四书朱子语类摘抄》《精选八家古文》等。

潘问奇(1632—1695)，字云程，又字云客，号雪帆，浙江钱塘人，明亡不仕，著有《拜鹃堂诗集》四卷。选录《宋诗啜醨集》。

陈訏(1650—1732)，字言扬，号宋斋，浙江海宁人。贡生。官淳安教授、温州府学教授，晚自号"欢喜老人"，为黄宗羲学生。著有《唐试帖诗》《勾股述》《勾股引蒙》《画鉴》。

刘大櫆(1698—1780)，字才甫，一字耕南，号海峰。安徽枞阳县人。"桐城三祖"之一。著有《古文约选》《论文偶记》。

顾廷伦(1767—1834)，字凤书，号郑乡。会稽(今浙江绍兴)人。曾任天台训导、武康训导。著有《玉笥山房集》。

蒋梅笙(1870—1942)，江苏宜兴人。历任上海震旦公学、仓圣明智大学、复旦大学、重庆大学教授。著有《庄子浅训》《诗苑理斋类稿》《国学入门》《词学概论》。

胡怀琛(1886—1938)，原名有怀，字季仁，后改寄尘。安徽省泾县人。著有《国学概论》《墨子学辨》《老子学辨》《中国文学史略》《修辞学发微》《中国诗学通评》《中国民歌研究》《中国小说研究》《中国戏曲史》《中国神话》《清季野史》《苏东坡生活》《陆放翁生活》等百余种。

朱自清(1898—1948)，原名自华，号实秋，后改名自清，字佩弦。原籍浙江绍兴，后随父定居扬州。中国现代散文家、诗人、学者。著有《诗言志辨》《新诗杂谈》《国文教学》。

钱仲联（1908—2003），原名萼孙，号梦苕，江苏常熟虞山镇人，诗人、词人、古典文学研究专家，国学大师。著有《清诗纪事》《近代诗钞》《广清碑传集》。

（四）著名的藏书家、编辑家与专业的刻书者

除上述三种编选者外，还有一批藏书家、专业的刻书者和编辑，因为编纂选本需要丰富的材料，也需要编辑图书和刊刻面世，他们便有了保证选集编撰有利进行的前提条件。厉鹗《征刻宋诗纪事启》："虑钞誊之难为力，必授之以广其传。头白而伫望汗青，囊涩而惟余字饱。用告海内，共襄盛举。"①"广其传"为选刻者所最终追求的。这类编选者有陈起、祁承爜、曹学佺、陆心源、李之鼎、王文濡等。

陈起（生卒年未详），字宗之、宗子、彦才，自号陈道人，亦号芸居，宋临安钱塘（今浙江杭州）人。从事编著、出版、卖书和藏书诸业，书铺所刻图书在当时负有盛名。编刊有《江湖集》。陈起藏书丰富，建有"芸居楼"，所藏多达数万卷。

曹学佺（1574—1646），字能始，号雁泽，又号石仓居士，明藏书家、刻书家。藏书楼名"石仓园"，"聚书到万卷"，《石匮书后集》卷五十八《文苑列传》云："曹能始藏书甚富，为艺林渊薮。"王士祯《渔洋诗话》云："（徐延寿）家鳌峰，藏书与曹能始、谢在杭埒。"杨守敬《晦明轩稿》云："石仓以博洽闻一时，其藏书亦最富。"《石仓绝句十首·右石仓》云："昔人累拳石，藏书至万卷。寥寥空山中，谁者为坟典。"藏有不少宋元秘本和海内孤本。

祁承爜（1563—1628），字尔光，号夷度，浙江绍兴人。明藏书家，万

---

①　厉鹗著，董兆熊注：《樊榭山房集》，上海：上海古籍出版社1992年版，第807页。

历三十二年甲辰进士。授宁阳知县。迁兵部郎中。官至江西布政使司右参政。藏书楼名"澹生堂"，编有《澹生堂藏书目》十四卷，收书九千多种，十万余卷。为潘是仁《宋元名家诗》的校订者之一。辑录有《皇明文选》《西塘先生文集》《五灯会元》《大明一统名胜志》和《石仓历代诗文集》等。

卢世㵾(1588—1653)，字德水，晚称南村病叟。明初其祖徙德州，天启五年进士，官户部主事。著有《紫房簏中小集》《紫房簏中余集》《宿草》《在舆草》《画房斋诗》《春寒闲记》等，编有《读杜私言》《杜诗胥钞》等。田雯《卢南村公传》称："先生卒日，其子孝余，以先生书千百本，纳之古朴长宽之棺中。"可见其藏书之多。

厉鹗(1692—1752)，字太鸿，号樊榭、南湖花隐等，浙江钱塘人，清代文学家，浙西词派中坚人物。康熙五十九年举人。著有《樊榭山房集》等。辑有《绝妙好词笺》《花间集》《西湖诗词丛》等。

鲍廷博(1728—1814)，字以文，安徽歙县人，后定居浙江桐乡乌镇。诸生。清代著名的藏书家，仅两宋遗集就有三百余种，其藏书之处为"知不足斋"，出版有《知不足斋丛书》，收藏古籍以"海内宋元旧椠暨善写本"为主，著有《花韵轩小稿》。

吴翌凤(1742—1819)，初名凤鸣，字伊仲，江苏吴县人，嘉庆时诸生，藏书颇丰。著有《稽斋丛稿》，辑有《唐诗选》《怀旧集》《国朝诗》《国朝诗外编》不分卷、《国朝诗补》等。

陆心源(1834—1894)，字刚甫，号存斋，浙江吴兴人，清代著名藏书家，其藏书楼，一名"皕宋楼"，藏宋元刻本；一名"守先阁"，藏明清刻本。普通刻本和抄本则藏于"十万卷楼"，光绪十六年刻有《吴兴诗存》。辑有《皕宋楼藏印》《千甓亭古专图释》等。

董沛(1828—1895)，字孟如，号觉轩，浙江鄞县人。同治六年举人，光绪三年进士，历署江西建昌、上饶等县知县。著有《明州系年录》《两浙令长考》《唐书方镇志考证》《竹书纪年拾遗》等。编有《甬上宋元诗略》《甬上明诗略》《甬上诗话》《六一山房诗集》等。筑六一山房，聚书五万卷。

李之鼎(？—1928)，字振堂，一作字振唐。江西南城人。民国藏书家、目录学家。其藏书处有"宜秋馆""舒啸轩",编有《宜秋馆书目》《宜秋馆丛书目录》《建炎以来系年要录所引书目》《宋人见于系年要录目》《宋人集目》等。

王文濡(1867—1935),原名王承治,字均卿,别号学界闲民。浙江省湖州市南浔镇人。光绪九年癸未科秀才。近代著名学者、国学家。编有《国朝文汇》《续古文观止》《明清八大家文钞》《古今说部丛书》等。中华书局总编辑。

陈幼璞(1894—1971),安徽金寨人,商务印书馆编辑。著有《宋诗选注》《明清笔记选》等。

(五)普通地位的编撰者

编撰者除具有一些声名显赫者外,还有一些地位非常普通的编选者,在这些编选者当中,他们以布衣身份终其一生。但他们也是宋诗选本编撰队伍中重要的组成部分。他们有元代诗人杜本、陈世隆和金履祥,明代诗人俞允文,清代诗人范大士和陆钟辉。

杜本,字伯原,一字原父,祖先居住京光,后来迁徙天台,又徙临江的清江。以苦心研读经史为志趣,并且博学善文,诸如天文、地理、律历、度数、书面无不通习。著有《伤寒金镜录》《四书表义》《六书通编》《辨古十原》《清江碧嶂集》《华夏同音》等。

陈世隆,浙江钱塘人,终身不仕。选有《宋诗补遗》八卷和《宋诗僧补》。

金履祥(1232—1303),字吉父,号仁山,浙江兰溪人,学者称仁山先生。与何基、王柏、许谦合称"北山四先生"。著有《通鉴前编》《大学章句疏义》《尚书表注》《论语集注考证》《孟子集注考证》《仁山文集》等。

俞允文(1511—1579),字仲蔚,江苏昆山人。与王世贞友善,为嘉靖"广五子"之一。有《俞仲蔚集》《昆山杂咏》等

陆钟辉(？—1761),字南圻,又字淳川,号环溪,江都(今江苏扬州)人。喜好刻书,刻有《姜夔诗词合集》《笠泽丛书》等,著有《放鸭亭小稿》,

为邗江吟社成员。

范大士，字拙成，江苏如皋人，布衣，富豪，藏书家。

第二节　编选时间分布——具有显著的阶段性

从宋诗选本编刻的时间和数量上来看，宋诗选本的编选呈现出明显的阶段性特点。具体表现为宋代为宋诗选本的滥觞期，这一时期宋诗选本编选最为活跃，编选的数量多于元明两朝。清代宋诗选本的刊刻最为兴盛，数量最多，编选人数亦最为庞大，这与清代唐诗选本、散文选本、骈文选本、宋词选本的编撰相一致。民国宋诗选本则出现了消退，大体与唐诗选本的编选相似。

宋代是宋诗选本的滥觞期。从选本数量上看，宋代的宋诗选本的数量较少，根据表 1-1 统计，断代宋诗选本 19 种，另散佚 18 种(卞东波《南宋诗选与宋代诗学考论》)，再加上跨代宋诗选本("选宋") 5 种(根据表 1-2 统计)，宋诗选本的总体数量还是不够充分；从选本的类型上看，宋诗选本类型相对比较单一；从选本篇幅上看，每部宋诗选本的篇幅总体上也比较小，篇幅上千首以上的诗选并不多。

元代是宋诗选本的成长期，在某种程度上延续了宋代宋诗选本的特点。从选本数量上看，这一时期的选本数量比宋代更少，断代宋诗选本 6 种(根据表 1-1 统计)，还有跨代宋诗选本("选宋") 3 种(根据表 1-2 统计)；从选本的类型上看，选本类型比宋代更为单一；从选本篇幅上看，个别宋诗选本在篇幅上有所发展，如方回的《瀛奎律髓》。

明朝是宋诗选本的消歇时期，因为明代诗坛宗唐抑宋，对宋诗的贬抑到了极点，所以这一时期的宋诗选本数量较少，断代宋诗选本 4 种(根据表 1-1 统计)，跨代宋诗选本("选宋") 30 种(根据表 1-2 统计)，另散佚断代宋诗选本 10 种(王友胜《历代宋诗总集研究》统计)；但选本在分类上有所变化，如毕自严的《类选唐宋四时绝句》和卢世㴶的《宋人近体分韵诗钞》；从选本的篇幅上看，宋诗选本的篇幅比此前有所增加，如曹学佺《石仓宋诗选》等。

　　清代，由于人们对宋诗有了更为清楚的认识，编选宋诗的热情最盛，所以这一时期的宋诗选本无论是在总量上，还是质量上，均超越了此前的任何一个时期。在这一时期宋诗编撰的体例更加完善，宋诗编撰的类型更加多样化，宋诗编选的篇幅更大，宋诗编选的队伍更加庞大。其中断代宋诗选本 58 种(根据表 1-1 统计)，跨代宋诗选本("选宋") 73 种(根据表 1-2 统计)。尚不包括无法系年的断代宋诗选本 31 种(根据表 1-1 统计)、跨代宋诗选本("选宋") 52 种。另据谢海林《清代宋诗选本研究》、王友胜《历代宋诗总集研究》统计，清代还有散佚断代宋诗选本 17 种。

　　民国时期，由于时代的变革，人们编选宋诗的热情下降，宋诗不再是人们关注的重点，这一时期宋诗选本在数量上相对清代来说，要少许多，且在选诗篇幅上，要小得多。此时有断代宋诗选本 21 种(根据表 1-1 统计)，跨代宋诗选本("选宋") 19 种(根据表 1-2 统计)。尚不包括无法系年的跨代宋诗选本("选宋") 31 种。

第三节　编选地域分布——具有明显的不均衡性

　　宋诗选本的编选在时间上具有明显的阶段性差异，在地域分布上也表现出不平衡性。事实上，宋诗选本的编选与宋以后诗歌创作与诗学发展的地域不平衡性有关，又与各地诗人分布和辑选者分布的不平衡性有关。

　　这是中国文学不平衡的一个突出表现，袁行霈指出："所谓地域的不平衡包括两方面的意思：一是在不同的朝代，各地文学的发展有盛衰的变化，呈现此盛彼衰、此衰彼盛的状况。二是不同的地域有不同的文体孕育生长，从而使一些文体带有不同的地方特色，至少在形成后相当长的一段时间内是如此。"①本书所指为第一种情况，即宋诗选本的盛兴主要集中在

───────────

　　①　袁行霈：《中国文学史·绪论》(第一卷)，北京：高等教育出版社 1999 年版，第 7~8 页。

某一区域。

据笔者不完全统计，宋诗选本的盛兴主要集中在江南地区。刘士林称："可以把明清时期的江南看作江南地区在古代世界的成熟形态，而关于江南地区的界定与认同也应以此为基本前提与对象。就此而言，李伯重关于江南地区的'八府一州'说，是最值得重视和关注的。所谓'八府一州'，是指明清时期的苏州、松江、常州、镇江、应天（江宁）、杭州、嘉兴、湖州八府及从苏州府辖区划出来的太仓州。这一地区亦称长江三角洲或太湖流域。"①再加上扬州、宁波、绍兴、徽州等地作为外围区域。本书所谓的"江南"意指此。

据现存有籍贯可考的选录者来看，断代宋诗选本（根据表 1-1 统计）为浙江 46 种、江苏 32 种、安徽 8 种、福建 6 种、江西 5 种、山东 5 种、河北 4 种、湖南 2 种、四川 2 种、山西 2 种、河南 1 种、广西 1 种、辽宁 1 种、河北 1 种、云南 1 种，其中"江南"共 86 种，占籍贯总数的 74%。跨代宋诗选本（"选宋"）（根据表 1-2 统计）为浙江 33 种，江苏 32 种，安徽 9 种，福建 7 种，河北 6 种，湖南 4 种，河南 3 种，江西 5 种，云南 3 种，山东 4 种，陕西 2 种，四川 2 种，北京 3 种，湖北 1 种，广东 3 种，山西 1 种，蒙古 1 种，满洲 1 种，重庆 1 种，天津 1 种。其中"江南"共 74 种，占籍贯总数的 60%。两者平均数量占籍贯总数的 67%。

据现存有籍贯可考的选录者来看，由于编撰需要大量的文献资料，以及人力财力的支撑，同时，编刻和推广也需要合适的学术环境，所以江南的人文环境在客观上为编刻宋诗选本提供了最为适宜的条件。

第一，江南是文人雅士聚集之重镇，为编撰书籍提供了优越的人文环境。

江南自古就是文物丰盛之所。明王行《半轩集》记载："吴城与杭相去逾三驿，宋都杭，吴为近辅地，衣冠旧家多居之。"又云："中吴古多士，

---

① 刘士林：《江南与江南文化的界定及当代形态》，《江苏社会科学》2009 年第 5 期。

自宋渡南，吴为三辅近地，大夫士多侨寓者，故文物为尤盛焉。"①宋代魏
了翁云："吴中族姓人物之盛，自东汉以来有闻于世，逮魏晋而后彬彬辈
出。左太冲所谓：'高门鼎贵，魁岸豪杰，虞魏之昆，顾陆之裔，虽通言
吴郡，而居华亭为尤著。'盖其地负海枕江，平畴沃野，生民之资用饶衍，
得以毕力于所当事。故士奋于学，民兴于仁。"②宋许克昌曰："地东、南
负海，北通江，有鱼、盐、稻、蟹之饶。多富商大贾，俗以浮侈相高，不
能力本业。然衣冠之盛亦为江浙诸县之最，虽佃家中人，衣食才足，喜教
子弟以读书，秀民才士往往起家为达官，由是竞劝于学，弦歌之声相闻。
居官不必以去断鸷猛为治，亦可以礼仪驯服也。"③东汉以后吴中之地便文
人辈出，"士奋于学"成为世人推崇的风尚。

南宋以后，许多文人因避战乱，更是汇集于此。据《明史·文苑传》
载："士诚之据吴也，颇收召知名士，东南士避兵于吴者依焉。"《明史纪事
本末》载："时浙西殷富，士诚兄弟骄佚无断，政在文吏。然士诚尚持重寡
言，好士，筑景贤楼，士无贤不肖，舆马居室，多厌其心，亦往往趋
焉。"④纷纷乱世之中，文人避趋江南当是明智之举。

即便是在元蒙统治的时代，元代统治者于"文学甚轻"，但世人仍以
"风雅相尚""独怪有元之世，文学甚轻，当时有九儒十丐之谣，科举亦
屡兴屡废，宜乎风雅之事，弃如弁髦。乃缙绅之徒，风流相尚如此。盖
自南宋遗民故老相与唱叹于荒江寂寞之滨，流风余韵久而弗替，遂成风
会，固不系乎朝廷之所好也欤！"⑤明何良俊曰："我松文物之盛，莫甚于
元。浙西诸郡皆为战场，而我松僻峰泖之间以及海上，皆可避兵，故四方
名流荟萃于此，熏陶渐染之功为多。"⑥这充分说明吴地良好的人文传统。

---

① 王行：《半轩集》，文渊阁《四库全书》本。

② 《松江府志·风俗》，嘉庆二十四年府学明伦堂刊本。

③ 《松江府志·风俗》，嘉庆二十四年府学明伦堂刊本。

④ 谷应泰：《明史纪事本末》卷四，文渊阁《四库全书》本。

⑤ 赵翼著，王树民校正：《廿史札记校证》，北京：中华书局1984年版，第705
页。

⑥ 何良俊：《四友斋丛说》卷一六，《四库全书存目丛书》本。

进入清朝，清人沿袭蒙古旧制，接受蒙古文化，清太祖努尔哈赤对汉文化极端疏离，尤其是对于前朝儒生尤其憎恨，认为"种种可恶，皆在此辈"①，将俘获的汉族士子，或没为奴隶，或予以处死。八旗子弟，不愿读书，胡贡明曾在《陈言图报奏》中指出：

> 金人家不曾读书，把读书极好的事，反看做极苦的事，多有不愿的。若要他们自己请师教子，益发不愿了，况不晓得遵礼师长之道理乎？②

可见清初统治者对汉文化的极端仇视态度，但皇太极即位后，他们逐渐接受了汉文化的影响，并改变了对汉族士人的态度。皇太极于天聪三年（1629）八月的一篇上谕中说：

> 朕思自古及今，俱文武并用，以武威克敌，以文教治世。朕今欲兴文教，考取生员。诸贝勒府以下及满、汉、蒙古家所有生员，俱令赴考，家主不许阻挠。考中者，则以丁偿之。③

由此可见，皇太极已不同于努尔哈赤对汉人的态度。清代统治者于顺治二年（1645）举行了科举考试，虽然当时江南人民反对清代统治者，但各地科考并未停止，江南地区科考氛围更盛，《松江府志·风俗》载：

> 康熙以来，科第甚盛。士大夫当官多清正自守，居乡不事干谒，屏衣服舆从之节，引掖后进唯恐不及。士习举业，沉潜经义，一以醇雅为宗，飞文骋词、钓弋名誉之习，弗尚也。然能含咀比兴，陶钧性灵，几于家有一集。簧序中恪守卧碑，无包揽漕粮、词讼、舞智告讦

---

① 皇太极敕修：《清太祖实录》卷五，北京：中华书局1986年影印本。
② 东方学会：《天聪朝臣工奏议》卷上，《史料丛刊初编》1924年版。
③ 皇太极敕修：《清太祖实录》卷五，北京：中华书局1986年影印本。

者。睦亲族，教子弟，犹存古意。服用率尚素朴，少年恭谨有礼，无裘马冶游之习。乡民畏见官府，终岁力田，家有盖藏。女子城中勤针黹，燃脂夜作，村居则芸耨、纺织，靡事不为。大抵富者不以病贫，强者不以侮弱；宁拙无巧，宁朴无华；并擅文词而习无流荡，夙称富庶而性乏豪侈。四方游历至斯者，观其风未尝不叹美不置也。①

松，古吴之裔壤也。然负海枕江，水环山拱，自成一都会。民生其间，多秀而敏，其习尚亦各有所宗。盖自东都以后，陆氏居之，康、绩以行谊闻，逊、抗以功业显，而机、云之词学尤著，国人化之。梁有顾希冯，唐有陆敬舆，至宋而科名鼎盛，故其俗文。原泽沃衍，有鱼、稻、海盐之富，商贾辐凑，故其俗侈。有康僧会、船子、夹山之遗踪，故尚佛。有金山、柘湖之灵迹，故信鬼神。有三甲、五甲之风，故或号难理。其所由来远矣。今文物衣冠蔚为东南之望，经学辞章下至书翰咸有师法。田野小民生理咸足，皆知以教子孙读书为事。畏官法，贱告讦。租税百万如期而集，无逾岁者。虽词愬盈廷，终未尝有一言犯上。淫放不孝之刑几措而不举，间有犯者，至摈而不容于乡。夫衣食足，则礼乐兴，文华胜，则淳朴散，今日之俗，识者未尝不喜其盛而忧其弊也。②

我松风俗前志言之详矣。大抵士乐名教，平居多守儒素，肆志古学。其缙绅先生或以名德重，或以勋绩著，或以恬退称，或以忠节显，有皦皦绝伦冠冕史册者，又不特文藻是尚也。阀阅子弟以孝谨相尚，名家品范望而可知，故门第为重，里人骤富，有求姻旧族而不可得者。农家胼胝稼穑，出自天性。居廛市则服勤工贾，故游民鲜少。凡事心务舒整，都无陋偬，惟饮食多过腆者，是以积聚衰焉。女子庄洁自好，知守内则，绝无登山入庙等事。井臼之余，刺绣旨蓄，靡不精好。至于乡村纺织，尤尚精敏，农暇之时，所出布匹日以万计，以

---

① 《松江府志·风俗》，嘉庆二十四年府学明伦堂刊本。
② 《松江府志·风俗》，嘉庆二十四年府学明伦堂刊本。

织助耕，红女有力焉……前志曰："俗文而侈。"文或犹是也，侈将不能矣。①

从清代进士人数的数目就可知江南地区的科考盛况（见表1-3）。其中江苏位居全国第一，浙江位居第二，直隶为第三，山东为第四，江西为第五。江浙地区的进士占有最大的比重，这些人因为具有非常高的文化素质，加之许多人既是学者、诗人，又兼具官僚身份，再因江浙各地相距较近，交通方便，便于编刻者联系，所以这些编选者和订阅者中，以二地居多。

表1-3　清代进士人数分省统计表

	顺治	康熙	雍正	乾隆	嘉庆	道光	咸丰	同治	光绪	总计
直隶	432	498	161	488	275	313	92	135	307	2701
江苏	436	666	167	644	233	263	69	124	318	2920
安徽	128	142	43	216	164	166	39	76	215	1189
浙江	301	567	183	697	263	300	87	108	302	2808
江西	83	200	115	540	223	265	74	122	273	1895
福建	118	178	99	301	156	150	46	82	269	1399
山东	419	429	105	359	210	268	79	118	273	2260
河南	297	311	81	282	133	169	95	108	217	1693
陕甘	169	190	60	228	121	138	94	95	290	1385
山西	250	268	81	311	141	143	47	58	132	1431
湖北	189	191	69	212	126	135	43	72	184	1221
湖南	30	44	39	128	102	106	31	68	178	726
四川	15	61	31	159	88	108	49	71	181	763
广东	34	91	69	252	106	139	36	79	206	1012
广西	2	28	17	102	67	91	27	72	164	570

---

①　《松江府志·风俗》，嘉庆二十四年府学明伦堂刊本。

续表

	顺治	康熙	雍正	乾隆	嘉庆	道光	咸丰	同治	光绪	总计
云南	0	46	48	129	117	119	36	42	156	693
贵州	1	31	29	129	98	95	29	44	143	599
辽东	4	25	10	29	20	26	12	17	40	183
八旗	156	122	92	179	178	275	61	97	240	1400
总计	3064	4088	1499	5385	2821	3269	1046	1588	4088	26848

资料来源：清代历科《进士题名碑录》、《进士题名碑》拓片、清历朝《实录》、《清史稿》、《清代文献通考》及其《续考》、何炳棣《明清进士与东南人文》。[1]

第二，江南地区私家藏书之丰盛也是宋诗选本集中于此的又一原因。

陈登原云："吾人敢为一言，即吾人欲明清学之所以盛者，虽知其由多端，要不能与藏书之盛，漠无所关。"[2]范钦的"天一阁"、钱谦益的"绛云楼"、黄丕烈的"百宋一廛"、汪森的"裘杼楼"、丁丙的"八千卷楼"、陆心源的"皕宋楼"和"守先阁"、全祖望的"双韭山房"、瞿绍基的"铁琴铜剑楼"、孙衣言和孙诒让的"玉海楼"、刘承干的"嘉业堂"等均是闻名遐迩的藏书楼，均在江南地区，这些地区收藏图书颇丰，选诗家们可以充分利用自己的藏书以及当地友朋的藏书资源，选辑相关的诗歌选本。

曹学佺利用自己的藏书编撰《石仓宋诗选》。王史鉴编辑《宋诗类选》就是充分利用了自己与友朋之藏书，王史鉴云："予家素积宋人文集及诸家选本，又益以义门何先生所藏，旁搜精择，辑成是书，为力颇勤，用心良苦。"[3]陆心源也充分利用自家丰富的藏书，编撰《宋诗纪事补遗》；鲍廷博利用自己的藏书编撰《南宋八家诗》等，便是明证。

《宋诗纪事》为清人编选的大型宋诗选本，征引文献有1000多种，四

---

[1]　参阅李润强：《清代进士群体与学术文化》，北京：中国社会科学出版社2007年版，第66~67页。

[2]　周少川：《藏书与文化》，北京：北京师范大学出版社1999年版，第350页。

[3]　王史鉴：《宋诗类选》，康熙五十一年刻本。

库馆臣称之为南北宋逸篇轶事之渊薮。厉鹗则充分利用马氏小玲珑山馆的藏书，而且其中参与撰订者有杭州的赵昱及赵信兄弟（其藏书楼名为"赵氏小山堂"）、杭州的吴焯（1676—1733）（其藏书楼名为"吴氏瓶花斋"）、杭州的汪启淑（其藏书楼名为"汪氏开万楼"）等。

第四节　文献来源——取材的广泛性

　　选源指诗歌选本的编选者所采选的对象和范围。文献取材是衡量一部选本价值高下的重要标尺，因为选材范围的宽狭和选录对象的取舍，显示了编选者的诗学宗趣、选录标准、编撰目的等，从而决定了一部选本的学术地位和学术价值。依据文献来源不同，选源可分为四大类：别集、前代宋诗选本、当代宋诗选本、综合类书籍。

　　作为宋诗选本的选材，一般所依据的为诗人别集，除此之外，还参考了总集、地方诗选、地方志、类书、诗话、艺文志、石刻、碑刻、书目、谱牒等。

（一）采自别集

　　诗人别集无疑是首先参考的重要范本，因为选本的撰辑也是一种富有创造性的工作，它反映了选诗家的审美情趣，因为一个选诗家在选择一个诗人哪些诗作该入选之前，必须首先要了解诗人及其创作的全貌。如《宋诗钞初集》参考了《小畜集》《安阳集》《沧浪集》《范石湖集》《杨诚斋集》等别集 80 余种，吴之振云："是刻皆以成集者入抄。"①姚培谦《唐宋八家诗钞》参考了《欧阳文忠公集》《栾城集》《东坡集》《元丰类稿》《临川先生集》等；沈德潜《宋金三家诗选》参考了《东坡集》《剑南诗稿》《遗山集》。别集因为是最为原始的文献，因为错讹较少，所以最为真实可信。

---

　　①　吴之振：《宋诗钞初集·凡例》，康熙十年吴氏鉴古堂刻本。

(二)参阅选本

参阅前代宋诗选本，也是清人主要利用的选源之一。据笔者考证，清人比较著名的宋诗选本《宋金元诗永》《宋元诗会》《宋诗善鸣集》《积书岩宋诗删》《宋诗类选》《宋诗略》《宋诗钞补》等主要是以(元)方回《瀛奎律髓》、(明)潘是仁《宋元名家诗》、(明)李蓘《宋艺圃集》、(明)曹学佺《石仓宋诗选》等选本为选源。选本因经多次转录，所以有些错误不断地延续，故而其文献权威性就不如从别集中选录。

清人编选宋诗选本时，还会充分参考当代人所选录的宋诗选本。如《宋诗钞》《宋百家诗存》《宋诗纪事》等成为众多宋诗选本最为重要的选源，这也反映了《宋诗钞》《宋百家诗存》《宋诗纪事》等宋诗选本在当时的重大影响力。

(三)综合利用各种选材

综合利用各种选材，是宋诗选本的重要特色之一。宋诗选本选型众多，除参阅别集和宋诗选本外，还参考了地方志、类书、诗话、艺文志、石刻、碑刻、书目、谱牒等。

厉鹗编撰《宋诗纪事》，征引各种文献有 1000 多种，可见收罗之丰。《国史·文苑传》指出："鹗搜奇嗜博，馆于扬州马曰琯小玲珑山馆数年，肆意探讨，所见宋人集最多，而又求之诗话、说部、山经、地志，为《宋诗纪事》一百卷。"全祖望《宋诗纪事序》指出："厉征士樊榭以所著《宋诗纪事》百卷，索予为序。樊榭所见宋人集，于朋辈中为最多，而又求之诗话、画录、山经、地志、说部，虽其人无完作者，亦收其片词只句以传之，辑葺之功十年。"①是选征引文献十分丰富。采自选本，如《宋高僧诗选》《宋文鉴》《声画集》《后村千家诗》《宋艺圃集》《清江三孔集》《瀛奎律髓》《洞霄诗集》《成都文类》《前贤小集拾遗》《四朝诗》《十家宫词》《天地间集》《诗家鼎脔》《皇元风雅》《曹氏历代诗选》《谷音》《蔡氏四隐集》《月泉吟社》《忠义

---

① 厉鹗：《宋诗纪事》，乾隆十一年刻本。

集》《濂洛风雅》《中州集》《乾坤清气集》《彤管遗编》《诗女史》《名媛玑囊》《彤管新编》《西昆酬唱集》《禅藻集》《甬上宋元诗略》《东瓯诗集》《全唐诗》《唐诗纪事》《古今岁时杂咏》《诗林万选》《天下同文集》《同文馆唱和诗》；采自诗话，如《石林诗话》《苕溪渔隐丛话》《后村诗话》《隐居诗话》《诗人玉屑》《竹坡诗话》《鹤林玉露》《温公续诗话》《潘子真诗话》《梅磵诗话》《韵语阳秋》《娱书堂诗话》《吴礼部诗话》《西江诗话》《霏雪录》《古今诗话》《诗话总龟》《冷斋夜话》《中山诗话》《桐江诗话》《风月堂诗话》《许彦周诗话》《庚溪诗话》《西江诗话》《紫薇诗话》《诚斋诗话》《归田诗话》《青溪诗话》《蔡宽夫诗话》《优古堂诗话》《豫章诗话》《王直方诗话》《迂斋诗话》《漫叟诗话》《蓉塘诗话》《碧溪诗话》《敖陶孙诗评》《洪驹父诗话》《二老堂诗话》《珊瑚钩诗话》《高斋诗话》《环溪诗话》《冰川诗式》；采自别集，如《嘉祐集》《桐江集》《叠山集》《断肠集》《剑南集》《白石道人诗集》《芸居艺稿》《紫岩集》《须溪集》《山谷外集》《范文正公集》《东莱集》《苏文忠公集》《竹堂集》《覆瓿集》《野谷集》《清苑斋集》《沧州先生集》《存雅堂稿》《击壤集》《端平诗隽》；采自史记、杂志，如《中吴纪闻》《方舆胜览》《舆地纪胜》《青琐高议》《老学庵笔记》《墨庄漫录》《石林燕语》《侯鲭录》《宫闱诗史》《金精风月》《梦溪笔谈》《辍耕录》《容斋随笔》《池北偶谈》《挥麈后录》《清河书画舫》《武林旧事》《宋史》等。

陈焯《宋元诗会》征录文献范围亦十分广泛，《四库全书总目提要》云："国朝陈焯编。焯字默公，桐城人。顺治壬辰进士，官兵部主事。是编裒辑宋、元诸诗，自《云散录》零抄，或得诸山水图经，或得诸崖碑摩拓，以及市坊村塾、道院禅宫、敝篓残蹄、穷极搜求。积累岁时，成兹巨帙。凡九百余家，每家名氏之后，仿元好问《中州集》例，详其里居出处。正史之外，旁取志乘稗说，以补订阙漏，其用心可谓勤矣。王士禛《香祖笔记》载：'甲子祭告南海时，岁秒抵桐城，焯携是编相商，纵观竟日。'而不言其书之可否。今观其书，不载诸诗之出处，犹明人著书旧格，其间网罗既富，亦不免于疏漏芜杂。然宋、元遗集，迄今多已无传，焯能搜辑散佚，存什一于千百，披沙拣金，往往见宝，亦未尝不多资考据也。"①

_____

① 纪昀等：《四库全书总目》，北京：中华书局1965年版，第1731页。

　　王史鉴《宋诗类选》所引书目达 400 多种,《宋诗类选》凡例:"诗话、杂评始于钟记室之《诗品》,刘舍人之《雕龙》,唐人间有几种,至宋极盛,有品题诸家及评论本诗者,散见于史乘文集与诸家杂书,会萃成编。良非易易,若蔡蒙斋之《诗林广记》所载未备,菊庄之《诗人玉屑》遗略颇多,阮氏《总龟》失于冗杂,陈氏杂录苦无条理,渔隐最为浩博,然容斋为疏略,玉林讥其冗泛,今所撰集以诗从类,以评附诗,书凡四百余种,时则寒暑三周,既可为宋诗纪事,亦可作诗学金针。"①兹列表如下(见表1-4):

表 1-4

序号	分类	征引书目
1	总集类	《昭明文选》《唐文粹》《文苑英华》《东莱文集》《西昆酬唱集》《南岳唱酬集》《千家诗选》《古今岁时杂咏》《声画集》《三体唐诗》《月泉吟社诗》《皇宋诗选》《名媛诗归》《回文类聚》《中州集》《忠义集》《瀛奎律髓》《谷音》《宋艺圃集》《石仓十二代诗选》《彤管遗编》《列朝诗集》《宋诗钞初集》《宋元诗集》《宋金元诗永》《古诗类苑》《唐诗类苑》《皇朝类苑》《林下词选》《花庵词选》
2	诗文评类	《文心雕龙》《诗品》《六一诗话》《温公续诗话》《后山诗话》《临汉隐居诗话》《诗话总龟》《许彦周诗话》《紫微诗话》《珊瑚钩诗话》《石林诗话》《风月堂诗话》《庚溪诗话》《韵语阳秋》《刘宽夫诗话》《白石诗说》《王直方诗话》《碧溪诗话》《环溪诗话》《竹坡诗话》《苕溪渔隐丛话》《沧浪诗话》《诗人玉屑》《后村诗话》《林下偶谈》《诗林广记》《怀麓堂诗话》《唐子西文录》《艺苑雌黄》《吟窗杂录》《深雪偶谈》《诗薮》《诗话类编》《续本事诗》《西清诗话》《王立之诗话》《潘子真诗话》《刘贡父诗话》《蔡宽夫诗话》《金玉诗话》《诗余话》《臞翁诗评》《漫叟诗话》《玉林诗话》《古今诗话》《青琐诗话》《高斋诗话》《敖器之诗话》《归田诗话》《陈辅之诗话》《升庵诗话》《桐江诗话》《玄散诗话》《谈艺录》《诗说隽永》《洪驹父诗话》《词品》

---

　①　王史鉴:《宋诗类选》,康熙五十一年刻本。

续表

序号	分类	征引书目
3	别集类	《范文正集》《欧阳文忠公集》《梅圣俞集》《沧浪集》《寇忠愍诗集》《临川集》《栾城集》《东坡文正集》《王梅溪集》《山谷集》《南丰集》《鸡肋集》《张文潜集》《淮海集》《陈后山集》《东皋诗集》《王子立集》《李纶集》《简斋诗集》《周濂溪集》《击壤集》《朱文公集》《剑南诗稿》《放翁江湖长翁集》《范石湖集》《杨诚斋集》《杨廷秀诗集》《文简遗稿》《周益公集》《晦庵集》《胡文定公集》《南轩集》《止斋集》《叶水心集》《石林集》《鹤山集》《浪语集》《参寥集》《屏山集》《汪水云诗集》《隆吉诗集》《石屏诗集》《清苑斋诗集》《苇碧轩诗集》《陆象山集》《浮溪集》《徐斯远集》《溪堂集》《文山先生集》《白石樵唱集》《徐道晖集》《真山民诗集》《玉局文集》《双溪诗集》《孙觌集》《曾文清公诗稿》《陈白沙集》《石曼卿诗集》《漫塘集》《李忠定集》《芦川归来集》《韦斋集》《传家集》《清风集》《玉澜集》《先天集》《秘演诗集》《东野农歌集》《杜清献集》《玉楮诗稿》《香溪集》《天地间集》《西台恸哭记》《雪巢小集》《攻媿集》《真西山集》《后村集》《所南集》《秋崖集》《须溪集》《吴竹洲诗集》《逊志斋集》《宋景濂集》《归震川集》《剡源集》《刘静修集》《陈定宇集》《莆田集》《容春堂集》《牧斋初学集》《牧斋有学集》《钝吟文稿》
4	别集注释	《黄诗任注》《坡诗厚注》《苏诗缜注》《苏诗补注》《苏诗施注》《苏诗倬注》《苏诗王注》
5	杂记类	《孔氏谈苑》《枫窗小牍》《船窗夜语》《画墁录》《甲申杂记》《东轩笔录》《侯鲭录》《泊宅编》《道山清话》《墨客挥犀》《过庭录》《挥麈前录》《挥麈后录》《挥麈续录》《挥麈余录》《扪虱新语》《清波杂志》《玉照新志》《邵氏闻见录》《闻见后录》《闻见近录》《续闻见近录》

　　需要指出的是,在清代宋诗选本丰富的选源中,有些选本是以稿本或抄本的形式传播,虽然其传播范围有限,但却难能可贵,如彭元瑞的《宋

四家律选》(抄本)等。总体来说,清代宋诗选本的选源十分丰富,超轶前代;丰富的选源,构成了清代宋诗选本绚烂多姿的色彩。而清人对选源的择取十分认真谨慎,有的选本会明确交待选自某书,在其所选诗中标明出处,以便于读者和编选者核实,如《宋诗纪事》《宋诗纪事补遗》等;有的选本会在卷首列出选源书目,如《宋诗类选》等;有的选本是在《凡例》中列出,如吴曹直《宋诗选》等。选源的丰富可信,反映了清人选诗态度的严肃和认真。

第五节 编撰活动的开展——参与者的群体性

从现存宋诗选本的辑录情况来看,尤其是明清以后的宋诗选本的选录大多非由一人所完成,因为收集资料、编选、校阅、撰序跋(主要是代序)、刊刻、传播等程序,尤其是大部头选本的编选,非可凭一己之力所能就,所以宋诗选本的选录一般靠家族包括姻亲(此最普遍)、师徒、友朋、上下级等群体的参与得以完成,由此体现出鲜明的群体性特点。

潘是仁的《宋元名家诗》可谓是群体性劳动成果,其中参与编订的人就达 153 位之多,序言后有"汇定宋元名公诗集姓氏",兹选 90 位收录如下(见表 1-5):

表 1-5

序号	姓氏	字号	籍贯	序号	姓氏	字号	籍贯
1	李维桢	翼轩	京山	5	汤宾尹	霍林	宣城
2	焦竑	澹园	江宁	6	邹迪光	愚谷	无锡
3	冯时可	文所	华亭	7	董其昌	思白	华亭
4	顾起元	邻初	江宁	8	鲍应鳌	衷素	歙县

续表

序号	姓氏	字号	籍贯	序号	姓氏	字号	籍贯
9	李日华	君实	榷李	32	唐 玉	鹊如	莆田
10	范允临	长白	长洲	33	钟 惺	伯敬	景陵
11	周士显	霍泰	京山	34	杨嗣昌	文弱	武陵
12	俞 彦	仲茅	上元	35	罗尚忠	化城	青阳
13	晏文辉	怀泉	南昌	36	叶胤祖	白于	吴县
14	黄汝亨	寓庸	钱塘	37	顾大猷	所建	扬州
15	罗大冠	拙庵	钱塘	38	李名芳	茂实	京山
16	邹 冲	曙阳	麻城	39	袁中道	小修	公安
17	张维祯	瑞明	江夏	40	曾国祯	有庵	临川
18	黄景星	若顷	莆田	41	李 遵	于鸿	宁波
19	毕懋康	东郊	歙县	42	汤有光	佩苇	凤阳
20	张师绎	庆泽	武进	43	黄应宫	元声	歙县
21	何栋如	天玉	上元	44	胡士奇	奎宇	天长
22	彭宗孟	天承	海盐	45	计成久	葛初	彭泽
23	张国维	西垣	长洲	46	葛大同	更生	武昌
24	陈臣忠	心谦	莆田	47	李流芳	长蘅	歙县
25	戴九玄	大园	南昌	48	冯国英	问奇	仁和
26	夏之令	邵武	光州	49	王 制	幼度	京山
27	祁承爜	夷度	山阴	50	吴之鲸	伯霖	仁和
28	张 垣	五云	钟祥	51	李子珉	群玉	南昌
29	王汉杰	丹泽	南村	52	张懋谦	婴侯	仁和
30	许令典	同生	海宁	53	虞国儒	伯淳	溧阳
31	魏士前	华山	景陵	54	闻启祥	子将	钱塘

续表

序号	姓氏	字号	籍贯	序号	姓氏	字号	籍贯
55	尹迥	子长	汉川	73	黄奂	玄龙	歙县
56	王应翼	稀恭	京山	74	林棽	子丘	福清
57	程春远	不详	歙县	75	陈玄胤	叔嗣	应天
58	谭元春	友夏	景陵	76	沈弘正	公路	上海
59	黄世康	元乾	莆田	77	吴士睿	圣初	歙县
60	王乾	顺明	江夏	78	邓名汉	林宗	钱塘
61	曾守廉	顽夫	江夏	79	章裴然	华甫	钱塘
62	胡演	子延	光州	80	汪汝凤	鸣瑞	歙县
63	王继皋	元直	晋安	81	张遂辰	卿子	钱塘
64	费元禄	无学	铅山	82	王之俊	伯英	歙县
65	陈光述	二西	乌程	83	鲍鼎铉	叔举	歙县
66	宋珏	比玉	莆田	84	李士彦	遂生	钱塘
67	赵孟周	邻虞	武进	85	汪起龙	元震	歙县
68	吴惟明	康虞	歙县	86	钟人杰	瑞元	钱塘
69	郭天中	圣仆	莆田	87	汪万源	君度	歙县
70	贺懋光	宾中	丹阳	88	龙骧	仲房	吉安
71	范迁	汤翁	槜李	89	毕懋谦	为之	歙县
72	胡宗仁	长白	江宁	90	于万川	君达	歙县

由表 1-5 可以看出，参与者除不甚有文名的编撰者外，还有李维桢、焦竑、钟惺、谭元春、袁中道等著名诗人，甚至有著名画家董其昌参与，这也充分说明了宋诗选本编撰者身份的复杂性。尤其值得注意的是，参与此选辑录的编撰者大多为江苏、浙江、安徽、江西、湖北人，亦即广义的

江南人。

《御选宋金元明四朝诗》的编选、校勘、刊刻更是集朝廷之力合作的结果，其分工之细超越了一般诗人刻书，其分工如表 1-6 所示：

表 1-6

序号	官职	参与人员
1	纂选官	张豫章、魏学诚、吴昺、陈至言、陈璋、王景曾
2	录选官	吴士玉、钱荣世、张大受、陈鹏年、陈王谟、顾嗣立、庄楷、邹弘志、田广运、沈寅、沈经、范圣文、谈汝龙、汪泰来、刘上驷、潘秉钧、高位、丁图南、董永朝、郑韵、陆淹、江弘文
3	校刊官	王景曾
4	校勘官	蔡升元、杨瑄、查升、陈壮履、钱名世、张廷玉、汪灏、查慎行、陈邦彦

参与编撰、校勘者有 38 人之多。

《宋金元诗永》，书前有徐乾学、李天馥、汪懋麟、吴绮、江湘五人的序言，其后著录有"参阅诸先生姓氏"，共有 144 人之多。

厉鹗《宋诗纪事》，积数十年之功，剔抉爬梳，最终稿就，但因囊中羞涩，无法付梓，便四处告求，并撰写征资启示，以告世人，幸得扬州马曰琯、马曰璐资助，于乾隆十一年（1746）方得以刊刻。① 同时参与编撰的人员有马曰琯、马曰璐、陆钟辉、徐以坤、赵昱、金肇銮、毛德基、汪埙、顾之麟、王瀛洲、张四科、闵华、吴震生、陆培、张云锦、赵一清、施念曾、金农、毕照郊、湄勘、梁启心、吴诚、江原、赵信、汪还仁等 76 人。

---

　① 厉鹗《征刻宋诗纪事启》："捐十金而成一卷，谨录芳名；垂不朽以附古人，胜为佛事。"厉鹗著，董兆熊注：《樊榭山房集》，上海：上海古籍出版社 1992 年版，第 807 页。

第二章　宋诗选本的分期

宋诗自诞生之时起，人们选诗活动就已开始。清代诗人曹庭栋谓："宋人各家诗，分选汇刻，宋时已有之。"①也就是说宋人已开始选自己时代诗人的诗了。降至清代和民国，可分为五个时期：宋代——宋诗选本的滥觞期、元代——宋诗选本的成长期、明代——宋诗选本的消歇期、清代——宋诗选本的兴盛期、民国——宋诗选本的更新期。

第一节　宋代——宋诗选本的滥觞期

宋人不仅编选唐诗，也注重编选本朝人诗作，宋人选宋诗为宋诗的起始期，也是宋诗选本最为活跃的时期，当然也是最不成型的时候。不过此一时期也有其自身的特点。

一、宋诗选本的类型

（1）分人诗选。分人选诗，是宋诗编纂中最为常见的选诗方式。如曾慥《皇宋百家诗选》、陈起《中兴群公吟稿戊集》《前贤小集拾遗》、叶适《四灵诗选》、佚名《诗家鼎脔》、谢翱《天地间集》、刘瑄《诗苑众芳》、吕祖谦《宋文鉴》等，所选取的诗人大多为不甚有文名的诗人。这些选本一般均偏注于一个时期的诗作，大多规模较小。

（2）专选某一类人的宋诗选本。这一时期出现了专门选辑宋代诗僧的

---

① 曹庭栋：《宋百家诗存·例言》，乾隆六年曹氏二六书堂刻本。

选本，如陈起《圣宋高僧诗选》，收录希昼、保暹、文兆、行肇、简长、惟凤、惠崇等 60 家诗僧的诗作 247 首；陈充《九僧诗》，专选希昼、保暹、文兆、行肇、简长、惟凤、惠崇、宇昭、怀古等 9 人诗作。

(3)分类宋诗选本。指收录某一类诗歌题材的诗歌选本。如宋绶《古今岁时杂咏》，专选节气诗，从"元日"到"除夜"二十九类，收汉魏至宋的佳诗名篇，1506 首，蒲积中增加到 2749 首。孙绍远的《声画集》，专选唐宋诗人题画诗，凡 104 家，诗 805 首。刘克庄《分门纂类唐宋时贤千家诗选》，分时令、节候、昼夜、百花、竹木、天文、地理、宫室、器、音乐、禽兽、昆虫、人品等 14 门，而每门又分子目，共 442 子目，收录1280 首诗。刘克庄《牡丹诗选》专门选辑牡丹题材的诗歌，录唐宋诗人11 家，诗 15 首。

(4)唱和诗选。如李昉《二李唱和集》，收李昉与李至自端拱元年(988)二月至淳化二年(991)九月互相唱和的诗 158 首(内二首残缺)。杨亿《西昆酬唱集》，收录杨亿、刘筠、钱惟演等 17 人的唱和之作。邓忠臣《同文馆唱和诗》，收录诗 222 首，其中邓忠臣 39 首、蔡肇 33 首、晁补之 28首、张耒 25 首。邵浩《坡门酬唱集》，收录苏轼兄弟及黄庭坚、秦观、晁补之、张耒、陈师道、李廌门人同题唱和之作 860 首。朱子与张栻、林用中编《南岳唱酬集》，收录朱熹、张栻、林用中等人诗作 149 首。

(5)具有开宗立派的宋诗选本。中国诗歌发展到宋代，诗学观念和诗歌艺术已相当成熟，人们的文学流派意识已具。而作为文学流派和诗学观念载体的文学选本，就是最好树立文学流派的方式。如宋初"晚唐体"之于陈充《九僧诗》，"西昆体"之于《西昆酬唱集》，"江西诗派"之于《江西宗派诗集》，"四灵诗派"之于《四灵诗选》，"江湖诗派"之于《江湖集》，"江湖诗派"之于《诗家鼎脔》，"遗民诗派"之于《天地间集》。①

(6)单人宋诗选的出现。如罗椅《精选陆放翁诗集》(前集)，共选陆诗

---

① 参阅谢海林：《清代宋诗选本研究》，上海：上海古籍出版社 2010 年版，第19~20 页。

292 首，大部选入《石仓历代诗选》之中。刘辰翁辑《精选陆放翁诗》(后集)共录放翁诗 232 首。李龏编《端平诗隽》选录周弼诗 196 首。

(7)评点、选诗紧密结合的诗歌选本。张智华《南宋的诗文选本研究》云："诗文评点的文献价值是指选评者通过对诗文所作出的选择、圈点、评点等活动，从而使入选作品获得了自身独特的版本价值和文学价值。这有两种表现形态：一是对诗文情感主旨的强化，另一是对诗文艺术形式的增强。"①于济、蔡正孙《唐宋千家联珠诗格》将诗格、选本及评点熔为一炉，创造了一种新的选本体式，共收录唐宋七言绝句 1000 多首。

二、宋诗选本的价值

宋人选宋诗呈现出不成熟的形态，这一时期为宋诗选本的初始期，正因是其雏形期，所以也是最有生命活力的时期。

(1)宋人选宋诗保存了比较重要的文献资料，许多诗人的作品得以保存下来。如曾慥《宋百家诗选》选有 200 多人诗作，据卞东波《南宋诗选与宋代诗学考论》，现可考证的入选诗人有 60 人。② 孔汝霖编集、萧瀚校正的宋诗选本《中兴禅林风月集》保存了许多诗人的作品。③

(2)宋人选宋诗成为后世宋诗选本的范本。宋人选宋诗成为后世宋诗选本的重要文献来源，譬如刘瑄《诗苑众芳》被《宋诗纪事补遗》所收录；《九僧诗选》被《瀛奎律髓》所全部收录；何新之《诗林万选》被《宋诗纪事》所收录；④ 谢翱《天地间集》为陈焯《宋元诗会》所选录；曹庭栋《宋百家诗存》为《群贤小集》所收录。

---

① 张智华：《南宋的诗文选本研究》，北京：北京师范大学出版社 2002 年版，第 9 页。

② 卞东波：《南宋诗选与宋代诗学考论》，北京：中华书局 2009 年版，第 30 页。

③ 卞东波：《南宋诗选与宋代诗学考论》，北京：中华书局 2009 年版，第 78~98 页。

④ 卞东波：《南宋诗选与宋代诗学考论》，北京：中华书局 2009 年版，第 159 页。

第二节　元代——宋诗选本的成长期

一、元代宋诗选本与诗学思潮变迁

元朝由于俗文学的兴起，诗文领域的创作受到不同程度的抑制。不过在诗坛领域，受影响最深的还是"唐音"的传统。

由于元代诗坛领域盛行"宗唐得古"的风气杜甫得到人们的推崇，李白和韩愈也同样受到世人的尊奉。

尊奉唐诗的代表人物有郝经、虞集、戴表元、袁桷、杨维桢、吴澄、傅若金等人，他们或从政治教化，或从性情、格调，或从诗歌创新，或从唐宋因革的视角效法唐诗。正如顾嗣立《寒厅诗话》所言："一以唐为宗而趋于雅，推一代之极盛。"①杨载《诗法家数》："今之学者倘有志乎诗，须将汉、魏、盛唐诸诗，日夕沉潜讽咏，熟其词，究其旨。"②揭傒斯《诗宗正法眼藏》："学诗以唐人为宗。"③元好问："以唐人为旨归。"④这种追崇学习唐诗的言论，显示了当时诗坛的主流诗学取向。

就诗歌选本而言，在元代，唐宋诗歌选本在选诗数量上和质量上，均不如此前的宋代，亦不如此后的清代。就唐诗选本而言，元代出现了杨士弘的《唐音》、元好问的《唐诗鼓吹》、戴表元的《唐诗含弘》（现存苏州图书馆）、李存的《唐人五言排律选》（现藏国家图书馆）等选本，提出了"四唐分期"（李存《唐人五言排律选》）、"排律"（杨士弘《唐音》、李存《唐人五言排律选》）等概念。

元代社会受理学熏染较深，元统一中国以前，宋与金元长期对峙，致使南北"声教不通"，理学的影响主要局限在南方。元朝统一全国后，加快

---

① 丁福保编：《清诗话》，上海：上海古籍出版社1978年版，第84页。
② 何文焕：《历代诗话》，北京：中华书局1982年版，第726页。
③ 张健编著：《元代诗法校考》，北京：北京大学出版社2000年版，第325页。
④ 元好问：《遗山先生文集》卷三六，《四部丛刊》本。

了南北思想文化的交流和理学的北传，其标志是宋端平二年(1235)赵复在
太极书院讲授程朱理学。郝经《与汉上赵先生论性书》云：

> 近岁以来，吴楚、巴蜀之儒家与其书浸淫而北，至于秦雍，复入
> 伊洛，泛入三晋、齐鲁，遂至燕云、辽海之间，而先生巍然以师道自
> 处，学者云从景附。又为《伊洛发挥》一书，布散天下，使孔孟不传之
> 绪，家至日见。则道之复北，虽存乎运数，然其倡明指示，心传口授，
> 则自先生始。呜呼，先生之人有功于吾道，德于北方学者，抑厚耶。①

可见理学对当时文坛的影响。戴表元《陈晦父诗序》和《方使君诗序》说明了
理学的盛况，《陈晦父诗序》云：

> 近世汴梁江浙诸公，既不以名取人，诗事几废。人不攻诗，不害
> 为通儒。余犹记与陈晦父昆弟为儿童时，持笔橐出里门，所见名卿大
> 夫十有九八出于场屋科举，其得之之道非明经则词赋，固无有以诗进
> 者，间有一二以诗进，谓之杂流，人不齿录。惟天台阆风舒东野及余
> 数人辈而成进士早。得以闲暇习之………久之，场屋科举之弊俱革，
> 诗始大出，而东野辈憔悴者死尽矣。②

《方使君诗序》又云：

> 然当是时，诸贤尚谈性命，其次不过鹜于竿牍俳谐、破碎之文，
> 以随时悦俗，无有肯以诗为事者。惟夫山林之退士，江湖之羁客，乃
> 仅或能攻。而馆阁名成艺达者，亦往往以余力及之。使君魁然其间，
> 外兼山林江湖清切之能，内收馆阁优游之望，于是一时好雌黄捴摭

---

① 郝经：《陵川集》卷二四，文渊阁《四库全书》本。
② 戴表元：《剡源文集》卷七，文渊阁《四库全书》本。

者，无所施其轻重，越二年，表元亦成进士，稍稍捐弃他学，纵意于
诗，而兵事起矣。①

正因理学的巨大影响，故而有专门辑录理学诗派的选本，金履祥的《濂洛
风雅》正是应运而生的产物。

二、元代宋诗选本的类型

元代前期宋金处于对峙状态，南宋文化对金代文化影响不深，而北宋
文化对金代文化则影响较大。元代，苏轼的影响最为深远，其次为黄庭
坚。推崇苏诗的主要是赵秉文、王若虚、元好问，所欣赏的正是苏轼的自
然通达和不拘一格的诗风；而推举黄庭坚的为李纯甫、雷西颜等，倡扬其
诗风的新奇险怪。② 这一时期元好问还编有《东坡诗雅》（现已不存），可见
当时苏轼在人们心目中的地位。元代宋诗选本主要延续了宋代诗歌选本的
形式，创新性不足。归纳起来，元代宋诗选本有如下四个特点：

（1）出现以编选某一类人为主的专门性诗歌选本。如理学家的诗歌选
本，金履祥的《濂洛风雅》，选录周敦颐、程颐、程颢、邵雍、张载、王柏
等48位理学家之诗歌，对他们有"意境既庸，词句尤不讲究"之讥，③ 其
保存理学家之诗功不可没；陈世隆《宋僧诗选补》，此选是对《圣宋高僧诗
选》的补录，专门选录宋代诗僧，共选宋代诗僧33家，诗87首。如赵景良
的《忠义集》、杜本的《谷音》均为重要的遗民诗人选本。《谷音》共选诗101
首，所录诗歌多沉郁悲壮、感慨苍凉之作，表现了作者浓厚的爱国主义思
想和坚贞不屈的民族气节。

（2）诗社选本的出现。吴渭《月泉吟社诗》为我国现存最早的一部诗社
总集。月泉吟诗社以《春日田园杂兴》为题征五言、七言律诗，次年正月得
诗2735首，诗作以描写田园风光来抒发亡国之痛和故国之思，表明诗人不

---

① 戴表元：《剡源文集》卷八，文渊阁《四库全书》本。
② 参阅王友胜：《苏诗研究史稿》，长沙：岳麓书社2000年版，第14页。
③ 钱锺书：《谈艺录》，北京：中华书局1986年版，第234页。

仕元朝的情操，具有深远的思想价值和艺术价值。

（3）延续宋代诗歌选本的传统，出现了分类的宋诗选本。方回《瀛奎律髓》全书共分四十九类：登览、朝省、怀古、风土、升平、宦情、风怀、宴集、老寿、春日、夏日、秋日、冬日、晨朝、暮夜、节序、晴雨、茶、酒、梅花、雪、月、闲适、送别、拗字、变体、着题、陵庙、旅况、边塞、宫阃、忠愤、山岩、川泉、庭宇、论诗、技艺、远外、消遣、兄弟、子息、寄赠、迁谪、疾病、感旧、侠少、释梵、仙逸、伤悼等，每类均有题解，如"登览类"阐释道："登高能赋，于传识之，名山大川，绝景极目，能言者众矣。拔其尤其以充隽永，且以为诸诗之冠。"

（4）宋诗选本在地域上、空间分布上也表现出不平衡性，同明代唐诗选本一样，元代宋诗选本的编刻主要集中在江南地区，而其他地域则分量很少。中国传统意义上的江南地区主要指江苏南部、江西东北部、浙江北部、安徽南部等地域。元代该地区的宋诗选本有：金履祥《濂洛风雅》（浙江人）、孟宗贤《洞霄诗集》（浙江人）、陈世隆《宋诗拾遗》、吴渭《月泉吟社诗》（江苏人）、方回《瀛奎律髓》（徽州人）。

三、元代宋诗选本的学术价值

元代由于普遍存在"宗唐抑宋"的诗学风气，人们编选宋诗选本的热情极低，自然元代宋诗选本在历代宋诗选本上的地位和贡献，也就不如此前的宋代宋诗选本和此后的清代宋诗选本。

元代为宋诗选本的成长期，它处于宋诗选本发展的过渡阶段，起着承上启下的重要作用。此时一些重要的宋诗选本对后世产生了不小的影响，如方回《瀛奎律髓》，到明清就翻刻重印了多次。元至元二十年（1283）《瀛奎律髓》付梓，《增订四库简明目录标注》称此书"元至元癸未刊巾箱本，其板至明天顺间始废"①，该书在明代翻刻了两次，《增订四库简明目录标

---

① 邵懿辰撰，邵章续录：《增订四库简明目录标注》，上海：上海古籍出版社2000年版，第903页。

注》记载："明成化三年(1467)龙遵叙校刊,以后建阳、新安俱有刻本。"①
清代《瀛奎律髓》又两次翻刻,为康熙四十九年(1710)和康熙五十二年
(1713)。清代不仅翻刻了《瀛奎律髓》,还对其进行评阅,如纪昀亲自评阅
《瀛奎律髓》,清嘉庆五年(1800),李光垣刊刻了纪昀的《瀛奎律髓刊误》;
民国又有两部据此书重新删选而成的诗选:一是许印芳的《律髓辑要》(七
卷),二是吴汝纶的《桐城吴先生评选瀛奎律髓》(四十五卷)。

　　元代宋诗选本具有较重要的文献价值,一些诗人的文献赖其得以保
存,尤其是有些不甚有文名的诗人的作品;除此之外,元代宋诗选还具有
校勘辑佚的作用,可为宋诗的整理提供方便。

第三节　明代——宋诗选本的消歇期

　　宋诗选本的编撰发展到明代,出现了与唐诗选本编选截然不同的局
面。从选诗数量上看,明代唐诗选本总量至少有323部②(包括断代唐诗选
本、通选和个人诗选,亦包括已经散佚的唐诗选本)之多,仅断代唐诗选
本就有215种③(据孙琴安先生统计,亦包括已经散佚的),但与此相对应
的宋诗选本却出现了截然不同的情况,仅就断代宋诗选本来说,明代宋诗
选本只有6种。

　　有明一代,在诗坛领域,举世宗唐,人们对唐诗的尊崇已经到了顶礼
膜拜的程度,整理、笺注、编选、评点唐诗蔚成风气;而宋诗却被束而不
观,几乎消失在人们的视野中,所以明代出现了"宋诗向无总集,亦无专
选"(《宋诗钞·凡例》)的严重局面,致使"宋集为世所厌弃,其存者如秦
火后之诗书"(《宋诗钞·凡例》),故而在明代,大量宋集文献被湮没,乃

---

　　① 邵懿辰撰,邵章续录:《增订四库简明目录标注》,上海:上海古籍出版社
2000年版,第903页。
　　② 金生奎:《明代唐诗选本研究》,合肥:合肥工业大学出版社2007年版,第7
页。
　　③ 孙琴安:《唐诗选本六百种提要》,西安:陕西人民教育出版社1987年版。

至于失传或亡佚，显然这阻止和妨碍了人们对宋诗的传播、接受、整理和编刻。

（一）明代宋诗选本编选的过程

明人编选宋诗和接受宋诗大体与其创作活动密切相关，《明史·文苑传序》详细讲述了明代诗文的发展演变历程：

> 明初，文学之士承元季虞、柳、黄、吴之后，师友讲贯，学有本原。宋濂、王祎、方孝孺以文雄，高、杨、张、徐、刘基、袁凯以诗著。其他胜代遗逸，风流标映，不可指数，盖蔚然称盛已。永、宣以还，作者递兴，皆冲融演迤，不事钩棘，而气体渐弱。弘、正之间，李东阳出入宋元，溯流唐代，擅声馆阁。而李梦阳、何景明倡言复古，文自西京、诗自中唐而下，一切吐弃，操觚谈艺之士翕然宗之。明之诗文，于斯一变。迨嘉靖时，王慎中、唐顺之辈，文宗欧、曾，诗仿初唐。李攀龙、王世贞辈，文主秦汉，诗规盛唐。王、李之持论，大率与梦阳、景明相倡和也。归有光颇后出，以司马、欧阳自命，力排李、何、王、李，而徐渭、汤显祖、袁宏道、钟惺之属，亦各争鸣一时，于是宗李、何、王、李者稍衰。至启、祯时，钱谦益、艾南英准北宋之矩矱，张溥、陈子龙撷东汉之芳华，又一变矣。有明一代，文士卓卓表见者，其源流大抵如此。①

明代前期（洪武至成化年间，即 1368—1487），从朱元璋称帝始，卅国诗人大多由元代进入新朝，这些诗人的诗学观不可避免地带有前朝的遗风余韵，即一直沿袭元代尊唐抑宋的诗学倾向，以高棅所编的《唐诗品汇》为代表，其后三杨（杨士奇、杨荣、杨溥）和李东阳继起，将尊唐的号角吹响；明代中期（弘治至隆庆年间，即 1488—1572），前后七子称雄文坛，祭起

---

① 张廷玉等：《明史》卷二八五，北京：中华书局 1974 年版，第 7336 页。

"诗必盛唐"的大纛,一时间,天下翕然随之,唐诗的刊刻、选编、评点达到了最高峰;明代后期(万历至崇祯年间,即1573—1644),这既是中国思想史上大裂变时期,也是中国诗学发生转捩的关键时期,性灵派由是崛起诗坛,他们高举"性灵"的旗帜,向盛行一时的格调论发起攻击,这在一定程度上削弱和动摇了格调论的影响,在举世尊唐的风气下,撕开了一道缝隙,为宗宋思潮的萌芽提供了生长的土壤。

尊宋思潮的兴起和宗唐思潮的消长密切相关。其编选历程如下:

明前期宋诗选本(1368—1487)数量非常稀少,仅有瞿佑《鼓吹续音》(已佚)问世,而相关宋集的整理、编刻、注释主要有天顺五年(1461)旧题刘弘集注的《苏诗摘录》和成化四年(1468)吉州知州程宗刊刻的《东坡七集》等。这说明明初尚未脱离前代诗风的影响,宋诗的兴起还未有任何征兆和迹象。

明中期宋诗选本(1488—1572)数量有所增加,有王萱《宋诗绝句选》(已佚)、杨慎《宋诗选》(已佚)《苏黄诗髓》(已佚)、慎蒙《宋诗选》(已佚)、符观《宋诗正体》(1506)、李蓘《宋艺圃集》(1567)等宋诗选本的辑录,而相关宋集的整理、编刻、注释主要有弘治十六年(1503)《王状元集注东坡律诗》等,这一时期格调论唐诗学成为诗坛的主流与正宗,故而宋诗也不受重视。

明后期宋诗选本(1573—1644)在选诗数量上超过前期和中期,有朱华圉《宋元诗选》(已佚)、张可仁《宋元诗选》(已佚)、周侯《宋元诗归》(已佚)、卢世㴶《宋人近体分韵诗钞》、毕自严《类选唐宋元四时绝句》、陈仁锡《诗品会函》、《东坡先生诗集》(天启刻本)、潘援《诗林辨体》、佚名《僧诗选》、佚名《诗意法音》、王朝雍《绝句博选》、谭元春《东坡诗选》(天启间刻本)、潘是仁《宋元名家诗选》(1615)、杨时伟《苏东坡和陶诗》(1619)、周诗雅《宋元诗选》(1619)、毛晋《苏子瞻诗》(1625)、曹学佺《石仓宋诗选》(1631)等,除此之外,宋集的整理、编刻、注释在这一时期也有所增加,如王世贞《重编苏文忠公年谱》、郑鄤《考订苏文忠公年谱》、茅维《东坡先生诗集注》等。

（二）明代宋诗选本的特点

明代宋诗选本的选录始终与宗唐思潮、时代风尚密切相关的，明代承袭前朝宗唐绌宋的诗学倾向，宋诗的地位始终被打压，当然宋诗选本的选录始终不如唐诗选本兴盛，宋诗选本无论是在数量上，还是质量上都无法同唐诗选本相比，出现了一边倒的情况。明代宋诗选本的特点主要表现在以下六个方面。

第一，从明代宋诗选本编刻的时间以及相对应的选本数量上看，明人的宋诗编刻活动呈现出明显的阶段性特点。

从时间上看，明代后期宋诗选本的编选情况以及与之相关的刊刻活动都远远超过明代前中期，具有阶段性特点。据笔者统计，明前期宋诗选本有 4 部，明中期宋诗选本有 15 部，明后期宋诗选本有 33 部，后期明显多于前中期。

明代宋诗选本的编刻之所以会出现前中期萧条、后期兴盛的情况，自然有其产生的必然原因。其一，与统治者推行的科举制度相关①（详情可参阅金生奎的论述）。因为明代统治者所推行的科考制度，不再将诗赋科目作为科考的必考科目，诗歌创作从士子取得功名的视野中淡化出去，所以明代诗歌的创作与前代作品的选辑和刊刻均受到不同程度的影响。其二，明代前中期诗坛受格调论诗学的影响非常大，尊唐成为当时诗坛的不二选择；而万历中叶之后，公安派和竟陵派兴起，他们主张"独抒性灵，不拘格套"，尊唐不再是人们的唯一选择。

第二，明代宋诗选本在空间分布上也表现出不平衡性，同明代唐诗选本一样，宋诗选本的编刻主要集中在江南地区，而其他地域则数量很少。

中国传统意义上的江南地区主要指江苏南部、江西东北部、浙江北部、安徽南部等地域。张可仁《宋元诗选》（江苏南京）、周诗雅《宋元诗

---

① 金生奎：《明代唐诗选本研究》，合肥：合肥工业大学出版社 2007 年版，第 10 页。

选》(江苏)、陈仁锡《诗品会函》(江苏)、潘是仁《宋元名家诗选》(安徽)、慎蒙《宋诗选》(浙江)、瞿佑《鼓吹续音》(浙江)、王萱《宋诗绝句选》(江西)、符观《宋诗正体》(江西)。虽然在山东、湖北、湖南、河南、四川等地区也有一些重要的宋诗选本,如曹学佺《石仓宋诗选》(福建)、李蓘《宋艺圃集》(河南)、卢世㴶《宋人近体分韵诗钞》(山东)等,但在总体数量上无法与江南相抗衡。

明代宋诗选本之所以会出现这种情况,主要原因是由于江南地区刻书业十分发达。根据周弘祖《古今书刻》记载,福建刻书有481种,位列第一,依次是南直隶(江苏)刻书有459种,江西刻书有325种,浙江刻书有180种,陕西刻书有109种,湖广刻书有100种,北直隶刻书有74种,四川刻书有68种,河南刻书有58种,山东刻书有52种,由此可知,江苏、浙江、江西的刻书业之盛兴。胡应麟《少室山房笔丛》云:"今海内之书,凡聚之地有四:燕市也,金陵也,阊阖也,临安也。"①南京、苏州、杭州为著名书籍集散地,这些地区有许多著名的出版家,如苏州的毛晋、吴兴的闵齐伋和凌濛初等,同时这里还有很多著名的藏书家,如茅坤、毛晋、黄虞稷等。具备了刻书和藏书条件的江南,自然就为宋诗选本的编选和刊刻提供了得天独厚的条件。

第三,明代宋诗选本中个人诗选仅局限于苏轼、黄庭坚、陆游等少数大家(刘弘集注的《苏诗摘录》、毛晋《苏子瞻诗》、刘景寅《放翁诗选》等),其他诗人几乎未予编选。

第四,明代宋诗选本在选诗宗趣上,往往存在着"以唐衡宋"的倾向。这是因为当时性灵派诗人虽然不像地道的宗唐派诗人那样一味贬低宋诗,但他们毕竟还未摆脱扬唐抑宋的影响。

第五,明代诗学辨体甚为盛行,在这种思潮影响下,出现了与之相关的宋诗选本,如潘援《诗林辨体》按体编次,分古歌谣辞、乐府、古诗、七言歌行、律诗、排律、绝句、联句、杂体、近代词曲、变体等,共录宋诗

---

① 胡应麟:《少室山房笔丛》卷四,文渊阁《四库全书》本。

52 首，王朝雍《绝句博选》按朝代编次，共收录唐宋七言绝句诗人 320 家，诗 1349 首，毕自严《类选唐宋元四时绝句》按月编次，共选宋代诗人 159 家，诗 494 首。

第六，明代宋诗选本有一个特殊的现象，就是女性诗选非常发达，出现了女性系列诗选。如郭炜《古今女诗选》、田艺蘅《诗女史》、钟惺《名媛诗归》、处囊斋主人《诗女史纂》、周履靖《古今宫闺诗》《冯太史校汉唐宋元明十六名姬诗》、郑文昂《古今名媛汇诗》、张梦徵《闲情女肆》《青楼韵语》、张之象《彤管新编》、郦琥《姑苏新刻彤管遗编》、池上客《镌历朝列女诗选名媛玑囊》、周公辅《古今青楼集选》、赵世杰《古今女史》等。

(三)明代宋诗选本的学术价值

传统的诗学观点认为，因为明人宗唐抑宋，大量编选唐诗选本，对宋诗有些冷落，加之流存于世的宋诗选本本身就稀少，故而对明代宋诗选本肯定者少，否定者多，从而影响了人们对明代宋诗选本的发掘和研究，人们就很难认识其真正的价值之所在。

诚然，明代宋诗选本不仅在数量上和质量上不仅不能与明代唐诗选本抗衡，而且与清代宋诗选本也有一定的差距，但毕竟明人选录过一些重要的宋诗选本，惟其数量有限，故而显得弥足珍贵。

明代是宋诗选本的生长期，虽然说其选本数量无法与清代兴盛时期相提并论，但它毕竟处于宋诗选本发展的重要阶段，起着承上启下的作用，所以明朝这一时期的宋诗选本的发展，为清代宋诗选本的繁荣开启了帷幕。

明代宋诗选本具有较重要的文献价值，一些诗人的文献赖其得以保存，尤其是有些不甚有文名的诗人的作品；除此之外，明代宋诗选还具有校勘辑佚的作用，可为宋诗的整理提供方便。

明代宋诗选本具有文学批评的作用。在明代一些宋诗选本中，不仅选录作品，还收录作品评论，将诗选和评点相结合，如《宋人近体分韵诗钞》《类选唐宋元四时绝句》等；有些宋诗选本还有序论、题跋，阐释了对宋诗以及一些文学现象的看法，这在文学批评史上具有重要的贡献。

明代宋诗选本还有重要的传播和指导创作的作用。明人编选宋诗的作用除保存有宋一代诗作外，还可以为人们阅读宋诗，继而效仿宋诗提供范本。

第四节　清代——宋诗选本的兴盛期

清代是中国封建社会全面繁荣和盛兴的时期，也是中国文化处于最为盛兴和集大成的历史时期，强大的国力和丰厚的文化积累为学术文化的总结提供了坚实的基础。

清代对传统学术文化的整理和总结表现在各个方面。大型类书和丛书的编纂，如康熙、雍正时期的《古今图书集成》，乾隆时期的《四库全书》，几乎囊括了中国历史上所有的文献典籍，成为"震古烁今"、世界上数量最大的丛编。

大型字典、辞典如《康熙字典》《经籍纂诂》《渊鉴类涵》等的出版；集成性的文学总集如《全唐诗》《全唐文》《宋金元明四朝诗》《全上古三代秦汉三国六朝文》《皇朝经世文编》等的纂集，亦构成这个时期的丰硕成果。

清代对传统学术文化的总结和整理，还表现在对古籍的训诂、注疏、编目和考订等方面。考据之学成为清代学术核心，训诂、音韵、文字、校勘、版本、辨伪、辑轶、考史、金石等皆取得令人瞩目的成就。以《四库全书总目》为代表的一系列著作的编纂，显示了目录学的集大成，其中黄虞稷《千顷堂书目》、钱谦益《绛云楼书目》、钱曾《述古堂藏书目附宋版书目》、徐乾学《传是楼宋元版书目》、季振宜《季沧苇藏书目》、孙星衍《孙氏祠堂书目》、陆心源《皕宋楼藏书志》等，乃其要者。

音韵学著作，则有顾炎武《音论》《唐韵正》、江永《古韵标准》、戴震《声韵考》《声类表》、段玉裁《六书音韵表》、王念孙《古韵谱》和朱骏声《说文通训定声》。

校勘学在乾嘉时期达到鼎盛，戴震、卢文弨、段玉裁、王念孙、王引之、俞樾、孙星衍、孙诒让等名家辈出，成绩斐然，章学诚《校雠通义》堪称总结性巨著，其"辨章学术，考镜源流"的论断为世所瞩目。

辑轶辨伪方面，马国翰《玉函山房辑轶书》辑出唐以前的古籍佚书六百余种，阎若璩的《古文尚书疏证》解决了《古文尚书》真伪的疑案，姚际恒的《古今伪书考》更是一部集辨伪学之大成的专著。

清代史学鼎盛，张廷玉等奉敕编撰的《明史》、毕沅的《续资治通鉴》、章学诚的《文史通义》、钱大昕的《二十二史考异》、王鸣盛的《十七史商榷》、赵翼的《廿二史札记》等，形成了史学著作蔚为大观的局面。正是清代学者通过对古代典籍所做的这些基础性的整理，既为后人的阅读和使用提供了方便，也为总结和清理中国传统文化奠定了扎实的基础。

一、清代宋诗选本的发展历程

我们通过对清人所选宋诗的整体考察，发现清人选宋诗经过了三个发展阶段，即前期为顺治、康熙、雍正三朝，中期为乾隆、嘉庆两朝，晚期则为道光、咸丰、同治、光绪、宣统五朝。

(一)清前期

清初宋诗选本呈现出两大特点：一是大型宋诗选本的出现。吴之振、吕留良、吴自牧编选的《宋诗钞》共选录宋代诗歌 12970 首，为历代宋诗选本篇幅最大的选本。《四库全书总目》称："盖明季诗派最为芜杂，其初厌太仓、历下之剽袭，一变而趋清新；其继又厌公安、竟陵之纤佻，一变而趋真朴。故国初诸家颇以出入宋诗，矫钩棘涂饰之弊，之振是选即成于是时。"①《宋诗钞》成为众多选本的"母本"和典范。二是御选类宋诗选本的诞生。张豫章等选辑的《御选宋诗》共选录宋代诗歌 11966 首，为第一部"御选"的大型宋诗选本，其后的《御选唐宋诗醇》便是其影响下的产物。

---

① 纪昀等：《钦定四库全书总目》，北京：中华书局 1997 年版，第 2663 页。

（二）清中期

根据表 1-1 统计清前期共有 18 种宋诗选本。这一时期的宋诗选本，呈现出三大特点。

第一，大型纪事体宋诗选本的出现。这一时期的宋诗选本最具特色的是纪事体宋诗选本的出现，乾隆十一年（1746）厉鹗选录大型宋代诗歌资料集《宋诗纪事》。厉鹗仿效计有功《唐诗纪事》之体而成《宋诗纪事》，该书共 100 卷，录宋代诗人 3812 家，厉鹗为编选此书，"访求积卷"①，广泛采集诗话、笔记、总集、别集、类书、史书、方志、金石、碑帖等资料。关于此书的价值，《四库全书总目提要》指出："昔唐孟棨作《本事诗》，所录篇章，咸有故实。后刘攽、吕居仁等诸诗话，或仅载佚事而不必皆诗。计敏夫《唐诗纪事》，或附录佚诗而不必有事。揆以体例，均嫌名实相乖。然犹偶尔泛登，不为定式。鹗此书裒辑诗话，亦以纪事为名。而多收无事之诗，全如总集；旁涉无诗之事，竟类说家。未免失于断限。又采摭既繁，牴牾不免。……然全书网罗赅备，自序称阅书三千八百一十二家。今江南、浙江所采遗书中，经其签题自某处钞至某处，以及经其点勘题识者，往往而是，则其用力亦云勤矣。考有宋一代之诗话者，终以是书为渊海，非胡仔诸家所能比较长短也。"②四库馆臣充分肯定了厉鹗"用力甚勤"，肯定其保存文献之功，这也正是这部诗选的最大价值之处；除此之外，该选还有诗话与记事的功用；厉鹗在《宋诗纪事·序》中也充分强调了该选辑存文献之力，《宋诗纪事·序》云："部帙既繁，恐归覆瓿。念与二君用力之勤，不忍弃去。暇日厘为百卷，目曰《宋诗纪事》，镂板而传之，庶几后之君子，有以益我纰漏云。"③

第二，这时期出现了专门诗体的选录。乾嘉时期，在宋诗选本中出现

---

① 厉鹗：《宋诗纪事》，乾隆十一年（1746）刻本。
② 纪昀等：《钦定四库全书总目提要》，北京：中华书局 1997 年版，第 1794～1795 页。
③ 厉鹗：《宋诗纪事》，乾隆十一年刻本。

了专门选录某一诗体的选本。如彭元瑞《宋四家律选》专选律诗，该选收有陆游诗 160 首，范成大诗 80 首，杨万里诗 80 首，刘克庄诗 80 首，计 400 首诗。关于选录四家诗的标准，彭元瑞在《宋四家律选·彭元瑞跋》中指出："陆取其生者，范取其壮者，杨取其细者，刘取其新者，各视乎其人。"①严长明《千首宋人绝句》模仿宋洪迈《万首唐人绝句》的体例，首七言，次五言，再为六言，分为十卷；再按帝王、后妃、宫掖、宗室、降王、降臣、宋臣、属国外臣、闺媛、释子、羽士、尼、无名子、神仙、鬼怪、妓女等分类，收录七言绝句 686 首、五言绝句 216 首、六言绝句 98 首，计 1000 首。

第三，这一时期出现了评点和选诗完美结合的宋诗选本。因为宋诗选本编选的大多数宋诗选本是没有评点的，所以有评点的宋诗选本就显得弥足珍贵；这不同于唐诗选本，唐诗选本相对来说，评点就较为常见。在宋诗选本中评点较为出色的是潘问奇、祖应世合选的《宋诗啜醨集》（乾隆十八年刻本），此选在宋诗选本中较有特色，这表现在编选体例上较为齐全，有编选者自序（潘问奇、祖应世），有凡例，有目录等，而且所选诗体较为全面，有五古和七古、五律和七律、五绝和七绝，虽然该选入选诗人较少，仅有 65 家，诗作也只有 400 余首，文献篇幅也不是很大，但所选诗人作品均有潘问奇、祖应世的按语、评点，正如祖应世在《凡例》谓："今昔参选家亦有止收篇什，不置品骘圈点。着其意，盖谓学者性情不同，好尚亦异。欲使读者各随其资之所近，自为采掇，则真诗始出，此说亦佳。但诗文为天下公器，诚能日光玉洁，又未始非千人亦见、万人亦见者，即丹黄亦何害乎？兹集特于篇末总论外，行间仍加评次，亦昉济南、竟陵诸家例，非臆裁也。"②潘问奇、祖应世之语道出了该选的特色。该选之评点颇具特色，既有对诗作简单的评价，如陆游《谢韩实之直阁送灯》之评语："雪帆曰：一灯耳，忽然触着，可见此老无一日忘了中原也。"陆游《示儿》

① 彭元瑞：《宋四家律选》，清抄本。
② 潘问奇、祖应世：《宋诗啜醨集·凡例》，乾隆十八年刻本。

之评语："曰：放翁易箦嘉定中，国弱已极。而尚作此想，其赍志可悲矣。"更有对陆游诗歌思想内容作全面论述的："雪帆曰：剑南诗，海内操觚家奉之不啻拱璧矣。然一时所为翕然者，不过喜其陶写风云流连月露而已。而其惓惓宗国，悱恻缠绵顾未有及之者。仆于此集中特为一一标识之，使知先生当日伤半壁之无依，痛两宫之不返，终天叹悼，不徒沾沾景物间也，以比少陵庶几一饭不忘之谊云。"①类似的评语在《宋诗啜醨集》中并不少见。

（三）清后期

这一时期的宋诗选本不像清初和清中叶特色鲜明，无论从数量上还是从质量上讲，这一时期的宋诗选本良莠不齐，但值得一提的是普及型宋诗选本、地域性宋诗选本和《宋诗纪事补遗》的出现。具体如下：

第一，普及型宋诗选本。许耀《宋诗三百首》(道光二十五年春水草堂藏板)模仿《唐诗三百首》而选录，此选有许耀自序和其学生王庆勋之序，圈点较为详细，选诗体裁完备，有五言古诗、七言古诗、五言律诗、七言律诗、五言绝句和七言绝句，共选录了宋代诗人78家，诗作300首；此选之宗旨是"盖为初学计"之"家塾课本"，所以"爰取两宋各家之诗，采其易于诵习者，简之又简，得三百首作。不特近于腐且纤者不敢阑入，即典重奇丽之作亦盖就阙如"②。

第二，地域性宋诗选本。董澧《四明宋僧诗》和董沛《甬上宋诗略》是这一时期地域性宋诗选本的代表。《四明宋僧诗》为一部选录宁波地区僧人诗歌的选本，选录宋诗僧28家，每位诗僧人各有小传；《甬上宋诗略》选录宁波地区的宋代诗人179家，且每位诗人都注明其来历。这是一部选录宁波府诗人最多的地方性宋诗选本，极具收罗文献之功，嘉惠桑梓甚多。

第三，陆心源补录《宋诗纪事补遗》。陆心源在《宋诗纪事》的基础上，

---

① 潘问奇、祖应世：《宋诗啜醨集》，乾隆十八年刻本。
② 许耀：《宋诗三百首》，道光二十五年春水草堂藏板。

辑录《宋诗纪事补遗》100卷，陆心源遍检地方性总集、地方志等大量书籍，求得宋代诗人3000家，诗作8000多首，补充了许多重要的诗歌作品和诗人的文献资料。

二、清代宋诗选本的特点

与清代学术文化相伴而生的清代宋诗选本同样具有总结性的特征。这种集成性质的诗学风貌在清盛期表现得尤为突出，此时应运而生的神韵、格调、性灵、肌理诸说不仅各成体系，且各派均有宋诗选本。在这总结过程中，选诗家们面对前人所留下的丰富的文化遗产，一方面吸收前人文化遗产中的精华，另一方面总结前人失败的教训，对于宋诗的特色和精髓比任何时代都有了更为深入和贴切的感悟，并能结合实际创作，以期通过选诗来表达对宋诗的理解。这种集成性也体现在宋诗选本领域，宋诗选本的集成性主要表现为：选本规模增加和文献篇幅总量较大；体例完备，众体兼具；内容丰富，宗旨多元；集昭代政治、文化之成——御选宋诗选本的出现。

第一，诗选规模增加、文献篇幅总量增大。清代宋诗选本中有些重要宋诗选本在入选诗人和诗作总数上都超越了前代，入选诗作在千首以上的就有许多种，有些宋诗选本收录的诗作甚至超过万首。譬如吴之振、吕留良、吴自牧的《宋诗钞》收录诗人84家，诗12970首；陈焯《宋元诗会》为六十卷，选录宋代诗人493家，诗6534首；吴曹直、储右文的《宋诗选》为二十卷，选录宋代诗人320家，诗3600首；顾贞观《积书岩宋诗删》为二十五卷，选录宋代诗人318家，诗2499首；曹庭栋《宋百家诗存》为二十卷，选录宋代诗人100家，诗6000余首；厉鹗《宋诗纪事》为一百卷，共收录宋代诗人3812家，诗10000余首。

第二，体例完备，众体兼具。清代宋诗选本在编排体例上，可谓包罗万象，诸体皆具。有以韵编录的宋诗选本，如佚名的《分韵近体宋诗》等；有仅选一种诗体的宋诗选本，如严长明的《千首宋人绝句》、况澄的《宋七绝选录》、彭元瑞的《宋四家律选》等；有以类相从的宋诗选本，如王史鉴

《宋诗类选》、俞琰《分类咏物诗选》、张玉书的《佩文斋咏物诗》《御选题画山水诗》等；有以人系诗的宋诗选本，如吴之振等的《宋诗钞》、蒋光煦与管庭芬合选的《宋诗钞补》、陈焯的《宋元诗会》、曹庭栋的《宋百家诗存》等；有纪事体的宋诗选本，如厉鹗的《宋诗纪事》、陆心源的《宋诗纪事补遗》等；有诸体皆具的宋诗选本，如汪景龙的《宋诗略》、许耀的《宋诗三百首》、侯廷铨《宋诗选粹》等；有专选某一类人的宋诗选本，如董濂的《四明宋僧诗》、陆昶的《历朝名媛诗词》等。

第三，集昭代政治、文化之成——御选宋诗选本的出现。

在清代，由于统治者对文化的重视，为了推行统治者的文化思想，统治者亲自参与诗歌选本的编选来体现自己的喜好和意志。我们从《四库全书》"总集类"中发现，以"御定""御选""钦定""御制"等命名的文学总集就有28种之多，具体包括《御定历代赋汇》《御定全唐诗》《御定全金诗》《御定历代题画诗类》《御定佩文斋咏物诗选》《御定千叟宴诗》《御定历代诗余》《御定清文鉴》《御选古文渊鉴》《御选唐诗》《御选宋诗》《御选金诗》《御选元诗》《御选明诗》《御选唐宋文醇》《御选唐宋诗醇》《御选分韵近体宋诗》《御选题画山水诗》《御选古文第论》《御制历代诗余》《御制词谱》《御制诗》《御定全金诗增补中州集》《钦定国朝诗别裁集》《钦定全唐文》《钦定四书文》《钦定熙朝雅颂集》等。

第四，内容丰富，宗旨多元。清代宋诗选本从选取的时代来看，有通选两宋的，如顾贞观《积书岩宋诗选》、许耀《宋诗三百首》，有仅选南宋的，如陆钟辉《南宋群贤诗选》、高士奇《南宋二高诗》、鲍廷博《南宋八家诗》；从审美价值取向来看，有以"温柔敦厚"诗教为主，如《宋诗别裁集》；有渗透遗民思想的，如吴之振《宋诗钞》、陈訏《宋十五家诗选》、邵裒《宋诗删》等。

三、清代宋诗选本刊刻动机

第一，删汰繁芜，荟萃精华。《四库全书总目》"总集类"序云："文籍日兴，散无统纪，于是总集作焉。一则网罗放佚，使零章残什，并有所归；一则删汰繁芜，使莠稗咸除，菁华毕出。是固文章之衡鉴，著作之渊薮矣。"①指出了总集"删汰繁芜"、荟萃精华、分别优劣的功能，而由此择选后的选本就避免了不分良莠的情况。如汪景龙所选录的《宋诗略》就最为典型，《宋诗略》序指出：

> 编唐诗者，不下数十家，两宋之诗独少专选。《东莱文鉴》所录寥寥，王半山、曾端伯曾有辑录，前贤尝病其偏任己见，今已罕有流传。若《西昆酬唱》《濂洛风雅》亦集仅数家，精而未备。内乡李于田《艺圃集》搜采颇多，然以五代金源诸家厕其间，体例未合。曹石仓《十二代诗选》去取尤为草率。而潘讱庵、吴蔺次、吴以巽、王子任之所选，详略虽殊，其未能餍人意，则均也。惟石门吴孟举之《宋诗钞》、嘉善曹六圃之《宋诗存》大有功于宋人之集，而未经抉择。厉樊榭《宋诗纪事》，网罗遗佚，殆无挂漏，然以备一代之掌故，非以示学者之准则。苟非掇其菁英，归诸简要，何以别裁伪体而亲风雅哉！余故与姚子和伯取宋人全集，暨诸家选本，采其佳什，而俚俗浅率者俱汰焉。书既成，厘为十八卷，虽不克尽宋诗之美，然其崖略已具于此。求宋诗之专选者，或有取焉，至作者里居出处，恪遵史传标举。大凡其论诗可采，逸事可书，及鄙见所得，亦附载之，祈不背于知人论世之义云。②

汪景龙指出自宋代《西昆酬唱》《濂洛风雅》起，至明代李于田之《艺圃集》、曹石仓之《十二代诗选》，再到当朝吴孟举之《宋诗钞》、曹六圃之《宋诗存》和厉樊榭之《宋诗纪事》，大多有"网罗遗佚，殆无挂漏""未经抉择"和"精而未备"之缺失，《宋诗略》则"掇其菁英"和"采其佳什"。

第二，通过选诗，大张旗帜。清初为反思明人宗唐所遗留下的种种问

---

① 永瑢等：《四库全书总目》卷一百八十六，北京：中华书局 1965 年版，第1685 页。

② 姚壎、汪景龙：《宋诗略》，乾隆三十五年刻本。

题，在诗坛领域兴起了一股宗宋思潮，为宣扬其学术主张，他们选录宋诗以大张旗帜。如吴之振及其子侄吴自牧和黄宗羲、吕留良、高旦中等选录《宋诗钞》（康熙十年刊本），《宋诗钞》就成为清初宗宋诗派宣扬宋诗的重要手段。序言指出：

> 自嘉、隆以还，言诗家尊唐而黜宋，宋人集覆瓶糊壁，弃之若不克尽，故今日搜购最难得。黜宋诗者曰腐，此未见宋诗也。宋人之诗，变化于唐，而出其所自得，皮毛落尽，精神独存。万历间，李蓘选宋诗，取其离远于宋而近附乎唐者。曹学佺亦云"选始莱公，以其近唐调也"，以此义选宋诗，其所谓唐终不可近也，而宋人之诗则已亡矣。余与晚村、自牧所选盖反是，尽宋人之长，使各极其致，故门户甚博，不以一说蔽古人。非尊宋于唐也，欲天下黜宋者得见宋之为宋如此。①

《宋诗钞》的选录就是为适应当时的宗宋思潮而产生的，即用选本这种特殊形式为宋诗张本。《四库全书总目提要》指出："之振于遗集散佚之余，创意搜罗，使学者得见两宋诗人之崖略，不可谓之无功"。

第三，辑存文献，探幽析微。许多选诗家出于保存宋诗文献的目的，搜罗大量文献，以人存诗。如周之鳞和柴升所选《宋四名家诗》，选录苏轼、黄庭坚、范成大、陆游四位宋代著名诗人的诗作，《四库全书总目提要》指出"较吴之振《宋诗钞》所录较多，而去取未能悉当也"。这说明《宋四名家诗》旨在保存文献，而所取则未精粹；陈焯《宋元诗会》选录宋代诗人493家，清代吴之振等人的《宋诗钞》选有宋代诗人84家，吴绮《宋金元诗永》选录了宋代诗人302家，《宋诗纪事》选录了宋代诗人3812家、《宋诗类选》选录了宋代诗人339家，《御选宋诗》选录了宋代诗人882家。

第四，挖扬风雅，彰显文治武功。清代统治者为了贯彻其文治武功的思想，通过选本这一形式来表现其风雅之义。如顾贞观选录的《积书岩宋

---

① 吴之振、吕留良、吴自牧：《宋诗钞》，康熙十年刻本。

诗选》就是这一思想的有力体现,《积书岩宋诗选序》云:"惟国初高廷礼论诗有返正功,今宜略仿其义例,令学者沿流溯源,上追《三百篇》温柔敦厚之教,而宋以后次第及之。"顾贞观指出了选录宋诗的宗旨,就是要发扬自《诗经》以来的"温柔敦厚之教",为统治者歌功颂德;周之鳞和柴升所选《宋四名家诗》也是如此,《宋四名家诗序》云:"方今风雅道盛,不啻户诗家、人骚客矣。其境日尽,则其致日新,而皮见者谓为得之于宋。"通过选本扢扬风雅、彰显文治武功成为清初一些选诗家有意识的自觉行为。稍后的《御选唐宋诗醇》最能体现统治者颂扬风雅的意图,《四库全书总目》提要指出:"然诗三百篇,尼山所定,其论诗一则谓归于温柔敦厚,一则谓可以兴观群怨。原非以品题泉石、摹绘烟霞。洎乎畸士逸人,各标幽赏,乃别为山水清音。实诗之一体,不足以尽诗之全也。宋人惟不解温柔敦厚之义,故意言并尽,流而为钝根。士祯又不究兴观群怨之原,故光景流连,变而为虚响。"

第五节 民国——宋诗选本的更新期

一、民国宋诗选本的编纂与时代变迁

清中叶以降,康、雍、乾时期的"太平盛世"逐渐被全面爆发的社会危机所取代,日益严峻的社会现实促使诗坛取向发生变化。尤其是进入民国以后,动乱频仍,国运沦替,社会变革带来了文学变化,这一时期反映国难的作品日渐频繁,这一现象同样反映到选本领域。这一时期出现了反映国难和爱国情怀的选本,如许文奇的《放翁国难诗选》和王家械的《国魂诗选》等。

民国时期,白话文运动的出现,使诗学领域的审美趣味发生转变,故而这一时期出现了许多的白话诗选。

新式标点和注音方法的出现也给传统的宋诗选本带来了一些变化。我们知道传统的宋诗选本均没有标点,而这一时期的宋诗选本绝大多数采用了新式标点。

由于妇女解放运动和个性解放思想的影响，此时也出现了大量选录妇女诗作的选本，可以说这也是民国宋诗选本的又一特点。

二、民国宋诗选本的类型

自民国开始后，国家处于危亡之际，由于新的诗学思潮和文化思潮的影响，民国时期的宋诗选本出现了新类型的选本。

（一）白话诗选

20 世纪早期，以胡适、陈独秀为代表的一批受过西方教育的人发起了白话文运动。白话文运动的结果是使白话文在文学作品及学术著作的范围内取得了正统地位，文学作品中受到冲击最大的是中国古典诗歌。所以在此时，出现了许多白话宋诗选本，如凌善清《白话宋诗五绝百首》（民国十年中华书局石印本），共录宋代五绝诗人 57 家、诗 100 首；《白话宋诗七绝百首》（民国十年中华书局石印本），共录宋代七绝诗人 41 家、诗 100首；凌善清《白话唐宋古体诗百首》（民国十年中华书局石印本），共收唐宋诗人 66 家、诗 100 首，其中唐代诗人 37 家、诗 60 首，宋代诗人 29家、诗 40 首；熊念劬《宋人如话诗选》（民国十年上海文瑞楼石印本）按体编排，分五言古诗、七言古诗、五言绝句、七言绝句、五言律诗和七言律诗六种诗体，共选诗 1387 首；陶乐勤《话体诗选》（民国二十三年民智书店铅印本）以人编次，共选苏轼、欧阳修、王安石三位诗人诗作 104首，其中苏东坡话体诗 54 首、欧阳修话体诗 18 首、王安石话体诗 32首；朱骏声《如话诗钞》（民国十年上海广益书局铅印本）按体编排，共选录七绝、七律 247 首。

（二）音注宋诗选本

这一时期，出现了音注宋诗选本，如陆律西辑注《音注宋四灵诗》（上海文明书局民国十六年铅印本），曹绣君注《音注陈后山、戴石屏诗》（民国十八年上海文明书局铅印本)，王文濡《音注苏东坡诗》(民国二十一年铅印本)，佚名《标点音注古今民间疾苦诗歌类选》(民国抄本)等。

(三)反映国难的宋诗选本

如：吴贯因编《国难文学》(民国二十一年和济印书局石印本)按体选录，分四古、五古、五律、七律、五绝、七绝六种诗体收录宋代诗人14家、诗21首。许文奇《放翁国难诗选》(上海民智书局1933年石印本)共录陆游各体诗219首。王家械《国魂诗选》(上海新中国建设学会1934年刊印)按人编次，共选诗人410家、诗890首。章桢《非常时期之诗歌》(民国二十四年上海中华书局刊印)按朝代编次，收录汉魏六朝至民国诗人55家作品88首，其中宋朝诗人6家14首。

(四)普及型宋诗选本

有王铭新《弦歌选》(民国四年铅印本)、胡怀琛《绘图儿童诗歌》(民国四年上海广益书局铅印本)、贾丰臻《修身诗教》(民国六年上海商务印书馆铅印本)、张廷华《广注古今体诗自修读本》(民国十年上海广文书局石印本)、王揖唐《童蒙养正诗选》(民国二十年合肥王氏刊行)等。其中吴家驹《宋诗三百首》(民国二十五年上海经纬书局印行)按体编次，分五古、七古、五律、七律、五绝、七绝六种诗体，共选诗284首。

(五)白话女性选本

如：徐珂《历代白话女子诗选》(民国十二年中华书局石印本)按体编排，分七绝、七古、七律和长短句四种诗体，共选诗181首。张友鹤《中国女子白话诗选》(民国十六年上海商务印书馆刊印)收录周朝至清季诗300首，其中宋诗34首。赵世杰《历代女子诗集》(民国十七年扫叶山房刊印)按体编次，共选诗人465家、诗1090首。李白英《中国历代女子诗选》(民国二十二年上海乐华图书公司刊印)按体编次，分五古、七古、五律、七律、五绝、七绝六种诗体，共收诗1286首。

三、民国宋诗选本的学术价值

民国时期由于新的诗学思潮和文化思潮的影响，民国时期宋诗选本在数量与质量上都不及清代宋诗选本，但在某些方面出现了新的取向，这是在前此的宋诗选本中所不具备的。

民国宋诗选本具有文学批评和文学理论的作用。在一些宋诗选本中，不仅选录作品，而且有评论，将诗选和评点相结合。如陈衍的《宋诗精华录》模仿高棅的《唐诗品汇》将宋诗分为"初宋""盛宋""中宋"和"晚宋"四个时期。另有一些诗选对整个中国诗歌的历史发展提出了新的分期，如邵子风《绝妙诗选》将中国诗歌发展分五个时期：第一个时期——中国诗成立之时代（汉初至隋唐）、第二个时期——黄金时代（唐代）、第三个时期——继盛时代（宋代）、第四个时期——中衰时代（金元至明末）、第五个时期——微盛时代（清代）。

这一时期为宋诗选本的更新期，它既继承了传统宋诗选本的特点，又受新的时代风尚变化的影响，无论是在选诗理念上，还是在具体的选诗技巧上均有新的变化。总的来说，这一时期的宋诗选本更为强调词语的注释，更为强调对每首诗歌章法的解析。

第三章　宋诗选本的批评形态

批评形态主要有序、跋、凡例。它们主要有如下四种作用：（1）说明编撰缘由、旨趣和标准。（2）介绍编选者的生平事迹、编次体例和作者情况。（3）体现编选者的诗学观。（4）阐述编选者的诗学观与当时的时代风尚和文学思潮的关系。序、跋、凡例某种程度上统摄和引领着编选者的编选意识和行为，昭示出编选者的诗学观。因此，可以说宋诗选本的序、跋、凡例是中国诗学批评的重要样态。

第一节　序

宋诗选本的序有多种表现样式，一般来说，它包括自序和他序，他序即请其他人代为作序。序也称"前记""小引""引""代序""弁言""题词""题记""前言""小序""叙"等。

序这种文体的诞生，当始于汉代。明人吴讷《文章辨体序说》云："序之体，始于《诗》之《大序》，首言六义，次言《风雅》之变，又次言《二南》工化之白。其言次第有序，故谓之序也。"①而关于序言所具有的功能，徐师增《文体明辨序说》指出："一曰议论，二曰叙事。"指出序言具有论理和叙事两种效用。

在序文中最为关键的是确定其撰写时间和作者，它是作为考察选本成

———————

① 吴讷撰，于北山校点：《文章辨体序说》，北京：人民文学出版社 1962 年版，第 42 页。

书、刊行以及编选者生平和交游情况的重要依据。李致忠先生指出："古人著述完毕，或由作者自己，或请当地官绅、同乡耆旧、同年师友等写一篇序文，有时作者长辞，则由师友、子嗣、门生、后学摭拾遗作，编纂成书，版行于世时，这些人也写一篇序或跋。以揭示书的创作、编纂思想、主要内容、编纂体例、学术造诣等。"①

选本的序文主要用以阐述编选者的诗学理念、诗学理论、诗学思想，通过序文与当时所盛行的文学主流思潮相呼应，并以选本的形式付诸实践，因为在诗序中编选者可以充分而又自由地阐述自己的观点，从而有力地充实和丰富中国诗学和宋诗学思想资源。

明人李维桢《宋元诗序》云："诗自《三百篇》至于唐而体无不备矣。宋元人不能别为体，而所用体又止唐人，则其逊于唐也故宜。明兴，诗求之唐以前汉魏六朝，唐以后元和大历，骎骎窥《三百篇》堂奥，遂厌薄宋元人，不复省览。顷日，二三大家王元美、李于田、胡元瑞、袁中郎诸君，以为有一代之才，即有一代之诗，何可废也。稍为摘取评目，而友人潘切叔搜辑世所不甚传者数十家，问序于余。余为童时受《诗》，治举子业，其义训诂，其文俳偶，无关诗道。比长而为诗，亦沿习尚，还以宋元诗寓目，久之，悟其非也。请折衷于孔子，古之诗即古之乐，孔子自卫返鲁，而后乐正《雅》、《颂》，各得其所。……宋诗有宋风，元诗有元风。采风陈诗，而政事学术，好尚习俗，升降污隆，具在目前。故行宋元诗者，亦孔子录十五《国风》之指也。闻之诗家云：宋人多舛，颇能纵横。元人多差醇，觉伤局促；然而宋之苍老，元之秀俊；宋之好创造，元之善模拟，两者又何可废也。夫宋元人未尝不学唐，或合之，或倍之。安知今之学唐，无不若宋元之学唐者哉。安知今之卑宋元者，必真能胜宋元者哉，合者可以贰倍者，可以鉴精而择之。"②李维桢认为，"以宋、元人道宋、元事，即不敢望《雅》、《颂》，于十五《国风》者宁无一二合耶"，除此外，"宋诗

---

① 李致忠：《古书版本鉴定》，北京：国家图书馆出版社 2007 年版，第 123~124 页。

② 潘是仁：《宋元名家诗选》，万历四十三年刻本。

有宋风，元诗有元风"，强调了宋元诗各有优长。这是在分辨唐、宋诗歌
审美价值之时代差异的同时，指述宋诗乃至元诗的价值含义。

清代诗人吴绮《宋金元诗永·序》云："诗之道，本于性情，此之性情，
非彼之性情也。诗之教，关于气运，今之气运，非昔之气运也。十五国之
不得不汉魏，汉魏之不得不六朝，六朝之不得不三唐，三唐之不得不宋金
元者，气运之所为也。而十五国之后，汉魏成其汉魏，六朝成其六朝，三
唐成其三唐，宋金元成其宋金元，则其人之性情在焉。不教而成，不谋而
合，而其人要未尝求其成，求其合也。故诗至三唐而盛，非至三唐而止，
乃说者辄谓唐以后无诗焉。亦何其言之陋哉！夫唐以后无诗，是宋金元可
以不作宋金元，尚可不作至于明，至于今又安用乎？捻须摇膝，敝于声音
之数载。故予是编于三唐之后，急掇宋、金、元而出之，存宋金元所以存
三唐，所以存宋金元之不为三唐者，所以存三唐于宋金元也。读此者，以
己之性情合于宋、合于金、合于元之性情，始可以论宋金元之诗，始可以
论三唐之诗矣。以己之性情，得乎宋、得乎金、得乎元之性情。又何气运
之足云乎？康熙戊午柘月望日丰南。"[1]吴绮论述了诗歌的本质乃本于性情，
并且阐明了诗歌发展与时代气运息息相关，由此认为诗歌无朝代先后之
分，一反时人对宋金诗的否定，极力为诗张本，将宋金诗并列。

清代诗人龚丽《宋诗选粹·序》云："今天下言诗者竟诟赵宋，其意欲
惩夫阗冗芜蔓俚诞之负重名者，而束之于唐人之格律，不可谓非正论。顾
宋之始为诗者，何尝若是乎？苏则学韩矣，欧、梅、黄皆学杜矣，陆则学
白矣。学之而不屑以字句面目之肖为肖，欲自成面目于两间，而造物者遂
话界以一代之面目，以成为一代之气体，微独宋然！昔者汉魏之变而为六
朝，六朝之变而为初唐，初唐之变而为杜、韩，皆造物之所必开，而六朝
与唐人无权焉。唐以后之诗，亦若是而已矣。微独诗然？一切无韵之文之
变，亦若是而已矣。借曰：不然，则欲使造物者混混无面目，作者亦皆无
己之面目，一求之古人之面目而后以为肖，则是无古今也，则是三千年以

---

[1]　吴绮：《宋金元诗永》，康熙十七年广陵千古堂刻本。

来皆肖'白云黄竹'之谣而后可也。故曰:'讲气体者,正论,非通论也。'虽然,宋人之开阔芜蔓俚诞之先声者皆可以传乎?曰:不然。是则择之而已矣,何谓择?曰:'一代之中而择数朝焉,一朝之中而择数人焉,或则数十人焉。之十数人中,而人择数章焉,斯之谓择。'择其自见面目者,择其自成气体者,择其不开流弊、使后世无以借口者,于是乎有宋诗选之作。噫!此吾宝山侯君之志也。凡予所言,皆侯君意中所欲言之言也。"①《宋诗选粹》为侯廷铨手写稿,未就而逝,由其弟子刊刻面世。该序针对诗坛对宋诗极力贬损的不良风气,极力为宋诗张目。龚丽从文学衍变的视角立论,认为文学只有不断地向前发展,才会具有无穷的生命力,因此不能拘泥于一个标准去衡量不同时代的诗人和诗作,这体现了其进步的诗学观。

民国诗人凌善清《白话宋诗五绝百首·序》云:"五言诗和五言绝句的原委,我在《白话唐诗五绝百首》的序内,已经约略说过几句,不料选这本《白话宋诗五绝百首》的时候,又得着宋人一个见解。他说:绝句是截律诗中的四句,拿来当作一首全诗的,所以有前四截,后四截,中四截的名称,并可以拿绝句的名字来,改作截字,这个解说,真是荒谬到极点了。但是宋朝的诗人,却有大多数牢守着这个荒谬的见解,所做的五言绝句,每每有前两句有对偶的,后四截或后两句用对偶的,前四截也有四句全做对偶的,中四截作对偶的,宋人的诗集不多,诗集中的五绝更少,五绝中要求他完全作白话的,很不容易写得着。我曾经看见汉朝无名氏有一首古诗:'蒿砧今何在?山上复有山。何当大刀头?破镜天上飞。'查斯字是古时的绝字,可见五言绝句,就是简易的五言古诗,在汉朝已经有了,要比律诗的产生,早到千几百年,那里可以说绝句是截律诗成功的呢?"此序既叙其编撰此选的由来和编选宗旨,又论述了宋代绝句的特点和创作规范。

---

① 侯廷铨:《宋诗选粹》,道光五年刻本。

第二节 凡　例

凡例亦称发凡、义例、总例、序例、例言等。一般将其置于选本卷首，揭示选本的主要内容、撰述宗旨、编撰体例、选择范围、文献来源，阐述文体观念和文学思想等。一部选本的选诗体例总能反映出编选者个人的诗学风尚，当然也能体现出其一定的诗学观。但值得注意的是并非所有选本的凡例都能比较完整地反映编选者的意图和诗学观。

宋诗选本有凡例是从清人开始的，到民国时演变为"编辑大意"。王史鉴《宋诗类选》凡例最具代表性。

（一）勾勒宋诗选本发展历史

王史鉴《宋诗类选》云："选诗始于梁昭明《文选》所载，诗以类从唐人《艺文类聚》、《初学记》诸书，皆以类采诗，宋人所集《文苑英华》，亦以类收，《唐文粹》因之，盖以类为选，即便检阅又易取材，例本前人非愚创始。""选唐者不下数十家，宋诗选本传者甚寡，吕东莱《文鉴》所录无几，曾端伯《皇宋诗选》宋人病其任一己之见（周辉《清波杂志》），今已不传。李于田《宋艺圃集》，曹能始《十二代诗选》，潘讱庵《宋元诗集》，吴菌次《宋金元诗永》皆去取未精，今日吕晚村《宋诗钞》登载甚广，大有功于宋集，惜止于百家，刻犹未竟，兹为补其漏略，汇其精英都为一编。""汉魏六朝唐诗则有张玄超之《古诗》《唐诗类苑》，俞羡长之《诗隽类函》，惟宋诗类编向无善本，宋人《合璧事类》《锦绣万花谷》等书所载驳而不精，予家素积宋人文集及诸家选本，又益以义门何先生所藏旁搜精择，辑成是书，为力颇勤，用心良苦。"①凡例运用史论笔法，简要勾勒选本的发展脉络，亦可视为王史鉴心目中的选本简史。

---

① 王史鉴：《宋诗类选》，康熙五十一年刻本。

（二）交代编纂体例和选诗宗旨

王史鉴《宋诗类选》云："宋周弼《三体唐诗》不录古体，方虚谷《瀛奎律髓》止采近体，字仿二家之例，选宋人五七言律及绝句佳者。"①交代了编纂的体例是仿效周弼《三体唐诗》和方回《瀛奎律髓》。邵曾《宋诗删》凡例云："是选因原本卷帙浩繁不便翻初学，故加删定，要在精简，虽苏黄大家不敢多登，宁失之刻，毋失之泛，贵取其所长也。"②是选目的是为初学者而作。潘问奇、祖应世《宋诗啜醨集》凡例云："此集则因篇帙无多，不足更为部次，故昉分人之例。"③王文濡《宋元明诗评注》编辑大意云："击壤、四灵一流，词多率意，公安、竟陵两派，旨近纤佻，不善读之，流弊滋甚，本编概不入选。""宋明两代，朝廷分朋党，诗家亦争门户，主此奴彼，毁誉失真，本编选辑并无成见，理求其是，派惟其备，斟酌去取，煞费苦心。"④击壤派、四灵派、公安派、竟陵派均不入选。

（三）说明了文献取材来源

吴曹直《宋诗选》凡例云："宋诗世少专选，网罗放矢，殊费苦心。两易暑寒，焚膏继晷。凡所睹记，如荆公《四家诗选》、如东莱《文鉴》、如《西昆唱酬》、如《濂洛风雅》，皆宋元人选也。又如潘切庵《宋元诗集》、曹石仓《十二代诗》以及《瀚海》及《津逮》，近则吕晚村《宋诗钞》、吴兴蔺次《宋金元诗永》诸书，又采之专家。如《沧浪集》《宛陵集》《小畜集》《欧阳文忠公集》《王临川集》《东坡集》《后山集》《丹渊集》《山谷集》《宛丘集》《淮海集》《鸿庆集》《文公集》《石湖集》《渭南集》《诚斋集》《后村集》《石屏集》

---

① 王史鉴：《宋诗类选》，康熙五十一年刻本。
② 邵曾：《宋诗删》，康熙三十三年刻本。
③ 潘问奇、祖应世：《宋诗啜醨集》，乾隆十八年刻本。
④ 王文濡：《宋元明诗评注》，民国五年十月上海文明书局铅印本。

《叠山集》《所南心史》诸家，靡不究心。"①吴氏之言说明该选取材较为丰富，既注意到了前此的宋诗选本，亦关注到了重要的诗人别集。《宋诗类选》凡例云："是编并以全集精选，不仅以选本为据，至于稗官野乘、诗话、杂录、地志、山经所载宋诗，亦多捃摭登采。"②此选选源十分广泛，取自山经、地志、杂传和诗话等。王文濡《宋元明诗评注》编辑大意："本编甄入之诗，概由《宋诗钞》《元诗选》《明诗综》诸大总集中选出，字有可疑，则据专集精本校正，自信无鲁鱼亥豕之病。"③交代了择选的文献来源即《宋诗钞》《元诗选》《明诗综》，且指出了选诗的标准。

（四）说明诗人小传材料的出处

陈訏《宋十五家诗选》发凡云："集中诸公姓氏爵里，俱抄撮《宋史》旧文。其《宋史》所不载者，间取集前序传节录于前，大约与鉴古堂《诗钞序》大同小异"，"悉照原集善本，不分体类，以作者之先后为先后。庶古人学问境遇约略可溯其原本。分正集、续集及自分体者，亦悉依旧刻，不敢穿凿附会"。④ 发凡说明小传材料主要来自《宋史》以及所取底本前之序传，撰写体例模仿吴之振《宋诗钞初集》。

（五）说明选诗评点的法则

陈訏《宋十五家诗选》发凡指出："昔人论诗虽叹知心赏音之难，然文章自有定价，非爱憎所能高下，则古人诗评亦诗家之权度也，故每家诗必载昔贤一二评语于前且附管见，以资一得；至于细批圈点，概不增设，使学者熟读深思，自能融会贯通，深知其妙，则性灵油然而生，真诗出矣。"⑤潘问奇、祖应世《宋诗啜醨集》凡例云："今昔参选家亦有止收篇什，

---

① 吴曹直：《宋诗选》，康熙二十六年吴氏刻本。
② 王史鉴：《宋诗类选》，康熙五十一年刻本。
③ 王文濡：《宋元明诗评注》，民国五年十月上海文明书局铅印本。
④ 陈訏：《宋十五家诗选》，康熙三十二年刻本。
⑤ 陈訏：《宋十五家诗选》，康熙三十二年刻本。

不置品骘圈点。着其意，盖谓学者性情不同，好尚亦异。欲使读者各随其资之所近，自为采掇，则真诗始出，此说亦佳。但诗文为天下公器，诚能日光玉洁，又未始非千人亦见、万人亦见者，即丹黄亦何害乎？兹集特于篇末总论外，行间仍加评次，亦昉济南、竟陵诸家例，非臆裁也。"①

第三节 跋

宋诗选本的跋有多种表现样式，一般来说，有自跋，有请其他人代为作跋。"跋"亦称作"后叙""后序""后记""后录""书后""题后"等。

宋诗选本的跋文通常放在选本的末尾，主要是用来叙述选本编撰、刊行和流传情况等，或者是对序言和凡例中未能言及的情况进行补充，其"书写者常是书刊刻的实际主持人或操办者，或为作者的子嗣门生，或是下级僚属，或是名儒信徒，或是乡贤后裔"②。

（一）代跋

王史鉴《宋诗类选》，在重刻时，便是其孙子代跋，《重刻宋诗类选跋》云："是集原版间有缺损，近承艺林诸公再四致书，殷勤求访，谓：'宋诗虽不少选家，而购诵是编，譬如寻常观览间，忽游婬嬛福地，令人心神别有开悟也。今家君命元标偕弟元相、元极，将家藏副本详校锓梓，以补缺页。工既竣，深感诸君子奖成之意，并幸家先世之泽流传益远且久也，爰附数言以志勿忘。道光己亥春从元孙元标谨识。'"③该跋补充说明了《宋诗类选》序言中所未言及的内容，同时指出了原本所存在的缺漏，再版时对原本进行了校勘的情况。

顾廷伦刊刻《宋诗选》时，诸宗元为《宋诗选》代跋："顾兄鼎梅将校印

---

① 潘问奇、祖应世：《宋诗啜醨集》，乾隆十八年刻本。

② 李致忠：《古书版本鉴定》，北京：北京图书馆出版社2007年版，第123~124页。

③ 王史鉴：《宋诗类选》，康熙五十一年刻本。

其曾大父郑乡先生手写《宋诗选》，属宗元系以跋尾。宗元受而读之，有以知先生为学之勤，其于歌诗抉择趋向不囿于时代之流别，诚有异于寻常也。盖先生所选录，今仅存宛陵、永叔、东坡三家，而宛陵、东坡之诗为多。夫近代之言诗者，廿年以来，始推宛陵，标举其派别，规效其体制。然前贤之善学宛陵，宗元尝谓以钱箨石为最。以其质而能腴，诚挚而通于性情，非徒以拙直排奡为工耳。先生之生也，虽后于箨石。距今六百年，独于宛陵申其契赏。是所残丛先于时贤，足见文字之源流，旷代而能相合，亘古而能不曷有，非裨贩之为学、口耳之为学所可几焉。至东坡之诗，世多称其七言，即曾氏涤生亦蹈此习。今先生之所甄录，则以五言佳篇十居其八，是亦有胜于世俗之称东坡者。若永叔则为学昌黎而不事涂泽，亦足以通梅苏之邮。世之言诗者，出先生选录以求之，更有人信吾言也。诸宗元谨跋。"①此跋指出了顾郑乡的诗学趋向，顾氏能打破当时宗唐抑宋的观念，以梅尧臣、欧阳修和苏轼三家选录最多，尤其倾心于梅尧臣、苏轼两位诗人；同时也表明了诸宗元的诗学观，如认为钱载最善于学习梅尧臣。

彭元瑞《宋四家律选跋》："五、七言律，非诗家高格；四家，非宋极品。特以砭恒钉、晦涩、蹦复、重腼之病而已。陆取其生者，范取其壮者，杨取其细者，刘取其新者，各视乎其人。"②该跋说明了此选为何要选取陆游、范大成、杨万里、刘克庄四位诗人的作品，同时指出了这四家诗人的弊病。

王庆勋《宋诗三百首跋》云："宋诗之选，非无善本，而卷帙稍繁，即不免旋读旋辍。吾师许淞渔夫子择其易于诵习者三百首，为家塾课本，诚诱掖后进之苦心也。勋受而读之，觉宋诗之精华已萃于是，岂但去繁就简之足贵哉。因详加圈点，以付剞劂。其所以不用评骘、注释者，解不可泥，典不必数，琐琐以求之，无当也。是编也，吟咏既便于取法，考试率

---

① 顾廷伦：《宋诗选》，民国十七年科学仪器馆石印本。
② 彭元瑞：《宋四家律选》，清抄本。

以之命题，愿与世之读宋诗者共宝之。道光乙巳春上海受业王庆勋识。"①
作为"家塾课本"、吟咏既便于取法、考试率以之命题等都是为初学计。是
选何以没有评骘、注释？王庆勋作了说明："解不可泥"、"典不必数"。但
是平心而论，是选是为初学者提供示范，但却没有关于典故、语句和诗法
的注释，显然这是其不足之处。

（二）自跋

邵畐、柯弘祚《宋诗删·跋》云："柯山曰：余读宋诗，详观其姓氏
里居，而有感于古今风教之殊也。昔孔子删诗，不录楚风，说者以为孔
子外之，殆非也。唐虞中古，声教四讫，朔方、交趾皆属版图。《尚书》
载舜巡狩，一岁之中遍于五岳。南镇衡山，是为楚封。三代以来，建候
考绩怀柔有日矣。其时礼乐教化，盛于中土。自荆以南，歌谣未著，无
得而录焉。厥后，屈子《离骚》《郢中》。季子驰声上国，《阳春》《白雪》
之曲，仲尼而在且进之矣。慨中原丧乱，风雅之亡。风教之日南，莫甚
于宋。在宋盛时，所谓文章大家，庐陵、眉山皆南人也。播迁之后，能
诗之士尽出浙、闽、楚、蜀，自古帝王之都，秀杰之气，湮没烟尘戎马
之间，使天子当阳，輶轩采博，今之所载具在，不此之录而谁录哉？今兹
因删宋诗，而有感风教之殊，为之三叹。古今邈矣，世变不一，斯文未
坠，异时中邦文献蔚兴，行将问奇大江以北，天地之气不终于南音。百年
之间，古道可复，当起有明诸君子而论其世焉。"②邵畐、柯弘祚从诗作应
反映"风教"的视角，强调从孔子《诗三百》始，屈原之《离骚》，以及择取
宋诗俱因"风教"，由此可知，在邵畐、柯弘祚两位诗人心目中诗教在创作
中的重要作用。

高士奇《南宋二高诗·跋》云："寒家本燕人，宋开国初宝臣公讳琼者，
随宋太祖决策定难，历官忠武军节度，封卫国公，加太尉。遂家于汴，再

---

① 许耀：《宋诗三百首》，道光二十五年刻本。
② 邵畐：《宋诗删》，康熙三十三年刻本。

传绍先公讳继勋，生子六人，遵甫公为宣仁皇太后外戚，俱有武功，世封王爵。南渡时，赐第临安，子孙多官禁卫，虑为贾秋壑所嫉，散居杭之海宁，越之余姚，使各奉祠祀。菊磵公者，幼习科举，学下笔辄异，长乃卓越不羁，曰：'此不足为吾学也'。放情吟啸，所交如杜仲高、张荃翁、周晋仙，皆一时名流；共相倡和，紫髯广颡，尤喜谈论，与人款款无间言。忽值庄语，则凛不可狎。陈复斋宓、许炼庵复道交谊最笃，二公游宦多与之俱。晚年归隐西湖，弃奇就实，淳祐元年，卒于湖上，年七十有二。葬葛岭谈家山，载郡志，实宋之隐君子也。余十四岁时，从先君子归姚江，过上林湖，拜节推县尉墓，松杉高茂，掩映湖水。四百余年，封植如故。可谓子孙善守矣。自是住深柳书读书堂者两月，堂为先曾祖讲学之所，门临清溪，深柳成巷。先君子更增植之，高氏家祠在堂之西偏，规模弘敞堂，室门庑毕，具族人子弟肄业其中。堂后楼五楹，藏当年诰敕书籍，旧刻菊磵、南仲两公诗稿及姚承旨，王学录原序，缺略不全，询诸父老，云自明嘉靖间遭倭寇焚掠，散失殆尽，亦无从得其遗本补辑之。若节推县尉之诗仅存数首，又有质斋邈翁谱失其名，诗亦清迥。余恐残板久复漶漫，洗而录之。顷在都门，从御史大夫徐公所藏宋板书籍中得《菊磵诗》一百有九首，合向之所录三十二首，又于他集中得十三首，顷同年朱竹垞复从宋刻《江湖集》中搜示四十七首，统计重出者十二首，前后凡五、七言近体诗一百八十九首。窃念先贤遗稿忍使湮没不传，遂并南仲节推县尉之诗同付剞劂，而附质斋、邈翁诗于卷尾，海内藏书家或有收其遗集者，毋吝寄示，获成全璧，实至望焉。康熙丁卯十二月朔日江村高士奇。"[1]此跋详细叙述了高翥的生平仕履和交游情况，并介绍了两高诗的流传情况，同时也介绍了高士奇自己辑佚高翥诗歌的状况，附带说明了自己的辑诗功绩。

董沛《甬上宋诗略·跋》云："岁在壬戌，编《甬上宋元诗略》，藏之箧笥阅二十年。庚辰摄清江，始付削氏。观古人诗，有以一句传者。《宝庆

---

[1]　高士奇：《南宋二高诗》，康熙二十年抄本。

四明志》五经堂在郡学中，楼郁句云'五经高阁倚云开'，《黄氏日钞》载其自作诗亦有'悠悠旆旌马萧萧'之句，此集录东发诗，已得二篇。偶尔单辞原可从佚，惟楼子文绝无只字。集中采诸家诗，亦无仅录一句者，乃识数语存诸简末，亦以示网罗不遗之意。光绪七年六月刊竣，自跋于县署之清碧庐。"①董沛说明了是选成书过程。

---

① 董沛：《甬上宋诗略》，光绪七年刻本。

第四章 宋诗选本的类型

宋诗选本作为宋诗学研究的重要组成部分，因其编撰的目的不同，所以呈现出不同的选本样态。换句话说，其"选型"是不同的，所谓"选型"即诗选不同的类型。萧鹏云："选词目的不同，编撰体制各异。故词选有不同之类型。"①同样，宋诗选本也是由于目的、形态、体例、选家等方面的原因，形成了各种"选型"②。

第一节 以宋诗选本编撰方式划分——"选录"类、
"纪事"类、"评注"类

从宋诗选本的编撰方式来界划，宋诗选本有"选录"类、"纪事"类、"评注"类三种形态。

"选录"类宋诗选本，指仅仅选列或抄录诗作而不加以评点和注释的宋诗选本。此类宋诗选本在历代均最为普遍。如(宋)陈起《圣宋高僧诗选》选录希昼、保暹、文兆、行肇、简长、惟凤、惠崇、宇昭、怀古、赞宁、智仁、鉴征、尚能、子熙、用文、文莹、秀登、惠琏、惠严、显万等人诗作。(元)陈世隆《宋诗拾遗》(南京图书馆清抄本)以诗人世次为编选体例，选录彭应寿、张勇、董楷、宋之瑞、陈天瑞等宋代诗人 781 家，诗 1470首。(明)符观《宋诗正体》(明正德元年刊本)体例是按五律、七律和七绝

---

① 萧鹏：《群体的选择——唐宋人词选与词人群通论》，台北：文津出版社 1992年版，第 4 页。

② 参阅曹辛华：《民国宋词选本的选型析论》，《枣庄学院学报》2008 年第 3 期。

三种诗体编次，共选诗243首。(清)顾贞观《积书岩宋诗删》(康熙三十八年宝翰楼印本)编选体例是按体裁编次，共收宋代诗人318家，诗2499首，其中陆游诗133首、王安石诗102首、刘克庄诗99首、苏轼诗92首、范成大诗87首、欧阳修诗85首、朱熹诗67首。凌善清《白话宋诗五绝百首》(民国十年中华书局石印本)体例是按人编次，共录宋代五绝诗人57家，诗100首。

"纪事"类宋诗选本，是指选录宋诗时以汇辑诗人诗作的本事、掌故、诗作等为主的选本。最早以此命名的宋诗选本为厉鹗《宋诗纪事》，此书编撰于乾隆十一年，凡100卷，共录宋代诗人3812家，诗10000余首，模仿《唐诗纪事》以人为编次顺序，每人之后附有诗人小传，缀录诗话，是一部详细完整保存宋人诗歌的资料汇集。陆心源《宋诗纪事补遗》(光绪十九年刻本)100卷，在《宋诗纪事》基础上增加宋诗作者约3000家。屈疆《宋诗纪事拾遗》(世界书局民国三十六年出版)共载录宋代诗人84家，诗116首。

"评注"类宋诗选本是指选诗家在选列诗作的时候，还对所录的诗作作出评点。如(元)方回《瀛奎律髓》、(清)毕自严《类选唐宋元四时绝句》(清稿本)、(清)陆次云《宋诗善鸣集》(康熙蓉江怀古堂刻本)、(民国)熊念劬《宋人如话诗选》(上海文瑞楼1921年版)、(民国)陈幼璞《宋诗选》(上海商务印书馆1937年版)等。

第二节　以宋诗选本选诗宗旨和功用划分
——"开宗立派"类、"教科书"类、
"重刊"类、"再选"类

从选诗的目的、功用来划分宋诗选本，可分为"开宗立派"类、"研究"类、"教科书"类、"重刊"类、"再选"类五种宋诗选本。

"开宗立派"类宋诗选本，旨在确立宋诗的地位，开创一代诗风。如(宋)叶适《四灵诗选》选录徐照、徐玑、翁卷、赵师秀四人之诗500首，开

"四灵"之诗风。吴之振《宋诗钞》就是这种诗选的代表,四库馆臣云:"选《宋诗钞》行世,故其诗流派,亦颇近宋人。"①(《黄叶村庄诗集提要》)杨际昌《国朝诗话》云:"康熙间山林诗,石门吴孟举之振最有名。《黄叶村庄诗集》寝食宋人,五言古体《黄河夫》篇,直追少陵矣。近体工写景,七言绝句尤足自张一军。"②按《宋诗钞初集序》云:"余与晚村、自牧所选盖反是,尽宋人之长,使各极其致,故门户甚博,不以一说蔽古人;非尊宋于唐也,欲天下黜宋者得见宋之为宋如此。"③此选一出,影响甚巨,《四库全书总目》云:"盖明季诗派,最为芜杂。其初厌太仓、历下之剿袭,一变而趋清新。其继又厌公安、竟陵之纤佻,一变而趋真朴。故国初诸家,颇以出入宋诗,矫钩棘涂饰之弊。之振是选,即成于是时。……使学者得见两宋诗人之崖略,不可谓之无功。"④宋荦《漫堂说诗》亦云:"近二十年来,乃专尚宋诗,至余友吴孟举《宋诗钞》出,几于家有其书矣。"⑤《元诗选序》云:"先世予友石门吴孟举有《宋诗钞》行世,学者靡然趋之。"⑥说明此选为世人所效仿。

"重刊"类宋诗选本,指一部选本选录后,被各个时期所翻刻、再版的宋诗选本。如方回《瀛奎律髓》(元至元癸未年刊巾箱本),再版就有明成化三年(1467)紫阳书院刻本、康熙四十九年(1710)陆士泰刻本、康熙五十一年(1712))石门吴之振黄叶村庄刻本、嘉庆五年(1800)本、光绪六年(1880)本、宣统三年(1911)本、民国元年(1912)本、吴汝纶《桐城吴先生评选瀛奎律髓》刊本。《月泉吟社》(元至元版)历代均有再版,有明正统十年(1445)刻本、明心远堂刻本、天启五年(1625)汲古阁刻本、顺治三年(1646)宛委山堂刻本、康熙年间(1662—1722)抄本、文渊阁《四库全书》

① 纪昀等:《四库全书总目》卷一八二,北京:中华书局1965年版,第2549页。
② 郭绍虞:《清诗话续编》,上海:上海古籍出版社1983年版,第1705页。
③ 吴之振、吕留良、吴自牧选:《宋诗钞》,康熙十年刻本。
④ 纪昀等:《四库全书总目》卷一九〇,北京:中华书局1965年版,第1731页。
⑤ 丁福保:《清诗话》,上海:上海古籍出版社1999年版,第416页。
⑥ 顾嗣立:《元诗选》,北京:中华书局1987年版,第5页。

本、道光间慎德堂刻本、光绪粤雅堂丛书本、咸丰间吴氏家刻本、咸丰元年（1851）本、咸丰三年（1853）本、咸丰十年（1860）抄本、同治八年（1869）胡氏退补斋金华丛书本、同治十年（1871）永康胡氏退补斋本、民国二十五年（1936）据明末汲古阁刻本影印本、《丛书集成初编》本。吴孟举、吕晚村、吴自牧选《宋诗钞》最早版本为清康熙十年（1671）吴氏鉴古堂刻本，此书最初题名曰《宋诗钞初集》，此选共106卷，选录诗人100家，诗12000余首。《宋诗钞》再版有康熙十年（1671）三余堂版、文渊阁《四库全书》本、民国三年（1914）上海涵芬楼据康熙十年吴氏鉴古堂刻本的影印本、民国二十四年（1935）由李宣龚校点的上海商务印书馆万有书库本。

　　"教科书"类宋诗选本在民国时期最为普遍，是为了普及诗歌学习而选编的宋诗选本，此类选本通常是将中学生、普通百姓大众等作为读者对象。如涂闻政《田园诗选》云："奥辞僻典，穷究本原，有此一编。庶几初学士子，省穷搜之劳，文苑作家，获探索之便，而不忘淑世之原。"①张长弓《先民浩气诗选注》云："数年来，我在国文施教的时候，常常补充些较有思想和较有意识的材料，借以补养一般患贫血症的青年，我想要他们都成为身心健康的青年，这部诗选便是补充教材的一个部门。"李辉群《注释历代女子诗选》选录的是"诗情浓厚、平淡易解，为中学生所了解的作品"②。

　　"再选"类宋诗选本。即此类选本是在某一种选本的基础上，再进行选录，是一种衍生本。如佚名《宋人绝句选》为吴之振《宋诗钞初集》的再选本，选七言绝句224首，卷末《跋》云："右依吴孟举先生《宋诗钞》本录出，凡七十三家，得诗二百二十四首，又附《天地间集》三家，诗三首。"顾贞观《积书岩宋诗选》（清抄本）为顾贞观《积书岩宋诗删》（康熙三十五年宝翰楼印本）的再选本，是选收宋代诗人83家，诗208首，按五古、七古、五律、七律、五绝、七绝编录，删除的诗人有江休复、傅尧俞、范纯仁、赵忭、

---

①　涂闻政：《田园诗选》，1933版，出版地不详，第1页。
②　李辉群：《注释历代女子诗选》，上海中华书局1935年版。

郑獬、石介、司马光、郑侠、邵雍、王令、王安国、曾巩、苏轼、苏辙、黄庭坚、陈师道、邢居实、孙觉、李纲、宗泽、程俱、汪藻、叶梦得、鲜于侁、章粢等。张伯行《濂洛风雅》(康熙四十七年正谊堂刻本)为金履祥《濂洛风雅》的再选本，是选收录宋代理学诗人 17 家，诗 890 首，有周敦颐、程颐、程灏、张载、邵雍、游酢、尹焞、杨时、罗见素、李侗、朱熹、张栻、真德秀等 13 位宋代大儒。纪昀《删正方虚谷瀛奎律髓》(乾隆间中嵩山院刻本)为方回《瀛奎律髓》的再选本，共选唐宋五七言律诗 556 首，其中宋诗 283 首。许印芳《律髓辑要》(宣统三年刊本)是《瀛奎律髓》的再选本，共选唐宋诗人 224 家，诗 780 首。董文焕《西昆集选录》为《西昆酬唱集》的再选本，是选选杨亿诗 30 首、刘筠诗 25 首、钱惟演诗 22 首。高步瀛《唐宋诗举要》为姚鼐《五七言今体诗钞》(嘉庆三年方世平刻本)的再选本，选录唐宋诗人 100 家，诗 804 首，其中唐代诗人 84 家，诗 619 首，宋代诗人 16 家诗 185 首。刘建韶《诗醇节录》(道光十四年木活字本)为《御选唐宋诗醇》的再选本。

第三节 以宋诗选本外部特征划分——"独立"类与"包孕"类；"文言"类与"白话"类；"混编"类与"性别"类、"地域"类

按照诗选外部特征包括结构、语言、选诗对象、选诗范围等来划分，宋诗选本有各种不同的"选型"。

第一，按外部结构来分，宋诗选本大致可分为"独立"类与"包孕"类两类。"独立"类即专以宋诗者，亦即断代性宋诗选本。此类又分三种：一是"单选"，即仅选一家，如(明)谭元春选、(明)王宗稷编《东坡诗选》(明天启元年刻本)，沈白辑《东坡诗选》(明末刻本)，(清)苕蓴馆主《苏东坡诗选》(清抄本)，(清)佚名辑《东坡诗选》(清抄本)，夏敬观《梅尧臣诗》(商务印书馆 1940 年出版)，(清)杨大鹤《剑南诗钞》(康熙二十四年刻本)，

（清）朱陵《剑南诗选》（康熙二十五年刻本），许文奇《放翁国难诗选》（上海民智书局1933年出版），等等。二为"合选"，即选录宋代两家或几家的选本，如余柏岩《唐宋四家诗选》（康熙濂溪山房刻本）选录了韩愈、白居易、苏轼、陆游四家诗歌。姚培谦《三苏诗钞》（康熙辛丑新秋华亭姚培谦卧云草堂刻本）选苏轼诗712首、苏洵诗28首、苏辙诗156首。周之麟、柴升《宋四名家诗》（康熙三十二年弘训堂刻本）选苏轼诗722首、黄庭坚诗402首、范成大诗440首、陆游诗986首。彭元瑞《宋四家律选》（清抄本）选陆游诗80首、范成大诗80首、杨万里诗80首、刘克庄诗80首。孔继涵《微波榭钞诗三种》（清抄本）选吴龙翰诗177首、刘克庄诗138首、张公庠诗21首。鲍廷博《南宋八家诗》收薛师石、赵师秀、翁卷、徐照、徐玑、李龏、吴渊、陈起八家诗。陶乐勤《话体诗选》（民国二十三年民智书店印行）选录苏轼、欧阳修、王安石三位诗人104首诗。三为"通选"，即选录题材来自众多宋人诗集，这类选本最普遍，如（清）张豫章等《御选宋诗》（康熙四十八年武英殿本）、（清）严长明《千首宋人绝句》（乾隆三十五年毕沅刻本）、（清）马维翰《宋诗选》（清刻本）等。

"包孕"型是指被包含在各种通代选本内的宋诗选。"包孕"型有两种：其一，包含在历代或跨代选本中，如（清）范大士《历代诗发》（康熙三十七年刻本）、（清）戴明说《历代诗家初集》（康熙刻本）、（清）章薇《历朝诗选简金集》（清乾隆二十三年刻本）、（清）刘大槐《历朝诗约选》（光绪二十一年刻本）、（清）周仪《五朝绝句诗选》（康熙五十九年刻本）、邵子风《绝妙诗选》（长沙强立丛书社1932年版）、孙俍工《中华诗选》（上海中华书局1933年版）等。其二，包含在某一类别的诗选中，如（清）陈邦彦《御定历代题画诗类》（康熙刻本）、（清）陆昶《历朝名媛诗词》（乾隆三十八年刻本）、（清）俞琰《咏物诗选》（乾隆三十八年刻本）、张友鹤《中国女子白话诗选》（上海商务印书馆1927年版）、葛质《历代题画诗类绝句钞》（中华图书馆1913年版）等。

第二，按语言的类型来分，有"文言"类与"白话"类两种宋诗选本。这种情况以民国为界，因为"白话运动"的影响，民国时期出现了用白话选录的宋诗选本。"白话"类宋诗选本有：凌善清《白话宋诗五绝百首》（民国十年中华书局石印本）共选宋代五绝诗人 57 家，诗 100 首。凌善清《白话宋诗七绝百首》（民国十年中华书局石印本）共录宋代七绝诗人 41 家，诗 100 首。熊念劬《宋人如话诗选》（民国十年上海文瑞楼石印本）按体编排，分五言古诗、七言古诗、五言绝句、七言绝句、五言律诗和七言律诗六种诗体，共选诗 1387 首。吴家驹《宋诗三百首》（民国二十五年上海经纬书局印行）按体编次，分五古、七古、五律、七律、五绝、七绝六种诗体，共选诗 284 首。陈幼璞《宋诗选》（民国二十六年上海商务印书馆）分体编排，分五言绝句、七言绝句、五言律诗、七言律诗、五言古诗和七言古诗六种诗体，共选诗 565 首。

　　第三，按所选对象来分，宋诗选本又分为"混编"类、"性别"类、"地域"类等。① "混编"类，属于最为常见的选诗形式，即从诗人身份、诗作种类、诗人占籍等角度来选诗。如邵冔、柯弘祚辑《宋诗删》（康熙三十三年刻本）按人编次，分上下两卷，上卷收录诗人 22 家诗 135 首，下卷收录诗人 40 家诗 248 首，两卷共收诗人 62 家诗 383 首。"地域"类宋诗选本为专选某一区域的宋诗选本，如（宋）龚昱《昆山杂咏》共收录唐宋时期 60 多位诗人的诗作，录有昆山诗人李衡、马先觉、勒备、胡清、龚明之等诗作。（清）董潏《四明宋僧诗》（光绪四年刻本）共录四明宋代诗僧 28 家。（清）董沛《甬上宋元诗略》（光绪七年刻本）选宋代诗人 179 家。"性别"类宋诗选本，为专选女子类的宋诗选本。如（明）张之象《彤管新编》（嘉靖三十三年魏留耘刻本）、（明）田艺蘅《诗女史》（嘉靖三十六年刻本）、（明）张梦徵《闲情女肆》（崇祯六年刻本）、（明）周公辅《古今青楼集选》（天启三年刻本）、（明）马嘉松《花镜隽声》等。

---

　　① 　参阅曹辛华：《民国宋词选本的选型析论》，《枣庄学院学报》2008 年第 3 期。

第四节　以选本内部构成划分——"以诗人存诗"类、
"以题材系诗"类、"以韵存诗"类、
"以体裁系诗"类

从宋诗选本的编选方式来划分，宋诗选本又可分为"以诗人存诗""以题材系诗""以韵存诗""以体裁系诗"四大类。

第一，"以诗人存诗"类宋诗选本。此类选本依照诗人姓氏编排体例。如陈訏所录《宋十五家诗选》（康熙三十二年刻本），凡十六卷，此选共选录了梅尧臣、欧阳修、曾巩、王安石、苏轼、苏辙、黄庭坚、范成大、陆游、杨万里、王十朋、朱熹、高翥、方岳、文天祥15家诗人的诗作。坐春书塾《宋代五十六家诗集》（宣统二年北京龙文阁石印本）选两宋诗人56家，诗895首，有王安石29首、苏轼40首、郑侠6首、王令10首、陈师道12首、文同16首、米芾7首、黄庭坚14首、张耒26首、晁冲之12首、秦观6首、徐积4首、王炎8首、赵师秀26首、王十朋12首、徐照19首、刘宰10首、王阮5首、戴复古47首、戴昺19首、方岳10首、谢翱12首、文天祥15首、林景熙26首、真山民50首、汪元量9首、梁栋5首、王禹偁25首、徐铉7首、韩琦9首、苏舜钦17首、张咏16首、赵抃10首、梅尧臣23首、余靖8首、欧阳修20首、林逋30首、石介3首、孔武仲4首、孔平仲13首、韩维11首、唐庚11首、孙觌14首、范浚3首、刘子翚25首、吴儆4首、周必大4首、程俱7首、朱熹7首、范成大23首、陆游68首、翁卷24首、徐玑16首、黄公度5首、刘克庄22首、王庭珪11首。顾立功《宋诗窥》和《宋诗窥补》（清刻本）录林逋、欧阳修、王安石、苏辙、张耒、朱熹、孙觌、范浚、范成大、杨万里、陆游、刘克庄、戴复古等18位诗人的诗作。

第二，"以题材系诗"类宋诗选本。此类选本依照诗歌题材编排体例。如方回《瀛奎律髓》按题材分为登览、朝省、怀古、风土、升平、宦情、风怀、宴集、老寿、春日、夏日、秋日、冬日、晨朝、暮夜、节序、晴雨、

茶、酒、梅花、雪、月、闲适、送别、拗字、变体、着题、陵庙、旅况、边塞、宫阃、忠愤、山岩、川泉、庭宇、论诗、技艺、远外、消遣、兄弟、子息、寄赠、迁谪、疾病、感旧、侠少、释梵、仙逸、伤悼等49种。再如(清)王史鉴《宋诗类选》(康熙五十一年乐古斋刻本)按天、地、岁时、咏物、咏史、庆贺、及第、落第、宴集、怀约、呈献、赠、寄、酬和、闲适、自咏、品目、题咏、游览、行旅、送别、杂诗、寺院、哀挽24种题材选录。佚名《唐宋五七言律诗分类选》(清抄本)为《瀛奎律髓》的再选本,是选共分10类:眺览、朝省、怀古、风土、升平、宦情、风怀、宴集、老寿、春日。

第三,"以韵存诗"类宋诗选本。此类选本依照韵类编排体例。如(明)卢世㴶《宋人近体分韵诗钞》、(清)佚名辑《分韵近体宋诗》(现藏上海图书馆)。再如,佚名辑《御选分韵近体宋诗》(清刻本)按体编次,每体中又以韵编录,如一东、二冬、三江、四支、五微、六鱼、七虞、八齐、九佳、十灰、十一真、十二支、十三元、十四寒、十五删或一先、二萧、三肴、四豪、五歌、六麻、七阳、八庚、九青、十蒸、十一尤、十二侵、十三覃、十四盐、十五咸,共选诗人879家。史荣《四朝名人绝句选》,按韵选录,共选录唐、宋、元、明四朝诗人55家,诗110首,此选仅有绝句一体。黄位清《唐宋四大家诗选句分韵》(道光十二年松凤阁刻本)按韵编次,收录李、杜、韩、苏四家诗。张惠言《集古诗臆》(清稿本)前半部分按体编排,选诗人32家,诗116首;后半部分按韵编次,如屋、觉、质、月、曷、点、皓、马、养、梗、有、肴、送、遇、泰、队、问、翰、霰、啸、漾、敬、径、宥、元、寒等。

第四,"以体裁系诗"类宋诗选本。此类选本按照诗歌体裁编排,这类选本最多。按某一种诗歌体裁选诗,如(清)彭元瑞《宋四家律选》(清抄本)专选律诗、(清)佚名《宋人绝句选》(清抄本)专选绝句、(清)严长明《千首宋人绝句》(乾隆三十五年毕沅刻本)专选绝句等。以几类诗歌体裁选诗,如(清)刘钟英编《三体宋诗》(清抄本)按五律、五排、绝句三类编选,(清)张景星、姚培谦、王永祺《宋诗别裁集》按五古、七古、五律、七律、五排、五绝、七绝七类编选，（清）吴曹直、储右文《宋诗选》（康熙二十六年刻本）按五古、七古、五律、七律、五排、七排、五绝、六绝、七绝类别编选。

第五章　宋诗选本的文学理论价值

宋诗选本在其序言和评点注释中，提供了许多有价值的诗学和宋诗学理论，成为研究宋诗学理论的一个重要方面。其文学理论价值有如下五个方面。

第一节　辨析宋诗特征

宋诗选本中，关于宋诗特征的辨析是众多选本首要考虑的问题，姑举吴之振等《宋诗钞》和吴曹直、储右文《宋诗选》为例加以说明。吴之振《宋诗钞初集序》云：

> 自嘉、隆以还，言诗家尊唐而黜宋，宋人集覆瓿糊壁，弃之若不克尽，故今日搜购最难得。黜宋诗者曰"腐"，此未见宋诗也。宋人之诗变化于唐，而出其所自得，皮毛落尽，精神独存。不知者或以为"腐"，后人无识，倦于讲求，喜其说之省事，而地位高也，则群奉"腐"之一字，以废全宋之诗。故今之黜宋者，皆未见宋诗者也。虽见之而不能辨其源流，则见与不见等。此病不在黜宋，而在尊唐。盖所尊者嘉隆后之所谓唐，而非唐宋人之唐也。唐非其唐，则宋非其宋，以为"腐"也固宜。宋之去唐也近，而宋人之用力于唐也，尤精以专。今欲以鲁莽剽窃之说，凌古人而上之，是犹逐父而祢其祖，固不直宋人之轩渠，亦唐之所吐而不飨非类也。曹学佺学宋诗，谓"取材广而命意新，不剿袭前人一字"，然则诗之不腐，未有如宋者矣。今之尊

唐者，目未及唐诗之全，守嘉隆间固陋之本，皆宋人已陈之刍狗，践其首脊，苏而爨之久矣。顾复取而筐衍文绣之，陈陈相因，千喙一唱，乃所谓腐也。譬之脍炙，翻故出新，极烹茅之巧，则为珍美矣。三朝三暮，数进而不变，臭味俱败，犹以为珍美也，腐乎？不腐乎？故臭腐神奇，从乎所化。嘉隆之谓唐，唐之臭腐也；宋人化之，斯神奇矣。唐宋人之唐，唐宋人之神奇也。嘉、隆后人化之，斯臭腐矣。乃腐者以不腐为腐，此何异狂国之狂其不狂者欤！万历间，李蓘选宋诗，取其"离远于宋而近附乎唐者"。曹学佺亦云："选始莱公，以其近唐调也。"以此义选宋诗，其所谓唐终不可近也，而宋人之诗则已亡矣。余与晚村、自牧所选盖反是，尽宋人之长，使各极其致，故门户甚博，不以一说蔽古人。非尊宋于唐也，欲天下黜宋者得见宋之为宋如此。其为腐与不腐，未知何如，而后徐议其合黜与否。或蹨是而疑此数百年中，文人老学，游居寝食于唐者，不翅十倍后人，何独于嘉、隆之说求一端之合而不可得，因忽悟其所以然，则是集也，未必非唐以后诗道之巫阳也夫！① 时康熙辛亥（1671）仲秋之朔州钱吴之振书于鉴古堂。

吴之振（1640—1717），字孟举，号橙斋，别号竹洲居士，又号黄叶老人、黄叶村农。康熙二年，与吕留良、吴自牧合编《宋诗钞》。而吴之振等何以要编选此书？《四库全书总目提要》云："盖明季诗派，最为芜杂，其初厌太仓、历下之剽袭，一变而趋清新。其继又厌公安、竟陵之纤佻，一变而趋真朴。故国初诸家，颇以出入宋诗，矫钩棘涂饰之弊。之振是选，即成于是时。"《宋诗钞》为清初第一部宋诗选本，它应当是明代举世宗唐的极端思潮下的产物，针对明人不了解宋诗之优长、对宋诗极力贬黜的情况，吴之振等编选此书，旨在让人们认识宋诗之优点；吴之振等认为由于人们不了解宋诗的特点，即"今之黜宋者，皆未见宋诗者也"，而有些人即

---

① 吴之振、吕留良、吴自牧：《宋诗钞》，康熙十年刻本。

便是见到宋诗，也因为不了解宋诗源流演变，亦等同于未见宋诗。且针对明人选宋诗者"远宋近唐"的特点，"余与晚村自牧所选盖反是，尽宋人之长，使各极其致，故门户甚博，不以一说蔽古人。非尊宋于唐也，欲天下黜宋者得见宋之为宋如此"，让世人尽力了解宋诗之优长。

吴之振指出宋诗源于唐诗、变化于唐诗，即"宋人之诗变化于唐，而出其所自得"，且于变化中推陈出新，加以神明变化，故而形成了自己的特色，"皮毛落尽，精神独存"，得到了唐诗的精髓，从而充分肯定了宋诗的特点和价值。

在清初诗坛宋诗地位还未确立的情况下，吴之振为宋诗张本的态度非常明显，从而让人们了解宋诗的真精神，由此驳斥自明初开始的对宋诗种种不公的论调，尤其是人们强加在宋诗身上的"腐"的观念。

吴之振还解析了明人虽也有别流支派选录宋诗，如李蓘选录《宋艺圃集》与曹学佺选录《石仓历代诗选》，但明人依然局限在宗唐的意识里，选录宋诗也是近于唐音者，所谓"万历间，李蓘选宋诗，取其'离远于宋而近附乎唐者'。曹学佺亦云：'选始莱公，以其近唐调也'"，如此并未能真正选录出独具特色的宋诗来。

不过，《宋艺圃集》和《石仓宋诗选》篇幅都较大，要选录一部在分量上与之相等且具有宋诗自身面目的宋诗选本来，才可能推广宋诗的影响，所以《宋诗钞》以"尽宋人之长，使各极其致"为目标，大量选集宋人作品，目的就是让自具特色的宋诗流播广远。故其《凡例》谓："是选一代之中，各家俱收；一家之中，各法俱在。不着圈点，不下批评，使学者读之而自得性之所近，则真诗出矣。由是取其所近者之全书而厌饫展拓焉，始足以尽古人之妙。"[1]

又如吴曹直、储右文《宋诗选·序》云：

> 宋承五代之敝，文习萎靡不振。至庆历、皇祐中，一时名公卿刮

―――――――――――

[1] 吴之振、吕留良、吴自牧：《宋诗钞》，康熙十年刻本。

摩而扫荡之。迄于南渡，流风未改。治古文言者号为极盛，几轶三唐，追西汉矣。而诗歌之作不见称于后世，何欤？说者曰："诗至唐而蔑以加矣，宋直谓之无诗可也。"夫唐用诗赋设科取士，其讲求体格声调，既精且备。如自屈、宋以逮徐、庾，千余年作者至此一集其成，后之人诚未能轶其矩矱也。若夫有宋诸君子，其从事于诗也，非不沿流魏晋，原本三唐，但以理趣发其机锋，史学供其组织，不觉气象改观，音节顿异，所谓神明变化于矩矱之中，而卓然成一家言者也。顾得谓宋无诗欤？且宋诗之所以可传者，更不必规规焉，与唐人求合也。① 时康熙岁次丁卯（1687）七夕前一日画溪储右文云章氏题于存斋。

吴曹直，字以巽，江苏阳羡人，康熙十七年（1678）举人，官至韩城县令，著有《恭受堂文集》《秋英词》等。储右文（1659—1726），字云章，号素田，江苏宜兴人，康熙十六年（1677）举人，官至京山令，著有《敬义堂集》。吴曹直、储右文从宋诗发展的渊源立论，指出宋初诗坛承袭唐末五代浮华艳丽之诗风，文风萎靡不振；但宋诗发展至庆历、皇祐时期，成为宋诗最具特色的时期，也是宋诗最为繁荣兴盛的时期，可直追汉唐，从而为宋诗张本。

可后世（即明代前后七子）贬抑宋诗到了极致，"诗至唐为极盛"、"宋无诗"成为其坚定不移的论调，吴曹直、储右文一方面认为唐诗为后世诗学的典范，少有逾其矩矱者，另一方面吴曹直、储右文又肯定宋诗本身就是源于魏晋三唐，但有所发展，所谓"理趣发其机锋，史学供其组织"，正是宋诗不同于唐诗之处，由是人们感觉到宋诗的新气象，即"不觉气象改观，音节顿异，所谓神明变化于矩矱之中，而卓然成一家言者也"，"卓然成一家言"说明宋诗完全建构起了自己的特色，这也是在宋诗发展历史上，再次肯定了宋诗的巨大成就。

---

① 吴曹直、储右文：《宋诗选》，康熙二十六年刻本。

第二节　探讨宋诗与唐诗之间的渊源关系

宋诗与唐诗之间到底有何联系？这是研治宋诗者必须要回答的问题，通观研治宋诗者，大多达成这样的共识，宋诗源于唐，且变化于唐，最终不同于唐。如《宋百家诗存·序》云：

> 谈诗者大都侈□①三唐，间有旁猎两宋，仅举一二选本，辄自为宋人之诗在是。纵或好事者广购遗僻，囊铄签牙，密置书椟，终年不一展卷且秘不示人，于是宋人之诗，虽传世尚多，势必日晦日亡，渐就沦灭，而莫可考。余高祖宗伯峨雪先生，当明季，值史馆，诸书备具，曾纂宋人集，欲汇选行世，不果，书遂散佚。秀水司农倦圃先生，余宗大父行也，亦尝裒集宋诗，遍采山经地志，得一二首即汇钞，不下二千余家，未及梓，今亦散佚略尽。夫以先宗伯及司农之宏揽博综，方为两宋诗人表幽发潜，乃犹终归散佚，未竟厥绪，余何人斯？辄欲掇拾残编，谬加甄录，将谓古人得我而传，抑我附古人以传耶！良自诬矣。顾余束发时，即好声韵之学，津津乎殆三十年。窃考唐人诗集，则《钦定全唐诗》至精至备。元则秀野顾氏之选，明(清)则朱竹垞辈，先后�摭辑，亦云盛矣！独有宋一代之诗，诸选本所采寥寥，并不获媲美元明，岂见闻俭陋？亦侈□三唐者，附颊逐响，莫为两宋一揭尘翳也。且宋人何尝不学唐，骑省学元和，庐陵学昌黎，宛邱学香山，和靖学韦、孟，陈、黄为西江宗祖，亦学少陵，四灵为江湖领袖，亦学姚、贾。特风会渐移，同一门户，途径自别。外此标新立异，不知凡几。若任其散佚，勿为搜辑以传，非风雅遗憾乎？岁庚申，余园居多暇，敢承先志，选刻两宋诗人遗集，以广诸选本所未

---

①　□为原文脱字，以下凡本书标注□均为脱字，不再一一说明。

及。乾隆六年岁次辛酉三月既望曹庭栋书于二六书堂。①

曹庭栋在序言中用"考镜源流"的方法系统考述了宋代诸家诗人和唐朝诗人之间的血脉关系，指出徐铉学元和诗人，欧阳修学韩愈，张耒学白居易，林逋学韦应物、孟浩然，陈师道、黄庭坚学少陵，四灵学姚合、贾岛，诸如此类，都是想说明宋代诸家均可从唐朝诗歌中找到源头，宋诗不过是传其一脉而已；既然宋诗是在继承唐朝诗歌的基础上产生的，也就是说宋诗是胎息唐朝诗歌的养料而诞生的"宁馨儿"，既然唐诗是正统，那么承其基因的宋诗自然也是优良的孩子了。曹庭栋为宋诗寻找渊源，实际上是为了宋诗争得地位。

姚壎、汪景龙《宋诗略·序》云：

风、雅、颂之后，有楚辞；楚辞后，有乐府；沿而为十九首，侈而为六朝，风会递迁，非缘人力。然考其源流，则一而已矣。唐用诗赋设科取士，声律格调爰集大成。两宋诗人变化于矩矱之中，抒写性灵、牢笼物态，脱去唐人面目；而抨弹者，奉嘉、隆间三四巨公之议论，直谓"宋人无诗"。苍古也，而以为村野；典雅也，而以为椎鲁；豪雄也，而以为粗犷。索垢指瘢，不遗余力。矫其弊者，又甚而流为打油、锭铰之体。呜呼！岂知宋诗皆滥觞于唐人哉！如晏元献、钱文僖、杨大年、刘子仪诸公，则学李义山。王黄州、欧阳文忠精深雄浑，始变宋初诗格，而一则学白乐天，一则学韩退之。梅圣俞则出于王右丞，郭功父则出于李供奉。学王建者有王禹玉，学陈子昂者有朱紫阳，又若王介甫之峭厉，苏子美之超横，陈去非之宏壮，陈无己之雄肆，苏长公之门有晁、秦、张、王之徒，黄涪翁之派有三洪、二谢、陈、潘、汪、李之辈，俱宗仰浣花草堂，或得其神髓，或得其皮骨，而原本未尝不同。南渡之尤、杨、范、陆，绝类元和。永嘉四

---

① 曹庭栋：《宋百家诗存》，乾隆六年刻本。

灵，格近晚唐。晞发奇奥，得长吉风流。月泉吟社，寒瘦如郊、岛。以两宋较诸三唐，宫商可以叶其音也，声病可以按其律也，正变可以稽其体也。譬诸伶伦之典雅乐，鎛于方响，皆合钧韶；仙灵之炼神丹，金碧元黄，都归垆鞴。使必拘拘然，形貌之惟肖。万喙同声，千篇一律，亦何异捧西施之心，而抵优孟之掌哉！□青汪先生不弃梼昧，邀余商订宋诗，故推陈其源流如此，非敢援唐以入于宋，亦非推宋以附于唐，要使尊宋诗者无过其实，毁宋诗者无损其真而已。如必谓唐宋源流各异，则十九首及六朝，未尝以楚辞、乐府而废，楚辞、乐府亦未尝缘风雅颂而废，奈何独以唐人而废宋诗也。①

乾隆三十四年岁在屠维赤奋若涂月上浣练水姚壎书于竹雨山房

姚壎、汪景龙首先从中国诗学发展的源头说起，从《诗经》《楚辞》至六朝诗歌，其诗歌源流，则别无二致。而于唐代，集前代之大成，终成典范，宋代诗人面对唐代优秀的文化遗产，从师范学习中，进行创变，所谓"变化于矩矱之中，抒写性灵，牢笼物态"，进而"脱去唐人面目"，形成自己的特色。

"宋诗皆滥觞于唐人"指出了宋诗的渊源有自，姚壎、汪景龙找到了宋代诸位诗人与唐代诗人之间的一一对应关系。如晏殊、钱惟演、杨亿、刘筠学习李商隐，王禹偁学习白居易，欧阳修学韩愈，梅尧臣师承王维，郭祥正承袭李白，王禹玉学王建，朱熹学陈子昂，王安石、苏舜钦、陈与义、陈师道、"苏门四学士"均取法杜甫，江西诗派之黄庭坚、三洪（洪朋、洪刍、洪炎）、二谢（谢逸、谢薖）、陈师道、潘大临、江端本、李錞等，无论"得其神髓"或"得其皮骨"者，俱宗杜甫，稍后之南宋四大诗人"尤袤、杨万里、范成大、陆游"绝类元和，永嘉四灵学晚唐，谢翱学李贺，"月泉吟社"诸人效仿孟郊、贾岛。此序所论最为详细，可谓一部完整的宋诗学史论。

---

① 姚壎、汪景龙：《宋诗略》，乾隆三十五年刻本。

第三节　为宋诗张本

宋诗选本编选的最大目的之一就是要为宋诗争得一席之地，让人们从宗唐的诗学视野里摆脱出来，尽最大可能地为宋诗辩护。

如吴曹直、储右文《宋诗选·序》云：

> 迄今观半山、宛陵、庐陵、眉山、剑南诸集，其高浑苍劲、澹远豪迈，固足颉颃高岑、衡官、皮陆。若其他名流逸士，一语之艳令人魂绝、一字之工令人色飞者，又未始不与有唐诸公分路而扬镳、殊途而合辙也。使必宗唐而绌宋，则苏、李赠言、柏梁首唱，便为五七言绝调矣。不知魏晋，何有齐梁，更何有于四唐之纷纷云尔乎！百余年来，海内之言诗者，大率俎豆何、李及用修、于鳞之绪论，唐人诗选不下百家，而宋诗则视同腐壤杂用补袍。一、二好古之士，志在评骘，又多格于时尚，唯取宋诗之清逸流美近似于唐者录之，而其真愈亡矣。嗟夫！掩匡庐之面目、传优孟之衣冠，良可惜也！余闭户穷居，一编自遣，于宋诸名人集多所观览，有志阐扬而未逮也。适余友吴子以巽归自白下，其所收录最广，丹黄甲乙汇为一帙，因共相订正，合各体而去留之，复浃月焉，乃付之梓。余非敢以诗自鸣也，且宋诗自在，岂以选重也？而余与以巽兢兢于是选者，要使天下知真能学宋之未必非诗，而拘墟于唐之仅得其貌而已矣。①
>
> 时康熙岁次丁卯七夕前一日画溪储右文云章氏题于存斋

吴曹直、储右文认为王安石、梅尧臣、欧阳修、苏轼、陆游等诗"高浑苍劲、澹远豪迈"，足可与唐代诗人高适、孟浩然和皮日休、陆龟蒙相匹敌，充分肯定了宋诗的价值；除这些颇具特色的宋代诗人外，即便是那些名流

---

① 吴曹直、储右文：《宋诗选》，康熙二十六年刻本。

逸士之一字一语也与唐诗"殊途而合辙";所以吴曹直、储右文认为"宗唐而绌宋"则是不辨良莠,事实上只是明七子论调的翻版而已,根本不了解宋诗。吴曹直、储右文反对明七子对宋诗的贬黜,实质上是为了提高宋诗的地位。

尤侗《宋诗选·序》云:

> 诗之必归于唐也,唐之必归于盛也,此有明七子之说也。当其追章琢句,以拟议开元、大历之规模,虽元和、长庆犹置弗道,而况于宋乎?然至今日几于家眉山而户剑南矣,风气迁移、人情向背,诚有不可解者……然平而论之,二代之诗美恶不相掩也。唐人之诗,开襄才华,抑扬声调,主于整齐弘丽,而其敝也,如缔绣土木枵然而无所有;宋人之诗,涵咏性情,发挥名理,近于高闲疏放,而其敝也,不底于张打油、胡钉铰不止。风起于青蘋,极于拔木;水始于滥觞,终于覆舟,其势然也。取唐之无隐不搜,君于二吴宗也,折衷于博约之间,正得平尔,此虽七子复起且当相悦以解,而况白沙、定山、公安、竟陵纷纷聚讼者乎?
>
> 康熙丁卯三月三日吴门年家弟尤侗拜撰①

清朝初期,明七子宗奉盛唐的论调甚嚣尘上,这种"影响的焦虑"一直弥漫着整个清初诗坛。故尤侗首先驳斥了明七子"诗必盛唐"的言论,认为唐宋两代之诗互有优劣,所谓"二代之诗美恶不相掩",进而指出唐人之诗为"开襄才华,抑扬声调,主于整齐弘丽",宋人之诗则"涵咏性情,发挥名理,近于高闲疏放",唐诗为诗人之诗,善于在诗歌创作中展露才情,声韵谐和,句式整齐,气势恢宏;而宋诗为学人之诗,以"发挥名理"擅胜,风格恬淡闲适、自然疏放。但唐宋诗的缺点也非常明显,唐诗之弊如"缔绣土木枵然而无所有",宋诗之弊如"张打油、胡钉铰"。尤侗对唐宋诗的

---

① 吴曹直、储右文:《宋诗选》,康熙二十六年刻本。

对比论述，旨在让世人了解唐宋诗的优劣，从而为宋诗树立旗帜。

第四节　勾勒宋诗发展流变史

宋诗的发展历程反映了宋诗特质的酝酿、形成和成熟，同时也是宋诗各种流派竞相绽放的时期，所以对宋诗的演进史一直是研治宋诗者注目的焦点。最早对宋诗发展演进史作出勾勒的是元代的方回，他在《送罗寿可诗·序》一文中，十分详尽地阐释了宋代的诗歌演进的历史以及各大流派和杰出诗人的诗歌特点。

王史鉴在《宋诗类选·序》中详细勾勒了宋诗发展的衍变历史。《宋诗类选·序》云：

> 诗者，吟咏性情者也。肇于《三百篇》，盛于汉魏，侈于六朝，而大备于唐人。宋代人才，前世无比，文章之盛与两汉同风。而诗人辈出，虽穷达不同，哀乐有异，其名章隽句，莫不争奇竞秀，郁然为一代风骚。方正学云："前宋文章配两周，盛时诗律亦无俦，今人未识昆仑派，却笑黄河是浊流"，诚笃论也。宋初诗体沿袭晚唐，骑省、工部夙擅雄名，契玄、仲先语多幽致，九僧篇什少传，患其才短。莱公妙年驰誉，诗思清华。自天圣以后，缙绅间为诗者益少，惟丞相晏元献、钱文僖、翰林杨大年、刘子仪皆宗李义山，号"西昆体"，雕章丽句，照暎当时。二宋高才，诗多昆体。惟王黄州师法乐天，独开有宋风气。于是欧阳公承流接响，以精深雄浑为宗，一反西昆之旧，此宋诗之始变也。林和靖之瘦洁、苏子美之豪横、梅宛陵之平淡、石曼卿之奇峭，抒写胸臆，各自名家，此其盛也。王半山步趋老杜，寓悲壮于严刻，在诸家中别构一体。苏长公挺雄杰之才，波澜万顷；少公抒峭拔之气，琳琅千首，诚天纵之奇英、斯文之砥柱也！晁、秦之肆决风流，张、黄之澹泊新辟，皆足羽翼二苏、挺秀词林。后人苏、黄并称，或反右涪翁于长公，则大非也。叔用、子苍雅亮而精密，后

山、襄阳严劲而清拔，此宋诗之再盛。江西诗派创于吕紫薇，而山谷、后山为之鼻祖。清江三孔，名亚二苏，惜文仲攻毁程子，为生平大玷。钱塘沈氏兄弟并负雅才，三洪、二谢皆见许豫章，而人品悬绝矣。南渡之后，陈简斋崎岖乱离，不忘忠爱，苦心拔俗，能涉老杜之涯涘。厥后，陆放翁、杨诚斋、范石湖、尤遂初人各为体，咸称大家。放翁诗最富，朱子谓："近代唯见此人为有诗人风致"，刘后村亦云："南渡而下当为一大宗"，此南宋诗人之盛也。三洪虽擅文名，诗非本色。吴兴三沈诗不尽传，屏山幽炼、止斋苍劲、郑北山体制清新、周益公追趋白傅，皆翘秀也。文公少喜作诗，澹庵以诗人论荐，旨多典则，而非风云月露之词。叶水心、楼攻媿虽以文名，诗亦平雅。薛常州之朴质、赵章泉之平易，虽号名家，颇伤直致，此又一变矣。四灵苦学唐人，多工五言，较其才致，天乐为优。石屏擅江湖之咏，后村为淡泊之篇，虽有可观而气格卑弱矣。晚宋诸人感伤变革，忠义蟠郁，故多凄怆之作。文信国身任纲常，从容就义，壮烈之语，真可惊风雨而泣鬼神。水云之哀怨、晞发之恸哭、霁山仗义于诸陵、所南发愤于心史，千载而下，犹堪痛心。宋诗之终，终于义烈，岂非道学之流风、忠直之鼓动哉！宋人三百年之诗，更变递兴，称极盛矣。自献吉谓"唐后无诗"，嘉、隆以来纷然附会，然李川父已斥为"轻狂"，钱牧斋又诋为"耳食"，则宋人一代之诗，诚足以继统三唐而衣被词人者也。

康熙五十一年岁次壬辰中秋吴郡王史鉴书①

王史鉴不惮繁琐，在此长序中详细阐释了宋诗发展的衍变历史；王史鉴从诗歌本质的视角出发，指出从《诗经》、汉魏六朝、唐代至宋朝诗歌，"吟咏性情"均是其遵循的不二法门。

　　王史鉴模仿《唐诗品汇》关于唐诗发展论述的话语方式，将宋诗分为

---

①　王史鉴：《宋诗类选》，康熙五十一年刻本。

"宋诗之始变""宋诗之再盛""南宋诗人之盛"，此划分还是在方回关于宋诗流变的基础上前进了一大步，这也是清人们在充分认识和了解宋诗之后，对宋诗发展衍变作出的更为准确的判断。

"宋诗之始变"为宋诗形成的雏形期。宋诗发展初期，"晚唐风采"和宋诗风格初具的交替时期，此时"白体""昆体""晚唐体"为代表占据诗坛，"三体"诗人承袭唐五代遗风，宋诗自身的特色尚未形成，所以当时诗人追踪前朝遗迹，不可避免地带有"唐朝锦色"。但此时，文坛领袖欧阳修之诗，独开疆域，不以西昆为宗，力主革除唐末五代之旧习，可谓宋诗发展的初创期。

"宋诗之再盛"为宋诗形成的盛兴期。盛兴期即元丰和元祐时期，为宋诗发展的繁荣盛兴阶段。这一时期出现了林逋、梅尧臣、苏舜钦、王安石、苏轼、黄庭坚等标能擅美之诗人，他们以其自身的杰出才华，变革唐诗，而出之以变化，从而铸就了宋诗自身的特色。

"南宋诗人之盛"为宋诗的中兴期。这一时期以"江西诗派"和"中兴四大诗人"为代表，"江西诗派"师范杜甫，务求争奇出新，极力反对西昆派讲究声律和辞藻，主张"以故为新"和"脱胎换骨"，其影响遍及于整个诗坛；南渡以后，宋诗在经过短暂的沉寂之后进入了复兴时期，因为时代的变化，宋诗中融入了时代的新元素，尤其是当时诗坛的巨擘陆游，面对时局板荡，将忧国忧民、民胞物与的情怀融入自己的诗歌中，开创了宋诗发展的新天地。陆放翁、杨诚斋、范石湖、尤遂初"中兴四大诗人"，各呈异彩，堪称大家。"中兴四大诗人"崛起南宋诗坛，他们的出现给宋代诗坛带来了中兴的局面。

宋诗的衰颓期，此时主要以"永嘉四灵""江湖诗人"和"南宋遗民诗人群体"为代表。"四灵"为革除江西末流生涩拗硬之风，而效法晚唐的姚、贾，以清新刻露之辞写野逸清瘦之趣，诗风趋于寂寞寒苦；稍后继起的江湖诗派，不满江西诗风而仿效"四灵"，学习晚唐，但取法的路径比"四灵"要广得多，同时又因受了南宋"中兴四大诗人"的影响，带有"清健奥密"的风格，不过同盛宋诗坛相比，气格稍卑。在晚宋诗坛，还出现了南宋遗民诗人群体，文天祥、谢翱、林景熙、真山民、谢枋得等分别以其各自的特色呈现于晚宋诗坛，在晚宋诗坛添上最后一抹亮色。

在宋诗学发展史上，给予宋诗作出明确的分期，是宋诗学研究的重要方面。从某种意义上讲，宋诗与唐诗的演进轨迹十分相似。陈衍不分"唐宋之正闰"，反对分唐界宋，从世道盛衰变化的规律（"天道无数十年不变，凡事随之。盛极而衰，衰极而渐盛，往往然也。"）①着眼，模仿严羽《沧浪诗话》与高棅《唐诗品汇》将宋诗分为初宋、盛宋、中宋、晚宋四期。陈衍《宋诗精华录》卷一指出：

> 今略区元丰、元和以前为初宋；由二元尽北宋为盛宋，王、苏、黄、陈、秦、晁、张具在焉，唐之李、杜、岑、高、龙标、右丞也；南渡茶山、简斋、尤、萧、范、陆、杨为中宋，唐之韩、柳、元、白也；四灵以后为晚宋，谢皋羽、郑所南辈，则如唐之有韩偓、司空图焉。②

陈衍将宋诗每期之诗分为一卷。第一卷选诗39人，117首；第二卷选诗18人，239首；第三卷选诗32人，212首；第四卷选诗40人，122首。宋诗四期中，盛宋入选的诗最多，其次是中宋，再次为初宋和晚宋，大略与四唐诗人的成就相对应，只是"初"与"晚"位置颠倒了一下。尊盛宋而抑晚宋，这与陈衍重"元祐"的诗学主张一致。

第五节　品评宋代诗人

对宋代诗人的学术渊源、创作成就、艺术特点和诗学宗趣，亦为宋诗选本序言关注重点之一。

---

① 钱仲联编校：《陈衍诗论合集》，福州：福建人民出版社1999年版，第716页。
② 钱仲联编校：《陈衍诗论合集》，福州：福建人民出版社1999年版，第716页。

关于宋代诗人的创作成就和生平事迹，一直也是宋诗选本关注的重点。如吴之振的《宋诗钞》在 84 篇小传中，就分析并评价了宋代著名诗人的生平及诗歌风格及不足。如评王安石云：

> 少以意气自许，故诗语惟其所向，不复更为涵蓄。后从宋次道尽假唐人诗集，博观而约取，晚年始悟深婉不迫之趣。然其精严深刻，皆步骤老杜。所得而论者，谓其有工致无悲壮，读之久则令人笔拘而格退。余以为不然。安石遣情世外，其悲壮即寓闲澹之中，独是议论过多，亦是一病尔。①

吴之振评价了王安石一生的诗歌创作特色并指明了产生的原因，少年时诗歌锋芒毕露，缺乏含蓄蕴藉，是因少时"意气自许"之故，而晚年诗歌从容不迫、精严深刻，乃是因为学习杜甫所使然；同时吴之振指出王安石诗歌之弊病，议论过多，亦是美中不足。评苏轼云：

> 子瞻诗气象洪阔，铺叙宛转，子美之后一人而已。然用事太多，不免失之丰缛。虽其学问所溢，要亦洗削之功未尽也。而世之訾宋诗者，独于子瞻不敢轻议，以其胸中有万卷书耳。不知子瞻所重，不在此也。加之梅溪之注，饾饤其间，则子瞻之精神反为所掩。故读苏诗者，汰梅溪之注，并汰其过于丰缛者，然后有真苏诗也。②

吴之振肯定了苏轼的巨大成就，"气象洪阔，铺叙宛转"，为子美之后继者，其评价不可谓不高。同时苏诗也有用典太多，洗削未尽之弊。评黄庭坚云：

---

① 吴之振、吕留良、吴自牧：《宋诗钞》，康熙十年刻本。
② 吴之振、吕留良、吴自牧：《宋诗钞》，康熙十年刻本。

宋初诗承唐余，至苏、梅、欧阳变以大雅。然各极其天才笔力，非必锻炼苦而成也。庭坚出，而会萃百家句律之长，究极历代体制之变，自成一家，只字半句不轻出，为宋诗家宗祖，江西诗派皆师承之。史称自黔州以后，句尤高。实天下之奇作，自宋兴以来一人而已，非规模唐调者所能梦见也。惟领为禅学，不免苏门习气，是用为病耳。①

吴之振认为黄庭坚能"会萃百家句律之长，究极历代体制之变"，而自成一家，为宋诗之宗祖，成为江西诗派的代表，给予了黄庭坚最高的评价，但同时在诗歌好用禅语，也摆脱不了苏门风气，是其弊也。

张怀溥《唐宋四大家诗选》中选录了李白、杜甫、韩愈和苏轼四位诗人的作品。张怀溥，字雨山，汉州人，贡生，有《十筼山房诗》。此选评苏轼云：

自古才人多矣，兼之为难，公能诗、能文、能武、能词、能书、能画、能吏治，又能邃于理学，而笃于忠义，自古德艺之茂，未有如公者也……公诗宗杜，亦宗陶，然浩瀚汪洋，体势广大，譬如长江大河，荡摇山岳，襟带港洪，枯槎断梗，凿石崩沙，一种悠然自得之趣，铿锵律吕间，若以他人当之，则耳红面热，有矻矻然不能终日之势，王荆公云：不知更几百世，始有此人。②

张怀溥极为推崇苏轼的为人、为义及其出众的才华，他能诗、能文、能武、能词、能书、能画、能吏治、能理学，简直是无一不通和无一不精，加之"笃于忠义"，真是一位地地道道的完人。张怀溥还指出了其诗歌风格的渊源，取法杜甫和陶渊明，正是在继承前人的基础上，加以变化发展，

①　吴之振、吕留良、吴自牧：《宋诗钞》，康熙十年刻本。
②　张怀溥：《唐宋四大家诗选》，道光十一年刻本。

故而"浩瀚汪洋，体势广大"，从而产生了"荡摇山岳，襟带港洪……凿石崩沙"的艺术效果。

余柏岩《唐宋四家诗选》选录了韩愈、白居易和苏轼、陆游四家诗歌，此选评述了苏轼和陆游两位诗人：

> 若夫宋人之诗，其多可与韩白并者，莫如子瞻、务观，子瞻贯析百家，及《山经》《海志》《释家》《道流》《冥搜》《集异》诸书，纵笔驱遣，无不如意，如风雨雷霆之骤合，砰石訇嘎击角，而或击□□有度，其用实处多，而虚处少，取其少者为准。务观间□□村苑舍农田耕渔花石琴酒事，每逐月日记，寒暑读其诗，如读其年谱也，然中间勃勃有生气，中原未定，梦寐思建功业，其真朴处多，雕镂处少，取其多者为准。凡此四家之诗，美而可传，择而不易精，故全刻者或见之，而撮其精英者盖未尝闻善本也①。

余柏岩指出苏轼在诗歌创作时，通贯百家，驱遣万物，牢笼百态，故其诗作如"风雨雷霆之骤合"；陆游之诗，以描写田园生活琐事著称，除此之外，尚有许多反映建功立业的作品。

祁述祖《诗选》中评价了宋代许多有名的诗人，今撮其要举两例证之。评苏轼云：

> 苏东坡者，古今东西所稀见之大才子，此殆莫有持异论者。顾其为人，有节概，强毅不屈，数遭贬谪之苦，而终如百炼之钢，无稍挫折，然一片至情，常满其间，蔼然可亲。有使人难忘者，以其对弟辙观之，则见友悌之情谊；对以对于爱妾朝云观之，则见其中之恩爱。且尤笃于交游之道，六君子之徒皆从之游，各传词名于后世，其他在官儿羡慕之余，同行业出处者，无虑数十人，至林下交游颇多，且有

---

① 余柏岩：《唐宋四家诗选》，康熙濂溪山房刻本。

从患苦，至死不悔者，抑不但当代慕之如此，至于铭叶借笠之琐事，而世犹绝称之，无非起因于其人格之高尚故也。

东坡学问赅博，儒释道之书，靡不涉猎通晓，且承家学之余风，夹有几分鬼谷子之术数，故其胸中深自彻悟，绰有余裕，处荆天棘地，任何患难，亦谈笑而出之，泰然自若也。是以毫无恐惧，其炬眼洞察当时政界之事情，不惮对之共言其大经纶也。要之，彼自身之本领，在为挚实热诚之政治家，亦未可知，顾其垂于百代者，乃在飘逸洒落之文士诗人也。

东坡于文既秀，同时于诗亦为特胜，盖中国文士必兼染指诗文两道，然能熊鱼欲得兼，而文人之诗，诗人之文，殆非合格，柳柳州、欧阳公固已，韩文公亦以其诗比文，大见拙劣，然东坡别论，两者殆占同等之地步，其才之大，愈益显矣。①

祁述祖在这里所论苏轼最为全面，一是其为人，在大节上，"有节概，强毅不屈"，对兄弟十分关爱，对爱妾朝云甚为恩爱，对弟子感情甚笃；二是其为学，苏轼学问广博，涉猎广泛；三是其为文为诗，均可与柳宗元和欧阳修相抗衡。评陆游云：

陆放翁者，与唐之李杜韩白，宋之东坡并称，确为一大诗豪，才气超然。加之遭时势之逼迫，往往志存戎轩，大有横槊跃马，愿效驱驰之概，慷慨悲歌一片忠义之气，常盈于其间；然后以年渐老，转为恬淡之人，而诗境又变，要之观放翁似杜甫而小变之，加以俊秀之趣，则无大差矣。其古体，赵翼评曰："意在笔先，力透纸背，有丽语而无险语。有艳词而无淫词。看似华藻，实则雅洁；看似奔放，实则谨严。"然无作《北征》《奉先》大篇之思力，且不免几分粗气也。其最得意者，近体中之律，瓯北曰："使事必切……古来诗家所未见

① 祁述祖：《诗选》，南京：南京书店1931年版，第176~177页。

也。"然此亦求如杜之沉雄，腾踔而不可得，终在儿孙之列也。大概评之，则其诗清新刻露，洗练之余，圆润自然，加之才情繁富，世以东坡并称曰：苏陆。谓足尽宋诗之诗者，绝非溢美之言。①

祁述祖首先肯定了陆游诗歌的巨大成就，可与唐之李杜韩白相媲美，亦可与苏轼并称。祁述祖采用了传统的知人论世的评述方法，结合时代背景，分析了陆游诗歌发展变化的历程，壮年之时，因其遭遇国家危难之时，诗风多慷慨悲歌之气；待其老年之日，心境转为恬淡，诗风也多俊逸之趣。

①　祁述祖：《诗选》，南京：南京书店 1931 年版，第 196 页。

第六章　宋诗选本与唐宋诗之争

莫砺锋先生云："自从宋诗以迥异于唐诗的面貌出现于中国诗史之后，人们便把批评的焦点集中在宋诗与唐诗的关系之上。"①中国诗歌发展到宋代以后，唐诗与宋诗这两种不同的诗学范式就一直受到世人的关注，两者孰优孰劣也一直是人们争论的焦点，这种争论不仅仅停留于理论层面，而且在选本批评中同样得到了体现，正如张仲谋所说："明清人对待宋诗的态度，往往体现在选本上。历来研究唐宋诗之争或宋诗接受史的论著，往往只注意以理论形态出现的诗话，而忽略了以作品形式存在的选本，不能不说是一大缺憾。"②笔者正是有鉴于此，力图从选本的视角观照唐宋诗之争演变的历史。

第一节　宋诗选本的发展演变

宋代是宋诗选本的初始期。这一时期宋诗自身正在发展过程中，人们对宋诗的了解和认识也不是十分清晰和深入，所以宋代宋诗选本处于起始阶段，选本的总体数量也不是很多。根据王水照先生《宋代文学通论》的分类③，这一时期的宋诗选本大致有三类，一类是唱和诗总集，一类是书商

---

① 莫砺锋：《论苏黄对唐诗的态度》，《唐宋诗歌论集》，南京：凤凰出版社 2007 年版，第 379 页。
② 张仲谋：《清代宋诗师承论》，苏州大学 1997 年博士论文，第 58 页。
③ 王水照主编：《宋代文学通论》，开封：河南大学出版社 1997 年版，第 512、515 页。

刻印总集，一类是按内容分类的总集。即为：

第一类——唱和诗总集有《翰林酬唱集》《禁林宴会集》《商于唱和集》《二李唱和集》《西昆酬唱集》《坡门酬唱集》《同文馆唱和诗》《南岳唱酬集》《月泉吟社诗》(本选目前学界大多将之放在元代)等。

第二类——书商刻印的总集有《江湖集》《江湖前集》《江湖后集》《江湖续集》《中兴江湖集》和《中兴群公吟稿》等。

第三类——按内容所分的总集，《声画集》《古今岁时杂咏》等。

其实，除以上所列，还可举出数种，如陈充《九僧诗》、吕祖谦《宋文鉴》、曾慥《皇宋百家诗选》、陈思《两宋名贤小集》等。① 然因当时材料所限，还有刘克庄编辑的《分门纂类唐宋时贤千家诗》《中兴绝句续选》《牡丹诗选》、吕祖谦《丽泽集》、佚名《诗家鼎脔》、刘瑄《诗苑众芳》、谢翱《天地间集》、孔汝霖《中兴禅林风月集》、陈起《圣宋高僧诗选》等宋诗选本未纳入研究范围。同当时唐诗选本的繁盛局面相比，宋诗选本相对来说，还是处于劣势，据孙琴安《唐诗选本六百种提要》可知，宋代，唐诗选本大约有四十部，而且在选诗类型和质量上都超越了宋诗选本，宋代唐诗选本王安石《唐百家诗选》、洪迈《万首唐人绝句》、赵蕃、韩淲《注解章泉涧泉二先生选唐诗》、周弼《三体唐诗》等。

不过，此时唐宋诗之争刚刚处于滥觞阶段，人们对于唐宋诗的认识还在变化之中，所以将唐宋诗视为极端对立面的局面并未出现，这反映在诗学理论和唐宋诗的选本上。

元代所编选的宋诗选本仍然处于发展阶段，主要有杜本《谷音》、方回《瀛奎律髓》和陈世隆《宋诗拾遗》《宋僧诗补》。元代统治者对汉族文化采取了极端否定政策，传统的雅文学受到了压制，俗文学(戏曲和小说)等文

---

① 傅璇琮等主编：《全宋诗·编纂说明》，北京：北京大学出版社1991年版，第12页。

学样式得以盛兴，诗歌选本亦不例外。金元时期，唐诗选本亦不发达，仅存元好问《唐诗鼓吹》、李存《唐人五言排律选》和戴表元《唐诗含弘》①、杨士弘《唐音》，不过元代唐诗选本在历代唐诗选本以及唐诗学研究史上的作用，却远远大于元代宋诗选本在历代宋诗选本以及宋诗学研究史上的作用，因为元代唐诗选本在选诗体例、唐诗分期等方面，已经定型；宋诗选本相对来说，就处于滞后状态，《瀛奎律髓》可算是宋诗选本中最为杰出者，但这仅是一部唐宋诗合集，偏重于宋诗，选诗体例单一，仅选律诗，不过方回倡"一祖三宗"之说，为江西诗派张目，并指出江西诗派与杜诗之间的内在关联，亦即寻找到了宋诗与唐诗之间的某种脉络，亦不失为一种创见。然而"宋诗之价值，到底是建立在其与唐诗之'似'还是与唐诗之'异'上，宋诗到底能不能与唐诗分庭抗礼，什么才是宋诗的精华，这些问题成了之后明清诗坛数百年来聚论纷纷的焦点"②。由此看来，金元时期在"宗唐得古"的诗风蔓延下，宋诗的地位仍获得了应有的重视。

明代更是延续了金元宗唐的诗风，整个明代诗坛，以盛唐格调为尊，以高棅和明七子为主流的诗学，影响有明一代。虽然南宋严羽倡言"盛唐之音"，追求"诗宗盛唐"，但响应者寥寥，更未在唐诗选本的实践上得以实现，而真正在诗歌选本上得到实现的当首推高棅《唐诗品汇》。高棅明确宣称"夫诗莫盛于唐，莫备于盛唐"③，认为盛唐诗"神秀声律，粲然大备"④，惟盛唐诗声雄调鬯、神完气足、兴象玲珑，堪为后世竞相学习的典范，从而确定了盛唐诗在中国诗歌发展史上的地位，由此，明人对盛唐诗的尊奉臻至顶礼膜拜的程度。李攀龙编选《古今诗删》，将明初刘崧"宋无诗"之论发挥到了极致，选录历代诗作，始于古逸、汉魏、南北朝至唐，

---

① 参阅笔者论文《〈唐诗品汇〉何以成为典范的唐诗选本》，《文学遗产》2013年第2期。

② 张煜：《宋诗选本与唐宋诗之争》，《阜阳师范学院学报》2001年第6期。

③ 高棅：《唐诗品汇·五言古诗叙目》，上海：上海古籍出版社影印明汪宗尼本，第48页。

④ 高棅：《唐诗品汇·五言古诗叙目》，上海：上海古籍出版社影印明汪宗尼本，第47页。

唐以后直接选录明人，且多录同时诸人之作，独不及宋、元，其影响深远，四库馆臣指出：

> 盖自李梦阳倡不读唐以后书之说，前后七子率以此论相尚，攀龙是选犹是志也。江淹作《杂拟诗》，上自汉京，下至齐、梁，古今咸列，正变不遗。其《序》有曰："蛾眉讵同貌而俱动于魄，芳草宁共气而皆悦于魂。"又曰："世之诸贤，各滞所迷，莫不论甘而忌辛，好丹而非素，岂所谓通方广恕，好远兼爱？然则文章派别，不主一途，但可以工拙为程，未容以时代为限。宋诗导黄陈之派，多生硬权桠；元诗沿温李之波，多绮靡婉弱。论其流弊，诚亦多端。然巨制鸿篇，实不胜收，何容删除两代，等之自郐无讥。"①

高棅、李攀龙这种"论甘而忌辛，好丹而非素"之诗学观，影响有明一代，表现出对宋元诗的极端贬抑倾向。故而在明代，唐诗选本处于极盛时期，而宋诗选本却极少，据申屠青松考证，明代宋诗选本（包括已经遗失）仅有13种，现存主要有5种。②

李蓘《宋艺圃集》在选诗理念和文献保存上，均具代表性，他在《书〈宋艺圃集〉后》中指出："世恒言宋无诗，厥有旨哉！昔人选诗，取于欲离欲近，故余是编亦旁斯义。离者离远于宋，近者近附于唐，执斯二义，以向是编，则庶几无谪于宋哉！""离者离远于宋，近者近附于唐"作为选诗标准，实际上是按照唐诗之标尺来选录宋诗，"近唐调"就很难选出反映宋诗特色的作品来。不过这一时期，宋诗选本中《宋艺圃集》《宋元名家诗集》《石仓宋诗选》因为所选录诗歌数量较大，所以在保存宋诗文献方面具有极大的价值，而且对清代宋诗选本产生了重大影响。

有清和民国，一反明人对宋诗的极端仇视情绪，宋诗的价值被发现，

---

①　永瑢等：《四库全书总目》卷一六七，北京：中华书局1965年版，第2645页。
②　申屠青松：《明代宋诗选本论略》，《北京科技大学学报》2007年第4期。

宋诗选本到了兴盛期。其主要表现是在这一时期宋诗选本无论在数量、质量和选录规模上都超越了前此任何一个时期。尤其是出现了如《宋诗钞》《宋元诗会》《宋百家诗存》《御选宋诗》《宋诗纪事》《宋诗类选》《唐宋诗本》《宋诗精华录》等大型宋诗选本，保存了许多弥足珍贵的文献资料。

第二节　宋诗选本与唐宋诗之争

选本作为编选者诗学主张体现的重要形式，是一个时代诗歌学习倾向的直接呈现，每个时期唐宋诗选本数量的消长，常常会形成两种相争或相抗衡的力量。宋诗选本的编选者通过编选选本，或为宋诗张本，或让人了解宋诗优长，或打破分唐界宋的疆域，或行抑宋之旨。

一、充分肯定宋诗的价值

宋诗选本的选录者选录宋诗的目的之一就是通过宋诗的选录表达其宗奉宋诗的态度和观点。

清人吴绮选录有宋诗选本《宋金元诗永》，他在叙中指出：

> 十五国之不得不汉魏，汉魏之不得不六朝，六朝之不得不三唐，三唐之不得不宋金元者，气运之所为也。而十五国之后，汉魏成其汉魏，六朝成其六朝，三唐成其三唐，宋金元成其宋金元，则其人之性情在焉，不教而成，不谋而合，而其人要未尝求其成，求其合也。故诗至三唐而盛，非至三唐而止，乃说者辄谓唐以后无诗焉，亦何其言之陋哉！夫唐以后无诗，是宋金元可以不作宋金元，尚可不作至于明，至于今又安用乎？捻须摇膝，敝于声音之数载。故予是编于三唐之后，急掇宋、金、元而出之，存宋金元所以存三唐，所以存宋金元之不为三唐者，所以存三唐于宋金元也。读此者，以己之性情合于宋、合于金、合于元之性情，始可以论宋金元之诗，始可以论三唐之

诗。以己之性情，得乎宋、得乎金、得乎元之性情，又何气运之足云乎。①

吴绮强调历代诗歌的推演变化是由于"气运"使然，所以汉魏、三唐之诗与宋、金、元、明、清之诗均是中国诗歌发展历史阶段上的一环，因之，这些时代的诗歌因其所寄托的"性情"一致，自然没有什么差别，既如此，选录宋、金、元之诗等同于三唐之诗，因此所谓"唐以后无诗"的说法，实是荒谬之极。由此序可以见出选录宋诗的目的，除肯定宋诗的地位和价值外，也不排斥唐诗。

王史鉴选录有宋诗选本《宋诗类选》，关于此选的目的，他在该选序言中指出：

> 诗者，吟咏性情者也。肇于《三百篇》，盛于汉魏，侈于六朝，而大备于唐人。宋代人才，前世无比，文章之盛与两汉同风。而诗人辈出，虽穷达不同，哀乐有异，其名章隽句，莫不争奇竞秀，郁然为一代风骚。……自献吉谓"唐后无诗"，嘉、隆以来纷然附会，然李川父已斥为"轻狂"，钱牧斋又诋为"耳食"，则宋人一代之诗，诚足以继统三唐而衣被词人者也。故采撷群英，裒成一集，诗以类分、类以时叙，并录宋元以来品题诸家及评骘本诗者。②

王史鉴批评了自李献吉以来，诗坛推崇唐诗而否定宋诗的诗学倾向，他从诗歌吟咏情性的本质特征出发，认为唐诗与宋诗均以发抒情性为其本质特征，由此，王史鉴指出宋诗"诚足以继统三唐而衣被词人者"，这是对宋诗成就的巨大肯定。

---

① 吴绮：《宋金元诗永》，康熙十七年刻本。
② 王史鉴：《宋诗类选》，康熙五十一年刻本。

二、公允正确地评价宋诗

由于在学宋过程中出现的偏差，引起人们对宋诗的误读，从而误导世人对宋诗不公正的评价，所以陈訏《宋十五家诗》选录宋代十五家诗人之作，借以说明纠正当时诗坛学宋之弊其源所自。《宋十五家诗·叙》云：

> 诗道之由来久矣。昔敝于举世皆唐，而今敝于举世皆宋。举世皆唐犹不失辞华声调、堂皇绚烂之观；至举世皆宋，而空疏率易，不复知规矩绳墨与陶铸洗伐为何等事。嗟乎！此学宋诗者之过也。①

陈訏认为学唐未精，仍然可以学到唐诗的声辞华章，但学宋不精则易流入"空疏率易"之弊，此为学宋之门径不对所致，绝非宋诗本身之弊使然。

清人姚壎、汪景龙选录有宋诗选本，其《宋诗略·序》云：

> 风、雅、颂之后，有楚辞；楚辞后，有乐府；沿而为十九首，佗而为六朝，风会递迁，非缘人力。然考其源流，则一而已矣。唐用诗赋设科取士，声律格调爰集大成。两宋诗人变化于矩矱之中，抒写性灵、牢笼物态，脱去唐人面目；而抨弹者，奉嘉、隆间三四巨公之议论，直谓"宋人无诗"。苍古也，而以为村野；典雅也，而以为椎鲁；豪雄也，而以为粗犷。索垢指瘢，不遗余力。矫其弊者，又甚而流为打油、锭铰之体。……岂知宋诗皆滥觞于唐人哉！□青汪先生不弃梼昧，邀余商订宋诗，故推陈其源流如此，非敢援唐以入于宋，亦非推宋以附于唐，要使尊宋诗者无过其实，毁宋诗者无损其真而已。如必谓唐宋源流各异，则十九首及六朝，未尝以楚辞、乐府而废，楚辞、乐府亦未尝缘风雅颂而废，奈何独以唐人而废宋诗也。②

---

① 陈訏：《宋十五家诗》，康熙三十二年刻本。
② 姚壎、汪景龙：《宋诗略》，乾隆三十五年刻本。

姚壎、汪景龙针对明七子以来对宋诗"索垢指瘢"和"不遗余力"的否定，首先从唐宋诗之间的共同渊源入手，认为这两者的渊源是一致的，既然唐宋诗的渊源相同，那么唐宋诗之间并无高低优劣之别；其次，姚壎、汪景龙指出选录宋诗既不是为了"援唐以入于宋"，也不是"推宋以附于唐"，最终达到尊奉宋诗者不刻意拔高宋诗的价值和地位，而诋毁宋诗者亦不肆意贬损宋诗，从而公正地评价宋诗，还宋诗之本来面目。

三、辨析唐宋诗之异，了解宋诗之优长

明人因为不了解宋诗之优长，故而极力贬低宋诗，针对这一弊病，清人选录宋诗，辨析唐宋诗之异，并说明宋诗之优点。（清）吴之振、吕留良、吴自牧选录宋诗选本《宋诗钞》，《宋诗钞·序》云：

> 故今之黜宋者，皆未见宋诗者也。虽见之而不能辨其源流，则见与不见等。此病不在黜宋，而在尊唐。盖所尊者嘉、隆后之所谓唐，而非唐宋人之唐也。唐非其唐，则宋非其宋，以为"腐"也固宜。宋之去唐也近，而宋人之用力于唐也，尤精以专。今欲以鲁莽剽窃之说，凌古人而上之，是犹逐父而祢其祖，固不直宋人之轩渠，亦唐之所吐而不飧非类也。曹学佺序宋诗，谓："取材广而命意新，不剿袭前人一字"，然则诗之不腐，未有如宋者矣。今之尊唐者，目未及唐诗之全，守嘉、隆间固陋之本，皆宋人已陈之刍狗，践其首脊，苏而爨之久矣。顾复取而筐衍文绣之，陈陈相因，千喙一唱，乃所谓腐也。譬之脍炙，翻故出新，极烹芼之巧，则为珍美矣。三朝三暮，数进而不变，臭味俱败，犹以为珍美也，腐乎？不腐乎？故臭腐神奇，从乎所化。嘉、隆之谓唐，唐之臭腐也。宋人化之，斯神奇矣。唐宋人之唐，唐宋人之神奇也。嘉、隆后人化之，斯臭腐矣。乃腐者以不腐为腐，此何异狂国之狂其不狂者欤！万历间，李蓘选宋诗，取其离远于宋而近附乎唐者。曹学佺亦云："选始莱公，以其近唐调也。"以此义选宋诗，其所谓唐终不可近也，而宋人之诗则已亡矣。余与晚村、自

牧所选盖反是，尽宋人之长，使各极其致，故门户甚博，不以一说蔽古人。非尊宋于唐也，欲天下黜宋者得见宋之为宋如此。其为腐与不腐，未知何如，而后徐议其合黜与否。或釜是而疑此数百年中，文人老学，游居寝食于唐者，不翅十倍后人，何独于嘉、隆之说求一端之合而不可得，因忽悟其所以然，则是集也，未必非唐以后诗道之巫阳也夫！①

《宋诗钞》是在明代举世宗唐的极端思潮下的产物，也是清初第一部宋诗选本，针对明人贬黜宋诗的倾向，吴之振等认为是由于人们不了解宋诗的特点所造成的，所谓"今之黜者，皆未见宋诗者也"，而有些人即便是见到宋诗，也因为不了解宋诗源流演变，亦等同于未见宋诗；且针对明人选宋诗者"远宋近唐"的特点，"余与晚村、自牧所选盖反是，尽宋人之长，使各极其致，故门户甚博，不以一说蔽古人。非尊宋于唐也，欲天下黜宋者得见宋之为宋如此"，让世人尽力了解宋诗之优长。

四、以唐存宋

张煜指出："选者或在宋诗尚处弱势地位时，借唐诗之尸，以还宋诗之魂，如元方回之编《瀛奎律髓》；或当唐宋诗之争激烈时，通过编选宋诗而行贬抑宋诗、巩固唐诗地位之实。"②学习唐诗一直是中国诗坛的主流，唐诗始终在中国诗学史上占有一定的优势，故而有些选录者在选宋诗的时候，始终是将宋诗置于唐诗的审美特质之下。其中，御选《唐宋诗醇》和《宋诗别裁集》最为典型。《四库全书总目》提要指出：

诗至唐而极其盛，至宋而极其变。盛极或伏其衰，变极或失其正。物穷则变，故国初多以宋诗为宗。宋诗又弊，士祯乃持严羽余论，倡神韵之说以救之。故其推为极轨者，惟王、孟、韦、柳诸家。

---

① 吴之振、吕留良、吴自牧选：《宋诗钞》，康熙十年刻本。
② 张煜：《宋诗选本与唐宋诗之争》，《阜阳师范学院学报》2001 年第 6 期。

然诗三百篇，尼山所定，其论诗一则谓归于温柔敦厚，一则谓可以兴观群怨。原非以品题泉石、摹绘烟霞。洎乎畸士逸人，各标幽赏，乃别为山水清音。实诗之一体，不足以尽诗之全也。宋人惟不解温柔敦厚之义，故意言并尽，流而为钝根。士祯又不究兴观群怨之原，故光景流连；变而为虚响。①

四库馆臣依然持"唐诗为正""宋诗为变"之论，表现出伸正黜变之思想，所谓"诗至唐而极其盛，至宋而极其变"，实乃明七子之论的重谈；四库馆臣以"温柔敦厚"为选诗标准，故而对王士祯崇尚王、孟、韦、柳诸家"山水清音"一脉甚为不满，宋诗所不具备的也正是"温柔敦厚"之义。以此为标准，御选《唐宋诗醇》中宋代诗人仅苏轼和陆游两家入选，唐代诗人却有李白、杜甫、白居易、韩愈四家，在选诗数量上体现出明显的"以唐存宋"的倾向，不仅如此，这一诗学倾向，还体现在对入选宋代诗人的评价上，如评陆游《五云门晚归》云："以高韵胜，置唐人集中，不复可辨。""以高韵胜"是指陆游诗具有唐诗之特征，而非具有宋诗之个性。

张景星、姚培谦之《宋诗别裁集》，以"诗必宗唐"为论诗歌纲领，《宋诗百一钞序》指出：

夫论诗必宗唐，是也。然云霞傅天，异彩同烂；花萼发树，殊色互妍。江醴陵云："楚谣汉风，既非一骨；魏制晋造，固亦二体。"言古今辞章之变化也。变化者，前人后人所以日出不穷，以罄天地之藏而泄灵府之秘。否则铢铢称之，寸寸度之，循声蹑影，伪种流传，而不能相逐于变化无穷之域，恶足闯唐贤阃奥哉？第波澜虽富，句律不可疏；锻炼虽精，情性不可远。比兴深婉，何贵乎走石扬沙；宫商协畅，何贵乎腐木湿鼓？斯则上下三百余年，诗家金科玉尺，端有在焉。而是书

①　永瑢等：《四库全书总目》卷一六七，北京：中华书局 1965 年版，第 2659 页。

取舍，要为实获我心。杜两宋末流之弊，踵三唐最胜之业。①

张景星认为尊奉盛唐乃不变之信条，对于变化中的宋诗，擅长句律锻炼，而不及唐诗之"比兴深婉""宫商协畅"。故而选录该选是为"杜两宋末流之弊，踵三唐最胜之业"，克服宋诗之流弊，而达到唐诗之最高境界。

五、打破分唐界宋之疆域

许多选录宋诗者，或为宗唐，或为尊宋，但亦有为融通唐宋而选录宋诗者。潘问奇、祖应世《宋诗啜醨集》和陈衍《宋诗精华录》就是其中的典型代表。

潘问奇在《宋诗啜醨集·序》中指出："宋固犹夫唐也。唐之人各有其性情，即不得谓宋之人尽无与于性情也。唐之人之诗有系于兴观群怨，即不得谓宋之人之诗尽无与于兴观群怨也。"②"宋固犹夫唐也"之论说明了宋诗如唐诗一样，等无差别，这是因为唐诗之性情与宋诗之性情毫无二致；因此，潘问奇认为从品评宋诗中，"不但得宋诗之所以至，而且可以自为至；将唐亦可，宋亦可，即独辟蚕丛、别开境界以与唐宋相鼎足，亦乌乎而不可?"③学唐学宋无不可，即便游离唐宋之外，亦可与唐宋相鼎足。潘问奇此论已开唐宋调和论之先路。"同光体"之盟主陈衍选录《宋诗精华录》，他在《宋诗精华录》序言中指出："天道无数十年不变，凡事随之……盛极而衰，衰极而渐盛，往往然也。宋何以甚异于唐哉!"④陈衍从天道变化的规律理论，认为宋诗与唐诗并无不同。

---

① 张景星、姚培谦：《宋诗别裁集》，乾隆二十六年刻本。
② 潘问奇、祖应世：《宋诗啜醨集》，乾隆十八年刻本。
③ 潘问奇、祖应世：《宋诗啜醨集》，乾隆十八年刻本。
④ 陈衍：《宋诗精华录》，上海：商务印书馆1937年版。

下编　历代宋诗选本个案研究

第七章 "九僧"诗选研究

第一节 "九僧"来历

关于"九僧诗"（希昼、保暹、文兆、行肇、简长、惟凤、惠崇、宇昭、怀古的诗）的名称，最早的文献记载是欧阳修的《六一诗话》："国朝浮图以诗名于世者九人，故时有集号九僧诗，今不复传矣。余少时闻人多称。其一曰惠崇，余八人者忘其名字也。"①欧阳修首先指出了当时就有"九僧"的说法，至于"九僧"有哪几位，欧阳修并不清楚；其后，司马光《温公续诗话》云："欧阳公云《九僧诗集》已亡。元丰元年秋，余游万安山玉泉寺，于进士闵交如舍得之。所谓九诗僧者：剑南希昼，金华保暹，南越文兆，天台行肇，沃州简长，贵城惟凤，淮南惠崇，江南宇昭，峨嵋怀古也。直昭文馆陈充集而序之，其美者，亦止于世人所称耳。"②说明司马光曾见过此书，并已确切知道"九僧"的准确称谓，与其后虞山毛氏汲古阁康熙五十一年影宋抄本所著录的情况相一致。

《宋史·艺文志》卷二〇九著录陈充《九僧诗集》一卷。南宋晁公武《郡斋读书志》卷二十云："《九僧诗集》一卷，右皇朝僧希昼、保暹、文兆、行肇、简长、惟凤、惠崇、宇昭、怀古也。陈充为序。凡一百十篇。"晁公武当时所见九僧诗有110篇，并有陈充之序，同宋抄本有出入。

---

① 欧阳修：《六一诗话》，北京：人民文学出版社1962年版，第8页。
② 何文焕：《历代诗话》，北京：中华书局1981年版，第280页。

陈直斋《直斋书录解题》卷一五云："《九僧诗》一卷……凡一百七首，景德元年直昭文馆陈充序，目之曰'琢玉工'，以对姚合'射雕手'。"陈振孙所见九僧诗为107篇，也有陈充之序，同宋抄本有出入。

许肇鼎《宋代蜀人著作存佚考》（巴蜀书社1986年版）考证陈充为成都人，字若虚，雍熙二年（985）进士，《宋史·陈充传》："陈充，字若虚，益州成都人。家素豪盛，少以声酒自娱，不乐从宦。邑人敦迫赴举，至京师，有名场屋间。雍熙中，天府、礼部奏名皆为进士之冠，廷试擢甲科，释褐孟州观察推官，就改掌书记。会寇准荐其文学，得召试，授殿中丞，出知明州。入为太常博士、直昭文馆，迁工部、刑部员外郎。久病告满，除籍，真宗怜其贫病，令致仕，给半奉。未几病间，守本官，仍充职。以久次，迁兵部员外郎。景德中，与赵安仁同知贡举，改工部、刑部郎中。"不过，"九僧诗"自此后，一直杳无音讯，直到清康熙年间才由毛扆编录，得以保存"九僧诗"134首。毛扆版"九僧诗"后收入陈起《增广圣宋高僧诗选》里，今《续修四库全书》集部第1621册收入了《增广圣宋高僧诗选》，该书有丁丙跋，并录有王士禛《居易录》之文为序文。

第二节　"九僧诗"版本流传情况考察

考察"九僧诗"版本流传情况，更有利于研究宋"九僧诗"的流传。兹列表7-1如下：

序号	版本	时代	馆藏地
1	影宋抄本	虞山毛氏汲古阁康熙五十一年（1712）	国家图书馆
2	张德荣抄本	乾隆四十一年（1776），吴翌凤、黄丕烈跋	国家图书馆

续表

序号	版本	时代	馆藏地
3	吴嘉泰抄本	嘉庆五年（1800），丁丙（1832—1899）跋	南京图书馆
4	石蕴玉刻本	道光十五年（1835）刻本	国家图书馆、首都图书馆
5	抄本	清	湖北省图书馆、上海图书馆
6	抄本	清	中国社会科学院文学研究所
7	木活字本	上海医学书局民国六年（1917）	国家图书馆、浙江省图书馆
8	铅印本	上海医学书局民国十二年（1923）	国家图书馆、浙江省图书馆
9	李之鼎刻本	民国九年（1920）	国家图书馆、浙江省图书馆

第三节　毛扆"九僧诗"研究

"九僧诗"在流传过程中，曾有一段时间失佚了，直至康熙年间毛扆编录该选，"九僧诗"又重新出现。毛扆云：

> 欧公当日以"九僧诗"不传为叹，扆后公六百余年，得宋本弃而读之一幸也。校之晁陈二氏皆多诗二十余首，二幸也……今扆所得 134 首，比晁公武多 24 首，比陈振孙多 17 首，此本单有僧名，而不著所产，又从周辉《清波杂志》各得其地名，三幸也。又从《瀛奎律髓》得宇昭《晓发山居》1 首，并为增入。但陈直斋所云："景德初直昭文馆陈充序，目之曰：'琢玉工'，以对姚合'射雕手'者。"此本无之，诚欠事也。方虚谷谓："司温公得之以传于世，则此书赖大贤而表章之，岂非千古幸事哉？"《杂志》又谓："序引《崇到长安》：'人游曲江少、草木入未央'。深此，亦无之，且谓惠崇能画引荆公谓为据，读《瀛奎

律髓》有宋景文公过《惠崇旧居诗》，又读杨仲弘集有《题惠崇古木寒鸦诗》，并欧公诗话，《清波杂志》二则附录于左。"

康熙壬辰三月望日隐湖毛宸斧季识

毛宸版收录"九僧诗"135 首，《增广圣宋高僧诗选》收录"九僧诗"134 首（见表 7-2）。

表 7-2 毛宸"九僧诗"选录情况表

序号	诗人	选诗概况
1	希昼 18 首	《寄题武当郡守吏隐亭》《送信南归雁荡山》《怀广南转运陈学士状元》《书惠崇师房》《断碑》《寄怀古》《留题承旨宋侍郎林亭》《送嗣端东归》《寄河阳察推骆员外》《送惟凤之终南山》《寄寿春使君陈学士》《送从律之关中》《寄答桂府黄殿院》《送可伦赴广南转运凌使君见招》《早春阙下寄观公》《送李堪》《送朱宸》《过巴峡》
2	保暹 25 首	《江行》《寄从弟》《金陵怀古》《秋径》《宿宇昭师房》《途次望太行山》《书惟凤师壁》《石席》《重登文兆师水阁》《寄徐任》《送简上人之洛阳》《寄白阁元贞》《老僧》《登芜城古台》《寄行肇上人》《送蒋白归越》《书派河徐希秀才别业》《秋居言怀》《早秋间寄宇昭》《忆松江》《寄洪洲新建知县张康》《礌溪》《书杭州西湖涉公堂》《送人自阙下归天柱》《巴江秋夕》
3	文兆 13 首	《幽圃》《江上书怀寄希昼》《吊屈原呈王内翰》《寄行肇上人》《送史馆李学士任和州》《寄保暹师》《巴峡闻猿》《送宇昭师》《莎庭》《送惟凤师之终南》《宿西山精舍》《送简长师之洛》《赠天柱山昕禅老》
4	行肇 16 首	《中秋对月》《听宇昭师琴》《湘江有感上王内翰》《送希昼之九华》《卧病吟》《送惟凤之衡阳》《泛若耶溪》《送从律师西游》《寄终南种妙君》《送南师南游》《郊居吟》《送怀古诗归蜀》《送文兆归庐山》《酬赠梦真上人》《送浦奉礼之江》《送文光上人西游》

续表

序号	诗人	选诗概况
5	简长 17 首	《夜感》《怀卢叔微》《赠峡山清伦诗》《步春谣》《送方仲荀》《晚次江陵》《书行肇师壁》《寄丁学士》《李氏山庄留别》《赠郝礼丞》《感王太守见访》《寄许山人别业》《送僧南归》《送居寿师西游》《送行禅师》《送僧游五台山》《暮春言怀寄浙东转运黄工部》
6	惟凤 13 首	《与行肇师宿庐山栖贤寺》《送史馆李学士任和州》《答宇昭师》《寄登封宰韩殿丞》《送陈孚处士》《寄希昼》《留题河中柴给事望云亭》《秋灯》《寄昭文馆陈学士》《送徐涉南归》《吊长禅师》《寄兆上人》《姑射山诗题曾山人壁》
7	惠崇 11 首	《访杨云师淮上别墅》《塞上赠王太尉》《赠文兆》《送安学士守睦州》《赠吴黔山人》《晚夏夜简程至》《书林逸人壁》《古塞曲》《剡中秋怀画师》《拟古》《中夜起》
8	宇昭 13 首	《夕阳》《塞上赠王太尉》《宿丁学士宅朱严》《废井》《送曹商之宿州》《寄保暹师》《上集贤钱侍郎》《喜惟凤师关中回》《松柄》《幽居即事》《送从律师》《赠魏野》
9	怀古 9 首	《送田锡下第归宁》《原居早秋》《闻蛩》《寺居寄简长》《霸陵秋居酬友人见寄》《草》《赠万年胡主簿》《烂柯山二首》

第四节 《九僧诗集》的文献价值

《九僧诗集》具有重要的文献校勘价值。将《九僧诗集》与《全宋诗》相对比，就可见出两者的不同之处。

希昼《全宋诗》三册《留题承旨宋侍郎林亭》："会荣多野客。""荣"《九僧诗集》作"茶"。《全宋诗》三册《送李堪》："飘然又出关。""又"《九僧诗集》作"人"。《全宋诗》三册《送嗣端东归》"卷衣城要落"，"要"《九僧诗集》作"木"。

简长《全宋诗》三册《怀卢叔微》:"古意工徘徊","工"《九僧诗集》作"空"。《全宋诗》中《暮春言怀寄浙东转运黄工部》:"应徧留题水石间。""徧"《九僧诗集》作"编。"《全宋诗》中《送僧游五台山》:"积雪无烦署。""雪"《九僧诗集》作"云"。

宇昭《全宋诗》三册《夕阳》:"苒苒败沙并。""并"《九僧诗集》作"井"。《全宋诗》三册《喜惟凤师关中回》:"磬通花外邻。"《九僧诗集》作"罄"。

第八章　陈起《前贤小集拾遗》研究

陈起（？—1256），字宗之，号芸居，又号陈道人，钱塘（今浙江杭州）人，南宋后期书商兼江湖派诗人。建有"芸居楼"，藏书多达数万卷。与南宋江湖派诗人多有交游，刊有《江湖集》《前贤小集拾遗》等。

第一节　《前贤小集拾遗》选诗概貌和选诗宗旨

《前贤小集拾遗》为陈起所辑的一部宋代诗歌选本，此选共五卷，为清抄本，现存国家图书馆。现将《前贤小集拾遗》选诗情况列表如下（见表8-1）：

表 8-1

卷数	序号	入选诗人	入选作品	诗人和诗作总数
卷一	1	许志仁(信叔)	《寄衣曲》《妾薄命》《和姚令戚春晚纪事》	25人56首
	2	许彦国	《东门行》《采莲吟》《临高台》	
	3	李元应(新)	《渔父曲》《折杨柳》	
	4	周晞稷(承勋)	《食河豚》《杜宇》《系冠船篷自戏》	
	5	吴思道(可)	《野步》《病酒》《小醉》《次韵刘元举子规》《涌金池》	
	6	僧法具	《绝句》	

续表

卷数	序号	入选诗人	入选作品	诗人和诗作总数
卷一	7	康与之(伯可)	《僻居》《鹭》《琵琶》	
	8	惠茂吉(迪)	《婆饼焦》	
	9	曾公卷(纡)	《客愁》	
	10	郭从范(世模)	《长歌行》《短歌行》《乌夜啼》	
	11	李收	《次韵曾端伯晚过青山》	
	12	周紫芝	《题湖上壁》《白纻歌》	
	13	无名氏	《蓼花》	
	14	无名氏	《绝句》	
	15	李庚	《题画扇》	
	16	王庭珪	《送陈帮直知县》《和刘美中尚书听宝月弹桃源春晓》《谢张钦夫学士惠灵寿杖》《题宣和御画》	
	17	章甫	《闰月二日清坐》《山行》《寄荆南故人》《湖上吟》	
	18	吴伯凯(虞宾)	《夏夜书所记》《牧儿》	
	19	无名氏	《绝句》	
	20	李丙(仲南)	《白纻辞》	
	21	朱翌(子夫)	《奉题周南仲正字所藏阎立本画苏李别》	
	22	朱岂(介然)	《采菊亭》	
	23	僧蕴常(不轻)	《送空上人》《天竺道中》《别苏养直》	
	24	徐公餰(王行)	《醉歌》《赠阁门潘舍人》《和虞智父登金陵清溪阁》《以水石菖蒲赠谷堂孙漕》	
	25	徐斯院(文卿)	《游洞岩》《南涧小饮夜过景德次仲止韵》《秋后》《感兴》《送春》	

卷数	序号	入选诗人	入选作品	诗人和诗作总数
卷二	1	郑仁义（克己）	《过大浪滩》《初月》《水国》《水阁》《送中书王舍人父比虏》《飘舸》《浙江十六夜对月》《架壁》《青衫》《过李老隐居》《旅中遇故人》《系缆》《忆别》《别蒋贤修》	11人53首
	2	朱济仲（涣）	《明月满庭树招马道士》《蚁饮研槽歌》《入山二首》《倾城误人身寄内翰洪丈》《寒夜曲》《题徐礼部家归去来图》《寒夜曲》《题徐礼部家》	
	3	董瞿老	《黄彦与无从逸求娄妻埋铭以研谢之》	
	4	李器之（远）	《仆义客钱塘有吹笛月下者》	
	5	潘德久（柽）	《题钓台》《送友人》《金陵》《简徐判院》《出郭》《岁暮怀旧》《还自钱塘道中》《自滁阳回至雁荡道中》	
	6	杜子野（耒）	《寒夜》《窗间》《同紫芝游西山》《同紫芝宿双岭》《苕溪》《凌高台》	
	7	王季行（必达）	《田家翁姥行》	
	8	郑立之（斯立）	《赠陈宗之》	
	9	黄顺之	《听悟师弹招隐》《送叶清逸》《长门怨》《赠陈宗之》《初遇横泾》《题严石龙寺》《题九曲尼院》《剑》《观冷水谷桃花》	
	10	黄叔万（人杰）	《峡中山高已牌坊见日色》	
	11	庞佑甫（谦孺）	《日暮》《题渡水罗汉画》《郊居九日》	

续表

卷数	序号	入选诗人	入选作品	诗人和诗作总数
卷三	1	陈君正(翊)	《甲申仲冬侍亲由所载所还田比陵舟泊村渚》《晓行》《夜半即事遣兴》《寒窗赋》《和元耘轩赋木叶来字韵》	21人58首
	2	项宜甫(诜)	《便桥泊舟》	
	3	潘幼明(亥)	《寄赵紫芝》	
	4	徐思叔(得之)	《明妃曲》	
	5	史文卿(景望)	《种梅》(2首)《惜春》《秋词》(2首)《枯梅》	
	6	无名氏	《绝句》	
	7	吴信父(仲孚)	《春闺怨》	
	8	无名氏	《归舟竹枝词》	
	9	俞商卿(灏)	《武夷道中》	
	10	王希道(汶)	《水心先生基下作》《寄韩涧泉》(3首)《寄郭元成》《有怀蔡贯之子兴》	
	11	戴文子(栩)	《白鹤寺》《送项季约赴成都金今幹呈洪人卒》《送卢次夔赴仲父校书之招》	
	12	赵叔曾(汝连)	《括溪停舟》《四圣观纳凉》《哭赵蹈中》	
	13	杜子野(耒)	《朱令招作社献》《题李少保家传》《秋晚》《小山即事》(2首)《送禅寂寺访隐居》《赠陈宗之》《重宿紫芝》	
	14	郑景辅(天锡)	《江西宗派》	
	15	蒋太璞(廷玉)	《秋意》《净刹》	
	16	谢希孟(直)	《遣怀五首寄致道》《辰十月八日同希周扫松灵石晚步》	
	17	吴巨川(济)	《野外即事》《栏边》《鲍家园》《秋兴》	
	18	赵端行	《酬陈校书见寄》《白鹤阙》《赠别隐居》	
	19	柯东海(梦得)	《李长吉》《陌上桑》《见旧题壁》《晚望》	

卷数	序号	入选诗人	入选作品	诗人和诗作总数
	20	李恭甫(谦)	《秋怀五首》	
	21	无名氏	《题大和楼壁》	
卷四	1	胡伯正(时中)	《新月》《清明行》	29人56首
	2	王中玉(珉)	《还靖师草履》《舟行吴应求惜春次韵》	
	3	曾吉甫(几)	《汪彦章内翰除守临川以诗贺之》《读吕居仁旧诗有怀其人作诗寄之》《三衢道中》	
	4	陈德昭(棠)	《晚步》	
	5	赵德庄(彦端)	《观送迎有感》	
	6	惠敬之(端芳)	《梅花》	
	7	沈明远(作喆)	《新安采樵行》	
	8	姜伯玉(补之)	《雪夜问梅》	
	9	惠茂吉(迪)	《送客》	
	10	周晋仙(文璞)	《赠陈宗之》	
	11	蔡仲平(宰)	《望洞阳》	
	12	无名氏	《题采石峨眉山》《题大宁寺》	
	13	王民瞻(廷珪)	《丽人行》《夜蛾儿》《牵牛》《绯桃》	
	14	李公甫(刘)	《读刘梦得集》《记梦》	
	15	董仲达(颖)	《江上》	
	16	王正夫(从)	《次韵张晋彦秋日》	
	17	陈伯和(埙)	《分水道中》	
	18	李巽伯(处权)	《怀陆仲仁》	
	19	李季章(壁)	《临川节中寄季和弟》(2首)	
	20	刘彦冲(子翚)	《双庙》《柳》	
	21	李颖士(叔达)	《舟中闻木犀》《京仲达席上口占》《杜甫游春》	

续表

卷数	序号	入选诗人	入选作品	诗人和诗作总数
	22	周信道(孚)	《赠萧光祖》《洪致远屡来问时作》《宋公佐座上分韵得楼字》《寄陈道人》	
	23	潘子尚(葛民)	《休洗红》《蝶恋花》	
	24	黄季岑(次山)	《田家春日》	
	25	胡达卿(朝颖)	《风铃》《旅夜书怀》《春游》	
	26	鲍份甫(埜)	《赠遇上人》《送周子静分数桂阳》	
	27	沈必先(与求)	《夜书山驿》《吴江阻雨过豁然》《过嘉禾野塘》《归乡》	
	28	黄幼张(复之)	《过临平》《题扇面六言》《浙江晚眺》	
	29	黄元易(兰)	《犁春操为谢田井道作》《秋怀寄陈宗之》《招荆江游子》《登武昌南楼》	
卷五	1	郑亨仲(刚中)	《修修窗前庐》	21人58首
	2	曹元宠(组)	《竹间见梅》《闻鸠鸣有感》《鸳鸯》《翡翠》《秋夜宿学》	
	3	张全真(守)	《汴上小雨复霁》	
	4	司马才仲(櫆)	《闺怨》(2首)	
	5	李子至(若川)	《途中阻雨》《三韵杂咏》(7首)《夜泊富阳》《理舟》《村社歌》《蚕妇词》《独酌》	
	6	刘无言(日寿)	《同友人泛舟至仁王》	
	7	俞退翁(汝尚)	《题三角亭》《过淮阴侯庙》	
	8	吴思道(可)	《过清凉寺》《养竹》	
	9	鲍职方(当)	《寄西湖择栖公》《宿栖霞观》《送人南归》	
	10	石曼卿(延年)	《春日楼上》《春阴》《榴花》	
	11	李伯纪(纲)	《得吕元直书天台郭外》《奉寄吕丞相元直》	
	12	司马才叔	《江干小雪》《妾薄命》《春晚独游凤林园》	

卷数	序号	入选诗人	入选作品	诗人和诗作总数
卷五	13	陈师道(洙)	《寄唐子方殿院》《游云际山》《吴耿先生还北山旧居》	
	14	任德翁(伯雨)	《宿雨轩》《焚香有感》	
	15	陈知明	《寄淮南亲旧》	
	16	罗正之(适)	《试笔》	
	17	郑介夫(侠)	《漫成》	
	18	刘中叟(次庄)	《数浅原原见桃花》《江神词》	
	19	鲁三江(交)	《游华山张超谷》《有寄》《江楼晴望》《烛》《清夜吟》	
	20	汪彦章(藻)	《蜂儿行》《旅次》《郊丘书事》《蚕妇行》《送毗陵太守受带东归》	
	21	朱新仲(翌)	《观弄狮子》	

该选主要选录了一些不甚有文名的诗人作品，选录107人，诗282首，该选重在补遗，所以篇幅较小，入选最多的两位诗人郑克己和李若川均只有13首，入选5首以上者只有11人，其中朱涣9首、黄顺之9首、潘柽8首、史景望6首、汪藻6首、杜来6首、王汶6首、吴可5首、陈翊5首、曹组5首、鲁交5首；而入选1首者竟达40人之多。足见此选的宗旨就在于拾遗补阙。

第二节 《前贤小集拾遗》的文献价值

一、《前贤小集拾遗》具有保存有宋一代之文献之功

此选选录比较杰出的诗人仅有曾几和王庭珪等少数诗人，主要选录的

是不甚有文名的诗人作品，所以此选的价值就在于力图保存有宋一代之文献。

我们说《前贤小集拾遗》的编选重在补遗，所以这部诗选保留了众多宋集未曾辑录的诗作，也是《全宋诗》未收的诗人和诗作。如赵彦端，南宋词人，《宋史》无传，清陆心源《宋史翼》未加补辑。《全宋词》对其有简要介绍：

> 彦端字德庄，魏王廷美七世孙，鄱阳人。宣和三年（1121）生。绍兴八年（1138）进士。十二年（1142）为左修职郎，钱塘县主簿。乾道三年（1167），自右司员外郎，以直显谟阁为江南东路转运副使。四年（1168），福建路转运副使。后为太常少卿，六年（1170），以直宝文阁知建宁府。淳熙二年（1175）卒。有《介庵集》，不传。

《前贤小集拾遗》所收录的 1 首赵彦端诗正补录《全宋诗》未收其诗作之憾。

二、《前贤小集拾遗》具有重要的校勘价值

《前贤小集拾遗》和《诗家鼎脔》的编选基本上是在同一时代，现尚无确切的证据证明《诗家鼎脔》[①]一定早于《前贤小集拾遗》的编选。

但两者所选录的文献确有重要的校勘价值。如徐得之的《昭君曲》分别见于《前贤小集拾遗》和《诗家鼎脔》中，两书文字基本相同：

徐得之《明妃曲》

妾生岂愿为胡妇，失信宁当累明主。
已伤画史忍欺君，莫使君王更欺虏。
琵琶却解将心语，一曲才终恨何数。
朦胧胡雾染宫花，泪眼横波时自雨。

---

① 卞东波：《南宋诗选与宋代诗学考论》，北京：中华书局 2009 年版，第 57 页。

专房更依黄金赂，多少专房弃如土。

宁从别去得深嚬，一步思君一回顾。

胡山不隔思归路，只把琵琶写辛苦。

君不见有言不食古，高辛生女无嫌嫁盘瓠。

但《前贤小集拾遗》中的"莫使君王更欺虏"，《诗家鼎脔》(南图所藏清抄本)①则谓"莫忍君王更欺虏"，"四库全书本"《诗家鼎脔》与南图所藏清抄本《诗家鼎脔》相同，三书相比较，《前贤小集拾遗》更为贴切，更为符合昭君当时的身份和心境，也更能体现出南宋时期诗人们面对外侮入侵时的痛恨之情；此外，《前贤小集拾遗》和南图所藏清抄本《诗家鼎脔》均有"胡""虏"等字眼，"四库全书本"则无"胡""虏"等字眼，这也说明"四库全书本"《诗家鼎脔》确实是删除了"胡""虏"等字。

第三节　王士禛评语撷拾

此选有王士禛少量评点，评语十分简洁，如评郑克己《过大浪滩》云："老乎"，评无名氏《绝句》云："或言神仙之作也"，评僧蕴常《天竺道中》云："极是佳作"，有时也指出诗作的不足，如评李丙《白纻辞》云："温蔚之残膏剩馥耳"，康与之《琵琶》"曲终人影在西阶，困倚东风步摇折"句云："似鬼仙语"。

---

① 南京图书馆所藏清抄本。

第九章 《千家诗》研究

第一节 《千家诗》研究现状

关于《千家诗》版本的研究情况，就目前而言，学界关注的主要有四种：一是刘克庄的《分门纂类唐宋时贤千家诗选》；二是谢枋得选、王相注的《增补重订千家诗注解》；三是黎恂选注本《千家诗注》；四是《明内府彩绘本〈明解增和千家诗注〉》。

李连昌《〈千家诗〉版本简析》（《贵州文史丛刊》2004年第1期）对于版本的研究较为全面，在该文中，李连昌认为《千家诗》主要有三个版本，即刘克庄的《分门纂类唐宋时贤千家诗选》、谢枋得选和王相注的《增补重订千家诗注解》、黎恂选注本《千家诗注》。李连昌指出这三种选本均有不足，刘克庄选注本内容浩繁、分类琐碎、所选诗歌风格不统一等是其不足之处。而关于谢选、王注本《增补重订千家诗注解》，李文认为它保持了刘克庄本的基本原貌，指出谢选最大的贡献是对刘克庄本进行全面剪裁，进行了简化、浓缩、概括、精选方面的工作，符合编辑意图，短小精干、适用性强，适合儿童阅读，但仍有不足，比如：有些诗歌的内容不适宜儿童心理健康、注释肤浅粗陋、选本只从学诗的艺术方面来选诗等。黎恂选注本是李文最为看重的，认为黎恂的千家诗选注本集刘克庄本和谢王本之长，尽量选辑高雅清新适合儿童读的诗，在选材、注释、编辑等方面基本无懈无击。除这些重要的论文外，还有许多重要的注释书籍，兹不赘述。

第二节 《千家诗》版本经眼录

关于《千家诗》的版本甚多，兹简要列表如下（表9-1）：

表 9-1

序号	作者	名称	版本	藏书地
1	佚名	明解增和千家诗注	彩绘本抄本	国家图书馆
2	钟惺	钟伯敬先生订补千家诗图注	民国（1912—1949）铅印本	上海图书馆
3	李贽书	新刻草字千家诗	明刻本	国家图书馆
4	佚名编	注释千家诗	嘉庆二十一年（1816）正业堂刻本	上海图书馆
5	严寿彭	续刻千家诗	道光二十九年（1849）刻本	上海图书馆
6	佚名编	小学千家诗	同治十一年（1872）翼化堂善书局刻本	苏州图书馆
7	丁峻	新刻小学千家诗	同治十三年（1874）刻本	上海图书馆
8	任来吉	增补重订千家诗注释	光绪元年（1875）本立堂刻本	浙江图书馆
9	宗廷辅	千家诗	光绪二年（1876）刻本	南京图书馆
10	晦斋学人辑注	新刻续千家诗	光绪六年（1880）刻本	南京图书馆
11	佚名编	新刻续千家诗	光绪八年（1882）文星堂刻本	南京图书馆
12	佚名编	新镌增补千家诗	光绪九年（1883）聚珍堂书坊	浙江图书馆
13	佚名编	新增对韵千家诗集注	光绪十二年（1886）京都书林刻本	浙江图书馆
14	黎恂	千家诗注	光绪十四年（1888）铅印本	浙江图书馆 首都图书馆

续表

序号	作者	名称	版本	藏书地
15	黎恂	千家诗注	光绪十五年(1889)铅印本	北京大学图书馆
16	晓星樵人	小学千家诗人生必读	光绪十六年(1890)状元阁刻本	浙江图书馆
17	心斋氏编	新刻小学千家诗人生必读书	光绪十六年(1890)刻本	浙江图书馆
18	佚名编	千家诗音释	光绪(1875—1908)文政堂刻本	上海图书馆
19	汤梅若	增订蒙辨千家诗读本	光绪(1875—1908)文星堂刻本	上海图书馆
20	佚名编	四体千家诗	宣统元年(1909)章福记书局石印本	南京图书馆
21	谢枋得 王相	增补重订千家诗 新镌五言千家诗笺注	清末金陵刘天禄阁书坊	南京图书馆
22	王申校字	新镌千家诗白文	清刻本	南京图书馆
23	佚名编	千家诗	元妙观得见斋刻本	吴江图书馆
24	佚名编	绘图千家诗注释	民国(1912—1949)铅印本	北京大学图书馆
25	佚名编	增补重订千家诗	民国九年(1920)上海大成书局铅印本	北京大学图书馆
26	任福佑	新注韵对五七言千家诗	民国十三年(1924)文富堂刻本	浙江图书馆
27	黄朗轩	新撰白话注解千家诗	民国二十年(1931)上海中原印刷所石印本	湖南省图书馆
28	徐达哉 沈醉翁	千家诗：标点注解言文对照	民国二十三年(1934)新文化书社铅印本	浙江图书馆

续表

序号	作者	名称	版本	藏书地
29	佚名编	千家诗注释	民国（1912—1949）锦章图书局铅印本	首都图书馆
30	佚名编	千家诗新绎	陕西人民出版社1981年版	南京图书馆
31	张哲永	千家诗评注	华东师范大学出版社 1982年版	南京图书馆
32	赵兴勤、杨侠	千家诗新注	四川人民出版社1982年版	南京图书馆
33	吴绍烈、周艺	新校千家诗	安徽人民出版社1983年版	南京图书馆
34	佚名编	千家诗	岳麓书社1987年版	国家图书馆
35	王友怀	增评标韵千家诗	三秦出版社1991年版	国家图书馆
36	袁行霈	名家书画新编千家诗	中华书局2005年版	国家图书馆
37	蒋寅主编	百科图说千家诗	中国大百科全书出版社2008年版	国家图书馆
38	潘江校注	千家诗	浙江教育出版社2011年版	国家图书馆

从表9-1可知自《千家诗》诞生以来，就有近40种版本。这可能是任何一种选本所难以企及的。

第三节 《千家诗》重要版本概论

一、刘克庄《分门纂类唐宋时贤千家诗选》

刘克庄（1187—1269），字潜夫，号后村，福建莆田人。淳祐初年（1241）进士，累官至龙图阁学士。著有《后村集》《后村诗话》《后村别调》等，编辑有《牡丹诗选》等。

《千家诗》为南宋刘克庄选编的《分门纂类唐宋时贤千家诗选》的简称，

也可简称为《千家诗选》或《后村千家诗》。北京大学图书馆与国家图书馆存有此书元代刻本与明代抄本。是选共22卷，收录七绝、七律、五绝、五律及少量古体诗1280首，有时令、节候、昼夜、百花、竹木、天文、地理、宫室、器、音乐、禽兽、昆虫、人品等十四门，每门又分子目，有442个子目。不过对于此选的编撰者，后人对其提出了质疑，如清人宗廷辅指出："后村先生在南宋季年虽为江湖宗主，然其集实足成家，所为诗话颇具别裁，何至纰陋如此！殆陈起江湖小集盛行之后，游士阘茸相望，临安、建阳无知书贾假其盛名，缘以射利，故至是欤？观卷首标题，其不出先生手了然矣。"①

此选有清康熙四十五年曹寅刊本，收入《楝亭丛书》，后有扬州诗局的重刻本。另有1986年贵州人民出版社的排印本，它以曹氏刊本为底本，并采用许多有关材料加以校勘。此选对后世的影响不及谢枋得《千家诗》。

二、《钟伯敬先生订补千家诗图注》

钟惺（1574—1624），字伯敬，号退谷，湖广竟陵（湖北天门）人。万历进士，官至福建提学佥事。与谭元春同为竟陵派创始者。著有《隐秀轩集》。钟惺《钟伯敬先生订补千家诗图注》早于王相注《增补重订千家诗注解》。所以从某种程度上讲，应是王注沿袭了钟惺的注释，如程颢《春日偶成》："云淡风轻近午天，傍花随柳过前川。时人不识余心乐，将谓偷闲学少年。"钟惺注释云："午天，日中时也；傍，依也。此是程夫子自写其日用，自得意趣，故春日融和，游玩花遍柳外，偶遇前川，盖即眼前光景会心，乐处恐诗人不识，偷闲学少年游荡也。"王注云："此明道先生自咏其闲居自得之趣，言春日云云烟淡荡，风日轻清，时当近午，天气融和，游玩于花柳之间，凭眺于山川之际，盖即眼前风景，会心自乐，恐时人不识，谓余偷闲学少年之游荡也。宋程颢，字伯醇，河南人，谥明道先生，从祀孔子庙庭。""云淡"："云层淡薄，指晴朗的天气。""傍花随柳"注云：

① 宗廷辅：《千家诗》，光绪二年刻本。

"傍随于花柳之间。"

三、谢选、王注《千家诗》

谢枋得选、王相注《千家诗》为现在的通行本。谢枋得（1226—1289），江西信州弋阳人，字君直，号叠山，别号依斋。王相，明末清初人，字晋升，江西临川人，一说山东琅琊人，很多注本均标注琅琊。谢枋得针对刘克庄《分门纂类唐宋时贤千家诗选》分类较为繁琐和不利于儿童阅读的弊病，特意删繁就简，仅选录七言近体诗，后明王相增删五言诗部分，所取诗篇以刘克庄《后村千家诗》为范本，命曰《重订千家诗》，又名《增补重订千家诗》。

该选共收诗人122家，诗223首，其中唐代65人、宋代52人、五代1人、明代2人，无名氏2人。杜甫25首，位居入选诗人之首，其次李白9首、苏轼7首、朱熹诗4首、朱淑真2首。

该选与刘克庄《后村千家诗》最大的不同就是不再分类编选，而是按一年四季的季节编选，所选诗歌基本都是描写自然景物和与自然相关的人事活动等，相对来说，按季节编选更适合启蒙教育中认识由浅至深的规律。

当然此选有许多不足之处，如选诗年代混乱，加入了明代诗人2家；王相之注，舛谬甚多，作者往往张冠李戴；"七言绝句中诗题与作者不一致、诗题与原诗题不一致、诗中某些字词句有错误"①；此选入选作品以通俗浅易为标准，故而容易走向滑易一途，如"乞儿唱莲花落"等；任意删除诗句，如杜甫《孤雁》本是一首五律，竟被割绝成五绝"孤雁不饮啄，飞鸣犹念群。谁怜一片影，相失万里云"。这是沿袭洪迈《唐人万首绝句》的错误。

四、黎恂选注本

黎恂（1785—1863），字雪楼，一字迪九，号雪楼居士，晚号拙叟，浙

---

① 刘永翔：《〈千家诗〉七言绝句校议》，《华东师范大学学报》1996年第6期。

江桐乡人，嘉庆十五年（1810）举人，嘉庆十九年（1814年）进士。著有《蛉虫斋诗文集》《读史纪要》《千家诗注》《四书纂义》《北上纪程》《运铜纪程》等。黎恂选注本《千家诗》光绪十四年（1888）刻本，现藏于首都图书馆。

黎恂本的特点有如下几个方面。

第一，此选仅选录七言近体诗，未选录五言近体诗。

第二，增删了一些诗作。如增加了张正言《题长安主人壁》、崔敏童《宴城东庄》、杨万里《晓登万花川谷看海棠》、岑参《韦员外家花树歌》等；删除了钱起的《归雁》、白玉蟾《早春》等。

第三，纠正了谢王本的一些错误。如《冷泉亭》谢王本为林洪作，黎恂本纠正为林稹作；《鄂州南楼书事》谢王本为王安石作，黎恂本纠正为黄庭坚作；《有约》谢王本为司马光作，黎恂本纠正为赵师秀作等。[1]

第四，在诗人小传上，此选更为详细。如杨巨源条："景山，名巨源，唐河中人，真元五年进士，为张宏靖从事，由秘书郎擢太常博士，礼部员外郎，出为凤翔少尹，后召除国子司业，致仕归时，宰白以为河中少尹，食其禄终身。"

第五，注释更为详细，考证更为精赅。如王安石《元日》，引有《神异经》云："西方山中有人焉，其长尺余，一足，性不畏人，犯之则令人寒热，名曰山臊；以竹著火中，烞烨有声，而山臊惊惮。"《荆楚岁时记》："正月一日，长幼以次贺拜，进屠苏酒。次第饮之。"《风俗通》："传东海度朔山有大桃树，其下有神荼、郁垒二神，能食百鬼。"

第四节 《千家诗》的内容

《千家诗》主要有咏物诗、送别诗、应制诗、节日诗、山水田园诗等。兹简要介绍如下：

---

[1] 李连昌：《〈千家诗〉版本简析》，《贵州文史丛刊》2004年第1期。

一、咏物诗

由于儿童对自然景物的感悟力最强，所以《千家诗》中选录最多的便是吟咏自然的诗作。如选有苏轼《海棠》《花影》、刘克庄《莺梭》、林逋《梅花》、惠洪《秋千》、朱淑贞《落花》、钱起《归雁》、陆游《新竹》、林逋《山园小梅》等，这些自然景物均为儿童所熟知，自然更能引起儿童的兴趣。

二、送别诗

《千家诗》中选录了许多送别诗，如高适《送郑侍御谪闽中》、陈子昂《送别崔著作东征》、高适《醉后赠张九旭》、王勃《送杜少府之任蜀州》、岑参《寄左省杜拾遗》、陈子昂《春夜别友人》、骆宾王《易水送别》、司空曙《别卢秦卿》、王维《送元二使安西》、苏轼《赠刘景文》、李白《送友人》《送友人入蜀》等。《千家诗》选录此类诗的目的，在于让儿童从小知道人间最为珍贵的是朋友之情，从小养成真诚对待朋友的习惯，可见其用心之良苦。

三、应制诗

应制诗是封建时代臣僚奉皇帝之命所作、唱和的诗。唐以后大多为五言六韵或八韵的排律，内容多为歌功颂德。有蔡襄《上元应制》、沈佺期《侍宴》、贾至《早朝大明宫》、杜甫《奉和贾至舍人早朝大明宫》、王维《和贾舍人早朝》、岑参《和贾舍人早朝》等。如苏轼《上元侍宴》："淡月疏星绕建章，仙风吹下御炉香。侍臣鹄立通明殿，一朵红云捧玉皇。"王珪的《上元应制》："雪消华月满仙台，万烛当楼宝扇开。双凤云中扶辇下，六鳌海上驾山来。镐京春酒霑周宴，汾水秋风陋汉才。一曲升平人尽乐，君王又进紫霞杯。"何以要选录这类诗？我以为这类诗大多颂扬皇帝的圣德，这样有利于贯彻儒家的诗教观，从小培养学生对皇帝的敬仰之情。

四、节日诗

《千家诗》是儿童启蒙读物，而学习节日诗对儿童来说最能引起他们的学习兴趣，所以《千家诗》里有大量关于社日、寒食、冬至、清明、元日等的节日诗，如黄庭坚《清明》："佳节清明桃李笑，野田荒芜自生愁。雷惊天地龙蛇蛰，雨足郊原草木柔。人乞祭余骄妾妇，士甘焚死不公候。贤愚千载知谁是，满眼蓬蒿共一丘。"王安石的《元日》："爆竹声中一岁除，春风送暖入屠苏。千门万户曈曈日，总把新桃换旧符。"

五、山水田园诗

《千家诗》中选录了许多描写自然山水的诗歌，这类诗作也极易引起儿童浓厚的兴趣以及对山水田园风光的热爱。如王维《终南山》《竹里馆》、薛莹《秋日湖上》、韩愈《初春小雨》、杜牧《江南春》、韦应物《滁州西涧》、王安石《北山》、徐元杰《湖上》等。

六、理学家诗

《千家诗》中选录了许多理学家诗，有程颢《秋月》《题淮南寺》《郊行即事》《偶成》、陈抟《归隐》、邵雍《插花吟》、朱熹《春日》《泛舟》《观书有感》等。如程颢《偶成》："闲来无事不从容，睡觉东窗日已红。万物静观皆自得，四时佳兴与人同。道通天地有形外，思入风云变态中。富贵不淫贫贱乐，男儿到此是豪雄。"何以要选录理学家诗？这实际上是与此选的编选宗旨是提倡儒家诗教精神紧密相关。

第十章　陈世隆《宋诗拾遗》研究

现存的元人编选的宋代诗歌选本，以陈世隆选辑的《宋诗拾遗》、杜本选编的《谷音》、方回选编的《瀛奎律髓》最为杰出。本章介绍陈世隆《宋诗拾遗》的研究情况。

第一节　《宋诗拾遗》选诗宗旨和选诗概貌

《宋诗拾遗》共二十三卷，（元）陈世隆辑。此选前有晚清著名藏书家丁丙的题识，其内容与《北轩笔记小传》相似，题识云："《宋诗拾遗》共二十三卷，旧抄本，钱塘陈世隆彦高选辑。世隆为宋睦亲坊陈氏之从孙行，其选辑当代诗篇，犹承江湖集遗派，故题曰《拾遗》。尝馆嘉兴陶氏，至正间没于兵。历樊榭撰《宋诗纪事》，亦未见是书，其中失收不下百余家。"

丁丙的题识，实际上本于《四库全书》本的《北轩笔记》："陈彦高，名世隆，以字行，钱塘人。自其从祖（陈）思以书贾能诗，当宋之末，驰誉儒林，家名藏书。彦高与弟彦博下帷课诵，振起家声。弟仕兄隐，各行其志。元至正间兄弟并馆于嘉兴。值兵乱，彦高竟遇害。诗文集不传，惟《宋诗补遗》八卷、《北轩笔记》一卷，彦博馆主人陶氏有其抄本云。"检清前书目，《宋诗补遗》在目录学和艺文志中均无载录。

关于陈世隆何以要编选《宋诗拾遗》？《宋诗拾遗》因无序跋或凡例等，所以无法直接了解到陈世隆编选《宋诗拾遗》的目的，但我们可以从《宋诗拾遗》的书名和入选诗人推断，《宋诗拾遗》编选的真正意图就是"拾遗补阙"，其《北轩笔记小传》中，此书名为《宋诗补遗》，这从侧面证明了陈世隆选录此书的目的即"补遗"，另外，我们还可从他所选录的另一部宋诗选本名为《宋僧诗选补》，得出同样的结论，即其编选宋诗旨在补遗。此外，陈世隆还对陈思编辑的《两宋名贤小集》进行了补辑。

《宋诗拾遗》选诗概貌：

卷一：赵普一首、王仁裕三首、刁衎二首、范质一首、种放五首、陶穀一首、李九龄一首、吕蒙正三首、李虚三首、贾黄中一首、郭忠恕二首、滕白二首、韩丕二首、钱若水四首、路振一首、曾璘一首、乐史一首、吕海四首、张齐贤四首、李沆一首、柳开三首、李昉五首、王岩一首、赵叔灵一首、郭礼二首。选25人、诗55首。

卷二：毕士安二首、郭崇仁一首、舒雅三首、鲍当七首、郭贽一首、郭震三首、贾昌朝三首、郭昭乾三首、钱惟演三首、穆修五首、傅霖一首、赵湘九首、郭昭度二首、马存三首、刘昭禹一首、苏绅一首、潘阆一首、蒋堂九首、李堪一首、李宗谔三首、刘秉一首、郭印一首、石象之一首、王益四首、杨朴二首、陈越一首、陈亚三首。选27人、诗74首。

卷三：梅询一首、郭昭务一首、李至一首、葛琳一首、周延隽二首、米□一首、范师孔一首、郭贽二首、薛田一首、郭昭著二首、薛田玉一首、赵衮一首、胡槃一首、鲁宗道一首、石仲元一首、赵璩一首、宋道传一首、陈执中二首、苏舜元一首、马亮一首、刘□二首、王嗣宗一首、张及一首、仲讷二首、张环一首、王初四首、藤宗谅一首、詹中正二首、汪为一首、龚宗元四首、包拯一首。选31人、诗44首。

卷四：富弼二首、郭积二首、李昭玘三首、郭舆二首、萧元宗一首、张微一首、汪休复二首、郭远一首、章得象八首、刘景文一首、周序一首、吴奎一首、司马池一首、王曾一首、阎珣一首、丁宝臣二首、吕希纯二首、元绛一首、徐神翁一首、陈佐十一首、吕夷简四首、薛珩一首、闻人安道一首、闻人安寿一首、闻人偲一首、钱公辅一首、姚辟四首、程戡一首、潘清逸一首、曹辅五首、刘坦斋一首、王拱辰二首、范师道二首、洪霆一首、冯多祖一首、李焘一首。选36人、诗73首。

卷五：吕公弼二首、陈尧咨一首、陈尧叟一首、罗诱一首、郭守文二首、陈辅五首、王存五首、吕谔一首、李之才一首、阮逸一首、杜常一首、张偊一首、董渊一首、薛映五首、鲁交八首、郭载一首、傅尧俞一首、范周一首、张毂一首、阎询一首、谢绛三首、姚舜谐一首、黄通一首、周振一首、谢景初五首、许当二首、张献民六首、蔡准一首。选28人、诗61首。

卷六：丰稷二首、李常一首、李彦一首、郑亶二首、谢白初一首、沈逊一首、徐元用一首、叶宗响一首、吕公著一首、蒋概一首、李大临三首、崔颐六首、洪朋三首、洪刍四首、徐徽一首、何执中二首、车谨一首、曹安二首、鲜于侁一首、许彦国三首、李迪一首、何中一首、宋咸一首、苗时中一首、况志宁三首、李时亮一首、葛閟二首、萧介夫一首、滕元发一首、龚程一首、周述四首、张叔夜二首。选32人、诗57首。

卷七：宋摅一首、薛秉一首、章友直一首、顾临一首、张掞一首、宋敏求一首、钱藻一首、周邠一首、陆蒙老八首、晏几道六首、晁咏之四首、王□一首、王巩六首、钱藻一首、李公麟二首、孔宗翰一首、杨寿祺一首、李琮一首、朱服二首、张徽一首、赵伸藏一首、孔毅夫二首、俞紫芝五首、张洵一首、郑至道一首、尚用之三首、黄朴一首、李觏一首、赵彦珫一首、王子平一首、杨绘一首、邓润甫一首、蔡载五首、陈轩六首、陈谊一首、周焘一首、周谞一首。选37人、诗75首。

卷八：毕公信二首、李之纯一首、祝铸二首、许遵一首、史正志二首、刘季孙一首、葛郛一首、陆诜一首、陈□一首、吕希哲三首、薛巨源二首、吴涧所二首、黄公度一首、贾收一首、钟仙一首、赵虢之一首、俞汝尚五首、赵士掞一首、王佐才七首、韩琮一首、王岩叟四首、赵概一首、蒲宗孟三首、梁盛节一首、韩维五首、李景逼一首、鲍由二首、陈造二首、郑协二首、陈倩一首。选30人、诗60首。

卷九：李端一首、吕大防三首、刘宰四首、郭三益四首、赵挺之一首、贾成之一首、叶原贺一首、吕大临二首、李□一首、曹亨伯一首、杨志一首、周焘一首、范祖禹四首、张□□七首、廖德明一首、甘叔异一首、张志道二首、孔夷一首、郭仁三首、吕大钧一首、任诏一首、阎钦受一首、胡曾一首、季咸一首、李希声一首、傅占衡一首、陆焕一首、徐嘉言一首、龚颐正一首、赵希融一首、林颜四首、赵清源一首、薛师董三首、杨道孚一首、王公韶一首、寇国宝一首、练毖二首、张焘一首、汪革三首、叶涛一首、张问一首、邓忠臣一首、张举一首。选43人、诗72首。

卷十：郭霖三首、翟溆一首、陈涧一首、林东屿一首、毕仲游一首、张景修八首、林旦五首、胡宗愈二首、任续一首、林敏攻五首、齐谌一首、王□二首、谢孚一首、韦雯一首、陆壑一首、林敏修四首、吴中复二首、葛阅一首、钱暄二首、薛仲庚二首、徐迪一首、鲍埜一首、程叔易一首、胡致隆五首、曹□一首、赵宗德一首、李朴一首、张伯玉六首、章望之一首、郏侨三首、王洋一首、霍洞二首。选32人、诗69首。

卷一一：苏庠五首、李傅二首、谢隽伯三首、曾逮一首、徐作一首、赵必英一首、林千之一首、林元卿一首、李邦彦一首、郭忠孝三首、伍馀幹一首、赵师怒一首、吕纮一首、许仲山一首、吴颐一首、楼鐩一首、赵旸二首、李格非一首、唐弼二首、黎近毕一首、郑若谷一首、陈晋锡一首、卢襄三首、李行中二首、黄叔美一首、鹿敏求二首、李似之一首、赵希迈三首、朱克家一首、俞鼐一首、储泳二首、熊道裕一首、许颢一首、赵永年一首、李弥素一首、赵耻斋二首、李商叟一首、谢伋二首、无名氏四首、陈栖筠一首。选40人、诗63首。

卷一二：祖德恭三首、鲁公亮二首、李惟德一首、高子凤一首、李宗易二首、朱伯虎一首、程逊一首、鲁纤四首、王雾一首、张元观一首、程师孟四首、许尚十三首、余爽二首、许子绍一首、张扩二首、廖正一二首、郭俨二首、鲁空青二首、余应奎一首、鲁宏正三首、周光岳一首、吉康国一首、张镆一首、艾申一首、周之翰一首、吴□一首、鲁困一首、张田一首、徐直方三首、王陶二首、江端友一首、章夏一首、张坚三首。选33人、诗67首。

卷一三：卢秉一首、李长民一首、胡舜陟四首、李大异二首、张刍一首、唐介一首、王之道二首、吕渭老一首、郭仲敬二首、林嗣宗一首、欧阳麟一首、倪涛一首、任大中一首、周敦颐五首、张方平四首、徐安国七首、陈崇古一首、陈一斋三首、贾安宅一首、洪浩一首、李处权一首、任斯庵一首、赵企一首、赵东林一首、胡寅四首、陈东二首、王奕一首、毛升三首、王汝舟一首、邓温伯一首、张舜民二首、李师道一首、沈偕一首、王珩一首、汪思温一首。选35人、诗63首。

卷一四：胡仔五首、宋肇三首、徐大受一首、程公辅三首、林通一首、朱胜非一首、苏为三首、宋之才一首、毛衷一首、张庄一首、魏宗一首、李正民三首、陈少垣五首、胡直儒三首、王闻诗一首、程颐一首、陈少成二首、陈冈二首、陈叔信二首、苏过二首、杨寿本三首、高荷一首、张澂五首、王庭秀一首、叶清臣四首、李公异三首。选26人、诗59首。

卷一五：赵鼎四首、周邦彦二首、王商翁一首、卜祖仁一首、马庄武一首、李邴三首、范宗尹一首、李□三首、许景亮一首、朱升之一首、顾禄一首、吴涛四首、苏籀五首、任三杰一首、陈曦一首、张浚一首、朱敦儒二首、郭知虔一首、陈谨二首、王希吕二首、李侗三首、吴曾一首、吕大器一首、易谦一首、高袭明一首、刘颖一首、滕璪一首、刘端之一首、谢□一首、周师成一首、米友仁四首、辛弃疾九首。选32人、诗63首。

卷一六：虞允文一首、洪遵一首、赵与潍一首、陈白一首、高照一首、张廷荐一首、赵公硕二首、赵炎一首、廖斯任一首、吴洸一首、邵之柔一首、苏云卿一首、赵善应二首、龙友四首、陈俊卿三首、晁端友六首、郑伯熊六首、郑蕴二首、鲁訔一首、鲁应龙一首、阳道亨一首、赵汝能一首、黄师参一首、王彦和一首、张伯垓一首、柳伯达一首、□璋二首、杨后二首、黄觐一首、梁子美一首、邹野夫一首、谢景温二首、刘敏求一首、陆士规一首、王灼一首、王质二首、方有开一首、王阗一首、叶黯二首、张金一首、王蔺三首、芮烨二首、杨由义一首。选43人、诗69首。

卷一七：沈枢一首、黄□等二首、沈清臣二首、黄矩一首、李浩二首、陶崇二首、李庚三首、姚嗣宗二首、陈㧑一首、吴沆八首、陈靖一首、蔡幼学六首、叶庭桂一首、徐梦莘一首、黄照一首、陶金一首、无名氏五首、刘元刚一首、魏杞一首、查□一首、刘仪凤一首、郑会龙一首、王子宣二首、蔡瑗一首、潘朝英二首、胡子澄二首、吴琚一首、冯岵一首、徐德辉五首、郭知运七首、李育一首、谢涛一首。选32人、诗68首。

卷一八：娄机一首、李健一首、赵汝愚四首、钱文一首、杜柬之二首、卫泾一首、赵崇森一首、陈谠二首、吕祖俭五首、胡朝颖一首、胡融二首、朱翌二首、陈炳一首、莫若冲四首、莫若拙一首、蔡开一首、郭时壅一首、周去非一首、郑伯英三首、木待问三首、卫富益一首、王用亨二首、叶时二首、□□□一首、姜□□一首、刘□□一首、吴傲一首、李山父一首、凌云一首、董居谊四首、江邦佐一首、雷隐翁一首、崔静一首、公溯四首、徐得之二首、宗子文三首、胡圭四首。选37人、诗69首。

卷一九：陈宓一首、沈东一首、李思衍三首、虞俦二首、李鞺一首、马之纯三首、吴世廷一首、史蒙卿一首、赵汝铎一首、戴溪一首、陆九韶四首、王栴三首、赵汝鐩一首、傅诚二首、徐师仁一首、仁希夷三首、林梦英一首、孙应时一首、史浩五首、陆埈三首、程瑞一首、郭岩三首、吕源二首、吕江一首、郭彦章二首、卢祖皋二首、胡榘四首、赵灉二首、蒲瀛一首、黎道华二首、黎近一首、李錞四首。选32人、诗64首。

卷二十：苏大璋一首、史文卿六首、赵汝旗一首、蒋亘一首、求仲弓二首、左纬七首、孟大武二首、蒋晋一首、王居安三首、吴芾四首、王珏一首、赵立夫二首、赵汝唫一首、徐以道一首、危和一首、董荆楚一首、赵子觉一首、王明清一首、黎仲吉一首、徐良佐一首、赵汝湜二首、钱犹一首、范良龚一首、戴野一首、郭昂一首、赵潜夫一首、葛绍体一首、林逢子三首、范西堂二首、李璧二首、陈垲一首、陈埙五首、杨济一首、杜纯佑一首、钱闻诗二首、张枢一首。选36人、诗65首。

卷二一：赵崇滋三首、吴天定一首、赵汝迕一首、朱子恭二首、曹豳二首、陆德章一首、姜大民一首、徐鼎一首、张天翼一首、吕徽之五首、张□□七首、翁森四首、张湖山一首、赵与东二首、郭庭秀二首、史蕴一首、蒋重珍四首、李新三首、林斗南一首、梁佐厚一首、史安之一首、杜善甫一首、徐文卿一首、吴中孚二首、徐照一首、李韶一首、江表祖一首、陈在山一首、谢无竞一首、冯元衮一首、张湛江一首、路德舆一首、辅广一首、鲁原一二首、刘术二首、林□□一首、赵善思一首、陆九龄三首、章樵二首。选40人、诗71首。

卷二二：赵必愿一首、赵庚夫一首、郭秉哲二首、杨杞一首、杨长孺一首、徐范二首、徐侨一首、谢钥一首、马光祖一首、杨蟠二首、林放二首、刘知过一首、罗适六首、徐廷筠一首、车若水一首、余衮一首、庞石甫一首、李大异三首、王实一首、谢深甫一首、霍篪一首、丰茞一首、林岊四首、郭波一首、刘谊一首、卢方春七首、宋恭甫一首、曾布二首、刘宗杰一首、彭次云一首、宋可菊一首、吴肖岩一首、陈壶中二首、曾黄州一首、董太初一首、陈东之一首、周渭一首、曾揆一首。选38人、诗60首。

卷二三：岳珂一首、潘昉一首、谭知柔一首、翁逢龙一首、周行已一首、白玉蟾三首、吴朝奉一首、陈宗礼三首、赵葵三首、徐翿一首、郭庭芝二首、赵东野一首、周自中二首、游涧一首、黄宜山一首、曾兴宗一首、张以宁一首、刘韫一首、郑百极一首、丁注一首、周知微一首、陈朝老一首、高元之一首、张国衡一首、庄公岳一首、王义山一首、彭应寿一首、张勇一首、董楷二首、宋之瑞二首、陈天瑞一首、吴咏一首、陈庸一首、陈愿一首、郭晞宗一首、张次贤一首、李景文三首、郭磊卿一首、姜应龙一首、吴梅卿一首。选40人、诗53首。

《宋诗拾遗》共选录唐宋明诗人786家(含重出者1人)，诗作1475首(含重出1首)，其中选录唐代诗人王仁裕和胡曾诗作4首，宋代诗人782家，诗作1469首，明代诗人张以宁诗1首。

第二节 《宋诗拾遗》的学术价值

一、保存有宋一代文献资料

《宋诗拾遗》与此之前的宋人选宋人诗有所不同，前此的宋诗选本一般选录的重心是大家和名家等优秀诗人，但是《宋诗拾遗》格外关注那些存诗很少和不甚有文名的诗人，选取的范围十分广阔，《宋诗拾遗》共选录诗人

784家(重出一人未计)，该选选录1首诗歌的诗人竟有481人之多，选录1首诗歌虽然对于每位入选诗人作用不大，但对于保存整个一代诗学文献却厥功至伟。

《宋诗拾遗》此前及其后的宋诗选本入选诗人总数均不及《宋诗拾遗》，如(宋)孙绍远的《声画集》选录宋代诗人85家，(宋)曾慥的《皇宋百家诗选》选录宋代诗人约200家，(元)方回的《瀛奎律髓》选录宋代诗人221家，(明)李蓘的《宋艺圃集》收录宋代诗人288家。

从这些宋诗选本的选诗数量的对比中，可以见出《宋诗拾遗》数量超过前此及其后的任何一种宋诗选本，而且像范仲淹、苏舜钦、梅尧臣、欧阳修、王安石、苏轼、黄庭坚、陆游、杨万里、范成大等著名诗人一首未录，这在某种程度上也是受之前的王安石的《唐百家诗选》的影响，不选录"李、杜、韩、柳、元、白"等大家的诗作。

可见，陈世隆不选苏、黄、陆这样的大家，一方面是因为《宋诗拾遗》本身就是取中小诗人为主的一个选本，将时人难以见到的宋人宋诗辑录于此，这种选录原则可以让读者更加丰富地了解宋诗，让一些名不见经传的小诗人得到注意和重视。除了文献学的价值之外，它对我们研究宋诗也有很大的启示，那就是在研究过程中不仅仅是看到著名诗人的成就，中小诗人的作品同样值得重视。①

二、《宋诗拾遗》中的小传所显示的学术价值

《宋诗拾遗》虽然许多诗人小传文字太过简略，有的甚至仅有寥寥几个字，但其显示的学术价值却比较重要，具有以下几个方面。

第一，《宋诗拾遗》小传指明了诗人等第时间。如卷一李九龄小传，谓其"乾德五年进士第三人"；卷一韩丕小传，谓其"太平兴国三年进士"；卷一钱若水小传，谓其"雍熙中举进士"；卷一乐史小传，谓其"南唐进士，

---

① 参阅王友胜：《论〈宋诗拾遗〉的文献价值》，《湖南科技大学学报》2006年第5期。

宋太平兴国六年。复登甲科"。

第二，《宋诗拾遗》小传记载了诗人仕履的状况，且较为详细。如卷一吕诲小传，谓其"进士，历知谏院，拜御史中丞"。卷一李沆小传，谓其"太平兴国五年进士，历官参知政事、门下侍郎、尚书右仆射"。卷一李沆小传，谓其"历职方员外郎、知舒州、东封，加主客郎中，改直昭文馆，转刑部"。

第三，《宋诗拾遗》小传记载了诗人的著述状况。如郭震《渔舟集》一卷、杨朴《东里集》、范师孔《画饼编》、李觏《退居类稿》《皇续稿》、鲍由《夷白堂小集》、汪革《青溪集》十卷、邓忠臣《玉池集》十二卷、苏庠《后湖集》十卷、谢隽伯《和樵集》、廖正一《白云集》、章夏《湘潭集》十卷、胡寅《致堂斐然集》三十卷、胡仔《苕溪渔隐丛话》百卷、陈公辅《文集》二十卷、苏过《斜川集》、苏籀《双溪集》十卷、吴沆《环溪集》、胡朝颖《静轩集》、朱翌预修《徽宗实录》、晁公溯《嵩山集》、卢祖皋《蒲江集》(词集)、曾原一《苍山诗集》。[①]

第四，《宋诗拾遗》小传记载了诗人们的师从情况。卷二马存小传，谓其"字子才，鄱阳人。寓居楚州，从徐节孝游，卒业于其门"，指出马存师从宋代著名诗人徐积，徐积字仲车，早从胡瑗学，治平四年进士，政和六年，赐谥节孝处士。卷十五李侗小传，谓其"字愿中，剑蒲人。朱子之师，学者称延平先生"。卷二十戴野小传，谓其"字养伯。尝从晦庵先生游"。卷二十钱闻诗小传，谓其"字子言，成都人。尝知南康军，与朱子交承"。

第五，《宋诗拾遗》小传说明了诗人在宋代诗坛上的地位。卷十三李处权小传，谓其"宣和间，与陈叔易、朱希真以诗名。南渡后，尝领三衢"。卷二十一徐止卿小传，谓其"嘉定进士，与赵昌父、韩仲止齐名"。

第六，《宋诗拾遗》小传说明了诗人的寓居之地。卷十四李正民小传，

---

① 参阅王友胜：《论〈宋诗拾遗〉的文献价值》，《湖南科技大学学报》2006年第5期。

谓其"字方叔，扬州人。历官徽猷阁待制，流寓海盐"。卷十五王希吕小传，谓其"字仲行，宿州人。寓居嘉兴，官至尚书"。卷十六赵善应小传，谓其"字彦远。汝愚父。官江西兵马都监。卜居崇德之钱洲"。卷十六甄龙友小传，谓其"字云卿，永嘉人。迁居乐清"。

第七，《宋诗拾遗》小传说明了诗人的交游和职业情况。卷七俞紫芝小传，谓其"与王荆公交"。卷十九程瑞小传，谓其"字希凤，饶州人。与马廷鸾友"。卷十九郭彦章小传，谓其"与刘桂隐、刘申斋讲学，有诗名"。卷十九郭岩小传，谓其"字鲁瞻。医士"，说明了郭岩的职业是医生。

第八，《宋诗拾遗》小传说明了诗作的创作背景。卷二蒋堂小传《栀子花》，谓其"六岁时，父命作"。卷十六赵炎之诗《吊琼花》小传，谓其"杜游《吊琼花》：绍兴辛丑，金主亮揭本而去，小者剪而除之，花顿萎悴。炎以诗吊之"。

第九，《宋诗拾遗》小传说明了诗人的家世、籍贯、字号、谥号等。卷十七吴沆小传，谓其"字德远，抚州崇仁人。自号环溪居士。谥文通"。

第十，《宋诗拾遗》小传说明了诗人的性格和节操。如卷五范周小传，谓其"文正公从孙，纯古子。不求闻达，人号其隐居曰范家园亭"。卷十一李行中小传，谓其："高尚不仕，晚治园亭。"

第十一，《宋诗拾遗》小传说明了诗人得祸的缘由。如卷九邓忠臣小传，谓其"熙宁三年进士，官至考功郎。坐元祐党废"。

三、《宋诗拾遗》中陈世隆按语和题下自注的学术价值

第一，《宋诗拾遗》中的按语提出了编者自己的考证意见。如卷十九虞俦《和姜梅山》按语："姜特立有和虞守感秋诗，疑即俦也。"卷六徐元用《约东坡游金山》前两句云："黯淡滩头一艇横，夕阳西下大江平。"陈世隆按语："此诗有谓贤人徐神翁与高宗者，首句作'牡蛎滩头一艇横'。"

第二，《宋诗拾遗》中的按语指出了诗人创作诗歌的背景。卷五陈辅《访杨湖阴不遇因题其门》诗末按语："杨居金陵辅，每清明上冢，即过湖阴之居，清谈终日，衰率以为常。元丰间，频岁访之不遇，乃题此诗于

门。杨归见之，吟赏不置，尝称于荆公。公笑曰：'此正戏君为寻常百姓耳!'杨亦大笑。"卷二鲍当《孤雁》诗末按云："司马公《诗话》：鲍当为河南府法曹，忤知府薛映，因赋《孤雁》诗，薛大称赏，遂号鲍孤雁"，陈世隆称引的是司马光《温公续诗话》中的这段故事。

第三，《宋诗拾遗》中的按语展现了诗人生平爱好及其相关交往人物的史实。如卷十六陆士规《黄陵庙》按语："士规，绍兴间布衣也。工诗，秦桧喜之。尝挟秦桧干临川守，馈遗不满意，升堂嫚骂。守惧，以书白桧自解，桧怒甚。士规请见，不出，但令其子小相见之。问其近作，士规诵《黄陵庙》一绝，小相入诵之，桧吟赏再三，待之如初。世传桧极爱文字，于斯可见。士规有诗集五卷，湮没无闻，盖亦未晓因不失其亲者也。"由这段文字，可知陆士规的身份和特长，以及秦桧"极爱文字"的史实，为研究秦桧的兴趣爱好，提供了重要的文献参考资料。

第四，《宋诗拾遗》中的按语引用前人诗学著作的言论，为人们提供了研究作者生平履历的文献材料。如卷十三卢秉《题驿舍》诗末按语："蔡宽夫诗话云：卢龙图秉，少豪逸。熙宁初游京师，久不得调，尝作诗曰：'青衫白发病参军，旋裹黄粮置酒樽。但得有钱留客醉，那须骑马傍人门!'荆公一见，曰'此定非碌碌。'即荐用之。盖前此未尝相识也。"

第五，《宋诗拾遗》中的题下自注说明了诗作创作的时间。如卷十八董居谊《见山楼下植梅百本九月见花》题下自注云："此嘉定间官处州通判时作。"为研究诗人的生平提供了参考依据。

第六，《宋诗拾遗》中的题下自注对于关键字词的释义具有重要作用。如卷十八徐得之《明妃曲》句"有言不食古高辛"，自注云"高辛事出《后汉书》"。如卷二十陈士员《次滕岑韵山居》自注云："双港者祠庐县东，分水港。邻舍即滕元秀。"卷一范质《诫儿侄儿八百字》"相鼠与茅鸱"句自注云："《左传》茅鸱，刺不恭也。"

四、《宋诗拾遗》中所选录的诗作体现了极其珍贵的史料价值

《宋诗拾遗》卷九选录的张问《题睢阳五老会图》一诗，便是一首极具珍

贵史料价值的诗作。《事文类聚前集》载有杜衍、毕世长、冯平、王涣、朱贯等五人的《睢阳五老会诗》，张问虽未与会，然其对五老雅聚的情形作了绘声绘色的描述。今天《睢阳五老会图》已经失传了，但张问的诗成了我们研究宋代诗社的珍贵史料。①　又如薛田的《成都书事百韵》云：

混茫丕变造西阡，物象熙熙被一川。易觉锦城销白日，难歌蜀道上青天。云敷牧野耕桑雨，柳拂旗亭市井烟。院锁玉溪留好景，坊题金马促繁弦。风流辅席堆红豆，潇洒门庭映碧鲜。表状屡言同颖穗，敕书频奖竝生莲。旋科杞树炊香稻，剩种豌巢沃晚田。仁宅不隳由政立，议闱无取任情迁。民知礼逊蚕丛后，俗尚奢华邃古先。绕郭波涛来浩浩，归期歧路去绵绵。乍回黑水将成道，潜到青羊恐遇仙。靓女各攻翻样绣，祛商兼制研绫笺。垆边泛蚁张裙幄，江上鸣鼍簇彩船。石笋峻嶒衡对峙，琴台恢阔寺相连。群葩艳里珍禽语，百草香中瑞兽眠。喜处必臻尤偭望，胜游争倦更迁延。早荷叶底蹲鸥伏，棕树梢头乱蝶穿。鑷发牢盆浑弃卤，铁资圜法免钰铅。丰饶物态宁殊越，美丽姝姬酷类燕。西海号雄彰传纪，南康辞健积铭镌。良工手技高容学，妙隐丹方秘不传。倚剑灵关凌绝顶，梦刀孤垒削危巅。金华巷陌遗三品，石镜伽蓝露一拳。信落荆州随鼓柶，检颁芝阙听摇鞭。若量内地寒暄异，且在退陬水陆全。渝舞旧云传乐府，巴谈谁曰系言诠。九苞绾就佳人髻，三闹装成子弟鞯。欲辨坤维寻地理，才临益部认郊。文翁室暗封苔藓，葛亮祠荒享豆笾。货出军储推赈济，转行交子颂轻便。气蒸蒟蒻根须润，日罩楩楠树影圆。药市风光虫蛰外，花潭邀乐鹏鸣前。聚源待拟求凫氏。贮怨那能雪杜鹃。蓁植森荣还荟蔚，夹流湍迅迥潺湲。鲜明机杼知无算，细碎锥刀不啻千。合伴鸦鬟齐窈窕，对陪霓袖竞翩翾。五门冷映岷峨雪，千里爱疏灌堋泉。茂盛八纮宜得

①　参阅王友胜：《论〈宋诗拾遗〉的文献价值》，《湖南科技大学学报》2006 年第 5 期。

最，膏腴十道比俱偏。袁滋不到生无分，段相重来宿有缘。款召相如登兔苑，骤迁太白步花砖。葳蕤草木时为瑞，奇秀江山代产贤。晓后细风红灼灼，夜中微雨碧芊芊。锦亭焰烛明敧障，绣阁香球暖熨毡。宝塔徘徊停隼旟，观街杂沓拥辎軿。酴醾引架家家郁，踯躅攀条处处妍。重爱鲁儒提德柄，威降曹将董戎旃。欢谣少负賨人勇，长讲多轻楚客禅。似簇绮罗偏焕耀，如流车马倍喧阗。揞机显绰名堪录，题柱芬芳事莫捐。李特锋铓徒恃险，张仪规画自持颠。鹰扬事业成悠久，乌合奸雄败转旋。漫向鼎分澄霸道，却当龟化验都鄽。强贪楚灭悲倾辙，广洽尧询喜慕膻。侧弁猖狂抛玉斝，归鞍酩酊坠金钿。氛埃屏息云常覆，稼穑繁滋泽靡愆。睿圣宵衣垂乃眷，贵臣驰驲每传宣。石牛迈路加歆飨，江渎隆区助洁蠲。避暑亭台珍簟设，纵闲池沼钓丝牵。遮蛮带砺长能固，捍蜀金汤远益坚。何武甲科曾继踵，严遵卜兆罕差肩。雠书竞印诸家集，博识咸修百氏笺。纸碓暮春临岸浒，水樽春注截河壖。华严像阁凉堪爱，净众松溪僻可怜。学射崔嵬横罨霭，放生宽广媚漪涟。藓庭嫩笋青篸篸，风槛新荷绿扇扇。守戍貔貅千万骑，采蒟簪笏两三员。清江泻势方流巽，大面盘形正压乾。电扫谷风藏虎啸，雷瞋宫树洒龙涎。郤占逖应星舒彩，栾噀端聆火扑燃。令范式驱民缺缺，咨谋畴倚道平平。性寒甘蔗猱偷啮，体腻芭蕉蚕莫沿。志读备兴重掩卷，史看唐幸嫩终篇。雕盘姹女呈酥作，水巷痴童飏纸鸢。初下鹿头迷鄠杜，暂来犀浦误伊瀍。变秦言语生皆会，恋土情怀死不悛。结厦斧斤宗简易，入神丹雘励精专。柳堤夜月珠帘卷，花市春风绣幕褰。十县版图分户籍，一城牌肆系民编。受辛滋味饶姜蒜，剧馔盘餐足鲔鳣。月季冒霜秋肯挫，荔枝冲瘴夏宜然。几番蘩箐鸣虚籁，是个园林噪懒蝉。蠢动乘时先养育，菁英届候别陶甄。地丁叶嫩和岚采，天蓼芽新入粉煎。平代启闱闻继芨，监军凭轼见刘焉。蕙兰馥裛幽蹊畔，菱芡交铺曲岛边。绘网晚晴夸蹴鞠，画绳寒食戏秋千。氤氲紫雾蒙都邑，缥缈彤霞聚偓佺。螭伏自然销剑戟，蝼翻几度起戈鋋。宦游止叹音尘阙，乡饮何惊岁月遄。灵寿桃枝奇共结，金砂银铄贵相联。埋轮昔按均轮命，叱驭今分太守权。徒为行春飞皂盖，讵能许国报青钱。政经旋考尤多僻，民瘼深求尚未痊。虽愧裤襦非叔度，且期毫墨有冯涓。遵廉察思从训，克谨操修敢好畋。南市醉过攒帜队，西楼欢坐列琼筵。烦嚣谨畏伤淳厚，慧黠周防近巧谝。重禄省心宜致寇，薄材庄貌若临渊。扶危颇异巢居幕，劝善还同矢在弦。

薛田的这首长诗描绘了成都的风物、历史、民俗、民情、人物、经济、政治等，为人们更好地了解当时宋代的社会状况提供了宝贵的文献资料。

第三节 《宋诗拾遗》的文献阙失

《宋诗拾遗》的文献阙失主要表现在以下几个方面：

第一，误将唐代诗人混入《宋诗拾遗》中。如卷一选录的王仁裕，徐敏霞指出为唐诗，入选诗作见《全唐诗》卷七三六；卷九所辑胡曾《虞姬》诗，亦为误收，胡曾为晚唐人，见《全唐诗》卷六四七。

第二，误将明代诗人混入《宋诗拾遗》中。如卷二十三将元末明初文学家张以宁（1301—1370）选入，张以宁，字志道，自号翠屏山人，福建古田人，著有《翠屏集》《春王正月考》等。《明史列传》卷一二和《明史》卷二八五有传。

第三，有些入选诗人编选顺序有错乱现象。如杨蟠（约1017—1106）和曾布（1036—1107）为北宋末人，却在卷二十二中与宋末诗人放在一起；卷十二王陶（1020—1080），仁宗庆历二年（1042）进士，卷十二徐直方，度宗咸淳二年（1266）进士，卷十三任希夷（1156—？），宋孝宗淳熙三年（1176）进士，卷十三张舜民，英宗治平二年（1065）进士，时间混乱。

第四，《宋诗拾遗》中诗人小传有常识性错误，有张冠李戴者。卷十一李格非小传，谓其"自称易安居士"，而易安居士实为李清照。

第五，《宋诗拾遗》小传中因不知诗人字号而错选者。如卷十三所选录的任斯庵与卷十九任希夷，实为一人；任希夷字伯起，号斯庵，著有《斯庵集》(已佚)。

第六,《宋诗拾遗》有不少错字、误字、漏字等①。如卷十林敏功《题薛彦晦墨竹》:"妙手拂素壁,直节乃一□。""□□别孤芳,妙舞欺长袖。""拥肿门前椿,软弱常□茂。"

---

① 以上参阅徐敏霞校点:《宋诗拾遗》(本书说明),沈阳:辽宁教育出版社 2000年版。王友胜:《论〈宋诗拾遗〉的文献价值》,《湖南科技大学学报》2006 年第 5 期。

第十一章　符观《宋诗正体》研究

第一节　《宋诗正体》成书的时代背景和编选动机

一、《宋诗正体》成书的时代背景

《宋诗正体》为符观撰。符观，字衍观，号活溪，新喻（今江西新余市）人，弘治三年（1490）进士，官至浙江、山东参议。著有《唐诗正体》（今佚）、《元诗正体》、《明诗正体》（四卷）、《活溪存稿》等。《宋诗正体》有序跋，无目录和评点，《宋诗正体》现存明正德元年（1506）刊本，藏上海市图书馆等地。

《宋诗正体》为现存最早的明代宋诗选本，开明代编选宋诗选本之先河，在此之前虽有瞿佑《鼓吹续音》（今佚）仿元好问《唐诗鼓吹》，取宋、金、元三朝之诗一千二百余首，编选宋诗，但因此书已佚，无法得知其全貌，详情可参阅申屠青松《明代宋诗选本论略》①一文。

自高棅编选《唐诗品汇》后，"终明之世，馆阁宗之"②，其宗奉盛唐的诗学影响有明一代，经徐祯卿和李梦阳、何景明等的推波助澜，在明初已形成贬抑宋诗的倾向，符观编选《宋诗正体》正是针对这一贬抑宋诗的思潮而发的。

---

① 申屠青松：《明代宋诗选本论略》，《北京科技大学学报》2007 年第 3 期。
② 张廷玉等：《明史》卷二百八十六，北京：中华书局 1974 年版，第 7336 页。

除此之外，当时除唐诗选本有大量选辑外，元诗选本也有《元风雅》和《元诗体要》问世，而宋诗却无人关注，正如《宋诗正体》中侍御杨先生所说：

> 或者倡为谬说，谓唐以降无诗，元庶几继之，而吠声之徒，翕然随向，牢不可破，于是所谓元音，所谓元风雅，所谓元诗体要者纷然错出矣，而宋诗寂无拈出之者噫，黄河浊流，寄恨千古，何宋人之不遭也。① (《书宋诗正体后》)

"宋诗寂无拈出之者"，宋诗的编辑和保存竟然到了无人问津的地步，令人痛心不已。

二、《宋诗正体》编选动机

第一，"为宋人立赤帜"。正如高儒《百川书志》卷十九指出："《宋诗正体》四卷，新喻符观以宋诗略萃《文鉴》，散载各集，撮其三体精要，以举世宗唐尚元，语人曰：'吾为宋人立赤帜矣。'"②"为宋人立赤帜"正是符观在"汉魏而下，论诗者以唐为盛"③(《书宋诗正体后》)的宗唐思潮的背景下编撰《宋诗正体》的目的所在。

第二，"可以裨化而善俗"。何以要编选《宋诗正体》，另有一重要目的，就是为了"可以裨化而善俗"④(《宋诗正体序》)，实际上这是对《诗大序》所强调的"经夫妇，成孝敬，厚人伦，美教化，移风俗"诗教观的继承。

第三，便于读者阅览。符观针对元至明初宋诗散伏比较严重而且尚无选集的情况，而编选此集，供人们学习和阅读，其作于正德元年的序言指

---

① 符观：《宋诗正体》卷首，明正德元年刊本。
② 高儒、周弘祖：《百川书志　古今书刻》，上海：上海古籍出版社 2005 年版，第 295 页。
③ 符观：《宋诗正体》卷首，明正德元年刊本。
④ 符观：《宋诗正体》卷首，明正德元年刊本。

出:"以宋一代诗略萃于《文鉴》,而备见于各集,顾未有撮其精要,约为一编,俾览者便焉。"(《宋诗正体序》)①

第四,为挽救"诗家之厄"。符观认为自元以后人们对宋诗诋苟甚严,加之明初李梦阳及其追随者"雷声附和"②(《重刊宋诗正体序》),虽有刘后村等宋代诗人"抗论甚力",但因力量微小,"遂成诗家之厄"③(《重刊宋诗正体序》),为此,编选《宋诗正体》正可以保存宋诗和宣扬宋诗。

第二节　《宋诗正体》的选诗概貌和选诗宗趣

一、《宋诗正体》的选诗宗趣

高儒《百川书志》卷十九云:"《唐诗正体》七卷,皇明符观重订《唐音》、《正声》则少加增损焉。止五七言律及七言绝三体。"《唐诗正体》只选录了五七言律诗和七言绝句,《宋诗正体》也仅选五律、七律和七绝三体,说明在符观的心目中,"正体"即近体诗。

那么符观选取宋诗的标准是什么呢? 符观在《宋诗正体序》中强调"词气浑厚,意味隽永"④者"可以裨化而善俗","词气浑厚"和"意味隽永"这明显是唐诗所具备的特质,由此选录宋诗,显然是以唐诗的标准来衡量宋诗,所以选录的宋诗与唐诗相近,而远于宋体。

从具体入选的诗作来看,大多是那些山水田园诗作和怀旧的诗歌,如选录有寇准《春日登楼怀归》《江南春》、潘阆《夏日宿雨》、饶良辅《竹径步月》、僧宝靡《题逆旅壁》、王禹偁《春日杂兴》《中秋月》、魏野《春日述怀》等。

---

① 符观:《宋诗正体》卷首,明正德元年刊本。
② 符观:《宋诗正体》卷首,明正德元年刊本。
③ 符观:《宋诗正体》卷首,明正德元年刊本。
④ 符观:《宋诗正体》卷首,明正德元年刊本。

二、《宋诗正体》的选诗概貌

卷一（五言律诗）：陈抟2首、寇准2首、王禹偁1首、魏野2首、潘阆1首、梅尧臣2首、唐介1首、杨蟠1首、程灏1首、王安石1首、黄庭坚2首、陈师道5首、张耒1首、吕本中4首、翁卷2首、赵师秀1首、陈与义5首、鲁肇1首、戴复古3首、陆游3首、文天祥1首、郝子玉1首、刘仲尹1首、陈傅良1首、路忱1首、惠崇1首、秘演1首、赞宁1首。选28人、诗49首。

卷二（七言律诗）：曹翰1首、陈抟1首、林逋1首、刘禹谟1首、杨徽之1首、寇准1首、苏舜钦1首、苏洵1首、李虚己2首、杨亿3首、杨朴1首、欧阳修2首、梅尧臣4首、韩琦1首、晏殊2首、丁谓1首、石延年1首、王操1首、张先1首、王珪2首、王安石2首、王安国3首、贺铸1首、杨蟠1首、苏轼6首、司马光1首、曾巩1首、邵雍1首、程灏2首、苏辙3首、黄庭坚5首、陈师道5首、韩驹2首、舒雅1首、李师中1首。选35人、诗64首。

卷三（七言律诗）：张耒15首、赵德麟1首、詹中正1首、鲁肇1首、沈括1首、郑獬1首、朱翌1首、陈与义8首、曾几4首、陆游7首、赵师秀3首、胡少汲1首、楼钥1首、王庭珪2首、刘过2首、范成大2首、杨万里4首、尤袤3首、姜特立1首、朱熹1首、文天祥1首。选21人、诗61首。

卷四（七言绝句）：王禹偁1首、寇准1首、吕夷简1首、范仲淹1首、刘颁1首、苏舜钦1首、司马光2首、程灏2首、王安石6首、苏轼2首、刘季孙1首、张沫1首、刘武子1首、秦观3首、曹豳1首、王葇猗1首、张栻1首、王逢原1首、周子竞1首、洪咨1首、郭祥1首、叶绍翁1首、杨万里2首、曾几1首、叶采1首、郑亦山1首、戴复古1首、朱熹1首、朱淑真1首、刘克庄2首、钱颖2首、谢枋得2首、边德举1首、赵文晟1首、姚仲纯1首、村洪1首、严粲1首、刘褒1首、游子明2首、徐似道1首、任伯起1首、何子翔1首、夏子中1首、倪居辅1首、赵葵1首、周彦良 1 首、何 1 首、朱自逊 1 首、饶良辅 1 首、僧志南 1 首、僧显万 1 首、僧清顺 1 首、僧宝鏖 1 首。选 53 人、诗 68 首。

《宋诗正体》共选录五律、七律和七绝三种体裁的诗作 242 首，即所谓"单帙小选"，篇幅较为短小。

首先，《宋诗正体》中选录最多的是江西诗派，共 30 首，占入选总数的百分之十二，其中陈师道 10 首、陈与义 12 首、黄庭坚 8 首。

其次，《宋诗正体》选录了"苏门四学士"中的三位，共 27 首，占入选总数的百分之十一，其中张耒 16 首、秦观 3 首、黄庭坚 8 首。

再次，选录有四灵诗人 6 首诗作，其中赵师秀 4 首、翁卷 2 首；田园诗人杨万里 6 首、范成大 2 首。

最后，选录有最为杰出的宋代诗人陆游 10 首、王安石 9 首、苏轼 6 首；另保存了一部分不太有文名的诗人，如刘褒、游子明、徐似道、任伯起、何子翔、夏子中、倪居辅、赵葵、周彦良等。

第三节　《宋诗正体》的宋诗学思想

一、论析宋诗特征

对于宋诗的弊病，最先对其进行指责的是南宋的张戒，他在《岁寒堂诗话》中指出："自汉魏以来，诗妙于子建，成于李杜，而坏于苏黄……子瞻以议论作诗，鲁直又专以补缀奇字，学者未得其所长，而先得其所短，诗人之意扫地矣。"[1]稍后，赵汝回《云泉诗序》又云："近世论诗，有《选》体，有唐体，唐之晚为昆体，本朝有江西体。江西起于西昆，昆不足道也。而江西以力胜，少涵咏之旨。独《选》体近古，然无律诗，故唐诗最著。"南宋严羽《沧浪诗话》："近代诸公乃作奇特解会，遂以文字为诗，以才学为诗，以议论为诗，夫岂不工，终非古人之诗也，盖于一唱三叹之

---

[1]　丁福保：《历代诗话续编》，北京：中华书局 2001 年版，第 450 页。

音，有所歉焉。"①指出了宋诗自西昆体后，变唐为宋，而西昆"淫巧侈丽，浮华纂组"为后世所指斥，而苏轼"以议论作诗"，山谷"补缀奇字"，江西"少涵咏之旨"均受后人诟病。

符观《宋诗正体》一反宋元以来对宋诗的批评，十分清楚地指出了宋诗所具备的特点：

> 宋诗自昆体□□，名家辈出，古意浸还，不以斗□□为工，不以风云月露为妍，不以浮华纂组为巧，寄情寓意往往深□□（缺两字），奈何世之沾沾自喜者，妄以□□窥之，范乎无有所得。②（《重刊宋诗正体序》）

符观认为宋诗具有"不以斗□□为工"、"不以风云月露为妍"、"不以浮华纂组为巧"、寄情深邃等特点。

二、从诗歌艺术的视角推崇宋诗

符观于《宋诗正体序》中比较唐宋诗各自的艺术风格时指出：

> 昔人有集古诗，自谓律诗虽工不兴，有谓唐诗主意兴，尤近宋人，直以解会文字为诗，厥后有取元以嗣唐者，夫岂无所见哉。③

符观指出唐诗"主意兴"和宋人"直以解会文字为诗"异曲同工，实质上是一致的，无高下之别，故而他进一步肯定宋朝诗人如欧、梅、苏、黄等人艺术成就可与唐代诗人分庭抗礼，符观云：

---

① 何文焕：《历代诗话》，北京：中华书局 1982 年版，第 688 页。
② 符观：《宋诗正体》卷首，明正德元年刊本。
③ 符观：《宋诗正体》卷首，明正德元年刊本。

　　况本朝名家继起，或模写景物，或铺叙事情，至于发性命之渊
微，阐忠义之大节，亦时间出意兴殆焉。未浅而赋事，精切超然远
到，如欧、梅、苏、黄、杨、陈、张、陆诸君子，又皆历历，为紫阳
所叹赏。①（《宋诗正体序》）

不仅如此，符观还从宋诗结胎的基因谈起，宋诗大抵出自唐代的著名诗人
杜甫，这就从根底上抬高了宋诗的地位：

　　杜少陵诗豪其一世，其诗不专主于兴，亦有直赋一事；宋诗亦不
专一体，大抵出少陵居多，譬如之学剑器，精神态度虽未必尽然，而
低昂步骤，要亦有近似之者矣。先正谓诗之体不一，人之才亦不一，
随其体与才自成一家言，如造化妙物，洪纤高下，固有不能以强同，
况其间相去三百年，苟胜不失其性情之正，斯足尚矣，亦何害其为同
哉！皇明正德元年丙寅春正月上元，赐进士奉议大夫同知辰州知府新
喻符观谨识。②（《宋诗正体序》）

针对宋元以来以张戒、严羽等为代表的诗论家们对宋诗"以文字为诗""以
才学为诗""以议论为诗"和"病于理趣"的责难，符观指出杜少陵诗也不
"专主于兴"，即不全是"寓目辄书"和"兴会神到"之诗，亦有用赋体所作
的诗；而宋诗则大多学杜诗，虽然说在"精神态度"上有所欠缺，但在"低
昂步骤"上与杜诗十分相似，既然杜甫诗为世人所推崇，那么取法杜诗的
宋诗也理应受到同样的对待，这实际上是在为宋诗争地位。

三、从中国诗歌发展的历史视角倡举宋诗

　　为了充分肯定和推扬宋诗，符观将宋诗放在中国诗歌发展的历史进程

---

① 符观：《宋诗正体》卷首，明正德元年刊本。
② 符观：《宋诗正体》卷首，明正德元年刊本。

中进行论述，

> 汉魏而下，论诗者以唐为盛，良由少陵、太白主盟其道，遂至凌
> 蹈，建安驰骋风雅，一洗齐梁之陋矣。嗣是乃有赵宋之诗，乃有胡元
> 之诗。固多盈灵抒秀，擅胜专雄，要之接武李唐，则宋为差近，或者
> 倡为谬说，谓唐以降无诗，元庶几继之，而吠声之徒，翕然随向，牢
> 不可破，于是所谓元音，所谓元风雅，所谓元诗体要者纷然错出矣，
> 而宋诗寂无拈出之者噫，黄河浊流，寄恨千古，何宋人之不遭也。夫
> 元固称多士，元、柳、王、马姑置未论，其卓然所谓大家者，虞、
> 扬、范、揭而已。使遇王半山、陈无己辈，固将投戈偃旆，奔此不
> 暇，矧敢抗苏、黄、欧、梅之垒乎！纵贬而为尤、为戴、为范、为
> 陆，亦皆出入李杜，高视阔步。① (《书宋诗正体后》)

符观指出中国诗歌自汉魏以来，不仅有建安文学风靡诗坛，也有唐代文学
彬彬称盛，而"赵宋之诗"和"胡元之诗"同样领骚文坛，可以"接武李唐"，
所以符观认为那种鄙视宋元诗歌之论者，乃"黄河浊流"，为文坛中的不和
谐音符，宋代"苏、黄、欧、梅"足可与李杜匹敌，而"高视阔步"，这充分
说明宋诗与唐诗难分伯仲，从而有力地反驳了宋元以来扬唐抑宋的极端诗
学倾向。

① 符观：《宋诗正体》卷首，明正德元年刊本。

第十二章 《宋艺圃集》研究

第一节 李蓘选辑《宋艺圃集》的目的和时代背景

以明代前后七子为首的格调派倡举"诗必盛唐"的大纛，有明一代整个诗坛均笼罩在格调派诗风的影响之下，因之，中国诗学的研究范式也出现了偏离。李梦阳倡举"文必秦汉，诗必盛唐，非是者弗道"①，何景明称"文自西京、诗自中唐而下，一切吐弃"②，"近诗以盛唐为尚"③（《与李空同论诗书》），尊盛唐薄中唐之意甚明，王九思谓："文必曰先秦、两汉，诗必曰汉魏、盛唐，斯固然矣"④，奉盛唐之诗为"第一义"；王廷相道："天宝、大历以还，等而上之，晚唐不复言。苏、黄有高才远意，格调风韵则失之。元人铺叙藻丽耳，古雅含蓄，恶能相续？今礼乐百年，作者辈出，善厥斯艺，可以驰诸唐人真衢。"⑤（《寄孟望之》）王廷相明确指出"唐人真衢"当在大历以前，晚唐不足道哉，苏轼、黄庭坚虽是标能擅美之俊才，但其诗歌于格调风韵则有所歉焉，故不为其所取法；徐祯卿厌弃萎弱的吴声，转而效法汉魏盛唐之诗。王世贞称"诗知大历以前，文知西京而

---

① 张廷玉等：《明史》，北京：中华书局 1974 年版，第 7207 页。

② 张廷玉等：《明史》，北京：中华书局 1974 年版，第 7307 页。

③ 何景明：《何大复先生集》卷三二，清咸丰三年重刊本。

④ 王九思：《渼陂续集》卷一三，《续修四库全书》本。

⑤ 王廷相：《王氏家藏集》卷二七，明嘉靖十五年刻本。

上矣"①(《艺苑卮言》),且这样礼赞盛唐诗歌:"盛唐之于诗也,其气完,其声铿以平,其色丽以雅,其力沉而雄,其意融而无迹。"②(《徐汝思诗集序》)王世贞指出盛唐诗神完气足,声调激越,词藻亮丽,气势遒劲,意境浑厚,故而成为世人推扬的典范。

对于宋诗,明人存在着普遍的贬抑宋诗的心态,叶盛《水东日记》卷二六引刘崧语"宋绝无诗",前七子的领袖何景明有"秦无经,汉无骚,唐无赋,宋无诗"③(《杂言》之十)和"宋人书不必收,宋人诗不必观"④之论。这一诗学理念也体现在诗歌选本上,如李攀龙曾编《古今诗删》三十四卷,收录古逸、汉魏、南北朝、唐、明代同时诗人之作,而不及宋元,体现了前后七子尊唐黜宋元的主流思想。

李蓘不满元明以来"宗唐绌宋"的诗学风尚,尤其是明代前后七子宗唐抑宋的极端做法,此选正是李蓘对这种"宗唐绌宋"诗风的反拨。李蓘在《宋艺圃集原序》中指出:

> 自世俗宗唐摒宋,群然向风。而凡家有宋诗,悉束高阁。间有单帙小选,仅拈一二。而未阐厥美,终属阙如。忘其谫芜,聊为编次,得诗若干首。以见一代之文献,而为稽古之一助也。⑤

李蓘在此序中揭示出了该选的编选宗旨,由于前后七子宗奉盛唐的诗学思潮("世俗宗唐摒宋,群然向风")的影响,宋诗文献的整理乏人问津,仅就宋诗选本(断代宋诗)来说,明代宋诗选本仅有 13 种⑥,与明代唐诗选本

---

① 丁福保:《历代诗话续编》,北京:中华书局 2001 年版,第 1068 页。

② 王世贞:《弇州四部稿》卷六三,《四库全书》本。

③ 何景明:《何大复先生集》卷三八,咸丰三年重刊本。

④ 杨慎:《升庵诗话》卷十二,丁福保:《历代诗话续编》,北京:中华书局 2001 年版,第 1068 页。

⑤ 李蓘:《宋艺圃集》,文渊阁《四库全书》本。

⑥ 申屠青松:《明代宋诗选本论略》,《北京科技大学学报》(社会科学版)2007 年第 3 期。

有 323 种①相比，相差 300 余种，而在隆庆元年（1567）之前的宋诗选本仅有 4 种，唐诗选本却有 153 种之多②，由此可见人们当时对宋诗的极端不重视到了何等程度，故李蓘于此十分不满："世恒言'宋无诗'，谈何易哉！"王士禛《香祖笔记》称："李子田撰《宋艺圃集》二十二卷，时在隆庆初元，海内尊尚李王之派，讳言宋诗，而子田独阐幽抉异，撰为此书，其学识有过人者。"③王士禛之论证实了当时明代前后七子尊唐贬宋思潮的境况。

不仅如此，这几种宋诗选本的选诗数量有限且选诗体例不完备，如符观的《宋诗正体》，仅选五律、七律和七绝等近体诗，选诗仅有 242 首，即所谓"单帙小选"；与高棅《唐诗品汇》比较，《唐诗品汇》不仅选诗数量庞大且选诗体例完备，选诗体例有五古（附长篇）、七古（附歌行长篇）、五绝（附六言绝句）、七绝、五律、五言排律（附长篇）、七律（附七言排律）；换句话说，这些宋诗选本无法体现出宋诗所具有的时代特色，李蓘试图编纂一部"见一代之文献"、"尽括一代之所长"的宋诗选本，这成了他选辑《宋艺圃集》的真正目的。从嘉靖三十三年（1554）开始搜集，到隆庆元年（1567）编成，李蓘历时十三载，矢志不渝，才成就了这样一部在宋诗选本史上具有划时代意义的选本，可谓厥功至伟。

第二节 《宋艺圃集》的选诗宗趣
——"离远于宋，近附乎唐"

关于《宋艺圃集》的选录标准，清人吴之振在《宋诗钞序》中指出："万历间，李蓘选宋诗，取其离远于宋而近附乎唐者。"④四库馆臣亦指出《宋

---

① 金生奎：《明代唐诗选本研究》，合肥：合肥工业大学出版社 2007 年版，第 9 页。
② 金生奎：《明代唐诗选本研究》，合肥：合肥工业大学出版社 2007 年版，第 9 页。
③ 王士禛：《香祖笔记》，明代传记丛刊本。
④ 吴之振：《宋诗钞》，北京：中华书局 1986 年版，第 3 页。

艺圃集》"所选宋诗近乎才调者多"①，"离远于宋"、"近附乎唐"和"近乎才调"均揭示了李蓘选录宋诗是以唐诗的范式作为衡绳的标尺；而李蓘在万历五年(1577)重订《宋艺圃集》时亦称："昔人选诗，取于欲离欲近，故余于是编亦旁斯义。离者离远于宋，近者近附于唐。执斯二义，以向是编，则庶几无谪于宋哉！""远宋近唐"实为李蓘选录宋诗的诗学旨归，也就是说李蓘试图在唐诗与宋诗之间取得一种平衡。

作为生于河南的李蓘，其诗学观自然会潜移默化地受到当地乡帮文化的影响，作为前七子领袖的李梦阳、何景明均为河南人，所以李、何两人自然成为李蓘学习的榜样，李蓘"于诗神解王孟而时爱空同"②，充分说明了李蓘与前七子的诗学渊源。"以唐衡宋"或"唐骨宋面"是李蓘遵循的原则，所以在评点作品时，李蓘便以此作为评价的准则。这说明他是以唐诗的标准来衡量宋诗，即宋诗之妙者即在于其符合唐诗的审美质素，而其他不太符合唐诗审美特色的宋诗就不是李蓘所推崇的了，这充分说明了在李蓘的心目中始终横亘着一种诗学理念，选宋诗在某种程度上就是选唐诗。

在宗宋的前提下，《宋艺圃集》更鲜明地体现出崇奉元祐诗风的倾向，尤其是对苏轼的推重。其中选录苏轼诗245首，陈师道诗72首，位列该选第8位，黄庭坚诗50首，位列该选第11位，秦观诗48首，位列该选第12位，司马光诗38首，位列该选第15位，张耒诗33首，位列该选第17位。

《宋艺圃集》中还体现出了对具有强烈的爱国主义思想的诗人的喜爱之情。其中选录爱国主义诗人陆游诗94首，位列该选第5位，文天祥诗29首，位列该选第19位。

另外，《宋艺圃集》还选了不少宋代理学家的诗作，表现出对宋代理学诗人的推崇。其中选入朱熹诗484首，位列该选第1位，刘子翚诗56首，张栻诗32首，邵雍诗13首，杨时诗5首，程颢诗3首。

---

① 张昇：《四库全书提要稿辑存》，北京：北京图书馆出版社2006年版。
② 李若讷：《翰林宪副李黄谷先生墓碑》，《李子田诗集》，《丛书集成续编》本。

第三节 《宋艺圃集》的编选体例、选诗概貌和评点

一、《宋艺圃集》选诗体例和版本

《宋艺圃集》选诗体例完全继承了《唐诗品汇》，选诗体例有五言古诗、七言古诗、五言绝句、七言绝句、五言律诗、七言律诗、排律、六言诗，还有杂言等，选诗体例十分完备；不仅如此，此书在最后一卷选录释衲 33 人，宫闺 6 人，灵怪 2 人，妓流 5 人，无名氏 3 人，计 49 人，也是受《唐诗品汇》旁流一品的影响。

《宋艺圃集》的版本主要有明万历五年（1577）上党暴孟奇刻本，凡二十二卷并有续集三卷，现藏于国家图书馆，前有隆庆丁卯（1567）裘自序，后有万历丁丑（1577）暴孟奇跋。另有《四库全书本》，共二十二卷。

二、《宋艺圃集》选诗概貌

《宋艺圃集》选诗如下：

卷一：廖融 3 首、徐铉 2 首、郭震 5 首、滕白 2 首、王初 8 首、杜常 1 首、方泽 1 首、毕田 3 首、沈彬 3 首、严恽 1 首、元绛 1 首、孟宾于 1 首、王岩 4 首、江为 3 首、林逋 25 首、陈抟 4 首、魏野 2 首、潘阆 4 首、胡宿 24 首、杨亿 4 首、钱惟演 3 首、王珪 39 首、王琪 1 首、李沆 1 首、曹汝弼 4 首、章冠之 1 首、刘筠 1 首、寇准 10 首、王操 3 首。选 29 人，诗 164 首。

卷二：宋郊 2 首、宋祁 21 首、晏殊 2 首、陈襄 4 首、蔡中道 1 首、王质 1 首、夏竦 1 首、李九龄 8 首、李虚巳 1 首、赵湘 3 首、陈尧佐 3 首、钱易 1 首、罗思纯 1 首、王禹偁 5 首、陶弼 1 首、燕肃 1 首、唐异 2 首、吕夷简 1 首、王素 1 首、苏洵 5 首。选 20 人，诗 65 首。

卷三：苏轼 103 首。

卷四：苏轼 142 首、苏辙 5 首。选 2 人，诗 147 首。

卷五：张詠 2 首、傅霖 1 首、余靖 12 首、范仲淹 4 首、苏舜钦 5 首、邵雍 13 首、司马光 38 首、程颢 3 首、杨时 5 首、张耒 33 首。选 10 人，诗 116 首。

卷六：梅尧臣 76 首。

卷七：王安石 201 首、王安国 9 首。选 2 人，诗 210 首。

卷八：陈与义 84 首。

卷九：吕本中 7 首、曾几 4 首、蔡襄 1 首、蔡碻 4 首、谢薖 7 首、单锡 1 首、蒋之奇 1 首、欧阳修 111 首。选 8 人，诗 136 首。

卷十：黄庭坚 50 首、陈师道 72 首。选 2 人，诗 122 首。

卷一一：晁冲之 21 首、晁补之 1 首、晁詠之 1 首、晁说之 1 首、文同 2 首、石延年 2 首、韩驹 3 首、沈括 12 首、郭祥正 7 首、秦观 48 首。选 10 人，诗 98 首。

卷一二：赵抃 9 首、刘敞 2 首、刘攽 3 首、崔鶠 2 首、贺铸 8 首、姜仲谦 1 首、周莘 1 首、邓润甫 1 首、苏颂 1 首、苏庠 1 首、梁君贶 1 首、魏泰 2 首、陈执中 1 首、潘柽 1 首、蔡肇 1 首、许觊 3 首、许仲山 2 首、方千里 1 首、张先 2 首、沈辽 1 首、许彦国 1 首、狄遵度 4 首、孙觉 1 首、陈烈 1 首、卢襄 6 首、张昌 2 首、孙觌 63 首。选 27 人，诗 122 首。

卷一三：马定远 4 首、马存 3 首、曾肇 1 首、曾巩 21 首、王俊民 1 首、胡志道 6 首、徐积 41 首。选 7 人，诗 77 首。

卷一四：姜特立 2 首、汪藻 16 首、司马樸 1 首、郑獬 17 首、郑猷 1 首、郑亦山 1 首、张斛 6 首、杨万里 6 首、杨廷美 1 首、杨蟠 2 首、李昭玘 1 首、洪朋 2 首、潘邠老 1 首、唐庚 2 首、林敏功 1 首、徐俯 1 首、陈洙 1 首、周知微 1 首、米芾 3 首、王钦臣 2 首、王仲衡 1 首、晏几道 1 首、张公庠 1 首、吴彦高 2 首、叶静逸 1 首、叶采 1 首、王令 2 首、徐元積 1 首、曹豳 1 首、雷震 1 首、赵文鼎 1 首、刘武子 1 首、严粲 1 首、游子明 2 首、边德举 1 首、许子靖 2 首、刘著 3 首、徐以道 1 首、任伯起 1 首、何子翔 1 首、夏之中 2 首、周彦良 1 首、饶良辅 1 首、舒岳祥 3 首、郭晞宗 3

首、郭磊卿2首、蔡京2首、张惇2首、王明之1首、黄彦辉3首、徐文卿1首。选51人，诗116首。

卷一五：徽宗皇帝18首、刑居实7首、张杖32首、刘子翚56首。选4人，诗113首。

卷一六：朱文公242首。

卷一七：朱文公242首。

卷一八：曹纬2首、曹组1首、王十朋10首、张表臣1首、王观2首、范成大8首、周必大1首、曾极1首、郝子玉1首、路枕1首、左纬1首、赵彦端1首、周昂6首、李纯甫1首、宇文虚中3首、赵沨4首、王隐2首、史萧2首、庞铸2首、刘昂霄1首、王元粹1首、赵亮功1首、朱弁6首、洪遵1首、郦权1首、郭明复1首、陆士规1首、赵葵1首、赵师秀3首、翁卷6首、徐玑4首、徐照2首、李邴3首、岳珂1首、林外1首、张仲威1首、朱敦儒1首、陈傅良5首、刘迎11首、姚孝锡8首、满执中2首、向巨源1首。共42人，诗113首。

卷一九：严羽50首、林德旸28首、谢翱50首。选3人，诗128首。

卷二十：陆游94首。

卷二一：戴复古36首、戴昺4首、黄幹1首、谢枋得2首、文天祥29首、王柏1首、何基2首、高茂华1首、刑安国2首、刘一止1首、黄今是3首、陈光道4首、宗道1首、潘用中1首、张即之1首、宋幼主1首。选16人，诗90首。

卷二二：僧希昼6首、僧保暹2首、僧文兆2首、僧行肇3首、僧简长3首、僧惟凤4首、僧惠崇3首、僧宇昭2首、僧怀古1首、僧遵式2首、僧道潜6首、僧契嵩17首、僧惟晤1首、僧清顺2首、僧惠洪1首、僧善權2首、僧元肇1首、僧善珍1首、僧智圆1首、僧秘演1首、僧赞宁1首、僧印1首、梵崇1首、僧志南1首、僧晖2首、洪觉范1首、僧善懃1首、僧法懃3首、僧思雅1首、僧文坦1首、僧惠涣1首、道人1首、白玉蟾2首、花蕊夫人费氏18首、朱淑真2首、王氏女1首、黄府女

1 首、紫姑仟 1 首、女仙 3 首、梦中妇 1 首、妓胡楚 3 首、妓周韶 1 首、妓龙靓 2 首、倡周氏 1 首、吴妓盈盈 3 首、桂英 2 首、不知名 2 首、无名氏 2 首、亡名氏 2 首。选 49 人，诗 125 首。

《宋艺圃集》共选诗人 288 家，诗 2783 首。朱熹 484 首，雄踞第一，其次为苏轼 245 首，次为王安石 201 首，次为陆游 94 首，次为陈与义 84 首，次为陈师道 72 首，次孙觌 63 首，次刘子翚 56 首，次严羽 50 首、谢翱 50 首、黄庭坚 50 首。余皆不足 50 首。

三、《宋艺圃集》评语和题下自注

《宋艺圃集》中评语较少，主要有诗末批语和中间批语两种，苏轼《游金山寺》诗末批语："是夜所见如此。"卷四苏轼《赠王子真秀才》诗末批语："此诗前六句用数目字。"卷十一晁冲之《古乐府》诗末批语："此为好奇过甚，不可解。"诗末批语较为简洁，说明本诗主旨。中间批语，如卷五张耒《离黄州》"聊为过江宿，寂寂樊山夜"批语："张文潜最爱老杜《玉华宫》诗，吟之不绝口，何大圭先生所赋何必灭此曰：'平生极力模写，仅有一篇似之，然未可同日语，遂诵其《离黄州》诗，出《容斋随笔》。"说明诗作的出处。另外，批语还有对词语的解释，如卷三《甘露寺弹筝》"白浪翻空动浮玉"（金山名），《答吕梁仲屯田》"官居独在悬水村"（吕梁地名），《和蔡景繁海州石室》："芙蓉仙人旧游处"（石曼卿也）。

《宋艺圃集》中的题下自注具有重要的作用。一是解释其中关键词语，如林德旸《寄七山人》题下自注："平阳洲治北五里有七星山，郑初心隐居于此，此称为七山人。"《冬青花》题下自注："冬青，一名女贞，一名万年枝，汉宫尝植，后世因之，宋后亦多植此木。"二是说明如何收集该集，如卷五苏舜钦题下自注："余居京师日，曾借友人苏子美全集抄本，其中惟此数首，乃世所常拈者，则古人之书，固有不必以未见为恨也。"三是纠谬，如卷一郭震题下自注："陈氏曰：洪迈编《唐绝句万首》，可谓传矣。而多有本朝诗在其中，如李九龄、郭震、滕白、王岩、王初之属也。"

第四节 《宋艺圃集》的宋诗学理论

一、论析宋诗的发展流变史

李蓘在其隆庆元年所作的《宋艺圃集序》中集中体现了他系统的诗学思想。《宋艺圃集序》云：

世恒言“宋无诗”，谈何易哉，盖尝溯风望气，约略其世，概有二变焉，顾论者未之逮也。夫建隆、乾德之间，国祚初开，淳庞再和，一时作者尚祖五季，五季固唐余也。故林逋、潘阆、胡宿、王珪、两宋、九僧之徒，皆摘藻萤萤，以清羸相贵，而杨大年、钱思公、刘筠辈又死拟西昆□□尺度。总之，遗矩虽存，而雄思尚郁矣。天圣、明道而下，则大变焉，盖时世际熙昌，人文迅发，人主之求日殷聚奎之兆斯应，故欧、苏、曾、王之流，黄、陈、梅、张之侣，皆以旷绝不世之才，厉卓荦俊拔之志。博综坟典，旁测幽微，海内颙颙，咸所倾仰。启西江宗派之名，创绌唐进杜之说。竭思愦神，日历穷险。当其兴情所寄，则征事有不必解，意趣所极，则古贤所不必法。辟之旧家，公子恢张，其先人堂构，至于甲第飞云，雕镂彩绘，远而望之，绚烂夺目，负其意气，遽大掩前人矣。光宁以还，国步浸衰，文情随易，学士大夫，递祖清逸，无称雄杰，故陆游之流便，严羽之婉腴，紫阳之冲容，谢翱之诡诞，其他若四灵、戴式之、文天祥、林德旸辈，咸遵正轨，足引同方，然究而言之，凌迟之形见矣。斯国事之将季乎。①

李蓘从宋诗发展演进的视角着眼，论述了宋诗演进的三个关键时期，勾勒

① 李蓘：《宋艺圃集序》，《四库全书》集部1382册，上海：上海古籍出版社1987年版，第599页。

了宋诗发展的历史，并确定了其时间断限，他应是最早为宋诗界划分期的诗人。

宋诗发展前期——宋诗发展酝酿期。为建隆、乾德之间，宋代刚刚定鼎，此时，在诗坛领域，晚唐体和西昆体为诗坛主流，承继唐末五代之余韵，"摛藻萤萤"、"清赢相贵"为其总的特点。李蓘之论，实际上是受方回的影响，方回在《送罗寿可诗序》中云："宋划五代旧习，诗有白体、昆体、晚唐体……晚唐体则九僧最逼真，寇莱公、鲁三交、林和靖、魏仲贤父子、潘逍遥、赵清献之父，凡数十家，深涵茂育，气势极盛。"宋初，唐风弥漫，"遗矩虽存"，"而雄思尚郁"，宋诗尚处于酝酿之中。

宋诗发展中期——宋诗发展的兴盛期。自天圣、明道以降，宋代社会处于高度发展的时期，为宋诗发展的"大变"时期，许多优秀杰出的诗人以"旷绝不世之才"、"历卓荦俊拔之志"横空出世，宋诗取得巨大的成就，特色已具，"欧、苏、曾、王"一代英才，光耀诗坛，江西诗派蔚成风气，可与唐诗平分秋色。

宋诗发展后期——宋诗发展的衰颓期。自南宋光宗、宁宗之后，国势衰微，宋诗亦随之而变化，中期兴盛的局面已不复存在，这一时期虽说盛世的风光不在，但依然出现了以陆游为代表的中兴四大诗人以及谢翱这种一代之杰。"四灵"作为后期一代诗风的典范，多写流连光景、唱酬闲适之作，"四灵""所用料不过'花、鹤、僧、琴、药、茶、酒'，与此数物一步不可离，而气象小矣"（方回《瀛奎律髓》），"虽镂心鉥肾，刻意雕琢，而取径太狭，终不免破碎尖酸之病"（《四库全书总目·兰芳轩集提要》），但四灵在复兴唐诗的道路上作出了贡献，"初，唐诗废久。君与其友徐照、翁卷、赵师秀议曰：'昔人以浮声切响、单句只字计巧拙，盖风骚之至精也；近世乃连篇累牍，汗漫而无禁，岂能名家哉！'四人之语遂极其工，而唐诗由此复行"（叶适《徐道晖墓志铭》），以"腥鸣吻决，出豪芒之奇可以运转而无极"（叶适《徐斯远文集序》）之艺术特色为世人所推崇，以致其后有了很多响应者："永嘉之作唐诗者，首四灵。继四灵之后，则有刘咏道、戴文子、张直翁、潘幼明、赵几道、刘成道、卢次夔、赵叔鲁、赵端行……继诸家之后，又有徐太古、陈居端、胡象德，高竹友之伦。风流相沿，用意亦笃，永嘉视昔之江西似矣，岂不盛哉！"（王绰《瓜庐诗集跋》）

二、辨析宋诗的特点和弊病

《元艺圃集序》云："宋诗深刻而痼于理，诗有至理而理不可为诗。学人之辨于理也为尤难，诗有至理，而理不可以为诗，而宋人之谓理也，固文字之辨也，笺解之流也，是非褒贬之义也，兹其于风雅也远矣。"①《宋艺圃集序》云："夫诗者，人之声也，乐之章也。发于情不溺于情，范于礼不著于礼者也。宋人惟理是求，而神髓索焉。其遗议于后也，奚怪哉！"②李蓘从诗歌的本质特征出发，认为诗歌是以情感抒发和宣泄为诗歌创作的原动力，而宋诗缺乏"感触突发，流动情思"的诗性特点，离风雅兴寄较远，其弊在"痼于理"；但李蓘同时亦指出宋诗的优长在于论事深刻，在一定程度上肯定了宋诗。

李蓘对宋诗特点的看法，实际上是深受李梦阳的影响，李梦阳《鸣春集序》云：

> 诗者，吟之章而情之自鸣者也。③

《缶音序》云：

> 诗至唐，古调亡矣，然自有唐调可歌咏，高者犹足被管弦。宋人主理不主调，于是唐调亦亡。黄、陈师法杜甫，号大家，今其词艰涩，不香色流动，如入神庙坐土木骸，即冠服与人等，谓之人可乎？夫诗比兴错杂、假物以神变者也，难言不测之妙，感触突发，流动情思，故其气

---

① 李蓘：《元艺圃集》，文渊阁《四库全书》本。
② 李蓘：《宋艺圃集序》，《四库全书》集部 1382 册，上海：上海古籍出版社1987 年版，第 599 页。
③ 李梦阳：《空同集》卷五十，文渊阁《四库全书》本。

柔厚，其声悠扬，其言切而不迫，故歌之心畅，而闻之者动也。宋人主理，作理语，于是薄风云月露，一切铲去不为。又作诗话教人，人不复知诗矣。诗何尝无理，若专作理语，何不作文而诗为邪？①

李梦阳否定宋诗的理由正在其"主理不主调"，缺乏"闻之者动心""歌之者心畅""诵之者悠扬"的情思。

三、"近附乎唐"——对晚宋诗人的充分肯定

在《宋艺圃集》中，关于宋诗的评语甚是少见，但唯独对晚宋诗人谢翱（1249—1295）有比较详细的评点，谢翱总评，引杨慎之论云："升庵杨慎曰：谢翱《晞发集》皆精致奇峭，有唐人风，未可例以宋视之也。"②《鸿门宴》评语云："杨慎曰：'此诗虽李贺复生亦当心服。李贺集中亦有《鸿门宴》一篇，不及此远甚，可谓青出于蓝矣。"③《绝句》云："杨慎曰：'此首虽太白见之亦当敛首。'"④最末更全录杨慎摘句评论："皋羽律诗如夜气浮秋……虽未足望开元、天宝之萧墙，而可以据长庆、宝历之上座矣。"⑤李蓘对谢翱的评论虽然是引自杨慎的论评，但由是可推断李蓘的宋诗观，即以唐诗的审美标准权衡宋诗，以唐诗作为标杆，所谓有唐人之精神气度，可与李白媲美，超越李贺等，均是李蓘对谢翱的礼赞，但李蓘始终认为宋诗还是无法与盛唐诗歌相匹敌。事实上，晚宋诗风在某种程度上与唐诗最为相似，对谢翱的重视，还可从选诗数量上得到印证，《宋艺圃集》共选谢翱诗50首，在入选诗人中为第16位。

对谢翱的关注，也是明代诗坛最为引人注目的现象，谢翱《晞发集》在明代多次重印和刊刻，如有弘治（1488—1505）、嘉靖三十四年（1555）、隆

---

① 李梦阳：《空同集》卷五一，文渊阁《四库全书》本。
② 李蓘：《宋艺圃集》，文渊阁《四库全书》本。
③ 李蓘：《宋艺圃集》，文渊阁《四库全书》本。
④ 李蓘：《宋艺圃集》，文渊阁《四库全书》本。
⑤ 李蓘：《宋艺圃集》，文渊阁《四库全书》本。

庆六年(1572)、万历四十年(1612)、万历四十六年(1618)刻本等。

第五节 《宋艺圃集》的学术价值

第一,《宋艺圃集》保存了许多不甚有文名的诗人作品。

我们知道宋人诗集在明代所存较少,《宋艺圃集》选录了许多名不见经传的诗人作品,如选录徐积诗41首、林德旸诗28首、王初诗8首、郭震诗5首、胡宿诗24首、王珪诗39首、宋祁诗21首、李九龄诗8首等,对于保存有宋一代诗人的诗作具有重要的文献价值。正如李蓘所云"特其殚十三年之功,搜采成编,网罗颇富,宋人之本无专集行世与虽有专集而已佚者,往往赖此编以传"①。

第二,《宋艺圃集》对后世宋诗选本具有重要的示范作用。

曹学佺指出:"不肖从海内谈诗,已知有宛李蓘……上下古今作者至严核矣。"②曹学佺所编《石仓宋诗选》所选诗作数量远远多于《宋艺圃集》,由此可以看到《宋艺圃集》对此后宋诗选本的导引作用。

---

① 李蓘:《宋艺圃集》卷首,文渊阁《四库全书》本。
② 曹学佺:《石仓文稿》,《续修四库全书》本。

第十三章　潘援《诗林辨体》研究

第一节　明代诗学辨体理论辨析

在中国诗学辨体理论发展中，滥觞于先秦两汉魏晋，发展于唐宋，盛兴于明代。本书不想将辨体理论发展追溯得太远，就从严羽《沧浪诗话》谈起，严羽论诗倡举"辨尽诸家体制，然后不为旁门所惑"①，严羽认为辨析诗歌体制是认识诗歌特性的前提，并以此洞晓各个时期作家的风格特征。

至明代，诗学辨体理论最具体系，李东阳指出："夫文言之成章，而诗又其成声者也。章之为用，贵乎纪述铺叙，发挥藻饰；操纵开阖，为所欲为，而必有一定之准。若歌吟咏叹流通动荡之用，则存乎声，而高下长短之节，亦截乎不可乱，虽律之与度，未始不通；而其规则，则判而不合。"②李东阳主要是从音律格调的视角立论，指出诗文的明显区别。胡应麟云："诗与文体迥不类，文尚典实，诗贵清空；诗主风神，文先道理。"③胡应麟从诗歌艺术风格的角度指出诗文的不同。许学夷云："诗与文章不同，文显而直，诗曲而隐。"④许学夷从诗歌艺术表现手法的视角指出诗文格式的差异。

---

① 郭绍虞：《沧浪诗话校释》，北京：人民文学出版社 1961 年版，第 25 页。
② 李东阳：《怀麓堂集》卷三，文渊阁《四库全书》本。
③ 胡应麟：《诗薮·外编》卷一，上海：上海古籍出版社 1979 年版，第 125~126 页。
④ 许学夷：《诗源辨体》卷一，北京：人民文学出版社 1987 年版，第 4 页。

邓新跃先生指出："明代诗学辨体理论包括以下几个层面的基本内涵：（一）诗歌作为我国古典文学中文类的总体审美特征与体式规范，具体来说，就是探讨诗与文、词、赋等其他文学体式的文体差异，如关于以文为诗，以诗为词，以赋为诗的尊体与破体的论争，属于语体风格论的范畴。（二）不同诗歌体裁门类所具有的独特的审美特征与体式规范，如古体与律绝的区别，绝句是否是截律诗而成，大致属于文体类型论的范畴。或者某类题材或内容诗歌所具有的审美特征，例如，咏物诗、山水诗、边塞诗、应制诗、闺阁诗等，随着表现内容的不同，都具有不同的审美特征，属于文体功能论的范畴。（三）对某一时代诗歌所体现的总体性的审美特征的研究。例如，建安体，永明体，盛唐体，元和体，晚唐体等，它既可以指该时代所有诗体中体现出来的总的特征，属于体式风格论的范畴；也可以指该时代某种诗体或某几种诗体的审美特征与差异的研究，对同一诗歌体式不同时代作家之间风格差异的辨析及其成因的探究，如唐宋诗之争，如明代诗学辨体理论对汉魏诗歌不同风格的辨析，属于时代风格论的范畴。或者指某一具体作家或某一文学团体或流派所体现出来的共同的审美特征，前者如元白体，山谷体，梅村体，后者如江西诗派体，台阁体等，这种个体或群体特征的研究，实际上属于作家风格论的范畴，就是古人所说的'家数'。"①而在明代诗学辨体理论中，主要是探讨第二层面的问题，探讨每种诗歌体裁的区别。

第二节 《诗林辨体》与明代诗学辨体

潘援《诗林辨体》所辨析的即上述所说的第二层面的问题，在《诗林辨体》中，引用了《文章辨体序》《诗话类编》等著作。

———————————

① 邓新跃：《明代诗学辨体理论的尊体意识与典范意识》，《南都学坛》2005年第2期。

《诗林辨体》辨析了各种诗歌体裁，虽然这些理论大多引自当时和前人的著述。

第一，辨析"古歌谣辞"的特点。关于"古歌谣辞"的论述引自吴讷《文章辨体序》，《诗林辨体》（其中文字与《文章辨体序》略有出入）云：

> 按西山真氏辑《文章正宗》，凡古文辞之载于经，圣人所尝删述者，皆不敢录。独采书传所载，《康衢》《击壤歌》之类，列于古诗之前，且曰："出于经者，可信；传记所载者，未必当时所作，其好古传疑之意至矣。"今谨遵其意，仍以康衢童谣为首，终于荀卿成相，汇置卷端，以俟考质。

第二，辨析"古诗"的特点。关于"古诗"的论述引自吴讷《文章辨体序》，《诗林辨体》（其中文字与《文章辨体序》略有出入）云：

> 诗大序曰：诗者，志之所之也，诗有六义，曰风、曰雅、曰颂、曰赋、曰比、曰兴，三百篇尚矣，以汉魏言之，苏、李、曹、刘实为之首，晋宋以下，世道日变，而诗道亦从而变矣。晦庵先生尝答巩仲至有曰：古今诗几三变，有汉魏以上为一等；自晋宋间颜谢以后，下及唐初为一等；自沈宋以后定著律诗，下及今日又为一等；然自唐初以前为诗者，固有高下，而法犹未变，至律诗出，而后诗之与法皆大变，无复古人之风矣。尝欲抄取经史韵语，下及文选，汉魏古词以尽郭景纯、陶渊明之作，自为一编，而附三百篇楚辞之后，以为诗之根本准则，又于其下二等之中，择其近于古者，各为一编，以为羽翼。与卫其不合者，则悉去之，不使接于耳目，入于胸次，要使方寸之中无一字世俗言语意思，则其为诗不期于高远，而自高远矣。厥后西山真公编《文章正宗》，上虞刘氏辑《风雅翼》，悉本诸子之意，而去取详略则有不同，是编所收率以二家为主，若近代之有合作者，亦取载焉。律诗杂体具载外集，呜呼学诗之法子，朱子之言至矣，尽矣，有

志者勉焉。

第三，辨析"四言"诗歌的特点。关于"四言"诗歌的论述引自吴讷《文章辨体序》，《诗林辨体》（其中文字与《文章辨体序》略有出入）云：

> 国风、雅颂之诗，率以四言成章，若五七言之句，则间出而仅有也，选诗四言，汉有韦孟一篇，魏晋间作者虽众，然惟陶靖节为最，后村刘氏谓其停云等作，突过建安是也，宋齐而降，作者日少，独唐韩柳，元和圣德诗，平淮夷雅，脍炙人口。先儒有云：二等诗体制不同，而皆词严气伟，非后人所及，自时厥后，学诗者日以声律为尚，而四言益鲜矣。今取韦孟以下得十余篇以备一体，若三曹等作，见于古乐府者，不复再录，大抵四言之作，拘于模拟者，则有蹈袭风雅，辞意之讥，涉于理趣者，又有铭赞文体之诮，惟能辞意融化而一出于性情六义之正者为得之矣。

第四，辨析"七言"诗歌的特点。关于"七言"诗歌的论述引自吴讷《文章辨体序》，《诗林辨体》（其中文字与《文章辨体序》略有出入）云：

> 世传七言起于汉武柏梁台体，按《古文苑》云：元封三年，诏群臣能七言诗者上台侍坐武帝，赋首句曰："日月星辰和四时"；梁王襄继之曰："骖驾驷马从梁来"。自襄而下作者二十四人，至东方朔而止，每人一句，句皆有韵，通二十五句，共出一韵，盖如后人联句。而无单句与不对偶也，后梁昭明辑《文选》，载东汉张衡《四愁诗》四首，每首七句，前三句一韵，后四句一韵，此则后人换韵体也。古乐府有七言古辞，曹子建辈有拟作者多驯，至唐世作者日盛，然有歌行，有古诗，歌行则放情，长言古诗则循守法度，故其句语格调亦不能同也。大抵七言古诗，贵乎句语雄浑，格调苍古，若或穷镂刻以为巧务，喝喊以为豪，或流乎萎弱，或过乎纤丽则失之矣。

第五，辨析"五言"诗歌的特点。关于"五言"诗歌的论述引自王会昌《诗话类编》，《诗林辨体》(其中文字与《诗话类编》略有出入)云：

> 五言古诗载于《昭明文选》者，唯汉魏为盛，若苏、李之天成，曹、刘之自得，固为一时之冠，窥其所自，则皆宗乎《国风》、楚人之辞者也，至晋陆士衡兄弟、潘安仁、张茂先、左太冲、郭景纯辈前后继出，然皆不出曹、刘之轨辙，独陶靖节高风逸韵，直超建安；而上之元嘉以后，三谢、颜、鲍又为之冠，其余则伤镂刻，遂乏浑厚之气，永明而下，抑又甚焉；沈休文既拘声韵，江文通又过模拟，而诗之变极矣。唐初承陈隋之弊，惟陈伯玉专师汉魏，以及渊明复古之功，于是为大，迨开元中有杜子美之才赡学优，兼尽众体；李太白之格调放逸，变化莫羁；继此则有韦应物、柳子厚，发秾纤于简古，寄至味于淡泊，有非众人所能及也，自是而后，律诗日盛，而古学日衰矣。宋初崇尚晚唐之习，欧阳永叔痛矫西昆陋体而变之，并时而起，若王介甫、苏子美、梅圣俞、苏子瞻、黄山谷之属，非无可观。然皆以议论为主，而六义亦晦矣；驯至南渡，递相循袭，不离故武，独考亭朱子以豪杰之材，上继圣贤之学，文辞虽其余事，然五言古体实宗风雅，而出入汉魏、陶韦之间，至其《斋居感兴》之作，则尽发，天人之蕴载韵语之中以垂教万世，又岂汉晋诗人所能及哉？读者深味而体验之，则庶有以得之矣。

第六，辨析"古诗十九首"的特点。关于"古诗十九首"的论述引自刘履《古诗十九首》解题，《诗林辨体》(其中文字与《古诗十九首》略有出入)云：

> 刘氏曰：诗以古名，不知作者为谁，或云：梅乘而梁昭明既以编诸苏李之上，李善谓其词兼东都非尽为乘诗，故苍山鲁原演义特列之

张衡四愁之下，夫五言起苏李之说，自唐人始，然陈徐陵谓十九首本
非一人之词，今姑依昭明编次云。

第七，辨析"七言歌行"的特点。关于"七言歌行"的论述引自(明)郎
瑛《七修类稿》，《诗林辨体》(其中文字与《七修类稿》略有出入)云：

> 昔人论歌辞，有有声辞者，若郊庙乐章及铙歌等曲是也；有有辞
> 无声者，若后人之所述作，未必尽可被于管弦也。夫自周衰，采诗之
> 官废；汉魏之世，歌咏杂兴：故本其命篇之义曰篇，因其立辞之意曰
> 辞，体如行书曰行，述事本末曰引，悲如蛩螿曰吟，委曲尽情曰曲，
> 放情长言曰歌，言通俚俗曰谣，感而发言曰叹，愤而不怒曰怨，虽其
> 名各不同，然皆六义之余也。唐世诗人，共推李、杜，太白则多拟古
> 题，少陵则即事名篇，无复依傍，厥后元微之以后人沿袭古题，唱和
> 重复，深以少陵为是，故今是编，凡拟古者，皆附乐府本题之内，若
> 即事为题，无所模拟者，则自汉魏以降，迄于近代，取其辞义之弗过
> 于淫伤者录之于此云。

潘援《诗林辨体》对各种诗歌体裁的论述，主要是来自别人的言论，自己的
见解则无，其创造性更无可言了，这也充分说明了明代辨体理论对诗歌选
本的渗透和影响。

第三节　《诗林辨体》选诗概貌

《诗林辨体》景宁潘援选，共十六卷，二册，现只存第一卷到第八卷，
该书现藏安徽省图书馆，为海内外孤本，是稀见的古籍善本。《千顷堂书
目》之《浙江通志》卷二百五十二："潘援，崇祯《处州府志》：景宁人，举
人。貌古行方，宪副沈暕尝曰：'援诗文，宜于两汉间求之。'两聘文衡。

升翰林检讨，授中书舍人。家居二十年，乡髦或赖有造。著有《东崖摘稿》、《诗林辨体》。"《四库全书总目》及其他书目未见著录。明高儒撰《百川书志》卷十九云："《诗林辨体》十六卷，皇明景宁潘援编。自唐虞而至我朝，自古歌谣而至近代词曲，体自为类，各著序题，原制作之意，辨析精确，必底成说。原增损吴思菴《文章辨体》，备二十五代之言，辨二十九体之制，而诸家谈录诗法，皆萃聚焉。"

《诗林辨体》缺序言，但有总目和评点。该选选录的诗体包含古歌谣辞、乐府(郊庙歌词、恺乐歌词、燕飨歌词、琴曲歌词、相和歌词、清商曲词)、古诗(四言、五言)、七言歌行(篇类、词类、行类、引类、吟类、曲类、歌类、谣类、叹类、怨类)、律诗(五言、七言)、排律(五言、七言)、绝句(五言、六言、七言)、联句、杂体、近代词曲、变体等，所选诗体非常全面。

该选有《凡例》说明了编选此书的目的、宗旨和基本情况。《凡例》云：

> 是编备取历朝，兼载众体，庶一览之间，则古今之气格，诸体之裁制，了然在目，而世道之升降，人品之盛衰，亦因之而可概见，此编纂之本意也。
>
> 楚辞、朱子取之继三百篇矣，兹不复录。
>
> 箴、铭、颂、赞，固时之属，但刘氏选诗，续编俱不登载，今遵其例。
>
> 乐府、古诗、歌行、律诗、绝句、杂体、词曲等作，仍思庵所编之旧，义取《选诗》《文章止宗》《唐诗品汇》《瀛奎律髓》《元诗体要》《明诗选粹》《草堂诗余》等集，先儒已尝登选者，以次增入非敢妄意去取也。
>
> 诸儒所论诗法取其悟，语正论萃于卷首，但诸集所载互见，重出中间姓名，多有不同，今难考为何人之言，但记出某书也。
>
> 诸家诗、评诗话有专论一代者，则附于一代之下，有及于各人

者，则附诸姓氏之下，有及于一类一篇一句者，则附于本类本篇本句之下，俱分行细书，以别思庵所引之旧。

作诗命意，造语下字用事用韵等法，虽不分门类著，亦备于各诗之下，读之自见。

所引与思庵序题，各有不同者，殆亦补思庵之不足也。

诸说惟取文意相承，不拘世次。

诗之变体如江左蜂腰隔句，偷春等格，虽古文时或有之，终非诗体之正，特附于卷末，以著文辞世变云。

《诗林辨体》之《凡例》说明了本选依据元代刘履的《选诗》的体制编排，所遵循的体例为："箴、铭、颂、赞"等体裁，按照而"乐府、古诗、歌行、律诗、绝句、杂体、词曲"等体裁却是按照吴讷《文章辨体》的体例编排；不仅如此，还参阅了以前著名的诗文选本《文章正宗》《唐诗品汇》《瀛奎律髓》《元诗体要》《明诗选粹》《草堂诗余》等。

《诗林辨体》选诗情况如下：

卷一选录古歌谣辞 11 首，为《康衢谣》《击壤歌》《南风诗》《乡云歌》《采薇歌》《黄泽谣》《商歌》《获麟歌》《沧浪歌》《越人歌》《邺民歌》。

卷二为乐府，分为郊庙歌词、恺乐歌词、鼓吹饶歌曲、横吹曲辞、燕飨歌词、琴曲歌词、相和歌词、清商曲词（朱熹《招隐操》）。

卷三为乐府，选有《相和歌词》、《相和六引》、《箜篌引》、李贺《拟作》、梁沈休文《宫引》《商引》《陌上桑》、古辞《江南》、梁柳恽《拟作江南》、古辞《瀣露》、古乱《蒿里》、魏缪熙伯《拟挽歌乱》、陶渊明《拟挽歌乱》、古乱《陌上桑》、李白《拟作》、古辞（《长歌行》、魏武帝《短歌行》、陆机《拟作短歌行》、古辞《猛虎行》、陆机《拟作猛虎行》、魏武帝《苦寒行》、杜甫《前苦寒行》《后苦寒行》、古辞《善哉行》、魏文帝《拟作善哉行》、古辞《饮马长城窟行》、古辞《上留田行》、李白《拟作上留田行》、曹植《野田黄雀行》、晋石季伦《王昭君》、欧阳修《王昭君》。

卷四为古诗，选有曹植 5 首、嵇康 2 首、陶渊明 3 首、韩愈 1 首、柳宗元 2 首、萧颖士 1 首、王安石 1 首、揭曼硕 1 首等。

卷五为五言古诗，选录有古诗十九首、苏武 4 首、李陵 3 首；魏晋南北朝诗人为魏文帝 2 首、曹植 6 首、王粲 2 首、刘公干 3 首、阮籍 10 首、张茂先 2 首、何敬祖 1 首、傅休奕 1 首、王正长 1 首、孙子荆 1 首、左思 9 首、张孟阳 1 首、陆机 2 首、陆云 1 首、潘岳 1 首、曹颜远 1 首、潘正叔 1 首、刘越石 1 首、卢子谅 1 首、郭璞 3 首、谢叔原 1 首、陶渊明 31 首、谢灵运 5 首、谢宣远 1 首、谢惠莲 2 首、颜延年 1 首、袁阳源 1 首、鲍照 1 首、谢玄晖 2 首；唐代诗人为李白 14 首、杜甫 8 首、储光羲 4 首、王维 3 首、孟浩然 1 首、韦应物 9 首、韩愈 6 首、柳宗元 6 首、戎昱 1 首、孟郊 1 首、陆鲁望 1 首、聂夷中 1 首；宋代诗人为欧阳修 1 首、王安石 1 首、苏子美 1 首、陈无己 1 首、黄庭坚 1 首、朱熹 24 首；元代诗人为赵子昂 4 首、刘梦吉 1 首、陈子平 2 首；明代诗人为郑仲涵 1 首、刘基 1 首、朱孟辩 1 首、胡仲申 2 首、袁凯 1 首。

卷七为古诗，选录的宋代诗人 9 家，诗歌 12 首，其中欧阳修 1 首，王安石 1 首，苏轼 4 首，唐子西 1 首，马子才 1 首，鲁子固 1 首，张耒 1 首，黄庭坚 1 首，欧阳修 1 首；元代诗人 11 家，诗歌 13 首；明代诗人 4 家，诗歌 4 首。

卷八选录七言歌行。为魏晋诗人 5 家，诗歌 10 首，其中曹植 3 首，鲍照 2 首，陆机 3 首，谢灵运 1 首，陶渊明 1 首；唐代诗人 17 家，诗歌 62 首，其中宋延清 1 首，吴真节 2 首，张文昌 2 首，储光羲 1 首，王仲初 2 首，韩愈 3 首，李白 9 首，杜甫 30 首，王维 1 首，孟郊 2 首，刘禹锡 1 首，韦应物 1 首，岑参 3 首，郭元振 1 首，李颀 1 首，卢仝 1 首，白居易 1 首；宋代诗人 8 家，诗歌 11 首，其中梅尧臣 1 首，朱熹 3 首，王安石 1 首，邵雍 1 首，欧阳修 2 首，张耒 1 首，文宋瑞 1 首，马子才 1 首；元代诗人 9 家，诗歌 10 首，其中范德机 2 首，杨廉夫 1 首，虞姬 1 首，于介翁 1 首，韩中村 1 首，刘静修 1 首，付与砺 1 首，萨天锡 1 首，吴维申 1 首；明代诗人 6 家，诗歌 11 首。

第四节 《诗林辨体》评语特点

一、引用前人评语

文天祥《六歌》评语，《诗林辨体》引皇明前进士宋伯贞之语："六歌哀愤凄怆，读者为之泪下，信乎？疾风知劲草，世乱识忠臣是也。"陈无己《妾薄命悼曾南丰作》"主家十二楼一身当三千"之释义，引谢叠山之语云："妙在当字，言其专房之宠也。""有国风法度可与少陵比肩，其绝妙句法在结末，人多不识此。"《飞盖桥玩月》引《苕溪渔隐丛话》之语云："欧公作诗，盖欲自出胸臆，不肯蹈袭前人，亦其才高，故不见牵强之迹耳，如此诗是也。"

二、引用前人评语并加自己之按语

李白《金陵城西楼月下吟》评语，《诗林辨体》引权德舆语云："李白此作，风韵典雅，气格雄伟，所谓'会景象于胸中，脱尘凡于物表'，真有超然自得之趣也。"潘援按："末二句盖'澄江静如练'，即玄晖全句也，后人此格愈变愈工，至鲁直则云：'凭谁说与谢玄晖，休道澄江静如练。'"杜甫《古柏行》评语，引范元宝语云："此形似之语。"评二千尺云："《诗文发源》云：'沈存中谓若四十围而长二千尺，无乃太细长乎？'"潘援按："余以为论诗正不当耳。"

第十四章　陈仁锡《诗品会函》研究

第一节　《诗品会函》选诗概貌

《诗品会函》，陈仁锡辑。陈仁锡(1581—1636)，字明卿，号芝台，长洲(今江苏苏州)人，明代著名的诗文家。天启二年(1622)进士，授翰林编修，因得罪权宦魏忠贤被罢职。《明史》有其传。著有《羲经易简录》《系辞十篇》《大易同患浅言》《易经颂》《周礼句解》《中庸渊天绍易测》《四书语录》《考经小学详解》《六经图考》《皇明世法录》《漕政考》《筹边图说》《古文奇赏正编》《明文》《诸子苏文》《吴中水利全书》等著作。

该选现藏北京师范大学图书馆，为海内孤本，明末刻本，故显得弥足珍贵，所以笔者将选录情况详细列出，以便让世人了解其真实面目。此选共四册，凡四卷，有序，无目录。

《诗品会函》具体入选情况如下：

卷一(古体)：虞舜1首，夏禹1首，商汤1首，周武王3首，箕子1首，伯夷叔齐1首，孔子1首，尤名氏1首，祝牧1首，优施1首，优孟1首，荆轲1首。选诗人12家，诗14首。

卷一(汉人体)：高帝1首，武帝3首，项羽1首，东方朔1首，杨恽1首，蔡邕2首，乐府古调5首。选诗人7家，诗14首。

卷一(魏人体)：曹操1首，曹丕1首，颜延之1首，谢庄1首，谢灵运10首，鲍照9首，汤惠休1首，无名氏1首，王融2首，谢朓14首，刘绘1首，孔稚珪1首，简文帝3首，沈约1首，江淹1首，王僧孺1首，庾肩吾1首，何逊1首，王均1首，陶弘景2首，刘绥1首，朱超道1首，无名氏1首，阴铿3首，徐陵1首，乐昌公主1首，伏知道1首，庾信1首，隋炀帝2首，杨素2首，薛道衡1首。选诗人31家，诗69首。

卷一（魏人体初唐体）：唐太宗41首，杨师道21首，马周1首，王绩31首，朱仲晦1首，王勃5首，骆宾王1首，于季子1首，杨衡1首，乔知之3首，长孙正隐1首，陈子昂4首，杜审言6首，宋之问8首，苏味道2首，薛稷3首，刘庭芝3首，刘希夷14首，李峤2首，郭元振2首，沈佺期9首。选诗人21家，诗160首。

卷二（唐体）：崔湜1首，郑愔1首，贺知章4首，徐安贞1首，张若虚1首，张说13首，丘均1首，贺遂亮1首，张谔5首，张九龄17首，孙逖4首，常理2首，唐玄宗4首，王湾1首，张谓5首，刘眘虚5首，王维30首，孟浩然22首，高适10首，岑参12首，王昌龄18首，常建7首，崔颢1首，李颀5首，孙逖6首，祖咏2首，储光羲6首，张旭1首，王睿1首，綦毋潜4首，李白27首。选诗人31家，诗218首。

卷三（唐体）：李白46首，杜甫87首，元结4首，王季友2首，张巡1首，颜真卿2首，金昌绪1首，沈颂2首，梁德裕1首，朱斌1首，敬括1首，包融1首，独孤及3首，刘长卿11首，钱起2首，韦应物6首，卢纶4首，顾况1首，耿湋1首，王建1首，李瑞4首。选诗人21家，诗182首。

卷四（唐体）：元稹1首，白居易3首，杨巨源1首，李正封1首，韩愈4首，裴度1首，吕温2首，姚合1首，陈羽1首，孟简1首，张籍6首，孟郊13首，李贺7首，杜牧3首，刘得仁1首，马戴1首，张祜3首，周贺2首，皎然6首。选唐代诗人19家，诗58首。

卷四（宋体）：曹翰《席上献词》，许洞《赠逍遥子》，姚嗣宗《题驿壁》，杜师雄《上欧阳永叔》，夏竦《题绫帕市老宦》，梅尧臣《木山》，赵抃《山溪居》，周茂叔《书门扉》，邵尧夫《心耳吟》《先天吟》《安乐窝》《观易咏》《自得吟》《暮春吟》《复卦咏》《触观吟》《身心安》，蔡襄《诵三谏》，鲁宗道《赠曹觊道》，贺铸《茅塘马上》，郭功甫《金山行》，王元之《朝试贡士歌》，杨大年《六岁言》，范文正《钓台》，戴式之《钓台》，潘柽《钓台》，卢赞元《高钓台》，欧阳修《幽谷种花》，唐子方《度淮遇风》，李师中《送唐子方》，王安石《北山》《茅檐》《钟山》《写景》《隐居佳景》《乌江亭》《书山石》，黄友颜《贫乐斋》，司马光《居洛初长》《闲居夏日》《酬华严寺》《过康节居》《寄处士》，苏轼《赠孙莘老》《戏友人不饮》《赠何秀才》《薄薄酒》《花月下饮》《秋日牡丹》《送刘攽》《送曾巩》《独乐园》《寄藏春坞》《汲水煎茶》《题赠子曾》《花月客饮》《春意》《夏意》，黄庭坚《南楼》《安乐》《达观台》《秋思》《赠无咎》《答天锡》《少年子》《咏寥明略》，朱熹《春日寻芳》《春日偶成》《水口行舟》《答论启蒙》《论易有感》《敬义堂题》《答瞿云意》，张南轩《送元晦》，张载《感芭蕉》，杨时《书斋自警》《送行》《郊行》，卢赞元《吊鸥夷子》《吊陆鲁望》，叶清逸《闲游小园》，杨朴《七夕》，陈后山《嘲秦观》《注宗室画》《画秋野》，石曼卿《张氏园亭》，秦观《秋意》《夏意》《西村》《赠山僧》，文天祥《崖山诗》《过伶仃洋》，谢叠山《感秋》，陈抟《西峰题》《大睡》《归隐》《规种隐居》，魏野《书屋壁》，白玉蟾《玉壶睡迟》《仙堂闲咏》《行春辞》（二首）《病起咏》《赤壁矶》《筱然轩》《赠庸庵》《题水墨屏》《题辣隐壁》《冬夜山严石》《春日偶成》《初见懒翁》《赠人见柯山》，陈希邵《元人》《春日田园》。

是选共选录诗人 184 家，诗 811 首，其中先秦到隋代诗人 50 家 97 首，唐代诗人 92 家 619 首，宋代诗人 42 家 95 首。

第二节 《诗品会函》所体现的宋诗观

仔细考察《诗品会函》后，笔者发现陈仁锡并没有直接发表关于宋诗的言论，仅在《古诗函》的序言中说明选录古诗的原因和标准，但从其入选诗人的情况和评点中，可以看到《诗品会函》所体现的宋诗观。

一、推崇优秀杰出的宋代诗人

《诗品会函》中选录了宋代著名诗人苏轼诗 15 首，黄庭坚诗 8 首，王安石诗7首，司马光诗5首，欧阳修诗1首，秦观诗5首，白玉蟾诗14首，这些入选诗人均是宋代诗人的代表，可见陈仁锡选录宋诗的标准是以诗人是否优秀为取舍的准绳。

二、对宋代理学诗人格外青睐

《诗品会函》中选录了宋代的理学诗人5家，诗作22首，占宋诗入选总数的百分之二十三，其中邵雍10首，朱熹7首，杨时3首，张载1首，周敦颐1首，这在《诗品会函》中最为突出。

三、保存有宋一代宋诗的诗学理念

《诗品会函》选录了许多不甚有文名的宋代诗人，如杜师雄、曹翰、许洞、姚嗣宗、卢赞元等，可以见出陈仁锡保存一代宋诗的诗学理念，因为在明代举世宗唐的情况下，宋集损毁和散佚严重，陈仁锡能在这种情况下，选录这些名不见经传的诗人，其存宋诗的诗学观，不能不让人敬佩。

四、肯定宋诗的杰出成就

在《诗品会函》中，我们可以看到，陈仁锡对宋诗并不排斥，充分肯定了宋诗的杰出成就，这从两个方面得到体现：一是认为唐诗与宋诗不分优劣高低，如评寇准《春日偶书》眉批云："此诗不下唐。"二是认为宋代的欧阳修等优秀诗人并不逊色于李杜，如评杜师雄《上欧阳永叔》尾批："曾闻杜诗雄豪于歌，石曼卿豪于诗，欧阳永叔豪于文，世谓之三豪。"

第三节　《诗品会函》的评语特点分析

《诗品会函》主要有眉批和尾批，其评语特点主要体现在如下五个方面：

第一，注重索引词源，注释难解之词。

《诗品会函》中注重对一些难解的词语进行注释。如苏轼《赠孙莘老》眉批云："举大白，谓举天杯饮酒也。"苏轼《赠何秀才》眉批："路州别驾，唐明皇也，孟浩然《雪中寻梅》题；鄂公即尉迟敬德也。"杨时《书斋自警》眉批："蠹鱼食书之喻读书者。"

第二，一般性词语和语句的解释。

《诗品会函》除对难解的词语进行注释外，还有对一般性词语的解释。如卢赞元《高钓台》眉批："大将军，卫青也；禾衮侯：秦相也。"苏轼《寄藏春坞》眉批："元直，徐庶也，与庞德公皆高隐之士。"邵尧夫《观易咏》眉批："一身一乾坤所谓太极也。"

第三，关于诗歌背景材料的介绍。

《诗品会函》有时在一些作者名下的评点中，交代诗人的性格、遭遇、生平以及创作的缘由。如苏轼《秋日牡丹》眉批："杭州一寺内，秋日开牡丹数朵，荆公作绝句，苏公和之云云。"杨大年《六岁言》尾批："此公生数岁，不能言，一日家人抱之，登楼偶触其首，遂吟云云。十一岁中神童科，有诗云：愿重忠清节，终身主圣朝。真宗朝位至知制诰翰林学士。"曹翰《席上献词》眉批："翰为宋朝名将，屡立奇功，太宗朝数年不调，因内宴献诗云云。"尾批："此公谥武节，有风节，如其诗句凛凛不委盖马伏波之流也。"许洞《赠逍遥子》眉批："潘阆与许洞为友，皆宋初人。"尾批："潘阆自号逍遥子，作苦吟诗云。"

第四，对诗歌主旨的阐释。

如苏轼《秋日牡丹》尾批："此以画工比当时执政者，以闲花比小民，言执政但欲出新意，劈画令小民不得暂休也。"司马光《居洛初长》尾批："雨乍晴而南山当户，喻朝廷开霁，而南面者，向明也。更无柳絮因风迟，喻轻薄之小人，当退也。惟有葵花向日倾，喻己一念之忠心时悬于君也。《东皋杂记》：此诗见爱君忠义之心。"陈抟《规种隐居》尾批："种放以高名动朝廷，真宗聘而礼之，告归终南，恃恩骄恣，待王嗣宗起为嗣宗所排，希夷此诗盖讽之也，箴之也。嗟嗟，欲善成其名，宁为抟不为种。"

第五，对诗歌风格的品评。

《诗品会函》中有许多关于诗歌风格的论评，如陈后山《嘲秦观》尾批：

"美而带骚，然其意隐若浑然之味，得三百篇遗意者乎。"黄庭坚《赠无咎》尾批："此诗练字皆奇，而其旨则与朱文公慨叹竟葩藻之意同。"白玉蟾《赠人见柯山》尾批："白真人之诗，仙风道骨，非凡笔所能及。"

第十五章　毕自严《类选唐宋元四时绝句》研究

《类选唐宋元四时绝句》，毕自严选。《山东省图书馆善本书目》题曰：
"《类选唐宋四时绝句》，毕自严选，不分卷，稿本，12册。"经笔者查阅，
山东省图书馆所题有误，因为在该选中还选有元诗，故实际应为《类选唐
宋元四时绝句》。

毕自严(1569—1638)，字景会，一作景曾，淄川人(今山东淄博)，万
历二十年(1592)进士，授松江推官，官至户部尚书，著有《石隐园藏稿》。

《类选唐宋元四时绝句》首次按照月份来编选诗歌，而(宋)蒲积中编、
(宋)宋绥增选的《古今岁时杂咏》是按一年四季的时令节气编次而成的，即
依元日、春分、清明、立夏、端午、中秋、重阳、冬至、岁暮等编选，录
汉魏古诗至宋朝诗人的诗作，所以这两者有所不同。

第一节　《类选唐宋元四时绝句》的选诗概貌

《类选唐宋元四时绝句》分正月、一月、二月、三月、四月、五月、六
月、七月、八月、九月、十月、十一月、十二月进行选录，每月所入选的
诗作不一，既有杰出的大家，如李白、杜甫、白居易、苏轼、陆游、黄庭
坚、元好问等，也有名不见经传的诗人，如熊孺登、沈宇、胡幽贞、蔡
肇、崔鸥、吕大强等。

《类选唐宋元四时绝句》具体入选情况如表 15-1 所示：

表 15-1

月份	唐诗	宋诗	元诗
正月	戴叔伦 2 首，白居易 2 首，权德舆 1 首，刘言史 2 首，韩翃 1 首，顾况 1 首，熊孺登 1 首，王建 1 首，严维 1 首，李商隐 1 首，李群玉 3 首，雍陶 2 首	韩琦 1 首，范仲淹 3 首，蔡襄 4 首，王安石 8 首，苏轼 6 首，黄庭坚 1 首，唐庚 4 首，秦观 1 首，文同 1 首，王十朋 1 首，葛长庚 5 首，陈与义 5 首，陆游 4 首，戴复古 4 首，宋伯仁 3 首，翁卷 1 首，徐玑 1 首，真山民 1 首，朱淑真 4 首，邵雍 15 首	元好问、赵孟頫、吴澄等
	诗人 12 家，诗 18 首	诗人 20 家，诗 73 首	诗人 6 家，诗 38 首
二月	韩翃 2 首，顾况 1 首，韦应物 1 首，戎昱 1 首，窦痒 1 首，储光羲 1 首，张敬忠 1 首，王昌龄 1 首，李白 2 首，孟浩然 1 首，刘长卿 4 首，王维 2 首，贾至 1 首，刘禹锡 2 首，熊孺登 1 首，韩愈 4 首，柳宗元 2 首，李贺 1 首，羊士谔 1 首，刘商 2 首，施肩吾 1 首，章孝标 1 首，王建 1 首，严维 2 首，胡幽贞 1 首，李商隐 3 首，李群玉 1 首，卢肇 1 首，韩偓 1 首，郑谷 1 首，陆龟蒙 1 首，雍陶 2 首，李山甫 1 首，司空图 3 首，杜牧 1 首，罗隐 3 首，法振 1 首，张旭 1 首，钱起 1 首，张籍 3 首，陈羽 1 首，韦庄 1 首，孟氏 1 首，杜甫 1 首，李白 2 首，沈宇 1 首，戴叔伦 1 首，白居易 3 首，朱庆余 1 首，赵嘏 1 首	周敦颐 1 首，韩琦 17 首，范仲淹 2 首，蔡襄 6 首，王安石 8 首，仲纳 1 首，邵雍 1 首，吕大强 1 首，崔鸥 1 首，黄庭坚 1 首，文同 1 首，严羽 2 首，王十朋 1 首，葛长庚 2 首，陆游 3 首，宋伯仁 4 首，翁卷 2 首，赵师秀 1 首，真山民 1 首，朱淑真 19 首，苏轼 12 首，邵雍 2 首，韩琦 2 首，司马光 1 首	元好问、赵孟頫、吴澄
	诗人 51 家，诗 74 首	诗人 24 家，诗 92 首	诗人 9 家，诗 33 首

续表

月份	唐诗	宋诗	元诗
三月	无	无	无
四月	韦应物1首，徐凝1首，熊孺登1首，韩愈1首，王建1首，骆浚1首，李贺1首，李群玉1首，刘兼1首，杜甫2首，胡曾1首，刘言史1首，贾岛1首	张载1首，韩琦7首，王安石5首，蔡襄6首，苏轼1首，谢邁1首，黄庭坚8首，欧阳伯威2首，林逋2首，秦观1首，文同1首，王十朋1首，葛长庚4首，裘万顷8首，翁卷2首，赵师秀1首，戴复古6首，徐玑1首，朱淑真2首，邵雍7首	元好问、赵孟頫、吴澄等
	诗人13家，诗14首	诗人20家，诗67首	诗人7家，诗18首
五月	柳宗元2首，吕温2首，李嘉祐1首，韩偓1首，司空图1首，刘兼1首，孙元晏1首，薛能1首，陈陶1首，齐几1首，王昌龄1首，孙光宪1首，李白1首，王维1首，岑参1首，卢纶1首，刘禹锡1首，魏信陵1首，雍陶1首，白居易2首，朱庆余1首	韩琦2首，王安石4首，蔡襄10首，无名氏1首，秦观1首，蔡肇1首，黄庭坚8首，林逋3首，文同1首，戴复古1首，宋伯仁1首，戴昺1首，苏轼7首	吴澄、贡性之、倪瓒等
	诗人22家，诗25首	诗人13家，诗41首	诗人5家，诗7首
六月	李白1首，李益1首，王建1首，李群玉1首，杜牧1首，鱼玄机1首	韩琦1首，蔡襄4首，郭震1首，苏舜钦1首，戴昺1首，朱淑真5首，苏轼3首，邵雍3首	吴澄、倪瓒等
	诗人6家，诗6首	诗人8家，诗19首	诗人3家，诗4首

续表

月份	唐诗	宋诗	元诗
七月	皇甫冉1首，元稹1首，徐凝1首，欧阳詹1首，李益1首，王建3首，李商隐1首，薛能1首，皎然1首，王昌龄3首，赵嘏1首，钱起1首，顾况1首，李瑞1首，羊士谔1首，许浑1首，杜甫1首，戴叔伦1首，白居易1首，张籍1首，贾岛1首，李洞1首	王安石1首，蔡襄4首，欧阳伯威1首，秦观2首，严羽1首，葛长庚2首，宋伯仁1首，翁卷1首，徐玑3首，朱淑真4首，邵雍1首	元好问、贡性之、吴澄
	诗人22家，诗26首	诗人11家，诗21首	诗人5家，诗12首
八月	祝元鹰1首，施肩吾1首，李商隐3首，许浑2首，韩偓1首，来鹄1首，郑谷2首，韦庄1首，陆龟蒙6首，雍陶5首，高蟾1首，周朴1首，李章1首，成真人1首，崔江1首，李九龄1首，杜牧1首，陶陶1首，李郢1首，祖咏1首，罗隐1首，子兰1首，齐己2首，贾至5首，卢仝1首，王昌龄7首，李益2首，韦应物1首，戴叔伦1首，杜甫2首，刘长卿1首，刘禹锡1首，白居易4首，姚合1首，陆畅1首，贾岛1首，裴夷直1首，张乔2首	韩琦1首，范仲淹1首，王安石14首，蔡襄2首，石延年1首，黄庭坚3首，林逋4首，唐庚1首，米芾2首，秦观3首，文同3首，王十朋1首，葛长庚2首，裴万顷1首，陈与义1首，戴复古3首，宋伯仁2首，赵师秀3首，真山民1首，朱淑真1首，苏轼12首，邵雍8首	元好问、贡性之、倪瓒
	诗人38家，诗65首	诗人22家，诗70首	诗人7家，诗8首

续表

月份	唐诗	宋诗	元诗
九月	钱起1首，杜牧2首，刘长卿2首，韦庄1首，皎然1首，权德舆1首，李益1首，岑参3首，顾况1首，王昌龄1首，沈宇1首，郭元振1首，刘长卿1首，白居易2首，朱庆余1首，窦巩1首，刘商1首，严维1首，司空曙1首，张仲素2首，崔铉1首，杜牧1首，陈陶1首，子兰1首，皎然1首	韩琦9首，王安石6首，蔡襄2首，韩丕1首，黄庭坚3首，米芾1首，秦观1首，文同1首，严羽6首，裘万顷4首，戴复古2首，宋伯仁5首，赵师秀3首，戴昺1首，翁卷1首，赵师秀1首，徐玑2首，真山民1首，朱淑真1首，邵雍3首	元好问、贡性之、倪瓒等
	诗人25家，诗31首	诗人20家，诗54首	诗人7家，诗12首
十月	元稹1首，施肩吾1首，张仲素1首，雍陶1首，皎然3首，薛涛1首，王昌龄1首，白居易1首	蔡襄3首，黄庭坚2首，葛长庚2首，裘万顷4首，戴复古1首，宋伯仁3首	元好问等
	诗人8家，诗10首	诗人6家，诗15首	诗人4家，诗5首
十一月	元稹3首，江为1首，贯休1首，姚合1首，李九龄1首，清江1首，高适1首，刘言史1首	蔡襄1首，晏殊1首，吕希哲1首，秦观1首，葛长庚2首，裘万顷4首，朱淑真1首，邵雍1首	元好问等
	诗人8家，诗10首	诗人8家，诗12首	诗人5家，诗8首

续表

月份	唐诗	宋诗	元诗
十二月	雍陶1首，张又新1首，白居易1首，卢仝1首	韩琦1首，王安石1首，蔡襄1首，黄庭坚4首，林逋1首，文同1首，苏轼1首	元好问等
	诗人4家，诗4首	诗人7家，诗10首	诗人4家，诗4首
总数	诗人209家，诗286首	诗人159家，诗474首	诗人62家，诗149首

因为该选为海内孤本，所以笔者将选录情况详细列出，以便让世人了解其真实面目。

从表15-1可知此选共选录唐宋元三代诗人420家，诗作909首。其中唐代诗人209家，诗作286首；宋代诗人159家，诗作474首；元代诗人62家，诗作149首。宋代诗人入选诗作占一半以上，可见毕自严对宋代诗人的推崇，在宋代诗人中选录20首以上的依次为：王安石47首、蔡襄43首、苏轼42首、邵雍41首、韩琦41首、朱淑真37首、黄庭坚30首、裘万顷21首、葛长庚21首。而排列第一的诗人为王安石，宋代最具特色的两位诗人苏轼和黄庭坚分列第3位和第7位，由此可见毕自严在宋代诗人选录的标准上是以名家和大家为旨归的。

另，女诗人朱淑真入选37首，列第6位，亦可知道毕自严并不否定女性诗人，显示其包容的诗学理念。

在《类选唐宋元四时绝句》中，毕自严在选录的有些诗作中注明了诗歌的种类，如蔡襄《宿鱼梁驿》（寄），黄庭坚《秋思寄子由》（寄），米芾《垂虹亭》（亭），严羽《闻笛》（音乐），严羽《塞下曲》（边），戴复古《客中秋晚》（羁），文同《中梁山寺》（寺），赵师秀《秋风》（风），宋伯仁《倦吟》（吟），周敦颐《牧童》（人事），韩琦《北楼春望》（宫室），张载《贝母》（草），王安石《题画扇》（器皿），蔡襄《和庞公谢子鱼荔枝》（酬），苏轼《睡起闻米元章》(寝)，韩琦《中秋不见月》(中秋)，王十朋《月夜独酌》(宴)。

第二节 《类选唐宋元四时绝句》的评语特点

该选对许多诗作均有评点，这在明代宋诗选本中比较少见。其评点的内容主要涵盖以下几个方面：

第一，阐述诗歌主旨。此类评语多用简短的话语概括，一般放在诗歌的末尾，如评韩琦《新燕》云："草野村夫，温饱自适，才一得志，便多巧言，何异此燕。"韩琦《垂柳》云："公尝镇西夏，此盖以边功自许，不取其材惟贵甚，即足想公之人品。"王安石《木末》尾批："木末北山烟冉冉，草根南涧水泠泠。此取首二字为题，非赋木末花也，若说花，则在秋时矣。"陆游《沈园》云："无限兴废之感。"王安石《后殿牡丹未开》尾批："荆公时将谢政托花发之，山鸟盖有所指。"

第二，品评整首诗作的风貌。这类用语十分简洁，或置于诗歌的开始，或在中间，或在诗歌的末尾，如文同《菡萏亭》批语："古雅。"文同《咏柳》批语："俗。"范仲淹《送常熟钱蔚》批语："风调亦响。"范仲淹《怀庆翔台》批语："无味。"韩琦《柳枝词》批语："差陈唐调。"

第三，对个别诗句风格的品评。这类主要是针对个别佳句进行品评，如戴昺《竹林避暑》"清眠尽晚无人叹"句批曰："句俗。"宋伯仁《夏昼小雨》："正午云桥疏雨遇，冬青花上蜜蜂归。"评曰："二语实景，且是纪实。""窗外新篁一尺围"，评曰："极言其粗。"苏轼《夜泛西湖五绝》其一批语："首篇不甚有味。"

第四，品评诗作的创作特点。王安石《咏月三首》批语："三诗俱不足佳句，何须如此费力。"王十朋《月夜独酌》批语："有情有法。"蔡襄《和庞公谢子鱼荔枝》尾批："费力而拙。"裴万顷《窗前古槐》批语："更拙。"仲纳《负喧闲免》批语："题佳诗亦佳。"

第三节　《类选唐宋元四时绝句》的宋诗观

关于《类选唐宋元四时绝句》的宋诗观，主要是体现在《类选唐宋元四时绝句序》和对宋诗的评点中。

一、肯定宋元诗歌的成就

毕自严《类选唐宋元四时绝句序》中云：

> 夫宋元蕴藉声响，间或不无少逊李唐，至匠心变幻，则愈出愈奇矣。昔人谓唐人绝句至中晚始盛，余亦谓中晚绝句至宋元尤盛。如眉山之雄浑，荆公之清丽，康节之潇洒，山谷之苍郁，均自脍炙人口，独步千古，安可遗矣……袁宏道云，世人喜唐，仆则曰唐无诗；世人卑宋黜元，仆则曰诗文在宋元诸大家。此虽有激情之言，抑亦足为二季解嘲矣。①

毕自严借用袁宏道之言，说出了自己对宋元诗歌的看法，认为宋元诗歌可以和唐诗相媲美，并指出宋元的杰出诗人，如苏轼、王安石、黄庭坚、邵雍等各有优长，可独步千古。

二、肯定宋元诗歌的成就的同时，也指出宋诗的不足

我们从毕自严在品评宋诗的评语中，可以看到毕自严对宋诗多有贬斥，这说明在明代举世宗唐的情况下，毕自严也难免受当时这种贬宋诗风的影响，对宋诗的肯定有所保留。如翁卷《野望》批语："山水交错奇矣，诗却未奇。"戴昺《竹林避暑》批语："差可。"葛长庚《秋园夕眺》批语："引人入恶调，皆由此公。"韩琦《柳溪咏莲》批语："大而无当。"指出了宋诗的

---

① 《石隐园藏稿》卷二，文渊阁《四库全书》本。

缺点和不足。

三、以唐衡宋为品诗的标准

在《类选唐宋元四时绝句》的品评中，往往以唐诗作为权衡宋诗的标准。如秦观《还自广陵》批语："二诗明爽，仿佛唐绝。"严羽《塞下曲》其二批语："语语有唐调。"严羽《塞下曲》其一批语："语极奇特，却从唐诗中探讨出来。"总批："宋人作诗，着理所以太实，沧浪倡复唐调。"苏轼《夜泛西湖五绝》其三批语："得唐人风调。"上面的评语可以看出毕自严在评价宋诗的时候，往往说其类似唐诗和"得唐人风调"。

第十六章 卢世㴞《宋人近体分韵诗钞》研究

我国台湾"国家图书馆"藏卢世㴞所编《宋人近体分韵诗钞》，为明末一部极具代表性的宋诗选本。因大陆各图书馆未见收藏该本，且明代宋诗选本存世极少，此选本就显得弥足珍贵，它是我们研究明代宋诗学重要的文献资料；不仅如此，该选对于了解卢世㴞的诗学思想和成就均具有重要的学术价值。关于卢世㴞的研究，目前学界主要集中于卢世㴞生平、与钱谦益交游、诗歌成就和《杜诗胥钞》、《读杜私言》在杜诗学方面的研究。而就该部选本，目前学界仅有《"国家图书馆"善本书志初稿》（台湾"国家图书馆"1999 年）提要部分作过极其简单的介绍，而于该选本的选诗情况、选录宗旨及其在明代诗坛上的影响，均需要进一步的阐释与论述。

第一节 《宋人近体分韵诗钞》的编选者

《宋人近体分韵诗钞》，卢世㴞辑，不分卷，二册，清抄本。《中国丛书综录》、《中国古籍善本书录》未予著录。《"国家图书馆"善本书志初稿》著录："《宋人近体分韵诗钞》卢世㴞撰，选宋人五七言近体，以韵分次。"①卢世㴞（1588—1653），字德水，一字紫房，晚称南村病叟。祖籍沫水（现河北保定），明初其祖徙德州（今山东），遂定居于此。明天启

---

① 《"国家图书馆"善本书志初稿》，台北："国家图书馆"1999 年版，第 253 页。

五年（1625）进士及第，授户部主事，顺治十年卒。卢德水生平喜欢唐诗，如编有《唐律清谣》，专选唐人五言律诗，《与程先贞之书》："于唐诗中钞出五言律一编，曰《唐律清谣》。"①最嗜杜诗，于尊水园中建杜亭，自名杜亭亭长。卢德水于崇祯七年（1634）刻成《杜诗胥钞》，后又将《杜诗胥钞》中的《大凡》和《余论》摘出，编为《读杜私言》。著有《尊水园集略》十二卷。卢世㴶为卢氏始祖卢子兴十世孙，清初山左诗派著名诗人。

《宋人近体分韵诗钞》卷首对本选和抄录者有简要介绍："《宋人近体分韵诗钞》，清卢世㴶编，不分卷，存二册。朱笔批校底稿本。清卢中伦、安德布衣手跋。"是选没有目录和页码，镌有《西圃藏书》阴文图章，又有《小山薑》图章，"小山"为阳文，而"薑"为阴文，在不同的空白页，均镌刻这些图章，这些说明此选被田同之收藏过。田同之，字彦威，又字西圃，号小山薑，山东德州人，田雯之孙，官至户部侍郎，清代乾隆时期山左诗派著名诗人，著有《小山薑集》、《西圃诗说》等。此选最后的抄录者和收藏者为卢中伦，卢中伦于《宋人近体分韵诗钞》卷首两则题识云："此选宋诗，载及明诗，或当时附记卷末，非作定本也。公手订诸书，皆着朱墨，而朱圈极大，可对校也。壬戌冬月识于红豆山房，中伦谨记。""盖残本也。余初得自封氏，只余三卷，乃合订之。虽系残书，吾犹以宝物视之也。安德布衣中伦谨识。"此选有卢世㴶的红笔批点，可惜批点不多。"壬戌冬月识于红豆山房，中伦谨记。"可知，卢中伦收藏此书和加批的时间是 1922 年（中华民国十一年），红豆山房为卢中伦的书斋。卢中伦，卢见曾之孙，为卢氏始祖卢子兴十八世孙，著有《春草堂》《红豆山房》《安德先贤诗钞》《广川诗钞》等。此选有卢世㴶的红笔批点和卢中伦加注的批语。遗憾的是该选既是残本又只能查阅胶卷，所以有些批点无法确认是卢世㴶抑或是卢中伦的批语。

---

① 卢世㴶：《尊水园集略》卷十二，清顺治十七年刻本。

第二节　《宋人近体分韵诗钞》编选体例、选诗概况和评点

一、《宋人近体分韵诗钞》编选体例

《宋人近体分韵诗钞》现存七律和七绝两种诗体，《国家图书馆善本书志初稿》云："《宋人近体分韵诗钞》，卢世漼撰，选宋人五七言近体，以韵分次。"[1]《宋人近体分韵诗钞》跋语："此分韵选平声三十韵，定是五七言近体诗，不及古诗。卷中七律少下平九韵，七绝少下平十三韵。五言诗全无。盖残本也。余初得自封氏，只余三卷，乃合订之。虽系残书，吾犹以宝物视之也。安德布衣中伦谨识。"跋语说明该选按平声三十韵进行选录，且当时选录确有五言近体诗。

《宋人近体分韵诗钞》编选的体例是按韵选录的，这在宋诗选本编选中是首次出现。因此前的宋诗选本，或以诗人编次（曾慥《宋百家诗选》），或以专体编选（刘克庄《中兴五七言绝句》），或以类相从（方回《瀛奎律髓》、刘克庄《分门纂类唐宋时贤千家诗选》），或选录某一类群体（陈起《圣宋高僧诗选》），或选录多种诗体（符观《宋诗正体》）等，但"以韵分次"尚未有之。

不过，唐诗选本则有按韵分录的，最早为天顺七年（1463）康麟选辑的《雅音会编》，以平声三十韵为纲，选录唐人五、七言近体诗 3800 余首。由此可以判定《宋人近体分韵诗钞》明显是受了《雅音会编》的影响。

二、《宋人近体分韵诗钞》选诗概况

《宋人近体分韵诗钞》共选录七律和七绝两种诗体，即七言律诗二卷，七言绝句一卷，共录诗人 40 家，诗作 541 首。选录七律诗人 19 家，诗作 389 首，其中陆游 213 首，苏轼 130 首，范成大 26 首，王安石 4 首，周必

---

① 《"国家图书馆"善本书志初稿》，台北："国家图书馆"1999 年版，第 253 页。

大 2 首,余如王禹偁、林逋、梅尧臣、苏舜钦、徐积、王令、道潜、陈师道、孙觌、刘子翚、范浚、陈造、戴复古、林景熙等皆 1 首。选录七言绝句诗人 21 家,诗作 152 首,其中选录苏轼 71 首,陆游 48 首,范成大 11 首,方岳 4 首,林景熙 2 首,余如张詠、余靖、欧阳修、韩琦、孔平仲、秦观、晁补之、晁冲之、惠洪、孙觌、张耒、陈师道、王阮、戴复古、刘克庄、汪元量等皆 1 首。

从北宋与南宋诗人选录上来看,该选本有重北宋轻南宋的倾向,其中七律选录北宋诗人 13 家,南宋诗人 6 家,七绝选录北宋诗人 13 家,南宋诗人 8 家。

三、《宋人近体分韵诗钞》评点

诗学评点作为中国古代诗学批评中的一种特殊的批评方式,指鉴赏者在阅读、欣赏文本的过程中,对文本中的精湛独到之处加以简洁的评语,这种方式"加诸文本,既导引阅读的门径,又寄寓批评的态度,而且用的乃是提示以至暗示的方法,较之明白讲解,反更耐人寻味"①。是选在少量诗作之后附有评点,大多自具手眼,言简意赅,给人以启示。《宋人近体分韵诗钞》的评点主要体现在如下四个方面:

(一)词语解释

《宋人近体分韵诗钞》中此类评语较多,也较普遍,主要用以阐释诗中的关键词语。如评苏轼《简刘景文》"二老长身屹两峰,大撞大吕应黄钟",批语云:"武林有南北两峰。《周礼》奏黄钟则必歌大吕。黄钟、大吕,譬同声之相应。"

(二)诗意阐释

诗意阐释就是指诗人用一种特殊的艺术方式,对诗歌的审美意蕴作

---

① 陈伯海:《唐诗学史稿》,石家庄:河北人民出版社 2004 年版,第 8 页。

出形象生动的阐释。如评陆游《过野人家有感》云："放翁是卧龙知己，此中有多少说不出的话。"评陆游《小市》："渔洋谓李侍郎云云，不知放翁诗早已道及。可见好句皆为古人说过。"评陆游《腊初得梅一枝戏作》云："放翁一生，独与梅花有情。"评陆游《梨花》云："梨花诗到此，又是一种结构。"

(三)诗法解析

诗法是指诗歌具体创作过程中用事立意、字词锤炼、章法结撰、协律用韵等具体的艺术创作技巧。如评陆游《南窗睡起》云："三四俊爽，自是佳句。"评《新晴·积雨已凄冷》陆游云："颔联自是佳句。"评陆游《幽居春晚》云："三、四从上转下，机轴一贯。"评陆游《月下醉题》云："三四自是壮语。"评陆游《醉中感怀》云："三四无限感慨。"

(四)以诗证诗

"以诗证诗"用诗歌来阐释诗歌、论证诗歌，即用以解释辞义、章法、句法、文章结构、典故、审美意蕴等。如评苏轼《李龙眠所画阳关图》后，附录刘禹锡诗《与歌者米嘉荣》："唱得凉州意外声，旧人唯数米嘉荣。近来时世轻先辈，好染髭须事后生。"评苏轼《孙氏松堂》："坐待夕烽传海峤，重城归去踏逢逢。"附录刘禹锡诗《阙下口号呈柳仪曹》："彩仗神旗猎晓风，鸡人一唱鼓逢逢。"韩愈诗《病中赠张十八》："中虚得暴下，避冷卧北窗。不踏晓鼓朝，安眠听逢逢。"

第三节　《宋人近体分韵诗钞》编选宗旨

每一种选本的编纂都具有鲜明的审美倾向和选择标准，选诗家有怎样的诗学观，就会选择与之相应的作品。它不仅能体现编选者的诗学观和审美价值取向，还能体现某个时代的诗学风尚。

（一）强烈的文学宗派意识

《宋人近体分韵诗钞》诞生于文学论争十分激烈的明代晚期，编选者流露出强烈的文学宗派观念；在该选中，宋代重要的诗学流派均予以录入，其开宗立派的理念在入选作品中凸显出来。

《宋人近体分韵诗钞》选录了苏轼以及苏氏门中的秦观、张耒、晁补之、陈师道等人；虽未选录江西诗派代表人物黄庭坚，但选了与黄庭坚有关联的诗人，如江西诗派阵营中的陈师道、晁冲之、刘子翚等；南宋"中兴四大诗人"中的陆游和范成大入选；江湖诗派的重要人物陈造、刘克庄、戴复古、方岳等皆选入；遗民诗人林景熙与汪元量亦载入。

（二）宗苏、陆、范而抑山谷

《宋人近体分韵诗钞》共录诗作 541 首，其中陆游诗 261 首，位居第一；苏轼诗 201 首，居其次；范成大诗 37 首，名列第三，可见卢世㴶对陆游、苏轼和范成大的偏嗜。《国家图书馆善本书志初稿》称："卢世㴶诗宗少陵，后受钱谦益影响，亦出入苏、陆，尤酷嗜陆游。故是选收诗以苏轼、陆游为多，几占半数以上。"[1]而于江西诗派的代表人物黄庭坚一首未选，可见卢世㴶并不欣赏黄庭坚。何以如是？卢世㴶受袁宏道的影响甚深，袁宏道于宋诗揄扬欧苏，而不举黄，许学夷认为"中郎直举欧、苏而置黄勿论，可为宋代功臣"[2]。许学夷指出袁宏道称扬苏诗并不注目于诗歌的工拙锻炼，而是钟情于诗人性情才气的发抒。

卢氏对于苏、陆的偏爱，受公安派的影响，袁宏道倡举宋诗，以苏轼为先，放翁为次。其《江进之》云："近日读古今名人诸赋，始知苏子瞻、欧阳永叔辈见识，真不可及。"[3]苏子瞻辈见识超群，为常人所不能及，其推崇之意已昭然。《与李龙湖》云："苏公诗高古不如老杜，而超脱变怪过

① 《国家图书馆善本书志初稿》，台北："国家图书馆"1999 年版，第 253 页。
② 许学夷：《诗源辩体》，北京：人民文学出版社 1987 年版，第 382 页。
③ 袁宏道：《袁宏道集》，上海：上海古籍出版社 2008 年版，第 515 页。

之，有天地来，一人而已。韩、柳、元、白、欧，诗之圣也；苏，诗之神也。彼谓宋不如唐者，观场之见耳，岂直真知诗何物哉？"①欧阳修为"诗之圣"，苏轼为"诗之神"，实际上是"崇苏"与"崇欧"两者的高下问题，"诗之神"为"诗之圣"的高一层境界。《答陶石篑》云："放翁诗，弟所甚爱，但阔大处不如欧、苏耳。"②在袁宏道看来，北宋诗人的代表为欧阳修、苏轼，南宋诗人的代表为陆游，在苏诗与放翁诗的对比中，苏优于陆。卢世潅对苏诗极为喜爱和推崇，评苏轼《和子由黾池怀旧》云："太白之后一人而已。"李白之后，唯苏轼堪与比肩，可见在卢世潅的心目中，苏轼的地位与李白不分伯仲。

陆游为《宋人近体分韵诗钞》中选录最多的一位诗人，几占所有入选诗歌总数的一半，可见卢世潅对陆游的钦敬之情。卢世潅对陆游关注得最多的是其闲适诗及其与唐诗相近的诗作。首先最为激赏的是陆游空灵清幽、隽永超诣的作品，评《剑门道中遇微雨》云："笔墨之气，脱化殆尽。"评《湖村月夕》云："色相俱空。"评《感旧绝句》云："有世外音响，当于空际遇之。"其次推崇其具有唐人风韵的作品，如评《临安春雨初霁》云："三四有唐人风韵。"评《登剑南西川门感怀》云："此首极似杜陵，读者自辨之。"再次，论及模山范水的诗作，评《梅市》云："是云林写景。"评《舟中作》云："写景闲雅。"评《舍北行饭》云："先写景后入事，句句宛肖。"评《村居初夏》云："此景真不可多得。"最后，注重陆游文学作品的审美意蕴，评《小雨极凉舟中熟睡至夕》云："只末一句，有多少蕴含在。"评《小园》云："闲情逸事，惟世外人知之。"评《谢韩实之直阁送灯》云："诗自谢灯，意别有在。"

卢世潅发现了"中兴四大诗人"范成大诗歌的价值。在他之前，都穆和瞿佑先后确认了范石湖的诗学价值，都穆云："予观欧、梅、苏、黄、二陈至石湖、放翁诸公，其诗视唐未可便谓之过，然真无愧色者也。"③(《南

---

① 袁宏道：《袁宏道集》，上海：上海古籍出版社 2008 年版，第 750 页。
② 袁宏道：《袁宏道集》，上海：上海古籍出版社 2008 年版，第 750 页。
③ 丁福保：《历代诗话续编》，北京：中华书局 2001 年版，第 1344 页。

濠诗话》)瞿佑云:"宋诗以欧、苏、黄、陈为第一;渡江以后,放翁、石湖诸贤诗,皆当深玩熟观,体认变化。"①(《归田诗话》)都穆和瞿佑指出范成大可与苏黄并肩,提升了范成大在宋代诗歌史上的地位。卢世㴶《答杨廷秀秘监索诗》批语云:"石湖在宋人亦称大家。"在宋代诗人的诗学成就中,卢氏称石湖为大家,可见石湖在其心目中的地位。卢世㴶称范成大为"大家",是受高棅《唐诗品汇》的影响,高棅将唐代诗人分为正始、正宗、大家、名家、羽翼、接武、正变、余响、旁流九品,而独尊杜甫为"大家",也就是说卢世㴶视范成大为宋代的杜甫,可见其地位之尊。卢世㴶为何如此揄扬范诗?一是因为范成大的诗歌深受杜诗的影响。范成大《钓台》云:"杜陵诗是吾诗句,卧病岂登江上台。"而卢世㴶又特别喜欢杜诗,两人可谓异代知音。二是因为卢氏深爱石湖的田园诗歌。钱锺书先生指出:"范成大的风格很轻巧,用字造句比杨万里来得规矩和华丽,却没有陆游那样匀称妥帖,他也受了中晚唐人的影响。"②由于范成大的诗歌不像"江西诗派"那样以学问和才学为诗,相对来说,对学养与才学的要求不高,更适合文学素养不高的诗人模拟。

(三)主性情

万历以降,明代诗坛发生了重大变化,随着陆王心学影响的日益深入,人们十分注重对自我的体认和关爱。徐渭、李贽、汤显祖等诗人极力弘扬人的主体精神意趣,性灵派代表人物袁宏道标举"独抒性灵,不拘格套"的大纛,倡扬性灵,冲破了明七子"诗必盛唐"的藩篱,反对剽窃模仿唐诗,在袁宗道、袁中道、陶望龄、江盈科等人的集体倡导下,于诗坛掀起一股狂飙。钱谦益就性灵派于诗坛的冲击时说:"中郎之论出,王、李之云雾一扫,天下之文人才士始知疏瀹心灵,搜剔慧性,以荡涤摹拟涂泽

---

① 丁福保:《历代诗话续编》,北京:中华书局 2001 年版,第 1236 页。

② 钱锺书:《宋诗选注》,北京:生活·读书·新知三联书店 2001 年版,第 330 页。

之病，其功伟矣。"①钟惺云："今称诗，不排击李于鳞，则人争异之。犹之嘉、隆间，不步趋于鳞者，人争异之也。"②(《问山亭诗序》)当时诗坛对复古派异趋、对性灵派趋同，这股强劲的"性灵"之风刮进选诗领域，极大地影响了选诗家的审美价值取向。卢世潅编选《宋人近体分韵诗钞》便是在这种诗学思潮的影响下，冲破了明七子"体以代变，格以代降"的选诗标准，破旧立新，开始注重诗人性情的开发。卢中伦序云："先侍御德水公论钟袁最允，谓讥钟袁者，其诗不必钟袁上。或有耳食之流，并未见钟袁之诗，闻人毁谤钟袁，而亦随声附和，及问其所以，则茫然莫对。其可谓百犬吠声者矣。渔洋选宋元诗，有人说之，公有句云'几人真见宋元诗'。与先侍御皆持正论，有功于诗教多矣。此选宋诗，载及明诗，或当时附记卷末，非作定本也。"卢中伦还于所选袁宏道诗歌加注批语云："公钞徐天池诗，极推中郎，或亦爱屋及乌也。今观袁先生诗，诚非庸手所及。公非偏论也。"由于此选未载卢世潅本人的序言，故无法揆度卢世潅本人的思想，但从卢中伦的评述中，可见出卢世潅对于宋诗价值的肯定，以及对袁宏道、钟惺、徐渭等性灵派诗人的喜爱之情。不仅如此，卢世潅还特意选入袁宏道诗4首。

第四节　《宋人近体分韵诗钞》的宋诗学意义

《宋人近体分韵诗钞》按韵选录的独特编选方式，为明代具有原创性的宋诗选本，这在宋诗选本发展史上也仅此一例，其编选主旨、体例编排和宋诗观念，显示了作者开创性的诗学观念。《宋人近体分韵诗钞》以苏、陆、范为诗学宗主，对清代宋诗选影响深远，如余柏岩《韩白苏陆四家诗选》(康熙濂溪山房刻本)选录苏轼、陆游两家，周之鳞《宋四名家诗选》(康熙三十二年刻本)选录苏轼、陆游、范成大、黄庭坚四家，乾隆朝御选

---

①　钱谦益：《列朝诗集小传》，上海：上海古籍出版社1983年版，第567页。
②　钟惺：《隐秀轩集》，上海：上海古籍出版社1992年版，第254页。

《唐宋诗醇》(乾隆十五年刻本)选录苏轼、陆游两家，沈德潜《宋金三家诗选》(乾隆三十四年刻本)选录苏轼、陆游两家，这些选本便直接受到《宋人近体分韵诗钞》的启发，尤其是《唐宋诗醇》还直接摘引了《宋人近体分韵诗钞》十七则评语。

《宋人近体分韵诗钞》序言提示了该选本的纂刻时间，同时也揭示了该选在宋诗学史上的意义和价值：它涉及当时许多方兴未艾的诗学热点问题，从某种程度上反映着明代社会末期的文化氛围与文学走向。万历以降，诗坛流派纷呈，门户森严，尊唐抑宋，各不相让。性灵、竟陵崛起，他们不满意于复古之风昌炽的诗坛，意欲重塑易帜，打破明代诗坛宋诗学沉寂多年的局面。卢氏身处此时，其编选的《宋人近体分韵诗钞》以主体性灵、才力作为选诗标准，为晚明诗坛的主"情"思潮推波助澜，且在明代诗歌思潮冲击中以特有的编选方式彰显着自己的诗学主张，在明朝众多诗学浪潮的较量中扮演着十分重要的角色，七子派所铸就的"宋、元无诗"的风气开始松动。由之，该选不仅是明末清初宗宋理论的先声，还是研究清代宋诗学的重要源头。

《宋人近体分韵诗钞》作为一部宋诗选本，在其所选的五百多首作品中，不仅选入了两宋重要文学流派"苏门四学士"、江西诗派、江湖诗派、遗民诗派等作家群体，且大多收入了这些重要作家的经典作品，其中苏、陆、范三位诗坛巨匠的诗作入选数量位居前三位。同时，作者并不限制自己的选录视野，对不甚有文名的诗人并非一概吐弃，徐积、王阮、张咏等人的名篇妙什亦选入其中。可见，《宋人近体分韵诗钞》不仅是一部体现编选者个性特色的宋诗选本，也是一部具有重要学术价值的文学选本。

第十七章 《宋诗纪事》研究

——以《宋诗纪事》《宋诗纪事补遗》《宋诗纪事续补》《宋诗纪事拾遗》四部选本为例

自《宋诗纪事》刊行后，开创了"纪事体"宋诗选本之先河，且因其选录宋诗数量巨大、保存宋诗文献之功影响后世；但因宋诗本身数量丰富，难免搜罗困难，故而有些遗漏，陆心源正是在《宋诗纪事》的基础上，补苴罅漏，选录了《宋诗纪事补遗》一百卷，增收了宋代诗人 3000 余家，诗作 8000 余首，可谓厥功至伟。《宋诗纪事》研究成果甚多，笔者今以《宋诗纪事》《宋诗纪事补遗》《宋诗纪事续补》《宋诗纪事拾遗》四部选本为例，从参与编订者、文献选源、增补诗作三方面进行考察。

第一节 《宋诗纪事》与《宋诗纪事补遗》参与编订者

《宋诗纪事补遗》的编撰并非由陆心源凭一己之力完成，而是出自众多人之手，虽说没有《宋诗纪事》编选考订者有 76 人之多，但《宋诗纪事补遗》也有 16 位。见表 17-1、表 17-2：

表 17-1 《宋诗纪事》参与编订者表

序号	籍贯	编撰者姓氏	序号	籍贯	编撰者姓氏
1	(浙江)仁和	赵昱	3	(浙江)仁和	湄勘
2	(浙江)仁和	杭世骏	4	(浙江)仁和	赵世鸿

序号	籍贯	编撰者姓氏	序号	籍贯	编撰者姓氏
5	(浙江)仁和	施廷枢	29	(浙江)钱塘	丁敬
6	(浙江)仁和	赵一清	30	(浙江)钱塘	汪沆
7	(浙江)仁和	梁启心	31	(浙江)钱塘	汪台
8	(浙江)仁和	江源	32	(浙江)钱塘	许木僵
9	(浙江)仁和	赵信	33	(浙江)钱塘	许承泰
10	(浙江)仁和	孙廷兰	34	(浙江)钱塘	汪山同
11	(浙江)仁和	孙廷槐	35	(浙江)钱塘	周京
12	(浙江)仁和	顾之麟	36	(浙江)钱塘	陈皋
13	(浙江)仁和	徐元杜	37	(浙江)钱塘	金农
14	(浙江)钱塘	厉鹗	38	(直隶)宛平	查为仁
15	(浙江)钱塘	吴城	39	(安徽)歙县	方士庹
16	(浙江)钱塘	王瀛洲	40	(安徽)歙县	汪大成
17	(浙江)钱塘	许松	41	(安徽)歙县	汪日焕
18	(浙江)钱塘	汪启淑	42	(安徽)歙县	汪玉枢
19	(浙江)钱塘	金肇铎	43	(安徽)歙县	洪振珂
20	(浙江)钱塘	桑调元	44	(安徽)歙县	方辅
21	(浙江)钱塘	叶世纪	45	(安徽)歙县	吴震生
22	(浙江)钱塘	许梓	46	(安徽)歙县	汪祖荣
23	(浙江)钱塘	陈章	47	(安徽)歙县	汪远仁
24	(浙江)钱塘	金京	48	(安徽)歙县	毕照郊
25	(浙江)钱塘	金肇銮	49	(浙江)平湖	陆铭一
26	(浙江)钱塘	许承模	50	(浙江)平湖	叶銮
27	(浙江)钱塘	施安	51	(浙江)平湖	陆铭三
28	(浙江)钱塘	金志章	52	(浙江)平湖	冯溥

续表

序号	籍贯	编撰者姓氏	序号	籍贯	编撰者姓氏
53	(浙江)平湖	鲍询	65	(安徽)祁门	马曰琯
54	(浙江)平湖	叶谏	66	(安徽)祁门	马曰璐
55	(浙江)平湖	陆腾	67	(安徽)休宁	汪坝
56	(浙江)平湖	陆培	68	(安徽)休宁	汪庭坚
57	(浙江)平湖	张云锦	69	(浙江)平阳	乔光复
58	(浙江)海宁	许永祖	70	(陕西)临潼	张四科
59	(浙江)海宁	陈沆	71	(江苏)吴江	王藻
60	(江苏)江都	闵华	72	(浙江)归安	费树梗
61	(江苏)江都	陆钟辉	73	(满洲)辽阳	舒瞻
62	(浙江)海宁	陈延赏	74	(浙江)德清	徐以坤
63	(浙江)海宁	施谦	75	(安徽)宣城	施念曾
64	(浙江)海宁	陈晋锡	76	(江苏)吴县	毛德基

《宋诗纪事》编选考订者有 76 人，其中 54 人为浙江人，占编选者的 71%，15 人为安徽人，4 人为江苏人，1 人为直隶人，1 人为满洲人，1 人为陕西人。可见浙江人为编撰的主要力量。

表 17-2 《宋诗纪事补遗》参与编订者表

序号	籍贯	编撰者姓氏	身份
1	(浙江)乌程	周学浚(缦云)	道光二十四年进士。官至山东道、监察御史
2	(浙江)乌程	李宗莲(少青)	同治十三年进士，擢郴州直隶州知州
3	(江苏)吴县	潘祖同(补琴)	咸丰丙辰赐进士，改庶吉士
4	(江苏)吴县	潘祖荫(伯寅)	咸丰二年一甲进士，探花，光绪间官至工部尚书

续表

序号	籍贯	编撰者姓氏	身份
5	(浙江)钱塘	丁丙(松生)	诸生,著名藏书家
6	(浙江)钱塘	丁立诚(修甫)	光绪间举人,官至内阁中书
7	(浙江)归安	杨岘(见山)	咸丰五年举人,盐运使,曾任江苏松江知府
8	(浙江)德清	俞樾(荫甫)	道光三十年进士,曾任翰林院编修
9	(浙江)长兴	张度(叔宪)	官兵部主事、河南知府
10	(江苏)武进	费念慈(屺怀)	光绪十五年进士,官编修
11	(江苏)江阴	缪荃孙(筱珊)	光绪二年进士,翰林院编修
12	(山东)福山	王懿荣(莲生)	光绪六年进士,授编修
13	(湖北)嘉鱼	刘心源(幼丹)	赐进士出身,湖南巡察使
14	(满洲)长白	端方(午桥)	光绪八年举人,官至直隶总督
15	(北京)宛平	徐仁铸(申甫)	光绪十五年进士,官至湖南学政
16	(浙江)归安	陆心源(刚甫)	咸丰九年举人,官至福建盐运使

《宋诗纪事补遗》参与编纂者共 16 人,其中 8 人为浙江人,占编纂总人数的一半,4 人为江苏人,1 人为湖北人,1 人为满洲人,1 人为北京人,1 人为山东人,可见补遗的编纂者也是以浙江人为主。参与编纂者中进士 10 人、举人 4 人、诸生 1 人。这说明进士、举人依旧是补遗的主力军。

第二节 编撰者丰厚的人文资源积淀与《宋诗纪事》和《宋诗纪事补遗》的编选

选本的编撰需要丰富的人文资源才可能完成,譬如编撰者所占有的书籍、人脉资源、编撰者的学术素养,均有着直接的关联作用。《宋诗纪事》和《宋诗纪事补遗》需要非常丰富的人文资源，其中比较重要的是人的因素①，如编撰者自身所具有的学识、修纂史书的经历、编辑目录、校勘等。

第一，在两书的编撰者中，许多人学问博洽，多为饱学之士。如厉鹗便是其中的杰出者，《绝妙好词纪事》称："厉鹗字太鸿，号樊榭，钱塘人。康熙五十九年举人，乾隆元年，荐举博学鸿词，有《樊榭山房集》，征君性情孤峭，义不苟合，读书搜奇爱博，钩新摘异，尤熟于宋元以来丛书稗说。以孝廉需次县令，将入京，道经天津。查莲坡先生留之水西庄。觞咏数月，同撰周密《绝妙好词笺》，遂不就选而归扬州。马秋玉兄弟延为上客，嗣后往来竹西者凡数载。马氏小玲珑山馆多藏书善本间以古器名画，因得端居搜讨。所撰《宋诗纪事》、《辽史拾遗》极为详洽，今皆录入四库书中。其先世家于慈溪，故以四明山樊榭为号。"《宋诗纪事补遗》的参订者俞樾自称："吾一生无所长，惟著书垂五百卷，颇有发前人之所未发，正前人之错误者，于遗经不为无功。敝帚千金，窃自珍惜。子孙有显赫者，务必将吾书全书重刻一版，以传于世，并将坚洁之纸印十数部，游宦所至，遇有名山胜境，凿石而纳之其中，题其外曰'曲园全藏书'，庶数百年后有好古者，发而出之，俾吾书不泯于世。"②

第二，大多数编撰者有修纂史志的经历。如厉鹗撰有《辽史拾遗》，杭世骏著有《诸史然疑》、《史记考证》、《两汉书疏证》、《三国志补注》、《晋书补传赞》、《北史摭稽》、《金史》(补纂)、《历代艺文志》、《经史质疑》、《两浙经籍志》等，汪沆著有《全闽采风录》《蒙古氏族略》，汪启淑著有《通志》，王藻曾修《大清一统志》，陆心源著有《宋史翼》，缪荃孙曾担任清史中的《儒林》《文苑》《循吏》《孝友》《隐逸》《土司》《明遗臣》七传的编写工作，俞樾著有《庚辛泣杭录》《武林坊巷志》《于公祠墓录》《北部诗帐》《北偶缀录》等。

---

① 参阅谢海林：《清代宋诗选本研究》，上海：上海古籍初版社 2010 年版，第 280~281 页。

② 俞樾：《曲园遗言》，民国间影印本。

第三，大多数编撰者有修纂目录的经历。清代书籍的总类对于像编撰《宋诗纪事》和《宋诗纪事补遗》这样大型的宋诗选本来说尤为重要。在厉鹗和陆心源之前，清人编撰目学已一时蔚成风气，如钱曾和徐乾学等。

钱曾（1629—1701），字遵王，江苏常熟人，清代著名藏书家、版本学家。编辑有《述古堂书目》《也是园书目》。《述古堂书目》收书 2200 余种，《也是园书目》收书 3800 余种，著录书名、著者、卷册或版本，钱曾共编有书目 6000 余种。《读书敏求记》是清代诗人编撰的首部版本目录。

朱彝尊（1629—1709），字锡鬯，浙江秀水人。编辑有《曝书亭书目》《潜采堂书目》《金风亭长书目》《潜采堂宋人集书目》《潜采堂元人集书目》《潜采堂宋金元人集书目》《竹垞行笈书目》等。

徐乾学（1631—1694），字原一，江苏昆山人，清代著名学者、藏书家。纂修《明史》《大清一统志》《读礼通考》等，著有《憺园文集》三十六卷。家有藏书楼传是楼，编有《传是楼宋元板书目》《传是楼书目》。

在《宋诗纪事》和《宋诗纪事补遗》的参订者中，有不少人编有目录，如赵昱《小山堂藏书目录备览》、汪启淑《开万楼书目》、马曰琯《丛书楼书目》、赵一清《小山堂藏书目》、汪沆《小眠斋读书日札》、潘祖荫《滂喜斋书目》、潘祖同《岁可堂书目》、缪荃孙《艺风堂藏书记》、丁丙《善本室藏书志》、陆心源《皕宋楼藏书志》等。

第四，两书的编撰者大多受过良好的教育，以《宋诗纪事补遗》的参撰者最为明显。《宋诗纪事》生平可考者中，如马曰璐、杭世骏、赵昱、汪沆等均为"博学鸿儒"，桑调元为进士，查为仁为举人，张四科为贡生等；《宋诗纪事补遗》中，潘祖同、潘祖荫、俞樾、费念慈、缪荃孙、王懿荣、刘心源、徐仁铸 8 人为进士，丁立诚、杨岘、端方、陆心源 4 人为举人。

第五，从这些编撰者的所藏书籍来看，厉鹗、马曰琯、马曰璐、潘祖荫、缪荃孙、丁丙、陆心源、王懿荣等均是有名的藏书家。

杭世骏（1695—1773），字大宗，号堇浦，乾隆元年（1736）举鸿博，授编修，官御史。清代著名藏书家，"于学无所不贯，所藏书拥榻积几，不下十万卷；枕籍其中，目睼手纂，几忘暑夕。简过友人馆舍，得异文秘册，即端坐默识其要。著有《续礼记集说》《金史补》《史汉北齐书疏证》《续方言》《词科掌录》《道古堂诗文集》"①。

查为仁（1695—1749），字心谷，号莲坡。其典藏图书超越万卷，"缥缃锦轴、法物图书、金石彝鼎之属，悉充牣其中……其时扬州马氏之玲珑山馆、杭州赵氏之小山堂，皆与水西庄并擅一时之胜"②。

汪启淑（1728—1799），字慎仪，安徽歙县人。藏书甚富，他曾在《水曹清暇录》中自称："江浙藏书家，向推项子京白雪堂、常熟之绛云楼、范西斋天一阁、徐健庵传是楼、朱竹垞曝书亭、毛子晋汲古阁、曹倦圃古林、钮石溪世学堂、马寒中道古楼、黄明立千顷堂、祁东亭旷园，近时则赵谷林小山堂、马秋玉玲珑山馆、吴尺凫瓶花斋及予家开万楼。"③

马曰琯和马曰璐为清代著名的藏书家，其家有小玲珑山馆、丛书楼、清响阁、看山楼、透风透月两明轩等。全祖望在《聚书楼记》中记载了马氏藏书的盛况："扬州自古以来所称声色歌吹之区，其人不肯亲书卷，而近日尤甚。吾友马氏嶰谷、半查兄弟横厉其闲。其居之南有小玲珑山馆，园亭明瑟，而岿然高出者，聚书楼也。进叠十万余卷。百年以来，海内聚书之有名者，昆山徐氏、新城王氏、秀水朱氏其尤也。今以马氏昆弟所有，几过之。盖诸老网罗之日，其去兵火未久，山岩石室，容有伏而未见者。至今日而文明日启，编帙日出，特患遇之者非其好，或好之者无其力耳。马氏昆弟有其力，投其好，值其时，斯其所以日廓也。聚书之难，莫如雠校。嶰谷于楼上两头，各置一案。"④

潘祖荫（1830—1890），著名藏书家、金石收藏家。"滂喜斋"、"功顺堂"为潘祖荫的藏书室，他将藏书编成《滂喜斋藏书记》《滂喜斋书目》。"攀古楼"是他存放青铜器和石碑的储藏处，他还留下两部金石目录：《汉

① 吴晗：《江浙藏书家史略》，北京：中华书局1980年版，第43页。
② 《大清畿辅先哲传》卷二十，《清代传记丛刊本》，第560页。
③ 汪启淑：《水曹清暇录》卷一，《续修四库全书》第1138册，第171页。
④ 全祖望：《鲒埼亭集外编》卷十七，《全祖望集汇校集注》，上海：上海古籍出版社2001年版，第1065~1066页。

沙南侯获刻石》《攀古楼彝器款识》。

缪荃孙(1844—1919)，著有《续碑传集》《南北朝名臣年表》《近代文学大纲》《艺风堂藏书记》《艺风堂金石文字目》《艺风堂集》。缪荃孙是藏书家，他有600余种善本珍藏书和1万多种金石拓本。"艺风堂"(藏书楼)藏书10万卷。

丁丙(1832—1899)，酷爱藏书，藏书丰富，其祖父丁国典的藏书楼名为"八千卷楼"，丁丙将新增加的藏书放在"后八千卷楼""善本书室""小八千卷楼"，总藏书室名为"嘉惠堂"，藏书近20万卷，其中善本珍藏2000余种，被列为晚清四大藏书楼之一。撰有《善本室藏书志》。

陆心源(1834—1894)，藏有宋刻本100多种，元刻本400多种。建藏书楼三处，"皕宋楼"(藏宋、元刻本及名人手抄本)；"守先阁"(藏明、清刻本)；"十万卷楼"(藏普通书籍)。著有《仪顾堂文集》《仪顾堂题跋》《续跋》《金石粹编续》《金石学录补》《皕宋楼藏书志》《穰黎馆过眼录》等；刊刻《湖州丛书》《十万卷楼丛书》。

王懿荣(1845—1900)，著名的金石学家、甲骨学家和藏书家。其藏书阁名为"天壤阁"。藏有明刻《六臣文选注》、明刻《苏文忠公全集》、元刻本《豫章别集》、明本《王梅溪集》、宋版《刘后村集》等。编有《天壤阁丛书》，著有《汉石存目》二卷、《南北朝存石目》八卷、《天壤阁杂记》一卷、《翠墨园语》等。厉鹗、马曰琯、马曰璐、潘祖荫、俞樾、缪荃孙、丁丙、陆心源、王懿荣等利用藏书丰富的便利条件，能看到一般人所不能见到的书籍，所以才有可能编撰《宋诗纪事》和《宋诗纪事补遗》这样大型的宋诗选本。

第三节 《宋诗纪事》与《宋诗纪事补遗》编撰

通过对两书编者群体的考察，笔者认为，首先，两书编撰者中都有一个比较一致的共同特点，大多居于江浙两地以及安徽，居住地较近，而且有着共同的爱好，如厉鹗与马曰琯、马曰璐、全祖望、符曾、厉鹗、杭世骏、陈章等结交，成立了邗江吟社。杭世骏在《马君墓志铭》中指出："合四方名硕，结社邗江，人比之汉上题襟、玉山雅集。"《扬州画舫录》卷八记载了当时聚会的盛况："扬州诗文之会，以马氏小玲珑山馆、程氏篠园及郑氏休园为最盛。至会期，于园中设一案，上置笔二、端砚一、水注一、笺纸四、诗韵一、茶壶一、碗一、果盒、茶食盒各一。诗成即发刻，三日内尚可改易重刻，出日遍送城中矣。"他们刻的《邗江雅集》记录了胡期恒、唐建中、方士庶、厉樊榭、姚世钰、刘师恕、程梦星、马日琯、全祖望、楼錡等十位诗人的诗作。

其次，两书的编撰者大多为师徒或友朋关系。编撰《宋诗纪事》的厉鹗与汪沆和孙廷兰、孙廷槐、金肇铎、金肇鋆、陆钟辉是师徒关系，周京同厉鹗也是师徒关系。编撰《宋诗纪事补遗》的潘祖荫与缪荃孙是师徒关系，潘祖荫为缪荃孙的老师，光绪元年经张之洞介绍，两人相识，后1876年会试，潘祖荫为阅卷大臣，缪荃孙称自己为潘祖荫弟子，两人因此交往日密，还时常将所藏之书相互交流，交相考证。潘祖荫还请缪荃孙为《马贞女碑传》《鄱阳王摩崖》等题词。王懿荣致缪荃孙第76札云："潘师寄来《马贞女碑传》一分，属向吾师征文乞诗，附呈原因，掷还请行径夫复。"①吴昌绶致缪荃孙第八十三札云："昨忽得《刘平国》、《沙南侯》，获《天监井阑》及《鄱阳王摩崖》诸拓，皆潘文勤物。《鄱阳》一种，有吾师精楷题释，尚记得否？"②不仅如此，光绪九年，缪荃孙也为潘祖荫所编《士礼居藏书题跋记》写道："文勤师交来八十余篇，荃孙少之，为辑得二百四十篇刻之。"③

除师徒关系外，编撰者们还有志趣相投的友朋关系。编撰《宋诗纪事》的厉鹗与金志章、杭世骏、江源、丁敬、张四科、王藻等为友朋关系；《宋诗纪事补遗》的陆心源与缪荃孙是友朋关系，在陆心源死后，缪荃孙为其撰有《神道碑》，云："我在京师，因友通邮；我归江南，遣子从游。不

---

① 《艺风堂友朋书札》，上海：上海古籍出版社1980年版，第893页。
② 《艺风堂友朋书札》，上海：上海古籍出版社1980年版，第145页。
③ 《艺风老人年谱》，光绪九年刻本。

矜山海，而纳壤流。知己之感，衷于千秋。"(《艺风堂文集》卷一)陆心源与王懿荣也是友朋关系，他们两人相识是在光绪元年，当时王懿荣在京任户部主事。两人情趣相投，经常相互借阅和考订书籍和金石拓片等，如王懿荣致缪荃孙第二札载："李书《任令则碑》既蚀，《云麾》陕石以重磨而廋，《麓山》以重开而肥，惟敝省济南《灵岩》一石，尚出唐刻。阮志仅据旧拓传本，原石至咸丰间始大显。昨有山东公车，见赠一纸，弟已复出。午间既呈《李秀》摹本，兹再上《灵岩》祖石，即祈捡入。"①李宗莲与陆心源也是友朋，《皕宋楼藏书志序》："余少识潜园先生于乡校，时先生博闻缀学雄诸生中，每试，学使者为特设一榜。先生歉然不自足，志欲读尽天下书，偶见异书，倾囊必购。后膺特简，备兵南韶。余私揣南诏据仁，又值羽书旁午，当无读书之眼矣。"②

再次，两书的编撰者大多为亲戚关系。编撰《宋诗纪事》的厉鹗与丁敬为儿女亲家，同桑调元是孙儿女亲家；陆铭一和陆铭三、孙廷槐和孙廷兰、马曰琯和马曰璐、赵昱和赵信等是兄弟关系；赵昱和赵一清是父子关系。编撰《宋诗纪事补遗》的丁丙与丁立诚是兄弟关系，潘祖荫与潘祖同是从兄弟关系。③

两书编撰者之间的这种师生、友朋、父子和兄弟关系，非常有利于他们之间相互切磋交流，为其提供了便利的编撰条件。

最后，两书的编撰者中很多人具有极高的官职。编撰《宋诗纪事》的桑调元为工部屯田司主事，张四科为后补员外郎，汪启淑户部员外郎；编撰《宋诗纪事补遗》的潘祖荫为工部尚书，丁立诚官至内阁中书，张度为河南知府，端方为直隶总督，等等。他们利用官员的有利身份和经济条件，得以收藏和阅读大量珍贵书籍。

---

① 《艺风堂友朋书札》，上海：上海古籍出版社1980年版，第121页。
② 参阅谢海林：《清代宋诗选本研究》，上海：上海古籍出版社2010年版，第267～280页。
③ 参阅谢海林：《清代宋诗选本研究》，上海：上海古籍出版社2010年版，第261～263页。

第四节 《宋诗纪事》《宋诗纪事补遗》征引文献考察

《宋诗纪事》和《宋诗纪事补遗》征引了大量文献，这是两书编撰的重要的依据，就两书所引文献，兹列重要文献如表 17-3。

表 17-3

形式	《宋诗纪事》(重要文献摘录)	《宋诗纪事补遗》(重要文献摘录)
选本	《宋高僧诗选》《宋文鉴》《声画集》《后村千家诗》《宋艺圃集》《清江三孔集》《瀛奎律髓》《洞霄诗集》《成都文类》《前贤小集拾遗》《四朝诗》《十家宫词》《天地间集》《诗家鼎脔》《皇元风雅》《曹氏历代诗选》《谷音》《蔡氏四隐集》《月泉吟社》《忠义集》《濂洛风雅》《中州集》《乾坤清气集》《彤管遗编》《诗女史》《名媛玑囊》《彤管新编》《西昆酬唱集》《禅藻集》《甬上宋元诗略》《东瓯诗集》《全唐诗》《唐诗纪事》《古今岁时杂咏》《诗林万选》《天下同文集》《同文馆唱和诗》	《宋元诗会》《元诗选》《诗苑众芳》《江西诗征》《梁溪诗钞》《宛陵群英集》《天台集》《天台续集》《天台别集》《粤诗搜逸》《洞霄诗集》《东山诗选》《江湖后集》《宋诗拾遗》《会稽掇英集》《会稽掇英续集》《吴都文粹续集》《濂洛风雅》《江西诗征》《三刘家集》《五山耆旧集》《沅湘耆旧传》《严陵集》
诗话	《石林诗话》《苕溪渔隐丛话》《后村诗话》《隐居诗话》《诗人玉屑》《竹坡诗话》《鹤林玉露》《温公续诗话》《潘子真诗话》《梅磵诗话》《韵语阳秋》《娱书堂诗话》《吴礼部诗话》《西江诗话》《霏雪录》《古今诗话》《诗话总龟》《冷斋夜话》《中山诗话》《桐江诗话》《风月堂诗话》《许彦周诗话》《庚溪诗话》《西江诗话》《紫薇诗话》《诚斋诗话》《归田诗话》《青溪诗话》《蔡宽夫诗话》《优古堂诗话》《豫章诗话》《王直方诗话》《迂斋诗话》《漫叟诗话》《蓉塘诗话》《碧溪诗话》《敖陶孙诗评》《洪驹父诗话》《二老堂诗话》《珊瑚钩诗话》《高斋诗话》《环溪诗话》《冰川诗式》	《藏海诗话》《兰陔诗话》《画鉴》

续表

形式	《宋诗纪事》(重要文献摘录)	《宋诗纪事补遗》(重要文献摘录)
别集	《嘉祐集》《桐江集》《叠山集》《断肠集》《剑南集》《白石道人诗集》《芸居艺稿》《紫岩集》《须溪集》《山谷外集》《范文正公集》《东莱集》《苏文忠公集》《竹堂集》《覆瓿集》《野谷集》《清苑斋集》《沧州先生集》《存雅堂稿》《击壤集》《端平诗隽》	《东莱集》《碧梧玩芳集》《梅花百咏》《击壤集》《渔溪诗稿》《苹塘集》《隐居通议》《石屏诗集》《灵岩集》
诗注	《王荆文公诗自注》《陈后山诗注》《苏诗集注》	
类书	《渊鉴类函》《锦绣万花谷》《事文类聚后集》《全芳备祖》《文翰类选》《皇朝类苑》	《分门古今类事》《翰苑新书》
杂记史志	《中吴纪闻》《方舆胜览》《舆地纪胜》《青琐高议》《老学庵笔记》《墨庄漫录》《石林燕语》《侯鲭录》《宫闱诗史》《金精风月》《梦溪笔谈》《辍耕录》《容斋随笔》《池北偶谈》《挥麈后录》《清河书画舫》《武林旧事》《宋史》	《中兴馆阁续录》《象台首末》《松风遗韵》《北山文集题跋》《书录解题》《渚堂类稿》《宋季三朝政要》《象山文类》《东南纪闻》《万姓统谱》《景定建康志》《舆地纪胜》《广西通志》《汾州府志》《三山志》《浩然斋雅谈》《吉安府志》《书画汇考》《宋史》《越中金石记》《截江纲》

从表 17-3 可以得出如下的结论：

(1)从两书所引选本来看，《宋诗纪事》中所引选本基本包括此之前所有重要的宋诗选本，尤其是明以前的重要宋诗选本，如《宋高僧诗选》《声画集》《后村千家诗》《瀛奎律髓》《诗家鼎脔》《谷音》《月泉吟社》《濂洛风雅》《宋文鉴》《清江三孔集》《曹氏历代诗选》《宋艺圃集》等均有载录，尤其是保存了现已经失传的《诗林万选》(何新之辑)中80首诗歌;《宋诗纪事补遗》中主要补遗了宋代宋诗选本《诗苑众芳》和元代宋诗选本《宋诗拾遗》这两部重要宋诗选本,其保存文献之功不可小觑,除此外,《宋诗纪事补遗》还载录了宋代宋诗选本《江湖后集》和元代地方性宋诗选本《洞霄诗集》、《宛陵群英集》,还从《元诗选》中辑录了部分宋诗。

(2)从诗话中辑录宋诗和加以评论。《宋诗纪事》中所引诗话基本包括此之前所有重要的诗话,应当说其收录甚为全面;《宋诗纪事补遗》在这方面补充不多。

(3)《宋诗纪事补遗》选录最多的是地方诗选和地方志,这是其重要的文献价值所在。

(4)《宋诗纪事补遗》从《元诗选》中辑得宋代诗人8家,诗作12首诗,从《宋元诗会》选录宋代诗人11家,诗作14首。

《元诗选》所辑录宋代诗人和作品:丁易东《田母拒金图》、刘应李《上陈县尹二首》、吴语溪《赠退斋童年贡举》、章彬《白闲鸟诗》、罗太庾《述怀》《题鹤林宫》、黄义贞《白云亭》、黄宏《过天姥岭》《画叹》《呈萧大师》《题拟虹桥》、尹竹坡《秋日寄僧》。

《宋元诗会》所选录宋代诗人和作品:江为《江行》、何俦《赠王居士》、黄幼张《过临平》、程子山《月瞿庵钓雪滩》、真净《寄无为居士》《送张签判游开先》《留题韶公寂照轩》《送人之南岳》、休睦《宿岳阳开元寺》、景云《老僧》、子兰《华严寺望樊川》、尚颜《夷陵纪事》、虚中《赠栖禅上人》、清尚《赠樊川长老》。

另外,《宋诗纪事补遗》还从刘埙《隐居通议》中辑录宋代诗人陈伯西《咏梅》和谢雨《题湖上》2首诗。

第五节 屈强《宋诗纪事拾遗》

《宋诗纪事》和《宋诗纪事补遗》两书编撰后,其后有屈强的《宋诗纪事拾遗》(世界书局1947年版)和宣哲的《宋诗纪事续补》(稿本,现藏上海图书馆）两部选本。《宋诗纪事拾遗》共载录宋代诗人 86 家，诗作 116 首。其具体情况录之如表 17-4：

表 17-4

序号	作者和作品数量	出处	序号	作者和作品数量	出处
1	李元辅 1 首	《南岳总胜集》	19	王举元 1 首	山西长治县石刻
2	李元辅 1 首	《南岳总胜集》	20	韩标 1 首	山西长治县石刻
3	李元辅 1 首	《南岳总胜集》	21	陈述古 1 首	山西长治县石刻
4	卢骧 1 首	《南岳总胜集》	22	郭时亮 1 首	山西长治县石刻
5	张钧 1 首	《南岳总胜集》	23	吴中复 1 首	山西长治县石刻
6	陆言 1 首	《南岳总胜集》	24	薛嗣昌 1 首	山西永济县石刻
7	湘僧 1 首	《南岳总胜集》	25	何山乔 1 首	《济源县志》
8	常棠 3 首	《棠潋水志》	26	陈君章 1 首	《济源县志》
9	曾炅 1 首	《棠潋水志》	27	杨备 1 首	《中吴纪闻》
10	葛宫 1 首	江阴悟空寺石刻	28	方惟深 2 首	《中吴纪闻》
11	王维正 1 首	山西浮山县石刻	29	齐己 1 首	《中吴纪闻》
12	员逢员 1 首	山西寿阳县石刻	30	之彝老 2 首	《中吴纪闻》
13	刘泳 1 首	山西太阳石刻	31	郑昭光 1 首	《刘喜海鼓山题名稿本》
14	刘衍 1 首	山西太阳石刻	32	东天禅师 1 首	《刘喜海鼓山题名稿本》
15	张述 2 首	锦屏山石刻	33	李图南 1 首	《刘喜海鼓山题名稿本》
16	朱济道 1 首	山西长清县灵岩山石刻	34	陈羲和 1 首	《刘喜海鼓山题名稿本》
17	寇宝成 1 首	山西长清县灵岩山石刻	35	张镇初 1 首	《刘喜海鼓山题名稿本》
18	王宗元 1 首	山西长治县石刻	36	修国鼎 1 首	《刘喜海鼓山题名稿本》

序号	作者和作品数量	出处	序号	作者和作品数量	出处
37	赵希代 1 首	《刘喜海鼓山题名稿本》	62	王国宾 1 首	《庶斋老学丛谈》
38	吴宗卿 1 首	《江苏通州志》	63	率翁 2 首	《鹤林志》
39	燕谷 1 首	《江苏通州志》	64	回庆清 1 首	《鹤林志》
40	任伯雨 1 首	《江苏通州志》	65	赵汝綦 1 首	《鹤林志》
41	元绛 1 首	《江苏通州志》	66	程口 1 首	《四川通志》
42	潘得久 1 首	《娱书堂诗话》	67	张天觉 1 首	《四川通志》
43	李景武 1 首	《闽中金石志》	68	韬智 1 首	《四川通志》
44	失名 1 首	《广西通志》	69	北涧 1 首	《四川通志》
45	九龙道士 1 首	《泉州府志》	70	陈昭嗣 1 首	《四川通志》
46	张景范 2 首	《庐陵诗存》	71	靳更生 1 首	《江上诗钞》
47	胡翼龙 2 首	《庐陵诗存》	72	赵发 1 首	《江上诗钞》
48	彭元逊 2 首	《庐陵诗存》	73	邱济 1 首	《江上诗钞》
49	王孟孙 1 首	《庐陵诗存》	74	葛密 7 首	《江上诗钞》
50	萧子范 1 首	《庐陵诗存》	75	葛书思 2 首	《江上诗钞》
51	文仪 2 首	《庐陵诗存》	76	邱舍 3 首	《江上诗钞》
52	常颛孙 3 首	《庐陵诗存》	77	曹確 1 首	《江上诗钞》
53	常令孙 1 首	《庐陵诗存》	78	李乔 1 首	《江上诗钞》
54	胡斗南 1 首	《庐陵诗存》	79	徐藏 1 首	《江上诗钞》
55	易绂妻 1 首	《庐陵诗存》	80	郭敏求 1 首	《江上诗钞》
56	贺罗姑 4 首	《庐陵诗存》	81	林颜 2 首	《赣石录》
57	自严 4 首	《庐陵诗存》	82	了然 1 首	《邠州石室录》
58	齐禅师 2 首	《庐陵诗存》	83	宋京 1 首	《邠州石室录》
59	禅师 1 首	《庐陵诗存》	84	许同 1 首	《嘉兴府志》
60	陈孚 1 首	《宝应县志》	85	妙普 1 首	《嘉兴府志》
61	吕存中 1 首	《宝应县志》	86	妙宁 2 首	《嘉兴府志》

从表 17-4 可知，《宋诗纪事拾遗》中文献资料来源主要为地方诗选，如《南岳总胜集》《江上诗钞》《庐陵诗存》，其次为地方志，如《江苏通州志》《嘉兴府志》《四川通志》等；再次为石刻，如山西各地的石刻。另有来自《娱书堂诗话》等。相对来说，该选补充诗作较少，不如陆心源《宋诗纪事补遗》价值大。

第六节 宣哲《宋诗纪事续补》

宣哲(1866—1943)，字古愚，江苏高邮人，著名收藏家，善画山水，擅诗词，曾和黄宾虹结有贞社。

宣哲《宋诗纪事续补》是在《宋诗纪事》和《宋诗纪事补遗》基础上进行补充，具有拾遗补阙的作用。因为稿本很多字迹模糊，难以辨认，现列出46 位诗人有具体出处的作品信息(见表 17-5)，无具体出处的作品信息见表17-6。

表 17-5

序号	作者和作品数量	出处	序号	作者和作品数量	出处
1	神宗皇帝 2 首(2 句)	《挥麈后录》《莆田县志》	11	章岘 1 首	《广西通志金石》
2	徽宗皇帝 2 首	《挥麈后录余话》	12	方信孺 1 首	《粤西得碑记》
3	孝宗皇帝 2 句	《金山志》	13	方翥 1 首	《莆田县志》
4	张尜 2 句	《紫薇诗话》	14	方子容 2 首	《莆田县志》
5	张表臣 4 首(5 句)	《珊瑚钩诗话》	15	方惟深 2 首	《莆田县志》
6	张詠 1 首	不详	16	方慎言 1 句	《莆田县志》
7	张田 1 首	不详	17	曾觌 1 首	《莆田县志》
8	张纮 1 首	不详	18	龚茂良 2 首	《莆田县志》
9	张徽 4 首(1 句)	《闽中金石略》	19	朱子 2 首	《莆田县志》
10	张镇初 1 首	《闽中金石略》	20	苏耆 1 句	《贡父诗话》

续表

序号	作者和作品数量	出处	序号	作者和作品数量	出处
21	苏舜钦 2 句	《贡父诗话》	34	萧德藻 1 首	《贵耳集》
22	苏颂 1 句	《石林诗话》	35	邱蔡 1 首	《闽中金石略》
23	苏洵 1 句	《石林诗话》	36	汪草 1 句	《紫薇诗话》
24	苏轼 3 首 (1 句)	《莆田县志》	37	陈亚 1 句	《贡父诗话》
25	高九万 4 首 (1 句)	不详	38	程颢 1 首	《紫薇诗话》
26	潘大临 2 首 (1 句)	《紫薇诗话》	39	程俱 1 首	《庚溪诗话》
27	潘良贵 1 句	不详	40	陈师道 1 首	《紫薇诗话》
28	周承勋 1 首	《贵耳集》	41	陈荐 1 句	《石林诗话》
29	周敦颐 1 首	《山志》	42	陈旸 1 首	《闽中金石志》
30	欧阳詹 (无诗)	不详	43	陈谠 1 首	《广西通志》
31	孙升 1 句	不详	44	陈宗道 (无诗)	不详
32	丁诐 1 首	《庶斋老学丛谈》	45	陈伯孙 1 首	《闽中金石志》
33	丁谓 1 句	《温公续诗话》	46	陈靖 1 首	《莆田县志》

表 17-6

序号	作者和作品数量	序号	作者和作品数量	序号	作者和作品数量
47	陈诚中 1 首	55	吴仁玉 1 首	63	何大圭 1 首
48	陈知柔 1 首	56	蒲宗孟 1 首	64	文天祥 1 首
49	陈伯孙 1 首	57	曹组 1 首	65	王禹偁 1 首
50	陈炎子 1 首	58	晁说之 1 首	66	王安石 1 首
51	陈瑾 1 首	59	陶谷 1 首	67	王绅 1 首
52	彭次云 1 首	60	韩琦 1 首	68	王逵 1 首
53	彭迪明 1 首	61	韩缜 1 首	69	王珪 1 首
54	郭处士 1 首	62	何云 1 首	70	王禹偁 1 句

续表

序号	作者和作品数量	序号	作者和作品数量	序号	作者和作品数量
71	王质 1 首	98	李师中 6 首	125	戴复古 1 首
72	黄载 5 首	99	李纲 1 首	126	利登 2 首
73	黄文雷 2 首	100	李景 1 首	127	晏殊 1 首
74	黄庶 1 句	101	李荐 1 首	128	范仲淹 1 首
75	黄庭坚 1 句	102	李觏 1 首	129	范缜 1 首
76	黄公度 3 首	103	李庆孙 1 首	130	范镗 1 首
77	黄轺 1 首	104	李翔高 1 首	131	夏竦 2 首
78	梁周翰 1 句	105	李图南 1 首	132	夏倪 1 首
79	杨刚中 1 首	106	史季温 1 首	133	魏野 1 首
80	杨亿 1 句	107	吕愿忠 6 首	134	谢逸 1 首
81	杨道孚 1 首	108	吕蒙正 1 首	135	石延年 1 首
82	林光朝 1 首	109	吕西纯 1 首	136	陆秀夫 1 首
83	于钦 1 首	110	吕祖谦 1 首	137	郭祥正 1 首
84	余靖 1 首	111	郑应开 1 首	138	郭尚贤 1 首
85	虞策 1 首	112	郑耕老 1 首	139	叶佑之 1 首
86	徐大方 1 首	113	郑樵 4 首	140	赵师秀 1 首
87	徐师仁 1 首	114	郑至 1 首	141	赵兴淳 1 首
88	倪思 1 首	115	郑韶先 1 首	142	赵崇嶓 5 首
89	钱尚 1 首	116	郑仁 1 首	143	希道 1 首
90	元绛 1 首	117	宋绶 1 首	144	沈珣 1 首
91	刘颂 1 首	118	宋庠 1 首	145	崇燠 1 首
92	刘子翚 1 首	119	杜钦况 1 首	146	吴正夫人 1 首
93	刘过 1 首	120	赵抃 1 首	147	有朋 1 首
94	刘克庄 1 首	121	赵庚夫 1 首	148	安文头陀 1 首
95	刘挚 1 首	122	蔡襄 4 首	149	仁王孝僧 1 首
96	沈绅 1 首	123	蔡京 6 首	150	无名僧 1 首
97	孔平仲 1 首	124	戴忱 1 首	151	谢法曹 1 首

续表

序号	作者和作品数量	序号	作者和作品数量	序号	作者和作品数量
152	吕某公 1 首	156	泽州老儒 1 首	160	海陵仙人 1 首
153	刀氏子 1 首	157	贺客 1 首	161	李氏女 1 首
154	运判某 1 首	158	无名子 1 首	162	川官 1 首
155	严陵士人 1 首	159	长安女仙 1 首	163	朝士 13 首

《宋诗纪事续补》文献取材主要来自历代诗话和地方志。《宋诗纪事续补》共补得句 34 句，诗人 163 位，诗作 225 首，约为《宋诗纪事拾遗》的两倍。

第十八章 《宋诗略》研究

《宋诗略》为汪景龙、姚壎同辑。乾隆三十五年(1770)姚氏竹雨山房刻本，凡十八卷。此书版心镌刻有书名、卷述、编者姓名，书名叶镌刻编者、书名及"竹雨山房藏板"，并钤有"嘉定秦氏汗筠斋发兑印"。汪景龙，字红羽，上海嘉定人，贡生，著有《陶春馆吟稿》《碧云词》，注《大戴礼记》，横渠两书院山长，与王鸣盛、钱大昕交善。姚壎，字和伯，嘉定人，王鸣盛婿。

第一节 《宋诗略》选诗概貌、编撰体例和选录标准

《宋诗略》共十八卷，卷一录宋代诗人 14 家，诗 48 首；卷二录宋代诗人 18 家，诗 65 首；卷三录宋代诗人 21 家，诗 32 首；卷四录宋代诗人 7 家，诗 46 首；卷五录宋代诗人 18 家，诗 59 首；卷六录宋代诗人 25 家，诗 78 首；卷七录宋代诗人 11 家，诗 60 首；卷八录宋代诗人 33 家，诗 68 首；卷九录宋代诗人 24 家，诗 67 首；卷十录宋代诗人 35 家，诗 69 首；卷十一录宋代诗人 34 家，诗 66 首；卷十二录宋代诗人 4 家，诗 65 首；卷十三录宋代诗人 41 家，诗 68 首；卷十四录宋代诗人 35 家，诗 97 首；卷十五录宋代诗人 27 家，诗 68 首；卷十六录宋代诗人 24 家，诗 60 首；卷十七录宋代诗人 26 家，诗 66 首；卷十八录方外诗人 18 家，诗 31 首，名媛 15 家，诗 49 首。共录宋代诗人 430 家，诗 1162 首，其中录苏轼 35 首、王安石 24 首、陆游 23 首、范成大 21 首、花蕊夫人 20 首、欧阳修 20 首、戴复古 18 首、苏舜钦 16 首、杨万里 15 首、王禹偁 15 首、姜夔 13 首、朱

淑真 12 首、李清照 12 首、朱熹 10 首、杨亿 10 首、张耒 10 首，余皆不足 10 首。除此之外，还选了很多不甚有文名的诗人，如录吴简言 1 首、钱若水 1 首、包拯 1 首、怀古 1 首、王十朋 1 首、周必大 2 首。

关于此选的编撰体例，《凡例》称："诗学大端，不外兴、观、群、怨。集中去滥除纤，藉以扶掖雅正，人以诗存，不因人存诗，故理学诸儒有及有不及诗人，关乎一代朝章典故者，或录，或不录，以宋史具在，可考而知，无事繁称博引。"其选录标准，《凡例》称："取宋人全集暨诸家选本，采其佳什，而俚俗浅率者俱汰焉"，从这里可以看出选者注重雅正、强调艺术性、注重佳作佳篇，那些在当时享有盛名的道学家的作品很少入选。

第二节 《宋诗略》三篇序言辨析

《宋诗略》三序论述了"宋诗学"的各个方面以及此选的编撰情况和选录标准，兹简述如下。《宋诗略》首为王鸣盛序，《序》云：

> 宋承唐后，其诗始沿五季之余习，至太平兴国以后，风格日超，气势日廓。迨苏、黄辈出，而极盛焉。乃其所以盛者，师法李、杜，而不袭李、杜之面貌；宗仰汉魏，而不取汉魏之形橅，此其卓然成一朝之诗，而不悖于正风者矣。顾后之学诗者，率奉所谓唐音以抹煞后代，故有称宋诗者，则群讥之，曰庸、曰腐、曰纤。夫五帝不相袭礼，三王不相沿乐，诗是乐之章而心之声也。《书》曰："诗言志，歌永言"，盖诗与乐同源而一途。宋之礼乐、政治，固自有与唐异者，独于诗而曰不唐之若，则其谩说而无当也。何足与言诗，且规仿声调之不足为诗也。如《三百篇》为诗之祖，倘欲揣摩于形似之际，则必袭冀之赓歌、夏之五子矣。况周以二南为风始，而何以风之诗，不必同于南雅之音，不必同于颂也。惟宋人早见于此，而气势所到，力量所及，又足以别异于唐，卓然能自树立，成一代之风雅，而为一世之元音也。若并为唐音，必不能自胜于唐，则六祇可为唐之附庸，而何以

成其为宋诗也哉。予向有《南宋文鉴》之编，以义为主而不专于诗，顾未尝于宋诗有专选也，会同里汪子□青暨予婿姚子和伯共订定宋诗，名之曰《略》，世盖谓"宋一代之风格流变，已可得其大略已耳"。既刻成，和伯请予序其端，予读之竟，而嘻曰："此固予未发之志也"，而能引而伸之，触类而通之，是书也，可使天下后世考见宋人之真诗。学西昆者，承唐末之余沉，而非宋也；师击壤，世开道学之流派，而非诗也；轻滑率易者，系晚宋之末流，而非宋之真也。若宋之诗，则沉雄博大者，其气；镂肝刻髓者，其思；新异巧妙者，其才；若仅以派别论之，犹拘于垆也。且宋人之集，浩如烟海，竟岁不能窥其全，得此集之甄录而条贯焉，亦可以为学诗者之指南矣夫。

乾隆三十五年二月西庄居士王鸣盛书

王鸣盛首先一反明人对宋诗的否定，承袭清初以来对宋诗的思想倾向。他勾勒了宋诗发展的历史，指出："宋承唐后，其诗始沿五季之余习，至太平兴国以后，风格日超，气势日廓。"宋初，诗歌沿袭唐诗所具有的特点，并加以创新。尤其是到了苏轼、黄庭坚，宋诗走向鼎盛，苏黄之所以能达到如此成就，主要是师法汉魏之精神和李杜的精髓，而脱去形貌。不仅如此，王鸣盛进一步申言，宋诗并不逊于唐诗，主要是因为唐诗和宋诗"诗与乐同源而一途"，故不分高低优劣。

《宋诗略》次为汪景龙序，《序》云：

编唐诗者，不下数十家，两宋之诗独少专选。《东莱文鉴》所录寥寥，王半山、曾端伯曾有辑录，前贤尝病其偏任己见，今已罕有流传。若《西昆酬唱》、《濂洛风雅》亦集仅数家，精而未备。内乡李于田《艺圃集》搜采颇多，然以五代金源诸家厕其间，体例未合。曹石仓《十二代诗选》去取尤为草率。而潘讱庵、吴菌次、吴以巽、王子任之所选，详略虽殊，其未能餍人意，则均也。惟石门吴孟举之《宋诗钞》、嘉善曹六圃之《宋诗存》大有功于宋人之集，而未经抉择。历樊榭《宋诗纪事》，网罗遗佚，殆无挂漏，然以备一代之掌故，非以示学者之准则。苟非掇其菁英，归诸简要，何以别裁伪体而亲风雅哉！余故与姚子和伯取宋人全集，暨诸家选本，采其佳什，而俚俗浅率者俱汰焉。书既成，厘为十八卷，虽不克尽宋诗之美，然其崖略已具于此。求宋诗之专选者，或有取焉，至作者里居出处，恪遵史传标举。大凡其论诗可采，逸事可书，及鄙见所得，亦附载之，祈不背于知人论世之义云。

乾隆三十四年己丑十二月朔嘉定汪景龙题于香草轩

汪景龙序在宋诗学理论上的贡献不大，但说明了编撰此选的缘由和选录情况，汪氏一一列举了此前宋诗选本的缺陷，如宋元时期之《西昆酬唱集》《濂洛风雅》所选诗人有限；明代李于田《宋艺圃集》所收诗人和诗作总数较多，然而有金元诗人选录其中，故体例尤为不纯；曹石仓《石仓宋诗选》收录规模尤其巨大，所录诗人190多位，诗歌6700多首，但所选诗作更为粗疏，或任意删减，或漏钞；潘是仁《宋元名家诗选》仅收录宋代诗人26家；吴曹直、储右文《宋诗选》录宋代诗人320家，诗3598首；王史鉴《宋诗类选》录宋诗1600余首；吴之振之《宋诗钞》、曹庭栋之《宋百家诗存》、厉樊榭之《宋诗纪事》均能网罗遗佚，但却未能"示学者之准则"。针对上述宋诗选之不足与缺陷，故而该选择取《宋诗钞》《宋百家诗存》《宋诗纪事》《瀛奎律髓》《石仓宋诗选》等诗选，诗话多转录于《宋诗纪事》。

《宋诗略》再次为姚壎序，《序》云：

风、雅、颂之后，有楚辞。楚辞后，有乐府。沿而为十九首，侈而为六朝，风会递迁，非缘人力。然考其源流，则一而已矣。唐用诗赋设科取士，声律格调爰集大成。两宋诗人变化于矩矱之中，抒写性灵、牢笼物态，脱去唐人面目，而抨弹者，奉嘉、隆间三四巨公之议论，直谓"宋人无诗"。苍古也，而以为村野；典雅也，而以为椎鲁；豪雄也，而以为粗犷。索垢指瘢，不遗余力。矫其弊者，又甚而流为打油、锭铰之体。呜呼！岂知宋诗皆滥觞于唐人哉！如晏元献、钱文僖、杨大年、刘子仪诸公，则学李义山。王黄州、欧阳文忠，精深雄浑，始变宋初诗格，而一则学白乐天，一则学韩退之。梅圣俞则出于王右丞，郭功父则出于李供奉。学王建者有王禹玉，学陈子昂者有朱紫阳，又若王介甫之峭厉，苏子美之超横，陈去非之宏壮，陈无己之雄肆，苏长公之门有晁、秦、张、王之徒，黄涪翁之派有三洪、二谢、陈、潘、汪、李之辈，俱宗仰浣花草堂，或得其神髓，或得其皮骨，而原本未尝不同。南渡之尤、杨、范、陆，绝类元和。永嘉四灵，格近晚唐。晞发奇奥，得长吉风流。月泉吟社，寒瘦如郊、岛。以两宋较诸三唐，宫商可以叶其音也，声病可以按其律也，正变可以稽其体也。譬诸伶伦之典雅乐，镈于方响，皆合钧韶；仙灵之炼神丹，金碧元黄，都归垆鞴。使必拘拘然，形貌之惟肖。万喙同声，千篇一律，亦何异捧西施之心，而抵优孟之掌哉！□青汪先生不弃梼昧，邀余商订宋诗，故推陈其源流如此，非敢援唐以入于宋，亦非推宋以附于唐，要使尊宋诗者无过其实，毁宋诗者无损其真而已。如必谓唐宋源流各异，则十九首及六朝，未尝以楚辞、乐府而废，楚辞、乐府亦未尝缘风雅颂而废，奈何独以唐人而废宋诗也。

乾隆三十四年岁在屠维赤奋若涂月上浣练水姚壎书于竹雨山房

第三节　《宋诗略》之诗人小传和评语特点

《宋诗略》所录诗人均有小传，叙其生平仕履、诗学特色及成就，小传中时常直接称引吴之振《宋诗钞》小传。如引《宋诗钞》张耒小传云：

> 史称其诗效白居易，乐府效张籍，然近体工警不及白，而蕴藉闲远，别有神韵。乐府、古诗用意古雅，亦《长庆》为多耳，子瞻谓秦得吾工，张得吾易，谩相压也，要在秦、晁以上。

除选录《宋诗钞》外，有时还在评点诗歌中暗引，如卷十二杨万里《云龙歌调陆务观》云："诚斋脱落皮毛，自出机杼，人每以俚谚笑之，集中稍徇俗尚，择其整饬者录焉。"评语即出自吕留良《诚斋集钞序》。

关于《宋诗略》之评语，主要有两大特点。

第一，大量引用前人之评语，如评陆游云：

> 余诋江西而进宛陵，不能不骇俗听耳。少时尝读梅诗，亦知爱之，而于一时诸公所称道，如《河豚》等篇，有所未喻；至于寂寥短章，闲暇萧散，犹有魏晋以前高风馀韵，而不极力于当世之轨辙者。夫古人之诗，本岂有意于平淡哉？但对今之狂怪雕镂，神头鬼面，则见其平；对今之肥腻腥臊，酸咸苦涩，则见其淡耳。（朱熹《答巩仲至》，《晦庵集》卷六十四）

> 放翁诗，读之爽然，近代惟见此人为有诗人风致。（朱熹《答徐载叔赓》，《晦庵集》卷五十六）

> 寿皇尝谓周益公曰："今世诗人亦有如李太白者乎？益公因荐务观由是擢用。"（罗大经《鹤林玉露》）

> 华文阁待制山阴陆游务观撰。左丞佃之孙。绍兴末召对，赐出身。隆兴初为枢密院编修官，乡用矣，坐漏泄省中语，阜陵以为反复，斥远之。后以夔倅入蜀，益自放肆，不护细行，自号放翁。在蜀九年乃归。晚由严陵召为南宫舍人。将内禅，益公荐直北门，上终不用。及韩氏用事，游既挂冠久矣，有幼子泽不逮，为侂胄作《南园记》，起为大蓬。以次对再致仕。嘉定庚午年八十六而终。游才甚高，幼为曾吉父所赏识。诗为中兴之冠，他文亦佳，而诗最富，至万余篇，古今未有，故文与诗别行。"渭南"者，封渭南县伯。（陈振孙《直斋书录解题》卷十八）

> 近岁诗人，杂博者堆队仗，空疏者窘材料，出奇者废搜索，缚律者少变化。（刘克庄《后村诗话》）

　　第二，入选诗作之评语为汪景龙、姚壎所独创。如评陆游，或论其音节，评《夜读唐诸人诗》云："音节健劲"；或论其某一诗体特点，评《风雨中望峡口诸山奇甚戏作短歌》云："放翁七言古诗多清便流美，兹录其纵横曲折、撑住自在者。"或论其渊源，评《游锦屏山谒少陵祠堂》云："少陵分之，故山谷云：'天下几人学杜甫，谁得其皮与其骨。'放翁此诗挺健，不独得少陵皮骨，且能得其神矣。"或论其诗歌特点，评《诸葛丞相庙》云："笔下凛凛有生气。"或交代创作背景，评《沈园》云："按园在禹迹寺南，放翁曾遇弃妻，唐氏于此翁晚岁尝登寺眺望不能胜情，此诗作于庆元己未岁云。"

第十九章　沈德潜《宋金三家诗选》研究

《宋金三家诗选》为清代格调派盟主沈德潜所选录的一部以宋诗为主的宋代诗歌选本，这在格调派选本历史上都是极为少见的，它给我们透露了一个消息，格调派以选本的形式作为载体，说明宗唐派对宋诗在一定程度上予以接纳。

沈德潜（1673—1769），字碻士，号归愚，长洲（今江苏苏州）人。乾隆元年（1736）荐举博学鸿词科，乾隆四年（1739）进士，曾任内阁学士兼礼部侍郎。论诗倡言格调，提倡温柔敦厚之诗教。选有《古诗源》《唐诗别裁集》《明诗别裁集》《清诗别裁集》《七子诗选》等。《宋金三家诗选》选录作品527首，其中苏轼作品185首、陆游208首、元好问134首。陆诗有评点的为53首，元诗有评点的35首，苏诗无评。

第一节　《宋金三家诗选》和《宋元三家诗》之正名

关于《宋金三家诗选》选录的时间，沈德潜在其《自订年谱》中指出："三十四年己丑，年九十七。前岁冬月选《宋元三家诗》，至是七月告成。"①三十四年己丑是指乾隆三十四年（1769），《自订年谱》中记载书名为《宋元三家诗》，与其弟子顾宗泰所称《宋金三家诗选》在名称上稍有出入；另，《自订年谱》中说明了编选《宋金三家诗选》的时间是从1768年冬月开始到1769年7月完成。

---

① 沈德潜：《沈归愚全集》（第一册），乾隆教忠堂刻本。

那么沈德潜所称《宋元三家诗》和顾宗泰所称《宋金三家诗选》之间有没有差别呢？《自订年谱》中所称是从元好问所处时代而言，因为元朝起止时间为(1206—1368)，而元好问生于1190年，卒于1257年，由此看来，元好问主要生活在元代，故称为《宋元三家诗》；而《宋金三家诗选》不是从元好问所处时代而论，《遗山诗选·例言》称：

> 金亡后遗山不久賫身，元世祖未尝欲其仕，遗山未尝入元廷也。选元诗者强作元人以冠一代之籍，欲尊其诗，转没其节矣。①

例言中说明沈德潜是从人格节操的视角来看待元好问，认为元好问未仕新朝，他仍属于金代，故称《宋金三家诗选》，实际上两者并没有实质上的差别。

第二节 《宋金三家诗选》编选之缘由

在沈德潜编撰的所有诗歌选本中，《宋金三家诗选》的规模最小，因为其影响不及其他诗歌选本，故而受世人关注较少。

沈德潜何以要编选《宋金三家诗选》？沈氏弟子顾宗泰在序言中指出：

> 吾师归愚先生所选《古诗源》、《唐诗别裁》、《明诗别裁》诸集久已脍炙，海内人士奉为圭臬。而独宋、金、元诗未之及，非必如嘉隆以后言诗家尊唐黜宋，概以宋以后诗为不足存而弃之也。今年春，先生始选苏东坡、陆放翁、元遗山三家诗，补前此所未及，同协助者为吾友陈君野航。茫如烟海，各一搜寻。三家为宋以后大家，以选之者存之，尽诗之正轨矣。放翁、遗山二家，先生首为论定，例言、评语都备，独东坡诗于病中选阅，只有定本，不及评而先生已下世。今野

---

① 沈德潜：《宋金三家诗选》，济南：齐鲁书社影印乾隆刻本。

航梓版行世，悉存其旧，不纂入一语，以滋后世惑也。①

该序写于乾隆三十四年（1769），顾宗泰指出选录《宋金三家诗选》者有陈明善协助、沈德潜所选《古诗源》《唐诗别裁集》《明诗别裁集》《清诗别裁集》等，已经涉及诸多时代，而独未及宋元，故而沈氏选三家诗的宗旨是为了"补前此所未及"，并将宋金诗歌纳入诸选本系列，从而将宋金纳入"诗之正轨"，亦正如陈明善所谓"归愚论诗不拘一格"②（《宋金三家诗选·例言》），王昶之论更具见地："先生独综今古，无藉而成，本原汉魏，效法盛唐，先宗老杜，次及昌黎、义山、东坡、遗山，下至青丘、崆峒、大复、卧子、阮亭，皆能兼宗条贯。"③

第三节 《宋金三家诗选》的宋诗观

第一，沈德潜以"取宋"代替明七子的"用宋"与"参宋"。沈德潜论诗宗奉汉魏、盛唐，人所共知。《湖海诗传》卷二《厉鹗小传》载："（厉鹗）撷宋诗之精诣而去其疏芜。时沈文悫公方以汉、魏、盛唐倡于吴下，莫能相掩也。"④可见其宗旨所在；但沈德潜并不拘泥于宗唐的藩篱，而是对中晚唐以降的诗歌采取了宽容的态度。

明七子所谓"用宋""参宋"是指对宋诗的接受是有所限制的，即在论评宋诗的过程中，常常将唐诗作为衡绳的重要尺度，因此，对于符合唐诗标准的宋诗才予以采纳，自然所取十分有限。据此而言，宋诗的重要性与地位就不如唐诗突出，这可从明代格调论者对唐宋诗的不同态度上窥出其中端倪。

沈德潜所谓"取宋"，即在论评宋诗的过程中，不再以唐诗作为主要的

---

① 沈德潜：《宋金三家诗选》，济南：齐鲁书社影印乾隆刻本。
② 沈德潜：《宋金三家诗选》，济南：齐鲁书社影印乾隆刻本。
③ 王昶：《湖海诗传》卷八，嘉庆八年刻本。
④ 王昶：《湖海诗传》卷二，嘉庆八年刻本。

参考范式，而是给予宋诗相对独立的地位，并对其价值作出适当的肯定。因此，宋诗的地位与重要性相对就较为突出，从而打破了唐诗一统天下的局面。但是，宋诗并未与唐诗形成分庭抗礼、平分秋色之势，这可从沈德潜对宋诗与宋代诗人的评价中揣度出来。

第二，从分析比较唐宋诗歌特征出发，肯定宋诗。沈德潜指出：

> 唐诗蕴蓄，宋诗发露；蕴蓄则韵流言外，发露则意尽言中。愚未尝贬斥宋诗，而趣向旧在唐诗，故所选风调音节，俱近唐贤，从所尚也。若乐府及四言，有越唐人而窃攀六代、汉魏者，所云"虽不能至，心向往之"。（《清诗别裁集·凡例》）
>
> 宗唐祧宋非吾事，继续东坡有放翁。①

沈氏对唐宋诗特征的描述，与稍后的翁方纲关于唐宋诗的论述十分相似，他说道："唐诗妙境在虚处。……有唐之作者，总归盛唐。而盛唐诸公，全在境象超诣。""宋诗妙境在实处。……宋人之学，全在研理日精，观书日富，因而论事日密。"（《石洲诗话》卷四）"宗唐祧宋非吾事"说明沈氏诗学宗尚虽在"唐"，但并未排"宋"，是丹而未尝非素，论甘而未必忌辛。因此如若仅持袁枚之论就断定沈氏崇"唐"斥"宋"，则是冤枉了沈德潜。

第三，从人格的视角，肯定宋诗。沈德潜从人格优于诗格的视角，品评宋诗。沈德潜指出：

> 放翁出笔太易，气亦稍粗，是其所短，然胸怀磊磊明明，欲复国大仇，有触即动，老死不忘，时无第二人也。上追少陵，志节略同，勿第以诗人目之。②
>
> 少陵一饭不忘君，放翁至死不忘复仇，忠君爱国，唐、宋重此

---

① 沈德潜：《沈归愚诗文全集》，清乾隆教忠堂刻本。
② 沈德潜：《宋金三家诗选》，济南：齐鲁书社影印乾隆刻本。

二人。①

第四，从具体辨析宋代诗人的诗歌特征着眼，在给予充分肯定的前提下，指出其不足。沈德潜在《说诗晬语》卷下中详细论述了欧阳修、苏舜钦、梅尧臣、王安石、王令、苏轼、南宋四大家、朱熹、黄庭坚、陈师道、郑清之、刘克庄、方岳、四灵诗派、谢翱及遗民诗集《谷音》《月泉吟社》等人的诗歌特征。《说诗晬语》卷下云：

> 宋初台阁倡和，多宗义山，名"西昆体"。梅圣俞、苏子美起而矫之，尽翻科臼，蹈厉发扬，才力体制，非不高于前人，而渊涵淳濡之趣，无复存矣。欧阳修七古专学昌黎，然意言之外，犹存余地。（论宋初诸家）

> 王介甫才力颇张，而意味较薄，桃花源一篇外，良楛互见矣。王逢力求新生，亦同时之铮铮者。（论王安石、王令）

> 苏子瞻胸有洪炉，金银铅锡，皆归镕铸。其笔之超旷，等于天马脱羁，飞仙游戏，穷极变幻，而适如意中所欲出，韩文公后，又开辟一境界也。元遗山云："只知诗到苏、黄尽，沧海横流却是谁？"嫌其有破坏唐体之意，然正不必以唐体律之。苏门诸君子，清才林立，并入寰中，犹之郏、莒已。苏诗长于七言，短于五言；工于比喻，拙于庄语。（论苏轼）

> 《剑南集》原本老杜，殊有独造境地，但古体近粗，今体近滑，逊于杜之沉雄腾踔耳。明代杨君谦、本朝杨芝田专录其叹老嗟卑之言，恐非放翁知己。（论陆游）

> 放翁七言律，对仗工整，使事熨贴，当时无与比坍。（论陆游）

> 南渡后诗，杨廷秀推尤、萧、范、陆四家，谓尤延之、萧东夫、范致能、陆务观也。后去东夫，易以廷秀，称尤、杨、范、陆。（论

---

① 沈德潜：《宋金三家诗选》，济南：齐鲁书社影印乾隆刻本。

南宋四家)

朱子五言，不必崭绝凌厉，而意趣风骨自见，知为德人之音。
(论朱熹)

西江派黄鲁直太生，陈无己太直，皆学杜而未哜其炙者。然神理
未浃，风骨独存。南渡以下，范石湖变为恬缛，杨诚斋、郑德源变为
谐俗，刘潜夫、方巨山之流变为纤小。而"四灵"诸公之体，方幅狭
隘，令人一览易尽，亦为不善变矣。(论江西派与四灵派)

宋末谢皋羽晞发集，意生语造，古体欲独辟町畦，方之元和时，
在卢仝、刘叉之列。(论谢翱)

谷音一卷，系宋遗民诗，皆不落尘溷，清铿可诵者。月泉吟社一
卷，便不足观。(谷音与月泉吟社)

宋诗中如"卷帘通燕子，织竹护鸡孙"……皆卑卑者。至"若见江
鱼应恸哭，此中曾有屈原坟"，则怪矣。"脚跟头上两青天"、"月子湾
湾照九州"，则俚矣。学宋人者，并无宋人学问，而但求工对偶之间。
曲摹里巷之语，舍大声而爱折杨、皇荂，宜识者之不欲观也。扩清俗
谛，以求大方，斯真宋诗出矣。"春水渡旁渡，夕阳山外山。"何工于
着景也！"客游儿废学，身拙妇持家。"何工于言情也！此种何尝不是
宋诗？(论宋人句)

沈德潜对各家各派均指陈其高下得失，简洁明白，而对宋诗中自创格局、
独辟蹊径之作更是赞许不已，但是认为需"扩清俗谛"，才能识得"大方"。
而在对宋代诗人的赞扬中，尤以苏轼、陆游两人最为突出。在格调论者中
用这么多篇幅评价宋代诗人是不多见的。

下面我们就以苏轼与陆游两人为例进行具体分析。

先说苏轼(引文见上)。沈氏所论苏轼，归纳起来有如下几点：(1)指
出苏诗境界阔大，题材丰富，所谓"胸有洪炉，金银铅锡"是也。(2)指出
苏轼颇具天才，笔力遒劲，行文如同天马脱羁，不受拘束。(3)认为苏诗
能曲尽变化之妙。(4)论评苏诗的短长。长于七言，短于五言；工于比喻，

拙于庄语。

再说陆游。沈德潜对陆游诗歌的论述，除上文所引之外，还有：

> 务观诗，七言律病在太熟太多，每至蹊径复沓，又先丽句后足成
> 之，未免有有句无章之诮。然使事稳切，对仗工整，非经史烂熟，胸
> 有炉冶者，不能于白傅之外，并称大家。又七言古诗沉雄激状，恢复
> 中原之志，时流露于笔墨之间，位虽卑微，得杜少陵一体。①

沈德潜对陆游诗歌依然指陈其得失，认为陆游诗歌的优点有：(1)对仗
工整，"使事熨贴"，且因其学识丰富，胸有炉冶，所以能在宋诗坛独树
一帜，少有望其项背者。(2)学少陵，尤其是七言古诗"沉雄激状"，且
得杜少陵之精髓。缺点则有：(1)因其诗篇太多，故有雷同之弊。(2)有
些作品风格近似白居易，有浅滑粗疏之病。(3)有些作品先有丽句，有
有句无章之嫌。

我们将该本与《御选唐宋诗醇》作一比较，就可见出两者在选诗宗趣上
的差异，《御选唐宋诗醇序》说："文有唐宋大家之目，而诗无称焉者，宋
之文足可匹唐，而诗则实不足以匹唐也。既不足以匹，而必为是选者，则
以《唐宋文醇》之例，有《文醇》不可无《诗醇》，且以见二代盛衰之大凡，
示千秋风雅之正则也。"《御选唐宋诗醇》虽为唐宋两代的诗选，却体现出浓
厚的尊唐抑宋的观念，故而在唐代诗人中入选了李白、杜甫、白居易、韩
愈四家，而在宋代诗人中却只选了苏轼、陆游两家，苏陆两位诗人的地位
也并不突出。在具体评价时，也常常用唐诗的标准来权衡宋诗，如评陆游
《五云门晚归》："以高韵胜，置唐人集中，不复可辨。"②

---

① 沈德潜：《沈归愚诗文全集》，清乾隆教忠堂刻本。
② 《御选唐宋诗醇》卷四十四，乾隆二十四年刻本。

第二十章　任文化《宋诗约》研究

《中国古籍善本书目》(集部)、《中国丛书广录》载："任文化《诗约》八卷,又名《宋金元诗约》,其中《宋诗约》四卷,《金诗约》一卷,《元诗约》三卷,清抄本,半页十一行,行二十二字,小字双行同,无格,藏湖北省图书馆。"此选颇为罕见,为海内外孤本,学界尚无人关注和研究。《宋诗约》编撰者任文化,浙江海盐人,余皆不详。

第一节　《宋诗约》选诗概况

关于《宋诗约》的选诗情况如下:

卷一:度宗1首、郓王赵楷1首、李昉1首、曹翰1首、杨徽之1首、郑文宝1首、徐铉1首、寇准2首、杨亿2首、魏野3首、林逋3首、刘筠1首、王奇1首、苏绅1首、胡宿1首、文彦博1首、宋祁51首、余靖21首、欧阳修34首、石介1首、韩琦11首、鲜于侁1首、苏舜钦2首、梅尧臣10首、司马光2首、王珪1首、王安石25首、王令1首、俞紫之1首、刘敞3首、张公庠1首、李觏2首、范纯仁1首、文同1首。选诗人34家,诗191首。

卷二:苏轼70首、苏辙1首、蔡确1首、邵雍1首、孔武仲1首、韩维3首、贾收1首、李冲元1首、李甲1首、孔平仲8首、彭汝砺3首、张景修1首、曾肇1首、黄庭坚17首、张耒12首、秦观7首、晁补之3首、晁冲之4首、谢薖1首、郭祥正5首、孙谔1首、刘弇4首、李之仪1首、杜常1首、陈师道2首、赵令畤1首、王琮2首、米芾2首。选诗人

28 家，诗 156 首。

卷三：汪藻 1 首、韩驹 1 首、魏泰 1 首、唐庚 4 首、饶节 2 首、李弥逊 7 首、孙觌 1 首、吴沆 1 首、陈与义 22 首、张纲 1 首、王庭珪 2 首、邓肃 1 首、程俱 4 首、曹勋 1 首、曾几 1 首、刘一止 3 首、王铚 1 首、张元干 2 首、吕本中 5 首、康与之 1 首、陈渊 6 首、刘子翚 12 首、周紫芝 5 首、姚宽 1 首、李若川 1 首、陈天麟 1 首、朱熹 13 首、王宷 1 首、范成大 10 首、杨万里 9 首、何异 1 首、陆游 52 首、李俊民 1 首。选诗人 33 家，诗 175 首。

卷四：张良臣 1 首、楼钥 2 首、杨甲 1 首、赵彦端 1 首、陈傅良 1 首、张栻 3 首、陈造 1 首、张镃 1 首、刘过 1 首、赵师秀 10 首、翁卷 1 首、徐玑 3 首、叶茵 2 首、戴复古 15 首、严参 1 首、严羽 1 首、严粲 2 首、林尚仁 1 首、刘翰 1 首、姜夔 8 首、葛天民 1 首、赵汝燧 4 首、何应龙 2 首、孙严 1 首、葛起耕 1 首、赵希櫓 1 首、姚镛 1 首、赵崇嶓 1 首、赵崇鉘 1 首、胡仲参 1 首、沈说 1 首、方岳 6 首、朱继芳 3 首、郑会 1 首、罗与之 1 首、郑震 1 首、戴昺 2 首、刘克庄 7 首、许棐 2 首、吴大有 1 首、文天祥 14 首、真山民 6 首、王镃 1 首、陈允平 1 首、汪元量 2 首、林景熙 7 首、郑思肖 2 首、谢翱 2 首、吕徽之 1 首、罗公升 3 首、智园 1 首、道潜 3 首、清顺 1 首、守诠 1 首、祖可 1 首、惠洪 1 首、斯植 4 首、王氏 1 首(赵德麟妻)、女郎张惠卿 1 首、张氏绝句 1 首、太学生妻 1 首、罗浮黄野人 1 首、闽清野人 1 首、无名氏 1 首、石刻诗 1 首。选诗人 65 家，诗 155 首。

此选共选录宋代诗人 160 人，诗 677 首，《宋诗约》以人为编录顺序，而选录的诗人大体按照时代先后为次序，在所有入选诗人中，苏轼 70 首，位居第一，占所有入选诗人的百分之十强，其次为陆游 52 首、次为宋祁 51 首，次为欧阳修 34 首，次为王安石 25 首，次为陈与义 22 首，次为余靖 21 首，次为黄庭坚 17 首，次为戴复古 15 首，余皆不足 15 首。从四卷所入选诗人总数和诗作总数来看，每卷基本上是相等的。

第二节 《宋诗约》编选时间和选诗宗趣

因为此选没有序跋，所以我们无法从其序跋中得知其选录的时间，但我们可从其引用的文献中推知出选录的时间。《宋诗约》选录的清代文献中，有查慎行的《初白庵诗评》。《初白庵诗评》刊行于康熙四十二年，所以此选最早也应是在康熙四十二年以后。

《宋诗约》选诗规模不大，仅 600 多首，此选除选录了苏轼、陆游、黄庭坚、欧阳修这些著名诗人外，还选录了许多不甚有文名的诗人，其中存 1 首者，就有 90 余人，可以见出《宋诗约》保存一代文献之功。如录有郑文宝 1 首、王奇 1 首、苏绅 1 首、胡宿 1 首、鲜于侁 1 首、俞紫之 1 首、张公庠 1 首、范纯仁 1 首、贾收 1 首、李冲元 1 首、李甲 1 首、张景修 1 首、曾肇 1 首、谢邁 1 首、孙谔 1 首、李之仪 1 首、杜常 1 首、赵令畴 1 首、汪藻 1 首、韩驹 1 首、吴沆 1 首、张纲 1 首、邓肃 1 首、曹勋 1 首、刘一止 3 首、王铚 1 首、姚宽 1 首、李若川 1 首、陈天麟 1 首、王宷 1 首、何异 1 首、李俊民 1 首等。

此选在选录宋诗各期诗人时，应该说没有厚此薄彼之嫌，无论"苏门六君子"，还是"四灵诗派"，抑或"江西诗派"和"遗民诗派"，僧人或名媛均有收录，可以见出任文化融通的诗学观。

此选的小传文献资料来源主要来自《宋史》本传。如欧阳修小传云："欧阳修，字永叔，庐陵人，天圣八年，进士甲科，累擢知制诰，翰林学士，历枢密副使，参知政事。神宗朝迁兵部尚书，以太子少师致仕，卒谥文忠，自号六一居士。"文同小传云："字与可，梓潼人，皇祐元年进士，仕至太常博士，集贤校理，元丰初出守湖州，至宛邱驿而卒。"

第三节 《宋诗约》的宋诗观

一、总论诗歌流派的特点

《宋诗约》论述了"西昆体"总体的艺术特点，《宋诗约》"杨亿"条"详说"云：

> 钱希圣、刘子仪、杨大年创西昆体，丰富藻丽，取法义山，一变五代芜鄙之习，时称"三束三虎"，但《诏书》有文体浮艳之禁，优人有官职捌扯之讥，未免不理于口，然后人以家常语为宋诗一派，白话陈陈相因，不如学西昆者，须多读书也。

任氏指出了"西昆体"的渊源"取法义山"，具有"丰富藻丽"的审美特征。如杨万里《四月十三日度鄱阳湖》条"详说"云：

> 南宋四家为尤、萧、范、陆，后人以扬易萧称"诚斋体"，但俊逸须得天分，有意求之，则流入浮滑纤俗一路，诚斋诗少全璧。

任氏论述了南宋"中兴四大家"具有"俊逸"的艺术特征，而且指出了如何避免走向"浮滑纤俗"的弊病。

二、区划每位诗人的艺术特点

《宋诗约》黄庭坚条"详说"云：

> 苏黄未可并称，山谷五言律如"香草当姬妾，不须珠翠妆"，"江形篆平沙，分派回劲笔"，"风从落帆休，天与大江平"；七言如《赠张仲》："迩来更觉苦语工，思妇霜砧捣寒月。"《次韵子瞻和子由观韩干马因论伯画天马》："长楸落日试天步，知有四极无由驰。"……此种追逐东坡，如骖之勒，所惜全体瑕瑜不掩，当分别观之。

任氏从苏黄诗歌不同特点着眼，认为两人各具特色，所以需分别观之。林逋《小隐自题》"详说"云："君复梅花诗，文忠公与山谷异，赏人谓文忠公取神韵，山谷取意趣，然疏影一联音节未谐，何以云律，水边横枝，究难专属，谓是千古绝唱，窃疑未然。"孔平仲"详说"云："三孔清江集文仲寥寥无几，武仲七古雄健亦多滞冗处，平仲五古清整中时见流丽。"

三、以唐衡宋

所谓"以唐衡宋"就是用唐诗的标准来评价宋诗。如评苏轼《和鲜于子骏》(尾批)云："诗亦神似苏州。"指出苏轼诗神似中唐诗人韦应物诗。评王安石《宜春苑》(尾批)云："荆公五律神味似孟襄阳。"指出王安石五律韵味神似孟浩然评《送程公辟之》(尾批)云："雄健似岑嘉州。"指出王安石诗在"雄健"方面颇似岑参。评范成大《田家》(尾批)云："神似孟襄阳。"指出范成大诗神似孟浩然诗。

四、探源诗人之间的渊源

任氏注重探讨诗人之间的渊源关系，如陆游《游山西村》条"详说"云："放翁得句法于茶山，自能出一头地。"指出了陆游诗歌之句法学自曾巩。梅尧臣"条""详说"云："北宋五律以圣俞为最，骨力虽未及李杜，神味已逼近王孟。若南宋四灵，未免意同语尽，气随格平，盖圣俞学圣唐，而四灵取法贾岛姚合也。"任氏指出四灵之诗学自姚合和贾岛。

第二十一章　张援《田间诗选》和涂闻政《田园诗选》研究

张援《田间诗选》和涂闻政《田园诗选》两部诗歌选本在民国时期是比较特殊的，因为当时值国运沦替，大多数选本是以国家民族命运为主题进行编选，而这两部选本却别出心裁，远离了战火的硝烟，这也为当时沉重的中国诗坛带来一股清新的风气。

第一节　张援《田间诗选》

《田间诗选》，张援选，上海商务印书馆 1931 年出版。是选选录了从《诗经》到清代有关田园题材诗歌 1600 多首，诗人 400 多家，是第一部全面选录田园诗歌的选本，其开创性可见一斑。

是选体例以类编次，分作物（156 首）、园艺（455 首）、森林（455 首）、蚕桑（107 首）、畜牧（42 首）、农具（65 首）、虫害（10 首）、气候（128 首）、土田（15 首）、杂述（199 首）十类，选录最多的两种是园艺和森林，其次为作物，而最少的为虫害，由此可以见出作者的偏嗜。

在所有入选作品中，宋代入选最多，其次是唐代，再次是晋代，可见在张援的心目中，宋代在中国诗歌发展史上是最能代表田园诗作成就的，而且是最符合中国发展实际的。

在宋代诗人中，选录最多的为范成大，其次为陆游、苏轼、苏辙、杨万里、朱熹，这充分说明张援视范成大为新型田园诗人的代表；此外，晋代诗人选录最多的为陶渊明；唐代则以王维、储光羲、杜甫、李白、白居易为代表，明代则为高启、吴宽、李东阳，清代则为施闰章、谢芳莲、袁枚等。

　　那么作者何以要编录这样一部诗歌选本，张援在《田间诗选》序言中作了说明：

　　　　我为什么要选这个选本？就是因为自古以来许多诗家，对于我们农家的事情，和农民的生活，非常的注意，有实写一般疾苦的，有描写田间社会的形状和各地方的田景的，也有别有怀抱，借着农的事情，发挥出来，不过散在各人的诗集里面。没有人专门选辑在一起。①
　　　　我国诗家里面，厌世和玩世的，固是多数，因诗直陈农民的苦况，细读之自然会感动出来，自然会生出一种救济心，也许因此可收到改正社会的功用。②

张援认为选辑这部诗歌选本，一则是因为选辑田园诗歌尚无先例；二则是由于自古以来的许多著名诗人均创作过田园诗歌，或以此描写自然风光，或借此寄托自己的抱负。关于这一点，刘铭和在《田间诗选》序中予以说明：

　　　　改良农民生活，为今言民生者揭橥之义矣。顾吾国农民生活之本来面目，果何如耶？是在着手改良之先所当熟悉者也。农政、农学诸书，言农民而未及其生活，社会经济诸说，言生活未必专详农民。且所谓农民生活者，非仅其衣食居住也。必有因其环境特殊关系，而自然发现之情态。如其娱乐、其喜好、其忧患、其嫉恶、其欲望。如是种种，方为其生活内部之真相。然则农民生活之真相，所可附托以表现者，首出《田间》《击壤》歌是也，作息欲食之余，以帝力何有为咏

　　① 张援：《田间诗选》，上海：商务印书馆1931年版，第3页。
　　② 张援：《田间诗选》，上海：商务印书馆1931年版，第3页。

叹，数千载下读之犹可想见其优游康乐之境况。吾人由是知当时之情态，由是知农民生活之真相，非有发抒性灵条达情绪之伟大功用如诗者，其孰能于此哉！

《田间诗选》的选录标准，张援在《田间诗选》序言中作了说明，他说："思想取平等，意境取真实，音节要取自然，释句要取浅显，总求能够适应现代人阅读。"①首要的选录标准是"真实"，所以张援指出：

> 中国诗的好处，在什么地方？在能够写真，能够道出俗情，换一句话说：总要把复杂万端的生活状况，表现出来，才可以算尽诗的能事，所以，自古以来，无论为写实的诗、叙事的诗，没有不注意于此的，就是抒情的诗，也不能逃出这个例子，何以故？因为诗以道性情，性情多借着事物，才能够发抒的缘故。②

刘铭和指出：

> 今涤时所选，上自汉魏下迄今代，凡有农田之篇什，采辑而类编之，浮泛无当与艰深义晦者，悉屏弗取得诗一千余首，作者凡四百余人，此岂为东南亩，足供啸傲而已哉！亦欲使农民生活之真相，纤毫毕现，以引起世人之瞩目耳。涤珊告余曰：吾兹所选，以农民疾苦之咏为多，盖读者拯济之心油然而生也。

张援认为只有抒发真情实感的作品才值得称道，而抒发真挚情感的作品为道出俗情的诗歌，所以田园诗歌与此相吻合。

---

① 张援：《田间诗选》，上海：商务印书馆 1931 年版，第 4 页。
② 张援：《田间诗选》，上海：商务印书馆 1931 年版，第 4 页。

第二节　涂闻政《田园诗选》

涂闻政《田园诗选》(1933 年版，出版地不详)是继张援《田间诗选》之后的另一部以"田园"题材为选录对象的诗歌选本。该选现藏江西省图书馆、浙江省图书馆等地。涂闻政，江西丰城人，生平事迹不详。

《田园诗选》何以要继续选录这类田园诗歌的题材，涂闻政在该选序言中指出：

> 考历代田园之作。散见各集，向无总录，披览颇艰，近人张援，虽有选辑，而去取未精。注释阙如。仆泛览艺林，历观诗囿。乃不揣谫陋。择其有关田园之作。撷录八百余首。按代编次，都为一集，作者小传，概据旧注。奥辞僻典，穷究本原，有此一编。庶几初学士子，省穷搜之劳，文苑作家，获探索之便，而不佞淑世之原。①

涂闻政指出选录该选主要有如下三种原因：一是历代田园诗作散见于各类别集之中，无人梳理；二是张援选录未精(一面之词)；三是张选未有注释，这是事实。所以该选有补充完善之功。

除此之外，因为涂氏亲身体验过农耕田园生活，感受到田园生活所带来的乐趣，故而与人分享。其自序云：

> 仆自执铎乡校，身历场圃。暇颂《豳风》《七月》之篇，陶氏《归田》之作，辄觉农家生活，别饶滋味。蓑笠耒耜，动合风雅，星晨月夕，与诸友生讲述为人淑世之旨。恒以各归乡里，寄情陇亩，化民成俗，改良树艺为勖，第恐忠言外铄，未臻彻悟，欲期笃守。端须自信，而咏叹之作，体物言情，委婉微妙，较诸庄言直喻，入人尤深。

---

① 涂闻政：《田园诗选》，1933 年版，出版地不详，第 1 页。

乃欲借诗歌之涵咏。默化于无形，使之夙夜玩味。中心领悟，乐乎乡里之恬淡，而不慕都市之纷华。于是有田园诗选之尝试。①

综上涂氏选录田园诗作的体验更为真切，所选理由也更为充足。

《田园诗选》虽说在体例上并无多大创新，但相较于张选确有其优点，如增添了作者小传和注释，区分了隐逸和咏物诗的不同，这样更有利于中学生阅读和学习。

《田园诗选》有比较详细的作者小传，如陆游条云：

> 陆游，字务观，越州山阴人。十二能诗文，荫补登侍郎。锁厅荐选第一，秦桧居次。桧不悦，明年试礼部。复置游前列。桧显点之，由是为所嫉。秦桧死始赴宁德簿。以荐除敕令所删定官。孝宗初，迁枢密院编修。范成大帅蜀，为参议官，以文字交不拘礼法，人讥其放，因自号放翁。卒年八十五。诗稿最多，以居蜀久不能忘，统署其稿曰：剑南以见志。有《剑南诗稿》《入蜀记》《南唐书》《天彭牡丹谱》《老学庵笔记》《渭南文集》《放翁词》。

此选详细介绍了陆游的字号、籍贯、仕履、交游、著述等情况，尤其是交代了与秦桧交恶的缘由，以及与范成大的交往情况，为我们了解陆游的生平事迹提供了条件。

《田园诗选》的最大贡献是用最为简洁明了的语言，区分了田园诗、隐逸诗和咏物诗。

田园诗不同于隐逸诗，与"隐逸殊途"②，隐逸诗是"若参隐逸，出世超俗，孑然离群，岂可为训"③。涂闻政认为隐逸诗是那种描写出尘脱俗、不问世事的诗歌，而田园诗恰好与其相反，田园诗正如柳诒徵序所云：

---

① 涂闻政：《田园诗选》，1933年版，出版地不详，第1页。
② 涂闻政：《田园诗选》，1933年版，出版地不详，第1页。
③ 涂闻政：《田园诗选》，1933年版，出版地不详，第1页。

　　　　吾国以农立国，执政者率重农而抑工商，文人学士，发为歌咏，
亦多诵美田园之乐。或述小民疾苦，砭刺政俗。①

柳诒徵所言，正说明田园诗并不远离世俗，而正是要抒发田园之趣，或借
其别有寄托，或反映民瘼，或针砭时事。

　　田园诗不同于咏物诗，与"咏物异趣"②，涂闻政在序言中指出："草
木果蔬，为数无量。雕镂篆刻，鲜裨性行；不加简汰，徒然玩物。"③他认
为咏物诗在历代诗作中数量最多，若不加区别，都认为是咏物诗，自然不
妥，而咏物诗仅局限于咏物，所谓"雕镂篆刻"是也，无助于人的性行
培壅。

　　关于该选的选录标准，涂闻政在该选序言中作了详细的交代：

　　　　本书所选。故皆以描写发抒性情，足资陶冶田园志趣者为主。凡
纯粹隐逸及咏物之作。概所不取。但自古作家，笃志田园，言行一致
者。实如麟凤。其中惟渊明、摩诘、光羲、香山、石湖、放翁、诚斋
诸氏。志存淡泊，性耽农圃。村讴野吟，篇章较富，自余作者，或浮
沉宦海，或浪迹江湖，或荣极轩冕，或皈依浮屠。行径虽有不类，而
观其题咏，间亦偶合吾旨。爰采入编，以资博览。④
　　　　民国二十一年丰城涂闻政序于江西省立乡村师范学校

"故皆以描写发抒性情，足资陶冶田园志趣者为主"说明了选录的宗趣，而
陶渊明、王维、储光羲、白香山、范石湖、陆放翁、杨诚斋诸位诗人"志
存淡泊，性耽农圃"，最符合此趣味。所以张选与涂选最大的区别就在于
涂选所收大多是纯粹描绘田园风光的作品。

---

① 涂闻政：《田园诗选》，1933 年版，出版地不详，第 2 页。
② 涂闻政：《田园诗选》，1933 年版，出版地不详，第 2 页。
③ 涂闻政：《田园诗选》，1933 年版，出版地不详，第 2 页。
④ 涂闻政：《田园诗选·序》，1933 年版，出版地不详，第 2 页。

本书所选从上古开始，"终于南宋，自宋以后，拟成续编。惟吾国诗学，至宋已穷。后来数代，无以杜越"①。这与张选又不同，张选是通选，而该选相对来说是断代诗选；这也说明了涂闻政认为田园诗歌至宋代为止，而且宋代代表田园诗的最高成就。

在入选的历代诗作中，自古逸至唐选录诗人 10 位左右，而唐代为 81 人，宋代有 47 位，诗 385 首，虽然说诗人总数不及唐代，但入选诗作总数超越了唐代。其具体选诗情况如下：王禹偁（5 首）、蔡襄（2 首）、司马光（3 首）、韩琦（4 首）、苏舜钦（1 首）、梅尧臣（27 首）、欧阳修（3 首）、孔平仲（2 首）、韩维（3 首）、王安石（8 首）、苏轼（28 首）、苏辙（3 首）、王令（1 首）、陈师道（2 首）、张舜民（1 首）、黄庭坚（1 首）、文同（4 首）、张耒（26 首）、晁冲之（2 首）、晁补之（6 首）、秦观（4 首）、陈造（6 首）、陈与义（2 首）、李觏（2 首）、刘诜（1 首）、王炎（14 首）、孙觌（1 首）、范浚（1 首）、刘子翚（15 首）、程俱（2 首）、张孝祥（2 首）、朱松（1 首）、朱熹（10 首）、范成大（40 首）、陆游（91 首）、杨万里（25 首）、薛季宣（3 首）、翁照（1 首）、刘克庄（19 首）、王庭珪（2 首）、刘宰（3 首）、戴复古（12 首）、戴昺（5 首）、方岳（14 首）、郑震（4 首）、谢翱（6 首）、参寥（2 首）。

从上可知，陆游 91 首，居首位，依次为范成大（40 首）、苏轼（28 首）、梅尧臣（27 首）、杨万里（25 首），准确地反映了宋代田园诗歌创作的实际情况。

最后说说该选的注释特点。此选主要以注音和解释词语为主，大多较浅显明白，且引用古注并无自己的按语。以注苏轼诗为例。《和子由蚕市》："今年箔积如连山"之"箔"，注曰："箔音薄。赵次公曰：'荻箔乃荐蚕之具，瓢轮土釜乃缫丝之物。'"《新城道中》"西崦人家应最乐"之"崦"，注曰："崦音淹。崦山兹：山名。《山海经》：'鸟鼠同穴，山西南曰崦山兹，下有处渊，日所入处。"《种茶》"紫笋虽不长"，引陆羽《茶经》云："紫者上，绿者次。笋者上，芹者次。"

___

① 涂闻政：《田园诗选·序》，1933 年版，出版地不详，第 2 页。

第二十二章　严既澄《苏轼诗》研究

《苏轼诗》，严既澄选注，上海商务印书馆民国二十年（1931）十月出版。现藏上海图书馆、浙江省图书馆、江西省图书馆等地。严既澄，广东省四会人，著有《初日楼诗》，翻译作品有罗素《怀疑论集》（上海商务印书馆1934年版）等。

第一节　《苏轼诗》选诗标准和选诗概貌

关于《苏轼诗》的选诗标准，严既澄在《苏轼诗》导言和凡例中指出：

> 他的许多谈禅说理的作品，这选本差不多完全摒弃；至于"泥上偶尔东西""散为百东坡，顷刻复在兹"等妙句，都是他从性灵上流露出来的，绝对不与佛经的句子和佛家的观念相涉，所以都选在里面。我们固然不必替苏轼争取"思想家"或"哲学家"的地位，但不可不辨清他在诗人世界里的成功。他的作品，缺乏高深玄妙的思想，实在是无可讳也不必讳的事。①

> 选择苏诗，编者着实费了些脑力。苏诗原本二千多首；本书只选十分之二弱。当然不能说已经把好的都选出，更因人们对于文艺作品，嗜好各有不同也。但对于作品的去取，都斟酌再三。选择的标

---

① 严既澄：《苏轼诗·导言》，上海：商务印书馆1932年版，第3页。

准，自然在乎诗中的灵魂，真实的情感。①

严既澄强调此选的选录标准是"不选择谈禅说理的作品"，而是选取抒发真
性情的作品，所以严既澄指出："选择的标准，自然在乎诗中的灵魂，真
实的情感。"

是选共选苏轼诗 363 首，书前有总目，为新式标点。有导言，选录许
多著名诗篇：《游金山寺》《饮湖上》《新城道中》《韩干马十四匹》《百步洪》
《送参寥诗》《和陶归园田居》《汲江煎茶》《郭熙秋山平远二首》《赠刘景文》
《虢国夫人夜游图》《书林逋诗后》《惠崇春江晚景》《题西林壁》《海棠》《读
孟郊诗二首》《和子由苦寒见寄》等。

第二节 《苏轼诗》内容

严既澄在导言中首先肯定了苏轼在中国文学史上的崇高地位和影响，
并介绍了苏轼的生平和苏轼诗歌的内容、形式、意境等，俨然一篇全面介
绍苏轼及其诗歌艺术成就的论文。

（一）充分肯定了苏轼在中国文学史上的地位

严既澄在导言中首先介绍了苏轼其人，认为苏轼在中国文学史上算得
上是一个怪杰，从诗歌、文章和词学三个方面肯定了苏轼在中国文学史上
的地位。

　　苏轼这人，在我们文学史上，确不能不算他是一个怪杰；凡是中
国文学史上各种文字，他几乎是无一不能，无一不精。我们从前各家
文集的分类，本来是不很复杂的，概括地分列起来，大概不外文、诗
及词的三类；可是古今来的文学作者，却有一件颇可怪的事情，就是

---

① 严既澄：《苏轼诗·导言》，上海：商务印书馆 1932 年版，第 5 页。

精于文的，大概不会精于诗或词；而精于诗的，也难得同时精于词或文。东坡先生可以说是算得是一个雄视千古的人，他的诗，他的文，他的词，都卓然成家，巍然高居于第一流的位置。①

苏轼的诗，在中国文学史上，一向占着第一流的位置，能够和他享着同样盛名的寥寥可数，因此中国诗歌的特质和优点，在苏诗里都可以找出好多的好实例来。②

苏轼在中国文学史上的地位的确是无可比拟的，严既澄给予了高度的评价，"雄视千古""卓然成家"和"巍然高居于第一流的位置"，其赞美之词，溢于言表。

(二)苏轼其人

严既澄在导言中介绍了作者的生平和仕履情况。严既澄云：

苏轼，字子瞻，峨眉山(今属四川省)人，生于宋仁宗景祐三年十月十九日，按西历计，当在 1037 年 1 月，他的父亲苏洵，亦一名著名文士，但时常游学四方，他只靠母亲程氏教他学业；还有一个道士，名张易简的，是他的启蒙先生，这道士不久便辞谢还家，所以他童年时所受的教育是不完整的。

到了二十二岁，他和兄弟苏辙一同随父亲入京考试，其实主考官是那时的古文大家欧阳修等人，他成了进士，便丁忧，回家守制。

到了杭州，他整日徜徉西湖，他的诗意，借着湖旖山霭的浸润，愈加丰富。

到了黄州，颇能悠游自适，筑室于东坡，自号东坡居士。

元祐四年，他以论时事为当道所忌，复请出外作官。

---

① 严既澄：《苏轼诗·导言》，上海：商务印书馆 1932 年版，第 1 页。
② 严既澄：《苏轼诗·导言》，上海：商务印书馆 1932 年版，第 3 页。

元祐六年，复被召还朝，为吏部尚书。①

严既澄介绍了他的字号、家庭出身背景、科考等情况，还说明了他贬谪以及复出的经历，介绍比较简单，与前人所论，无任何创新之处。

(三)从苏轼诗歌内容方面肯定苏轼诗歌的杰出成就

首先，严既澄在该选导言中从思想内容方面肯定了苏轼诗歌的杰出成就。关于思想内容方面的成就，严既澄又从下面几个方面进行了详细的分析。

第一，严既澄从现代诗学的眼光来观照苏轼诗歌，对其进行了深入的探讨，有别于前此诗歌美学家的论述。严既澄指出：

> 我们如用严密的眼光，拿苏轼的作品来和欧洲名诗集相比较，苏诗的实质方面，诚不免有空疏浅陋之弊，他并没有很超越的说理诗，他的作品里所表现出来的思想，仍不外古代诗人传下来的一点很平凡观念。等到受过了台狱的折磨，便逐渐酿成后半世佛教派的人生观，诗歌里便夹杂着许多佛家的思想。但是他的天分虽高，对于佛学，却并未获得很深造的心得，他诗歌里所表现得，不过是一点佛家的老生常谈，结果不但不能使读者感到什么特殊的触动，并且减低了他的诗歌在文学上的价值。因此，他的许多谈禅说理的作品，这选本差不多完全摒弃；至于"泥上偶尔东西""散为百东坡，顷刻复在兹"等妙句，都是他从性灵上流露出来的，绝对不与佛经的句子和佛家的观念相涉，所以都选在里面。我们固然不必替苏轼争取"思想家"或"哲学家"的地位，但不可不辨清他在诗人世界里的成功。他的作品，缺乏高深玄妙的思想，实在是无可讳也不必讳的事。但他能用相当的想象力来掩护他作品的短处，无论是怎样平凡的题目，经他凭想象力来点染一

---

① 严既澄：《苏轼诗·导言》，上海：商务印书馆1932年版，第2页。

过，便立刻成为一首绝妙的诗。①

严既澄用现代诗学的眼光来观照苏轼诗歌，拓宽了研究的视域，也充分说明了近代诗学受西方文学理论的影响；严既澄将苏轼诗歌与欧美诗歌相比较，这在中国诗学史上为开创之举。

严既澄指出欧美诗歌偏重论理，从言理的视角来观照苏轼诗歌，苏轼诗作就难以同欧美诗歌相媲美了。不仅如此，严既澄还认为苏轼诗歌中所夹杂着的"佛家的思想"，并未超越前人，还降低了其文学作品的思想价值和艺术价值。但严氏却从诗歌的艺术特质方面为其辩护，严氏接受了西方文论家关于诗歌乃诗人想象的表现的理论。如拜伦云："诗是想象的熔岩，必须让熔岩喷吐出来，火山才能免于爆发。"雪莱云："在通常的意义下，诗可以界说为'想象的表现'。"②从此视角来评价苏轼诗歌，其诗作就具有独特的艺术魅力，绝非一般诗人所能比拟，因为在苏轼非凡的想象力的点染下，即便是最为普通的诗歌题材，经其腕底，立刻增色不少。

第二，严既澄从诗作来自真情的视角肯定苏轼诗歌的杰出成就。严既澄指出，诗歌持久的艺术生命力是出自诗人的真情实感，这实际上是对晚明以来李贽的"童心"说和袁枚的"性灵"说的继承。严既澄云：

> 诗歌的生命是真情实感，凡缺乏真情实感的作品，不但不能成为好诗，并且根本不能算作一首诗。不幸中国诗人，过于侧重了形式的美，流弊太深，积重难还，竟成了不顾本质，单务外表的恶习。苏轼在诗人里，能够摆脱通病，因为他本身是一个富于情感的人，一生的遭遇，又都是困苦连连，更能随时触发他怨愤之情，不平之感，因此他的诗歌，大部分不是无病呻吟，言之无物。③

---

① 严既澄：《苏轼诗·导言》，上海：商务印书馆1932年版，第3页。

② 雪莱：《诗辩》，《外国文学教学参考资料》（第三册），北京：高等教育出版社1992年版，第192页。

③ 严既澄：《苏轼诗·导言》，上海：商务印书馆1932年版，第4页。

严既澄强调指出，优秀的诗作均是发自诗人内心；同时指出，中国诗人因为太过注重形式美，反而忽略了诗歌真正的本质之所在。而苏轼却能独出于众，在作品中抒发真情，故而其作品具有无尽的艺术生命力。不仅如此，严既澄还进一步说明了真情产生的缘由：

> 真正的诗人，总是有感于中，不能不吐，然后作诗，在真情涌起时，心目中唯见这种真情，意识的全部，都被他充塞中，名心是完全没有的，苏轼的心胸，原来很高旷，在没有受折磨以前，多少还有"达则兼济天下"的豪想，那时自然无暇想到要作一名留名后世的诗人，等到尝到了种种痛苦，雄心渐死，才逐渐走向了无挂碍的高旷途径。他在四十岁以后，和苏辙相酬答的诗中，还合着期望他兄弟替他完成未了之志的意思，如《留别子由》："报国何时毕，我心久已降。"可是直到此时，他也没有一点要做诗人的心思，元祐六年，他还有讥诮诗人的话说："痴人畏惧老死，腐朽同草木。欲将东山松，涅尽南山竹。"他简直就认为这些努力作诗的人为痴人。①

严既澄认为真情来自人生的痛苦遭际，苏轼一生迭遭贬谪，饱尝世间磨难，其伟大的抱负难以实现，故而心中郁积了难以发抒怨愤之情，郁结既久，一旦迸发出来，就能惊天地、泣鬼神，产生无穷的艺术生命力。

（四）从苏诗形式方面肯定苏轼诗歌的杰出成就

严既澄还从诗歌形式方面颂扬苏诗的成就，严既澄指出：

> 苏诗的形式。中国诗歌形式方面的美质，完全凭诗人艺术手段所构成的东西，正如图书音乐等制作一样，万不能应用分析解剖的方法

---

① 严既澄：《苏轼诗·导言》，上海：商务印书馆 1932 年版，第 4 页。

来研究；但我们为研究上的便利计，却不能勉强拿他来作为分作几方面，以揭示其一部分之优点。①

严既澄将苏轼诗说所含蕴的形式的美，详细分为四个方面进行论述。

第一，声调谐和，音节铿锵。严既澄《苏轼诗·导言》云：

> 苏诗在声调和韵脚上，都十分注意，常常在一首诗里连换好几次韵，在换韵之时，又能选择得十分恰当，在纷繁复杂中显出整齐谐洽来；因此读他的诗，最容易感到声韵的铿锵悦耳。他又注意到"双声"的功用，而且同时又知道"双声"字若果用得太多，也会生出单调的弊害来。②

严既澄指出苏诗善于用韵，尤其是长于换韵和双声的运用，故其诗声韵铿锵、整齐和谐。

第二，造句骈俪多姿，劲峭有力。严既澄《苏轼诗·导言》云：

> 苏诗造句的劲健，向为宋以后文人所艳称，他实有这种天才，即使很繁复的意义，也能轻轻地纳入五字或七字之中，无丝毫遗漏；而极平凡的意思，经他用警拔的句子来表述，也能够立刻成为很动人的诗句，读他的诗，每能振起我们的精神，古人有"韩潮苏海"之称，便是赞他气象的雄伟。

严既澄认为苏诗造句在宋代诗人中独树一帜，苏轼之才，实非他人可比，所以最为平凡的语句和最为繁复的思想，一经其点染，便成为警句，这也是苏轼的诗歌何以气象雄伟的缘由。

---

① 严既澄：《苏轼诗·导言》，上海：商务印书馆1932年版，第4页。
② 严既澄：《苏轼诗·导言》，上海：商务印书馆1932年版，第4页。

第三，奇巧典故的利用。严既澄《苏轼诗·导言》云：

> 运用典故，第一忌不适切，第二忌提境无诗趣，第三忌喧宾夺主，这三忌常常看见，以致人多反对在诗歌里运用典故，到了现在，几乎把典故看作诗歌的大敌了。其实典故在诗歌里，既有特殊的功用，自不能根本反对其存在，只要作者有驱使和选择的手腕，他也能把作者所感传达到读者的心目中去，并非是一种装饰品。苏轼用典故在其用得适当和高妙。如《西湖》诗中"若把西湖比西子，淡妆浓抹总相宜"两句，西湖和西子名称上既有特殊的联系，而一是越地，一是越人，一是美绝今古的美人，一是今古艳称的胜境，其巧合自不必说，而又以人的淡妆浓抹来比拟湖的雨景晴光，更可谓出神入化。①

严既澄指出在诗歌创作中运用典故，应注意三个方面："忌不适切"、"忌提境无诗趣"、"忌喧宾夺主"，严既澄认为只要典故运用得当，也能为诗歌增色不少，而苏轼确是巧妙运用典故的高手，严既澄以《西湖》诗为例，说明苏轼运用典故已臻至出神入化的境界。

第四，创造与描摹诗境。严既澄《苏轼诗·导言》云：

> 所谓诗境的描摹，便是文艺上所称为"再现的"方法之一，那功用能使读者对于作者起同情的作用。文艺上第一个标语虽然是"表现"（作者之自我表现），但是"再现"也是一种最重要的手段，作者时时可以借着这个途径来达到自我实现的目标。至于诗境的创造，是纯从文艺作者的心灵上流露出来的东西，当然要归入于"表现"的范围了。苏轼作品中最富于诗境的描写，而诗境的创造，也正是他的极敏慧的天才之一端。②

---

① 严既澄：《苏轼诗·导言》，上海：商务印书馆1932年版，第4页。
② 严既澄：《苏轼诗·导言》，上海：商务印书馆1932年版，第3页。

严既澄受西方现代诗学理论的影响，直接用"再现"和"表现"的理论来肯定苏轼诗歌的特色，可谓发前人所未发，这也是自"诗界革命"以来，将眼光投向异域的杰出表现。

第三节 《苏轼诗》注释特点

严既澄《苏轼诗·凡例》指出：

> 注释不厌求详，遇到典故不单是指明出处，并且说明用典故的用意，使读者能理解作者的意思。①
>
> 在欣赏方面，应当由读者自己去体会，才得深入的效果，因此本编只注不评。②

严既澄指出该选在注释方面，十分详细，但只有注释，并无评论。如《和子由渑池怀旧》之注释：(1)子由，轼弟辙也，渑池，县名，战国韩邑，今属河南省。自此诗起，至后《石鼻城》止，均作于嘉祐六年十一月至七年三月内，时方任大理寺评事，签书凤翔府公事。(2)旧题：苏辙有《怀渑池寄子瞻兄》时，其自注云："昔与子瞻应举，过宿县中寺舍，题老僧奉闲之壁。"于此可知作者前曾过此题诗寺壁，此时重过，已僧死壁坏，故忆旧作此。(3)往日到末尾：自注："往岁马死于二陵，骑驴至渑池。"按所云往岁，即指五年前赴京应举诗。

---

① 严既澄：《苏轼诗·凡例》，上海：商务印书馆1932年版，第5页。
② 严既澄：《苏轼诗·凡例》，上海：商务印书馆1932年版，第5页。

第二十三章　许文奇《放翁国难诗选》和王家棫《国魂诗选》研究

第一节　许文奇《放翁国难诗选》

面对山河沦替、国难深重的中国，当时的中国文学家们写出了许多反映民族危难的文学作品；而在宋诗选本领域，也作出了相应的回应，出现了以民族国难为题材的选本。

许文奇选注的《放翁国难诗选》为其中最为突出的代表，该选为上海民智书局1933年出版，作品选自汲古阁宋版翻刻本《剑南诗稿》。放翁《剑南诗稿》，共八十五卷，凡2524首。本书选录陆游诗歌219首，选录篇什，以发抒国难愤激敌寇者为限，诗选末附陆游年谱，该选现藏浙江省图书馆等地。

《放翁国难诗选》导言分六个方面论述了陆游诗歌的特点和生平事迹。

（一）放翁的时代背景

陆游，字务观，号放翁，越州山阴人。生于宋徽宗宣和七年死于宁宗嘉定二年（1125—1209），在这八十五年当中，实是金人压迫宋室最烈的时候。放翁三岁时，金人南下陷汴京，更虏徽钦二帝北去。此后宋室偏安江左，旦夕苟延，甚至金帝为伯叔，每岁纳大量的金币给金国，事实上已成了金国的附庸，早已失去独立国的资格了。①

满蒙黄河流域以及淮河南北，先后被金人蛮力征服。一般遗民忍痛呻吟于金人铁蹄之下，惟一的希望，就是宋室北伐，收复失地；那知君主既无大志，臣僚也知顾目前，但求金不南侵，不惜认贼作父。什么君父之仇，亡国之恨，那全不在乎。至于一般陷入敌国的人民，水深火热，坐待拯救，却更无暇顾及了。所以只看到主和的宵小受上赏，主战的志士反而一个个的被迁谪陷害，这怎么不使满腔热血想替国家雪耻的人，灰心丧志呢。②

许文奇指出陆游所处的时代在南宋偏安之时，对于南宋王朝已经失去信心，正如许文奇在《凡例》中指出：

放翁生当宋江左偏安之时，际金虏长驱入寇之会，所为诗篇，慷慨悲歌，发乎性情，爱国热情，日月同光。吾人于外患日迫之今日中国，读此血泪文字，有心人岂止同声一哭也！③

陆游之诗，反映了反对金人入侵、百姓惨遭金人铁蹄践踏的社会现实，以及诗人对沦陷区人民的同情之心。

（二）放翁南郑的从军生活

放翁就是当时一位主战论者，他极端仇恨金人，极端反对"和戎"。早年应试，以文章奇俊，为权奸秦桧所嫉。他在《剑南诗稿》中有一首长诗记此事：

陈阜卿先生为梁浙转运司考试官，时秦丞相孙以右文殿修撰来就

① 许文奇：《放翁国难诗选·序言》，上海：上海民智书局1933年版，第1页。
② 许文奇：《放翁国难诗选·序言》，上海：上海民智书局1933年版，第1页。
③ 许文奇：《放翁国难诗选·序言》，上海：上海民智书局1933年版，第1页。

试，直欲首送。陈阜卿得予文卷，擢置第一，秦氏大怒。予明年既显黜，先生亦几踏危机，偶秦公薨，遂已。予晚岁料理故书，得先生手帖，追感平昔，作长句以识其事，不知哀涕之集也。（卷四十）

《宋史》上也有这样的记载：

年十二，能诗文，阴补登侍郎。锁阴荐为第一，秦桧孙埙，适居其次，桧怒，至皋主司。明年，试礼部，主事复置游前列，桧显黜之。由是为所嫉。（陆游传）

足征放翁富文学天才，早年即蜚声士林。

王炎宣抚川陕，辟为干办公事，历陈进取之策（《宋史陆游传》）。他随军入幕，参与戎机。在南郑这段军事生活，英武豪放，是他后来时常忆念的。我们且看他的《蒸暑思梁州述怀》《冬夜闻雁有感》《忆山南》①。

让我们觉得武士戍边生活之雄壮可羡。不但放翁人格伟大，精神可佩；只就他这种歌咏奋斗杀敌，慷慨悲歌的调子，在我国文学史上也是一大特色，真够流传不朽了。②

这里，许文奇引用《宋史》本传关于陆游生平的事迹，认为陆游早年已蜚声文坛，并说明了与秦桧交恶的原因；其早年在南郑的生活经历，反映了陆游生平经历中的军事生活，其军事题材的诗作具有慷慨悲壮的艺术特点，从一个侧面说明陆游具有令人敬佩的伟大人格。

---

① 许文奇：《放翁国难诗选·序言》，上海：上海民智书局1933年版，第2页。
② 许文奇：《放翁国难诗选·序言》，上海：上海民智书局1933年版，第3页。

（三）放翁剑南戎幕生活

放翁居蜀，仍居戎幕。因为爱好蜀地，所以他的诗集以剑南为名，其眷念不忘，可以想见。引《怀成都》十韵说明：

> 放翁五十犹豪纵，锦城一觉繁华梦。竹叶春醪碧玉壶，桃花骏马青丝鞚。
>
> 斗鸡南市各分朋，射雉西郊常命中。壮士臂立绿绦鹰，佳人袍画金泥凤。
>
> 橡烛那知夜漏残，银貂不管晨霜重。一梢红破海棠回，数蕊香新早梅动。
>
> 酒徒诗社朝暮忙，日月匆匆迭宾送。浮世堪惊老已成，虚名自今笑何用。
>
> 归来山舍万事空，卧听糟床酒鸣瓮。北窗风雨耿青灯，旧游欲说无人共。①

放翁自乾道五年入蜀，至淳熙五年始活东归，留居剑南差不多有十年之久。在这十年里，生活与南郑一样的快乐，每天不是喝酒，便是作诗，赏梅花，咏海棠，骑骏马，衣锦貂，斗鸡射雉，怀中拥着红粉佳人。说这种生活豪放也罢，浪漫也罢，总之：放翁生就的这种不羁的性子，是应当如此的。他的生活象征，是波涛汹涌的大海，不是细水长流的小河；是嵯峨崔巍的高山，不是千里一色的平野。大散关头，剑南幕里，这种奔放磅礴的生活，要算是放翁一生的黄金时代了。②

许文奇论述了陆游在剑南的生活，这也是放翁一生中的黄金时代，这

---

① 许文奇：《放翁国难诗选·序言》，上海：上海民智书局1933年版，第3页。
② 许文奇：《放翁国难诗选·序言》，上海：上海民智书局1933年版，第5页。

十年的剑南生活充分体现了放翁豪放不羁的性格。

（四）放翁老年的贫困生活

　　放翁自蜀东归，郁郁不得志，直到光宗绍熙元年，始进礼部郎中，那时他已是六十六岁的老翁。但不久，又罢去，隐居故里。

　　他的家乡，有风景绮丽的会稽山、曹娥江、镜湖。这位老人隐居故里后，每天的生活，不是浮舟娥江，即是垂钓镜湖，不然便荷锄到田里去种田。逍遥自在，真是"无官一身轻"，不过他做官时，没有括下许多金钱，家居时，自然拮据得很，须邻僧舍给。①

　　如《七十》《贫病》《杂感》《雪中至近村》《穷居有感》等，放翁贫则贫矣，但毫无怨怼之音，污滥之行。真是霜雪愈压迫，劲节愈凛然。他晚年家居这种艰苦，衣食不继的生活，和壮年入蜀从军那种奔腾活跃的生活，两相对照，我们着实觉得他末路堪怜；但一领略他坚贞自失，不屈不挠的精神，立刻又觉得肃然可敬。②

许文奇在这里论述了放翁晚年的军旅生活，他的生活除游览越地的山水风光外，还亲自躬耕，从中体会到了无比的乐趣。

（五）放翁爱国诗一瞥

　　放翁在南郑剑南，是他生活史上的黄金时代，前面已经说过：不过他仍是不满足、不快意，因为他是以救国雪耻为己任的。他梦魂常常萦绕榆关北平，他寝食不忘中原河洛；他忧思两京宫阙的荆棘荒凉，他忧虑燕赵遗民的泪眼望救；他痛恨权臣的主和，他痛恨士气的

---

① 许文奇：《放翁国难诗选·序言》，上海：上海民智书局1933年版，第5~6页。
② 许文奇：《放翁国难诗选·序言》，上海：上海民智书局1933年版，第6页。

不振。但这位老英雄，赍恨以忠，死不偿愿。直到他下世的时候，破碎的山河更破碎了，他一生最后的一首诗《示儿》，是多么沉痛，多么悲壮啊！①

这是他老人家最后一滴赤血，最后一颗热泪！此愿未了，吾知放翁死不瞑目也。如《关山月》等诗作。

政府只会下无抵抗的求和令，边防将军只知防边；贵族资产阶级，仍是炫歌跳舞，不在乎亡国之国。纵然将士希望冲锋陷阵，遗民希望恢复，但除了吹笛寄愤，挥泪伤心而外，又有什么法子。如《出塞曲》，这是描写他理想中壮士化的军队。国家军队能驰逐于祁连山前，鸭绿江畔，凯旋归来，野帐痛饮，其乐何如！这种吐气扬眉的壮士，真羞煞日击唾壶、挥麈尾、嬉戏空谈的京都贵公子。②

许文奇概括了放翁爱国诗的内容：痛恨权臣的主和和士兵气势不振，对山河破碎的祖国充满热爱之情，描绘自己壮志难酬的心情。

（六）余音

放翁是我国文学史上地位很高的文学家，作品的优点，自然很多，但我以为只有这种体裁，这种调子的诗歌，才是他的特色。在他以前，关于这方面的诗，是没有他这样色彩浓厚，艺术完美的作品。这种特色，不但成就了他千古不磨的诗名，而且为我国文学史放一异彩；为我们中华民族保留住万丈光焰。日本以武士道为大和魂，我觉得陆放翁这两百多首诗，就是我们的国魂所寄托的地方。辽金元能亡我们的国，不能亡我们的族；能亡我们的躯体，不能亡我们的精神，就在此点。

---

① 许文奇：《放翁国难诗选·序言》，上海：上海民智书局1933年版，第10页。
② 许文奇：《放翁国难诗选·序言》，上海：上海民智书局1933年版，第11页。

我敢说日本以武力占领我们的东三省，即使占领了全中国，只要我们能保留住这种精神，中国是不会亡的。①

不过年来国人空唱世界大同的高调，菲薄爱国思想，一唱百和，靡然成风。而最为一般青年所崇尚之文学，率皆儿女柔情，脂粉气重的所谓"软的文学"，这种风气，实是自掘坟墓，我们早已失去了民族的魂魄，又怎怪日人及其他帝国主义者不把我们当一个国家，当一个民族呢。

放翁如能再生，看一看这七百多年后的国难，日本人这般蛮横，比宋时的金人如何？今日之空言抵抗，比宋时的偏安如何？军人畏葸不前，竟至失地规复无期，国仇不共戴天，国人已置诸脑后，弹唱歌舞，依然景象升平！放翁有知，当不瞑目！②

陆游所处的时代，与20世纪30年代中国的现实情况十分相似，许文奇先生编撰此选的目的，正在于从陆游诗作中所包含的爱国思想激发起人们的抗日热情和民族精神。

《放翁国难诗选》的注释比较详细。如《示儿》之注释"九州"云："古分天下为九州，而制各不同。《禹贡》称九州为：'冀、兖、青、徐、扬、荆、豫、梁、雍。'此为夏制；《尔雅》称九州为：'冀、幽、兖、营、徐、扬、荆、豫、雍。'此为商制；《周礼》称九州为：'冀、幽、并、兖、青、扬、荆、豫、雍。'此为周制。"

第二节　王家棫《国魂诗选》

这一时期，以民族国难为题材的选本除许文奇选注的《放翁国难诗选》外，还有王家棫选录的《国魂诗选》（上海新中国建设学会1934年出版），

---

① 许文奇：《放翁国难诗选·序言》，上海：上海民智书局1933年版，第14页。
② 许文奇：《放翁国难诗选·序言》，上海：上海民智书局1933年版，第15页。

现藏江西省图书馆、浙江省图书馆等地。

《国魂诗选》分上、中、下三编，共选录诗人 410 家，诗作 790 首，其中上编选录上古、周、秦汉、魏晋南北朝、五代至唐朝诗人 169 家，诗 252 首；中编选录宋金元诗人 100 家，诗 236 首；下编选录明、清及近代诗人 141 家，诗 302 首。

在所有入选朝代中，宋诗是最多的，此选选录宋代诗人 66 家，诗 195 首，其次为唐朝诗人 64 家，诗 162 首；在宋代诗人中选录最多的是陆游 42 首，其余依次为郑思肖 16 首、王安石 11 首、文天祥 10 首、岳飞 9 首、李纲 5 首，由此可以见出，在王家械的心目中，宋代诗歌最能激发民族精神，而陆游的诗作又是宋代所有诗人中最具代表性的。

那么王家械选录此选的缘由何在呢？赵正平在该选的序言中作了清楚的说明：

> 客有自扶桑归者，云："日人尝以我国文山、叠山等诸忠义士所作诗歌，集为靖献遗言，梓印流布，快睹争先，且有摘选篇章，编配乐谱，供学校儿童歌唱之用，用以启发情绪，树立节概者，而杀身成仁之精神，亦由是深乎人心，国家有事，斯民之慷慨赴义，视死如归，恍若得我先民之遗传焉。"可知诗歌为人类心理之反射，而人类心理之趋向又往往为诗歌所影响，此理至为明显。
>
> 反观我国，果何如哉？民志衰颓，至于此极；沦亡之祸，迫于眉睫，而此种国粹之可谓修养用者，忍令埋没于群籍之中，深可惜也。本会窃不自揆，既以建设新中国复兴民族为职责。①

此序说明王家械编撰该选的理由：鉴于日本人曾将我国宋代著名爱国诗人文天祥和谢枋得的诗歌作品编撰成集，供学生学习，激发民族的精神气节，反观我国诗坛现状，面对"民志衰颓""沦亡之祸"，挖掘国粹，以之复

---

① 王家械：《国魂诗选·序》，上海：新中国建设学会 1934 年版，第 1 页。

兴中华民族。除此之外，黄郛在序言另有补充交代：

> 文山先生《正气歌》之释正气也，大旨不外平时与变时两义。其在平时为"含和吐明庭"一语，在其变时为"时穷节乃见"一语。此两语不独可以解释正气，且可以解释几乎千年来数百家有价值之诗歌，盖古人诗歌中，除文人墨客借以吟风玩月抒情写感外，往往有益于修养意志之作，修养意志往往为人群造福，"含和吐明庭"之类也；修养意志以为民族牺牲则"时穷节乃见"之类也，惟此种诗歌往往为大多吟风玩月者所掩盖；故我国青年修养，得力于诗歌者不多，然辛亥革命思潮与诗歌关系之密切，则赵君序中已有明言矣。本书举上古以至现代所有适合于上述休养意志之诗歌，自浩瀚群籍中，撷菁萃英，以为国民教育之资粮。
>
> 我民族之富有牺牲精神，读此集者可以自信，然宋明末造，多少忠烈，断头洒血，而仍无补于亡国之惨，则运用此精神时，效力成为问题矣，故我国人今后修养之道，第一须将"时穷节乃见"之一种固有精神，发扬光大，以成为国魂。[1]

黄郛从解释"正气"入手，认为"正气"具有平时与变时两种含义，"修养意志"则需通过"时穷节乃见"之类的诗歌来实现，由此有补于抗日之需要，并成为国民教育的资源。此选之《凡例》为此作了进一步的说明：

> 本书选择篇什，均以能直接或间接勉励吾人修养人格，复兴民族为目标，上自唐虞下迄民国，肇造之初，凡作品之感情思想符合此旨者，以及作者人格事功于民族辉煌上有纪念价值者，无不采集。[2]

"修养人格"和"复兴民族"为此选采录的目的，与上述诸位所说互相补充。

---

[1]　王家械：《国魂诗选·序》，上海：新中国建设学会1934年版，第2页。

[2]　王家械：《国魂诗选·序》，上海：新中国建设学会1934年版，第3页。

第二十四章 陈幼璞《宋诗选》研究

陈幼璞为陈独秀的孙子，著有《古今名人笔记选》(上海商务印书馆1947年版)，译著有《爱迪生传》(上海商务印书馆1937年版)。陈幼璞《宋诗选》在导言里对宋诗进行了分期，这是民国时期宋诗选本的一大特点，也是本选的一大贡献。该选现藏上海图书馆、浙江省图书馆、南京图书馆、苏州图书馆等地。

第一节 《宋诗选》选诗体例和选诗概貌

《宋诗选》分体编排，按五言绝句、七言绝句、五言律诗、七言律诗、五言古诗和七言古诗排列。《宋诗选》以诗歌体裁来选诗，在体例上没有什么创新之处，而且尚不完备，未选排律这一诗体。

《宋诗选》选诗概貌如下：

五言绝句：梅尧臣7首、范仲淹1首、欧阳修3首、孔平仲1首、王安石7首、韩维6首、苏轼1首、张舜民2首、文同3首、郭祥正3首、黄庭坚1首、晁冲之1首、徐积2首、陈与义4首、刘子翚1首、朱熹8首、范成大1首、杨万里2首、徐照3首、刘克庄1首、陆游5首、戴敏1首、谢翱1首、真山民2首。选诗67首。

七言绝句：王禹偁7首、徐铉1首、郑文宝1首、寇准2首、陈尧佐1首、苏舜钦6首、张詠2首、赵抃2首、欧阳修6首、司马光2首、刘敞1首、程颢1首、林逋3首、孔武仲2首、孔平仲3首、韩维1首、王安石20首、苏轼16首、王令1首、黄庭坚4首、张耒10首、晁冲之2首、邹浩1首、秦观8首、沈与求2首、徐积3首、陈与义4首、李觏2首、王炎2首、孙觌1首、刘子翚3首、程俱1首、朱熹4首、范成大10首、陆游32首、杨万里5首、叶适1首、赵师秀1首、徐玑2首、刘克庄1首、谢枋得2首、汪元量2首。选诗193首。

五言律诗：徐铉1首、韩琦3首、苏舜钦2首、梅尧臣7首、余靖1首、欧阳修2首、司马光1首、刘敞1首、林逋7首、孔平仲2首、王安石5首、苏轼2首、陈师道1首、文同1首、贺铸1首、李昭玘1首、张耒2首、晁补之3首、陈造1首、陈与义5首、李觏2首、孙觌1首、刘子翚2首、朱熹2首、范成大2首、陆游13首、杨万里2首、赵师秀1首、翁卷4首、戴复古3首、戴昺1首、谢翱2首、汪元量4首。选诗88首。

七言律诗：王禹偁1首、梅尧臣1首、欧阳修6首、林逋5首、孔武仲1首、孔平仲2首、王安石3首、苏轼16首、文同2首、黄庭坚6首、张耒3首、韩驹2首、晁补之1首、陈造1首、沈与求1首、徐积2首、陈与义1首、李觏2首、周必大1首、朱熹1首、范成大10首、陆游23首、徐玑1首、戴昺1首、文天祥1首、汪元量1首。选诗95首。

五言古诗：梅尧臣2首、孔平仲6首、王安石2首、苏轼6首、文同1首、黄庭坚1首、张耒2首、韩驹1首、晁补之1首、邹浩1首、徐积1首、张九成1首、刘子翚1首、范成大2首、陆游11首、徐灵1首、戴复古4首、文天祥1首、汪元量1首、杨万里1首。选诗47首。

七言古诗：苏舜钦2首、欧阳修4首、石介1首、孔武仲1首、孔平仲1首、王安石2首、苏轼7首、王令1首、黄庭坚1首、张耒8首、韩驹1首、晁冲之2首、邹浩1首、陈造3首、徐积1首、陈与义5首、唐庚2首、孙觌3首、刘子翚1首、程俱1首、范成大5首、陆游12首、杨万里2首、徐照1首、刘克庄1首、戴复古2首、文天祥1首、郑震1首。选诗74首。

共选诗565首，其中收录五绝67首，七绝197首，五律88首，七律95首，五古44首，七古74首。该选比较偏好绝句这一诗歌体裁，此类诗歌的数量超过所选诗歌的一半。这与其选诗宗旨相吻合，因为这是一部作为教材的选本，其为"中学国文补充读本"，所以该选选择的诗作均是比较简单易懂的作品。

从具体入选诗人来说，入选最多的为陆游诗作96首，接近入选总数的五分之一，可以看出在时代处于动荡的环境中，编选者对于陆游这类爱国诗人的热爱。从遗民诗人这一独特群体诗人数量很多来看，如文天祥、汪元量、谢枋得等的入选作品。

苏轼选录了49首，居于第二位，由此可以看出，陈幼璞对于具有宋诗特色的诗人的推崇之意。王安石选录了36首，居于第三位，因此可以看到陈幼璞对于北宋诗坛这位杰出的政治人物的推扬之情，也可以由此推断出陈幼璞的价值观。

另外，这部选本是专供学生学习的读本，所以所选诗人均为著名诗人，如选录了范成大39首、欧阳修25首、张耒19首、陈与义19首、林逋15首、黄庭坚12首等；而相对来说，对一些不太有文名的诗人就入选较少，甚至不选。

第二节 《宋诗选》小传和评语特点

《宋诗选》中的小传一般分两种情况，一种小传介绍比较简单，另一种小传则比较复杂，颇具特色。

第一种情况，《宋诗选》在小传中十分简明扼要地说明了诗人的籍贯、字号和官阶情况。如徐积小传云：

> 徐积，字仲车，山阳人，元祐初，官楚州教授，以孝闻，卒赐谥节孝处士。①

---

① 陈幼璞：《宋诗选》，上海：商务印书馆1937年版，第12页。

第二种情况，《宋诗选》在小传中详细介绍了诗人的籍贯、字号、登第、仕履、交游和诗歌风格以及在诗坛上的地位等情况，让我们可以对入选诗人进行全面的了解，从而做到"知人论世"，更好地了解和分析作品。现举梅尧臣和黄庭坚的小传为例，梅尧臣小传：

> 梅尧臣，字圣俞，宣城人，人称宛陵先生，仁宗召试，赐进士出身，累官至尚书屯田，都官员外郎。少即以能诗名天下，其诗平淡而涵蕴深远，与欧阳修善，时修于诗文，力主革除唐末五代余习，而佐修以改革诗体者，应推梅尧臣。①

梅尧臣小传让我们了解到他的字号，登第情况为赐进士出身，最后的官阶为尚书屯田、都官员外郎，以及与诗坛领袖欧阳修的关系，最为重要的是他同欧阳修一道主张诗文革新，且在推动诗文革新上的作用不可磨灭。又黄庭坚小传：

> 黄庭坚，字鲁直，分宁人，自号山谷老人，又号涪翁，第进士，绍兴初，知鄂州，为蔡京辈所恶，贬宜州，与苏轼齐名，谓之"苏黄"，为"苏门六君子"之一。其诗由锻炼勤苦而成，虽只字半句不轻出，巍然自成一家。与东坡相抗，所谓"江西诗派"，即以鲁直为宗，后起诗人，多师承之②。

黄庭坚小传的介绍可谓十分全面，不仅可以了解其字号和科举等情况，还知晓他被贬谪宜州的原因，在诗坛的地位上与苏轼分庭抗礼，且知道与苏轼的师承渊源，其诗歌具有"锻炼勤苦"的特点，不仅如此，他还开创江西一派，影响有宋一代诗风。

---

① 陈幼璞：《宋诗选》，上海：商务印书馆1937年版，第1页。
② 陈幼璞：《宋诗选》，上海：商务印书馆1937年版，第12页。

《宋诗选》的小传与此前的宋诗选本的小传相比较，如《宋诗钞》的小传相比，并无多大不同，但《宋诗选》的小传更为细致和全面。

《宋诗选》的评注主要分两种情况：

第一种情况，注释比较简单，主要是对关键词语的简单注释，如徐积《寄蔡子襄》"为报庐陵客"之"庐陵"，陈幼璞释曰："今江西吉安县。"①郭祥正《和杨公济钱塘西湖题》"山衲下云房"之"山衲"即"山僧，衲即僧衣，故僧亦谓衲"。② 梅尧臣《社前》"欲社先知雨"之"社"，陈幼璞释曰："社，社日也。《礼》：'仲春之月，择元日，命民社。'按今以立春后五戊为春社。"③

第二种情况简要介绍该首诗作中关键词语的时代背景。如郭祥正《和杨公济钱塘西湖题》"曾识井中人"之"井中人"，陈幼璞释曰："陈后主荒淫无度，隋师至，与张孔两妃藏于胭脂井，引之出，俘至长安。"④

第三节　建构宋诗学体系

一、对"宋诗"作出界定

《宋诗选》在导言里首次对"宋诗"这一概念作出明确的解释，陈幼璞论曰：

> 宋诗当然是指宋朝人作的诗而言，宋是一个朝代的名称，将宋诗和朝代连为一词，不仅指明这是某一朝代的诗，并且表明这是具有多少共同特征的诗的总称。⑤

① 陈幼璞：《宋诗选》，上海：商务印书馆1937年版，第13页。
② 陈幼璞：《宋诗选》，上海：商务印书馆1937年版，第11页。
③ 陈幼璞：《宋诗选》，上海：商务印书馆1937年版，第2页。
④ 陈幼璞：《宋诗选》，上海：商务印书馆1937年版，第11页。
⑤ 陈幼璞：《宋诗选》，上海：商务印书馆1937年版，第5页。

陈幼璞对宋诗的解释非常简单明了，他指出宋诗不仅是指某一朝代的诗，更说明了宋诗的某种特质，这就是现代意义上的"宋型诗"。

二、比较唐宋诗歌

陈幼璞从三个方面比较唐宋诗歌。

第一，宋诗变化于唐诗是时代使然。陈幼璞指出：

> 文学是随时代不断演化的，唐诗之不能不变为宋诗，也是演化历程中自然的结果。我国的诗，经过汉魏六朝到了唐代，譬如一树花，已开得灿烂炫目。宋诗接踵而兴，虽则是极盛之下，难乎为继，却居然另放出了一种幽香。后世仅有不少的人抱着佑唐抑宋的成见，然宋诗的价值究未曾因这成见而被磨灭。①

陈幼璞从中国诗歌发展史的角度立论，认为宋诗变化于唐诗，是历史发展的必然结果，虽然后世不少人贬抑宋诗，但已然未能掩盖住宋诗的光芒。

第二，宋诗变化于唐诗，但有自己的真"面目"②。陈幼璞继承清初宋诗派诗人吴之振的观点，认为宋诗渊源于唐诗，吴之振在《宋诗钞·序》中说："宋人之诗变化于唐，而出其所自得，皮毛落尽，精神独存"，陈幼璞认为"可算得允当的估评"③、"宋诗是唐诗的继起者"④。不仅如此，陈幼璞还指出了宋代诗人与唐代诗人之间的一一对应关系，陈幼璞指出："在宋代这个时期中，产生了不少的有天才学力的诗人，但是他们斤斤于学杜，学白居易，学韩愈，跳不出唐人的窠臼，这是很可惜的。"⑤

---

① 陈幼璞：《宋诗选》，上海：商务印书馆1937年版，第5页。
② 陈幼璞：《宋诗选》，上海：商务印书馆1937年版，第5页。
③ 陈幼璞：《宋诗选》，上海：商务印书馆1937年版，第5页。
④ 陈幼璞：《宋诗选》，上海：商务印书馆1937年版，第5页。
⑤ 陈幼璞：《宋诗选》，上海：商务印书馆1937年版，第5页。

第三，比较唐宋诗的特点。陈幼璞指出：

> 唐诗的壮伟，有如群山高壑，虎啸龙吟；宋诗的轻峭，则如峰矗
> 云表，鹤立岩端。唐诗有含蓄之妙，所谓"不着一语，尽得风流"；宋
> 诗有质朴之美，所谓"俯拾即是，不取诸邻"。①

陈幼璞指出唐诗的特色是"壮伟"和"含蓄"，而宋诗的特色是"轻峭"和"质朴"，倒也十分准确地描绘出了唐宋诗各自的特点，且有所创新。

三、宋诗分期

关于宋诗分期，陈幼璞提出了七分说，这在宋诗分期史上，为首次提出，且标明了每期的特色，这在宋诗分期史上是绝无仅有的。

陈幼璞指出："对我们已经晓得宋诗是由唐诗演化而来的，然而由唐而宋，其间过渡的情形怎样呢？宋诗之为宋诗，自萌芽而成立，而鼎盛，而衰颓，其间的经过又怎样呢？"②

具体分期如下：

(一)宋诗发展的第一个时期——过渡时期③。陈幼璞指出：

> 宋初的诗坛，一方面盛行着"西昆体"，一方面起了"白居易体"和
> "晚唐体"，前者是唐末五代的余波，后二者是前者的反响，也可以说
> 是宋诗的萌芽。这两派的诗交流着，实在是由唐诗转为宋诗的一个过
> 渡时期。④

"西昆体"的诗人有杨亿、钱惟演、刘筠等，为诗以唐李商隐为宗，大都着力于文辞的雕饰，淫巧侈丽，穷妍极态，徒具形式而内乏

---

① 陈幼璞：《宋诗选》，上海：商务印书馆1937年版，第5~6页。
② 陈幼璞：《宋诗选》，上海：商务印书馆1937年版，第5页。
③ 陈幼璞：《宋诗选》，上海：商务印书馆1937年版，第6页。
④ 陈幼璞：《宋诗选》，上海：商务印书馆1937年版，第6页。

实质。一时风从者变本加厉，遂愈趋于卑弱。我们虽不能说"西昆体"中绝无好诗，然就其整体而言之，实不足令人满意。当"西昆体"极盛的诗话，王禹偁、徐铉、寇准、魏野、林逋、范仲淹、石介等，或为"白体"，或为"晚唐体"。"西昆"诸家尚的是浓抹，王禹偁等则出以淡妆。他们于西昆风靡一时之际，虽未曾明张旗鼓地向之进攻，然实已开了后来的风气。①

陈幼璞指出第一个时期为宋诗发展的过渡时期，以"西昆体""白体"和"晚唐体"诗人为代表，开宋诗之风气。

（二）宋诗发展的第二个时期——草创时期。陈幼璞指出：

宋诗到了梅尧臣、苏舜钦、欧阳修的时期，才算是草创时期，梅苏为诗力矫"西昆"之弊，二人又都与欧阳修友善，欧阳修对于诗文毅然主张复古，革除唐末五代之习，一时文士，景然从风。与修并力以改革诗体的人，首推梅苏。此外，追步后尘的，还有余靖、赵扑、李觏、文同、韩维等。②

陈幼璞认为以梅尧臣、苏舜钦、欧阳修等为首的诗文革新派及其追随者，针对西昆派浮华艳丽文化的泛滥，力主革除唐末五代之旧习，并身体力行，使宋诗向着自身的特色迈进。

（三）宋诗发展的第三个时期——鼎盛时期。陈幼璞指出：

宋诗到了王安石、苏轼、黄庭坚的时期，实已达于鼎盛时期。我们都知道王安石是一个政治上的怪杰，其实他也是诗坛中的一员健将。他的为人虽说"刚愎自用"，所作的诗，却能寓悲壮于闲淡之中，

---

① 陈幼璞：《宋诗选》，上海：商务印书馆1937年版，第6~7页。
② 陈幼璞：《宋诗选》，上海：商务印书馆1937年版，第7页。

具深婉不迫之趣。其五七言绝句，直欲独步一时。①

苏轼在宋代诗人中，却是我们最熟悉的一个了。王安石虽能诗，但他的势力却在政治而不在诗坛。当时主盟诗坛的是苏轼。所谓苏门六君子，苏门四学士，都是有盛名的诗人。四学士是黄庭坚、秦观、晁补之、张耒。加上陈师道、李廌称为六君子。②

欧阳修所提倡的文学改革运动，是一种复古运动，修于诗学韩愈的古体，与修同时的梅尧臣则学唐人的古淡处。王安石、苏轼等虽也仍学古，然模拟终拘束不住天才。王诗能自成一种风格，苏诗豪迈天成，尤有独来独往，无所依傍之概。严羽讥评苏轼、黄庭坚之诗，谓"自出己意为诗，唐人之风变矣"。其实变唐人之风，正是他们的长处，他们建立了宋诗的特征。③

黄庭坚虽隶于苏门，但他的诗在当时与苏并称，号为苏黄，苏诗以豪放奔逸擅胜，黄诗以锻炼遒劲见长。以才言，黄实逊于苏；以功力言，黄亦有独到之处。又何怪他能领导一个诗派，几乎笼罩了以后全宋的诗坛呢？奉黄庭坚为宗的诗派，称为"江西诗派"。这诗派的名称是吕本中所立的，他作江西宗派图，列陈师道以下二十五人，谓诗法相传，皆出自黄庭坚。因为黄庭坚是江西人，所以称之为"江西宗派"。"江西派"的势力后来直及于南宋，到了末流，专效黄诗的"生涩瘦硬，奇僻拗拙"，而黄诗的好处则全失去了。④

陈幼璞指出自王安石、苏轼、黄庭坚等挺立于诗坛，宋诗便达到它的鼎盛时期，这一时期，苏黄横空出世，广树坛坫，其门生故吏影响有宋一代文风。

王安石在诗坛的影响虽不及其在政坛的影响，但他所作的诗能"寓悲

① 陈幼璞：《宋诗选》，上海：商务印书馆1937年版，第7页。
② 陈幼璞：《宋诗选》，上海：商务印书馆1937年版，第7页。
③ 陈幼璞：《宋诗选》，上海：商务印书馆1937年版，第8页。
④ 陈幼璞：《宋诗选》，上海：商务印书馆1937年版，第8页。

壮于闲淡之中，具深婉不迫之趣"，亦在宋诗领域中占一席之地。

苏轼在宋代诗人中能"自出己意为诗，唐人之风变矣"，苏轼以其"豪迈天成"在宋诗领域独树一帜，其才高于黄庭坚，建构起了宋诗独特的体系。

黄庭坚在元祐诗坛更是独标筌颖，以"锻炼遒劲"擅胜，领一代风尚，建立"江西诗派"，左右当时诗坛。

总之，这一时期是宋诗的成熟期，也是建构宋诗特色的时期。

（四）宋诗发展的第四个时期——沉寂时期。陈幼璞指出：

> "苏黄"时期，宋诗已达到极盛之境，以后逐渐转入沉寂状态。南渡后虽有几个可称举的诗人，然大都不能超脱"江西派"的习气，所以不能产生伟大的作家。这时期诗人中的佼佼者要推陈与义和叶梦得。陈诗宗"江西"，而天才横逸，往往能自辟蹊径。叶诗潇散不俗，堪与陈并肩。此外，作者则有沈与求、张九成、刘子翚等。①

当宋诗经过鼎盛时期的发展后，宋诗进入了发展的消歇期，鼎盛时的风光已不可复返，因当时诗坛还笼罩在江西诗风的阴影之下，陈与义、叶梦得、沈与求、张九成等虽说亦自具特色，但毕竟难以超越江西。

（五）宋诗发展的第五个时期——复兴时期。陈幼璞指出：

> 这时期可称为尤、杨、范、陆四大家的时期。四大家就是。沉寂了已久的诗坛，到这时期复现出勃勃的生气，所以称为复兴时期。②

四大家中，我们第一个应注意的是陆游。他生当南宋，目睹异族骄横，中原板荡，满腔的热血无处可洒，便都洒在诗篇里。他更有卓绝的天才，汩汩不绝的文思，所作的诗，无论就质或量的方面来说，

---

① 陈幼璞：《宋诗选》，上海：商务印书馆 1937 年版，第 9 页。
② 陈幼璞：《宋诗选》，上海：商务印书馆 1937 年版，第 9 页。

都是很惊人的。①

　　范成大的诗，清新温润，别有一种清淡幽静的意趣。他有很多咏田园的诗，可称为一位田园诗人。杨万里的诗以奇峭胜。且常出现俚语，就我们现在的眼光看，可以称之为白话诗人。其作品的丰富，不在陆游之下，在有宋一代是很少见的。四杰中惟尤的诗集久已散佚。②

　　综观四杰的诗，应推陆游为巨擘，范、杨亦各有所长。不过他们都多少为风气所囿，未尝完全脱去"江西派"的影响，所以究未能创出特殊的新局面。③

南渡以后，在经过短暂的沉寂之后，宋诗进入了它的复兴时期。这一时期出现了当时诗坛的巨擘——陆游，面对时局板荡，将忧国忧民、民胞物与的情怀融入自己的诗歌中，开创了宋诗发展的新天地。

　　杨万里和范成大则独辟蹊径，以歌咏田园风光为主，写下了大量的田园诗歌，在充斥着爱国文风的南宋诗坛，以其"清新温润，别有一种清淡幽静的意趣"，为南宋诗坛增添了一道亮丽的风景。

　　(六)宋诗发展的第六个时期——衰落时期。陈幼璞指出：

　　　　四大家的复兴诗坛，好比是昙花一现，宋诗转瞬遂即转入衰落时期了。这个时期又可分为两个时期，即四灵时期与江湖派时期。④

　　"四灵"是徐照、徐玑、翁卷、赵师秀四人，因为都是永嘉人，所以又称"永嘉四灵"。四灵效晚唐贾岛姚合之体，力主革除"江西"派的陋习，这种诗界革命的精神，是很值得称赞的。可是他们所作的诗专着力于五言律，他们学唐既不能至，又不能另开局面，所以后世论诗

---

①　陈幼璞：《宋诗选》，上海：商务印书馆 1937 年版，第 9 页。

②　陈幼璞：《宋诗选》，上海：商务印书馆 1937 年版，第 9 页。

③　陈幼璞：《宋诗选》，上海：商务印书馆 1937 年版，第 9 页。

④　陈幼璞：《宋诗选》，上海：商务印书馆 1937 年版，第 10 页。

者，对于他们的作品，多有贬词。①

　　继四灵而兴的为江湖派，此派诗人多为江湖游士，不是真正的诗人。然如刘克庄、戴复古，虽亦被列名江湖派中，实与滥调杂体的江湖诗人有别。刘克庄诗颇有清新独到之处，复古尝游于陆游之门，诗颇有清健奥密的风格。不过，宋诗到了此时，已如强弩之末，不复振作了。②

陈幼璞认为"中兴四大诗人"所处的时代乃宋诗的回光返照时期，经过短暂的兴盛之后，复转于衰颓期，这一时期主要以"四灵"与"江湖"两个流派为代表的时期，四灵为革除江西末流生涩拗硬之风，而效法晚唐的姚贾，以清新刻露之辞写野逸清瘦之趣，诗风趋于寂寞寒苦；稍后继起的江湖诗派，不满江西诗风而仿效"四灵"，学习晚唐，但取法的路径比"四灵"要广得多，但同时又因受了南宋"中兴四大诗人"的影响，带有"清健奥密"的风格。这一时期的宋诗已走向衰落。

　　(七)宋诗发展的第七个时期——遗民诗人时期。陈幼璞指出：

　　宋亡之后，遗民中能诗的人，抱国破家亡之痛，多发为凄厉激越之音。最著的有文天祥、谢翱、林景熙、真山民、谢枋得、郑思肖。他们的诗，因为确有实质，所以读之无不令人感动。分别观之，如文天祥的悲壮、谢翱的奇崛、林景熙的幽婉、谢枋得的幽淡、汪元量的沉痛，都是足供玩味的。读他们的诗，我们只觉得慷慨激越，不能自已，又何暇于迹象中去求呢？③

陈幼璞特别把南宋遗民诗人群体单独列出来，文天祥、谢翱、林景熙、真

---

①　陈幼璞：《宋诗选》，上海：商务印书馆 1937 年版，第 10 页。
②　陈幼璞：《宋诗选》，上海：商务印书馆 1937 年版，第 10 页。
③　陈幼璞：《宋诗选》，上海：商务印书馆 1937 年版，第 10 页。

山民、谢枋得、郑思肖等分别以其各自的特色呈现于晚宋诗坛，为晚宋诗坛添上最后一抹亮色。

综上，陈幼璞的宋诗分期实际上并没有超越前人的理论观点，如方回在《送罗可寿诗序》中对宋诗时期的划分，但方回的划分不如陈幼璞划分得细致，陈幼璞指出了每一个时期的特色，并将宋诗划分成"过渡时期""草创时期""鼎盛时期""承述时期""复兴时期""衰落时期"等，这是陈幼璞的首创，从某种意义上讲，这是具有现代诗学意义上的理论论断。

第二十五章　潘德衡《宋金元明诗评选》研究

潘德衡辑选的《宋金元明诗评选》，为民国二十八年(1939)柳原书店铅印本，分上下两卷，共二册。书前有潘德衡自序、小引和《咏宋朝诗人》诗23家27首，对其中重要诗人诗作有评点。是选在编排体例上，以人系诗，共选录宋代诗人221家，诗767首。除编选《宋金元明诗评选》外，潘德衡还编有《唐诗评选》，柳原书店1939年铅印本。

第一节　《宋金元明诗评选》的选诗宗旨和特点

一、选诗宗旨

第一，补偏救弊。潘德衡编选《宋金元明诗评选》的初衷是不满于前人编选的宋诗选本太过繁复，没有一种繁简适中、适合读者阅读的选本，所以他编选的目的在于补偏救弊、摘发幽光。他在《宋金元明诗评选》中说道：

> 考宋金元明诗之专集及选本，不为不多。如《宋诗钞》《宋诗纪事》《中州集》《元诗选》《列朝诗集》《明诗综》《明诗纪事》等，搜集虽丰，仍欠精到。而宋、元、明诗别裁，虽选择较为精审，而挂漏仍多。近来坊间选本，除一二部稍可人意者外，余或芜漫而不精，或支离而寡要。求其繁简适中，详略得体者，诚乎难已！编者窃不自揣，为补偏救弊、摘发幽光起见，对于宋金元明之作家，莫不远览旁搜，博收约

取，去其滥而遗其粗，采其英而撷其华。务使作者之精神面目，跃然涌现于读者之前。俾读者见其诗而思其人，熔陶于性情之中，优游于美化之域，庶几不无小补云尔。①

潘德衡品评清初以来《宋诗钞》《宋诗纪事》等选本，他认为皆有所不足和缺陷，无法适应新的历史时期的阅读需要。

第二，弥补选目上的不足。不仅如此，此前的宋诗选本，在选目上，还存在诸多弊端，《宋金元明诗评选·小引》云：

> 大抵古今来之选诗家，多有所偏。如于宋则多略朱熹、岳飞、吕安；于元则多略石屋；于明则多略白沙、阳明、鼎芳。实则朱熹之浑涵，岳飞之壮烈，吕安之精丽，石屋之清幽，白沙之生趣，阳明之豪逸，鼎芳之神隽；实为宋金元明不可多得之作品，亦何可忽也？故编者特重新估定其价值而表彰之。②

此前的宋诗选本在选录诗人时，常常有所偏嗜，主要选录苏轼、陆游、黄庭坚等大家，而于许多中小诗人则略而不录，朱熹、岳飞、吕定等诗人则未能引起众多选家的重视，故而是选选录了许多中小诗人。

第三，选诗兼顾众体。潘德衡认为此前宋诗选本，选诗"各有所长，亦各有短"，为弥补此缺陷，故选录此选。他在《宋金元明诗评选·小引》中说道：

> 各体兼备，诸家所难。故各有所长，亦各有短。其下者固无论已。如东坡短于五绝，而安石反之。安石短于七古，而东坡反之。放翁、遗山是于七律，而五律未能相称。石湖、万里长于七绝，而七律

---

① 潘德衡：《宋金元明诗评选》，民国二十八年柳原书店铅印本，第6页。
② 潘德衡：《宋金元明诗评选》，民国二十八年柳原书店铅印本，第6页。

未能相称。朱子于五古擅长，而五绝又缺。青丘于五绝擅长，而五古又稀。永叔最长七古，仲安专工七律，廷礼独擅五古，信乎各体之难兼也。苟读者能取各家之长而遗其短，则得之矣。①

潘德衡认为唯有兼顾众体和众家，方可取长补短，有利于人们学习。潘德衡指出东坡长于七古，短于五绝；王安石长于五绝，短于七古；陆游长于七律，短于五律；范成大长于七绝，短于七律。

二、选诗特点

第一，潘德衡对南宋诗歌格调评价不高，认为其气格渐卑。潘《序》云："南宋以后，气格渐卑，但间有杰出之流，足与北宋诗人交相辉映而无愧。"②

第二，重视理学诗人，拒斥西昆体。此选选有朱熹 37 首、刘子翚 16 首、邵雍 14 首、程颢 4 首、朱松 3 首、杨时 2 首、叶适 1 首、周敦颐 1 首、陆九渊 1 首、陈造 1 首，所选诗人遍及两宋所有理学诗人，而于西昆体诗人此选无一人入选。对朱熹，潘德衡有极高的评价："朱熹为一理学大家，则诗亦富有理趣。五古情调谐畅，迥绝时流，其虑惬，其思精，绝无矫饰枯槁之病，何神之高而韵之远也？"③（《宋金元明诗评选·序》）"文公惯以诗说理，但虑惬神融，意境活脱。写景亦新奇高朗，毫无板滞枯寂之病。五古造诣尤高，观其落笔警拔，超然物表，涵养深醇，神韵俱到。"④

第三，重视遗民诗人。此选选有遗民诗人真山民 9 首、文天祥 7 首、林景熙 5 首、谢翱 3 首、谢枋得 3 首、郑思肖 2 首。潘氏对于真山民、文天祥皆有评语，如在选录真山民诗后，评云："幽而远，清而和，质而不

---

① 潘德衡：《宋金元明诗评选》，民国二十八年柳原书店铅印本，第 7 页。
② 潘德衡：《宋金元明诗评选》，民国二十八年柳原书店铅印本，第 2 页。
③ 潘德衡：《宋金元明诗评选》，民国二十八年柳原书店铅印本，第 2 页。
④ 潘德衡：《宋金元明诗评选》，民国二十八年柳原书店铅印本，第 100 页。

枯，白而脱俗，是山民诗之长处。"又云："真山民遁迹空山，了然于是非之念，忘怀于得失之林，宠辱不惊，闲远自适，鸿飞冥冥，弋人何慕，殆老子所谓知足常足者欤？"（《宋金元明诗评选小引》）充分肯定了真山民高尚的节操和高超的诗歌艺术成就。评文天祥云："至于社会环境之变迁，而影响人类心情之动向者亦至巨。如在宋祚难复、势无可为之候，则产生文山之抗志不屈。"①又云："至于宋末诗人文天祥，则以气节著称。其《过零丁洋》，古色苍然，自有气节著称。《正气歌》浩然磅礴，悲壮淋漓，有百折不挠，视死如归之概。"②对文天祥给予了充分的肯定。

第四，重苏、王、陆排斥黄庭坚。从选诗数量上看，江西诗派选入数量较少，黄庭坚14首，不及陈与义28首，陆游125首，位居入选诗人之首，其次为王安石84首，苏轼74首，杨万里48首，朱熹37首，欧阳修33首，陈与义28首、戴复古22首、苏舜钦20首、范成大18首、刘子翚16首，黄庭坚位居第13位。对他所推崇的苏、王、陆不吝赞美之辞，评王安石道："安石绝句，深婉不迫，情辞绵芊，隽峭而有神韵。足为艺林珍品。"③评苏轼道："苏东坡以绝世天才，学识超迈，笔力富健。观其状物描情，飘逸宛转，感慨淋漓，随意挥洒，波澜壮阔，极纵横变化之能事。有时虽若轻描淡写，毫不着力，自有一股活气腾跃笔端，李白以来，一人而已。彼因身遭幽囚迁谪之苦，历览江山风月之腾，故其诗开阖动荡，思潮澎湃，恰如浮云御风，变灭无迹，朝霞映日，光艳难穷。可谓支立千古！苏门六君子，有黄庭坚、秦观、张耒、晁补之、陈师道、李鹰等。"④"彼最长于七古，奔放不羁，神韵深远，恰如流水行云之飘忽不定，奇花异草之馨香四溢；使读者心情鼓荡于豪情逸气之中，有登高望远奋羽青宵之思。篇中如'江上愁心千叠山，空积翠如云烟。山耶云耶远莫知，空云散山依然。……春风摇江天漠漠，暮云卷雨山娟娟。丹枫翻鸦伴水

① 潘德衡：《宋金元明诗评选》，民国二十八年柳原书店铅印本，第8页。
② 潘德衡：《宋金元明诗评选》，民国二十八年柳原书店铅印本，第162页。
③ 潘德衡：《宋金元明诗评选》，民国二十八年柳原书店铅印本，第42页。
④ 潘德衡：《宋金元明诗评选》，民国二十八年柳原书店铅印本，第1页。

宿，长松落雪惊醉眠。'足以希踪青莲最佳之篇什。"①高度评价苏轼人格、诗歌风格和诗歌艺术成就。评陆游云："彼为南宋诗人之巨擘，其诗之悲壮沉郁处，直摩少陵壁垒。篇中名句隽什，层出不穷，触事生怀，哀歌唱叹，宛如疾雨横风，读之心怀俱振。"②认为陆游诗可与杜甫相媲美。而于黄庭坚则不遗余力地加以诋毁："从山谷诗惯作硬语，谨严精炼，拗峭而脱去俗韵，自是其独到处。然有时过于刻削，而失之艰，失之强，亦是一弊。人常以苏黄并称，实则山谷刻意求工而不讨好。七律稍可取，余体均非能事，何如东坡之天才纵逸，挥洒自如也。"③指出山谷诗之弊，且与苏轼相比较，认为苏黄并称，是名不副实。

第二节　统摄全宋的选诗观

《宋金元明诗评选》的选源遍及整个全宋，是一部完整的宋诗选本。潘德衡将选诗视野放于整个宋诗，这种选诗方式，不致有所偏失。这种统摄全宋的选诗观，在民国宋诗选本中，十分少见。

第一，统摄全宋的观念体现在序言上。在《自序》中，他从宋诗发展的历史进程的视角去把握和领悟宋代诗人的艺术风格和性格特点，对两宋时期的重要诗人的诗歌风格，用形象生动语言进行了准确的描绘，可以说该选《自序》是民国最为重要的一篇论述宋代诗人风格的文章。这篇序言语言雅洁富丽、修饰精工，富有音乐美和意境美，与中国传统诗话语言风格颇为接近。如他评北宋诗人苏、梅、欧诗风云："苏舜钦之豪迈，梅尧臣之沉着，稍具革新之规。欧阳修情辞奔放，兴会淋漓，委婉曲折，余音袅袅。沉酣山水间，有高歌自得之趣。"④评邵雍、林逋诗风云："康节以闲适自喜，其诗语浅趣深，不落时人蹊径。君复以雅淡为宗，其咏梅澄澄绝

---

① 潘德衡：《宋金元明诗评选》，民国二十八年柳原书店铅印本，第60页。
② 潘德衡：《宋金元明诗评选》，民国二十八年柳原书店铅印本，第162页。
③ 潘德衡：《宋金元明诗评选》，民国二十八年柳原书店铅印本，第66页。
④ 潘德衡：《宋金元明诗评选》，民国二十八年柳原书店铅印本，第1页。

俗，别有高致。"评黄庭坚、陈与义、刘子翚诗风云："尤以庭坚之拗折劲健，足以自成一家。他如陈与义之高警，刘子翚之幽淡，亦有可称。"①序言中对各位诗人风格的描绘是非常准确的。

第二，统摄全宋的理念还体现在该选的选目上。《宋金元明诗评选》在编排体例上，以人系诗，共选录宋代诗人221家，诗767首。潘德舆《宋金元明诗评选》所选诗人遍及两宋各个阶段。所选诗人之众，所选诗作之多，在民国宋诗选本中名列第二。该选每个时期的重要诗人殆无遗漏，如苏舜钦20首、梅尧臣5首、欧阳修33首、王安石84首、苏轼74首、黄庭坚14首、陈与义28首、朱熹37首、陆游125首、范成大18首、杨万里48首等诗人皆有涉猎。宋代各重要诗歌流派的诗人，如隐逸诗人潘阆、真山民、林逋，理学诗人杨时、叶适、邵雍、周敦颐、朱熹、程颢，江西诗人黄庭坚、陈师道、陈与义、韩驹、严羽，中兴四大诗人尤袤、杨万里、范成大、陆游，四灵诗人徐照、徐玑、翁卷、赵师秀，江湖诗人刘克庄、戴复古、方岳，遗民诗人文天祥、郑思肖、谢翱、谢枋得、林景熙、真山民，诗僧惠洪、僧道济、道全、道潜、斯植，女诗人朱淑真、朱氏，词人晏几道、张元干、张孝祥，皇帝宋太祖等皆有入选。

第三，选录众多籍籍无名的中小诗人。潘德舆在此选中收录了很多名不见经传的中小诗人，以显示其全阈的选诗观。这些诗人入选大多为1首诗，如杜小山1首，黄天谷1首，翁桓1首，高言1首，马存1首，王秋江1首，胡仔1首，戴益1首，周南峰1首，徐守信1首，王仲素1首，冯去非1首，黄亢1首，王周1首，苏为1首，刘次庄1首，任大中1首，陈宗道1首，邱葵1首，宋伯仁1首、徐俱1首，张良臣1首，何应龙1首，薛季宣1首，陈傅良1首，邓肃1首，利登1首，陈允平1首，陈渊1首，杨杰1首、杨公远1首，刘宰1首，王同祖1首，郑刚中1首，周景远1首，李师中1首，陈爱山1首，陈得斋1首，晁端友1首，蒙斋1首，徐四灵1首，宋壶山1首，鲁交1首，黄中坚1首，李孝博1首，龚况1

① 潘德舆：《宋金元明诗评选》，民国二十八年柳原书店铅印本，第1页。

首，胡宪1首，柴援1首，赵企1首，曾纡1首。然小诗人，吉光片羽，弥足珍贵。甚至作者在序言中对中小诗人的风格特点也有详细评述，评吕定："吕仲安七律，富丽高华，超凡脱俗，身亲戎马之间，神游烟霞之表。其精思健笔，挟风云以俱驰。'丛里抽身出，云水光中洗眼来'，足为仲安咏矣。"评张耒云："文潜诗味清而薄，七绝则多伤感无可奈何之语。"① 评徐积云："仲车善写母子识别之情，读之有悲从中来，不可断绝之感。"② 评吴儆云："益恭诗即景生情，写来别有奇趣。"③

第三节　重视宋诗艺术的宋诗品评观

《宋金元明诗评选》采用知人论世的批评方法，诗前有对诗人生平仕履的介绍。所选诗作后附有评语，主要从诗人的个性特点、诗歌意境、艺术风格等方面品评鉴赏。整部选本采用了编、选、评三种批评方法，这诗作中的评语是研究潘德衡宋诗批评观的最重要的文献来源。诗选中有许多精辟的评语，显示了选辑者的诗歌批评观和艺术思想。这也是研究潘德衡诗学观的重要文献。

第一，潘德衡品评宋诗主要从诗人个性、艺术构思、诗歌意境、艺术风格等几个方面着眼。如选苏舜钦诗《夏意》《小酌》《秋怀》《长桥观鱼》等20首诗，评云："子美诗高视阔步，豪气横溢。读之有落落难合，矫矫不群之概。"④从苏舜钦诗意境的纵横悠远来赞扬苏诗的艺术成就。又选欧阳修《明妃曲》《远山》《沧浪亭》等33首诗，评云："永叔七古，豪情奔放，吐辞洒落，感事伤怀，多胸臆间语。其描摹自然景物，往往兴会神来，淋漓酣畅，深得乎林泉之趣。七古贵豪放，而布意遣辞，尤宜高视阔步，脱去种种拘束；方能不落常蹊，别有新境。所谓'气盛则声之长短高下皆宜'

① 潘德衡：《宋金元明诗评选》，民国二十八年柳原书店铅印本，第69页。
② 潘德衡：《宋金元明诗评选》，民国二十八年柳原书店铅印本，第73页。
③ 潘德衡：《宋金元明诗评选》，民国二十八年柳原书店铅印本，第188页。
④ 潘德衡：《宋金元明诗评选》，民国二十八年柳原书店铅印本，第5页。

也。人谓韩愈作诗如作文，吾谓永叔亦然。"①从欧阳修诗歌构思别致、诗歌风格豪情奔放、诗歌语言艺术洒落等几个方面来评价欧阳修诗歌的艺术特点。选王安石《泊船瓜洲》《游钟山》《江亭晚眺》《北山》等 84 首诗，评云："安石绝句，即物寓兴，随意挥洒，亦悠扬，亦婉转，从容不迫，畅叹出神。妙绪纷披，时有自得之趣。其养之深，故发之远也。至其自负之豪情卓荦，抚事之感慨缠绵，咏物之淋漓尽致，莫不一一从诗中涌现。"②主要论述王安石"半山体"的风格特征，挥洒自如，从容不迫。选苏轼《题西林壁》《惠崇春江晚景》《赠刘景文》《饮湖上初晴后雨》《和子由渑池怀旧》《花影》等 74 首诗，评云："东坡聪慧绝伦，才气横溢，风情俊爽，神采飘逸。观其模拟万象，随意挥毫，一若惊风骤雨之咄咄逼人，使物无遁形，神理毕现。虽有时率笔之作，不免失之粗豪；而一种奇伟磊落之气，自迥出凡境之上。诗至东坡，除言情咏物之外，可以谈禅，可以说理，铺叙婉转，庄谐杂出，妙趣横生，而运用不穷。非'读书破万卷，下笔如有神'者，又乌足以语此？"③从苏轼个性聪慧绝伦、才气横溢、风情俊爽、诗歌构思奇警、诗歌意境奇伟磊落、诗歌风格妙趣横生等方面评价苏轼的艺术成就。选杨万里诗《小舟晚兴》《静坐池亭》《春日绝句》等 48 首诗，评云："诚斋诗惯熔铸新辞，摒除古典，不避俗字俗句。故其描物玩情，若有理，若无理，委婉曲折，穷形尽相，往往意境清新，别饶风趣。以视江西派之诗人以模拟古人为能事者，其相去真不可以道里计。盖诗为心声，贵能歌咏性灵，处处须有自我之表现。若舍己从人，虽工亦何益也？诚斋以特殊作风，描写新诗之意境，得斯旨矣。"④从杨万里诗歌渊源的视角出发，从江西诗派入而从江西诗派出，其诗歌能摒弃古人的诗歌格调，熔铸新辞；其诗歌意境清新自然，别饶风趣。选文天祥诗《正气歌》《过零丁洋》等 7 首诗，评云："文山诗尚气节，高警绝俗。观其《正气歌》，视死如归，从容

① 潘德衡：《宋金元明诗评选》，民国二十八年柳原书店铅印本，第 19 页。
② 潘德衡：《宋金元明诗评选》，民国二十八年柳原书店铅印本，第 42 页。
③ 潘德衡：《宋金元明诗评选》，民国二十八年柳原书店铅印本，第 1 页。
④ 潘德衡：《宋金元明诗评选》，民国二十八年柳原书店铅印本，第 143 页。

就义。虽处忧思艰难之境，而不改坚贞亮节之操，亦足见其志之所存矣。"①从文天祥的性格特点出发，认为文天祥的诗歌风格高警绝俗与其崇尚气节息息相关。

第二，潘德衡将相同或者相似风格诗人的诗风进行比较，通过比较，借以显现不同诗人之间的不同风格和艺术成就的优劣高低。如将中兴诗人陆游、范成大、杨万里三人的诗歌艺术特点和风格放在一起进行比较。《序》云：

> 范石湖惯写田园景色，温润圆转，质而不俚，浅而不俗，别树一帜于诸家之外。陆放翁以抑塞磊落之才，发挥其伤时忧世之作，似狂非狂，似痴非痴，一片慷慨悲愤之气，傲兀辛辣之辞，如怒涛喷涌于读者之前，使读者怆然伤怀，歔欷欲绝；其七律尤为豪放沉郁，哀歌唱叹，极痛快淋漓之致，自工部以来，无此作矣。杨万里则以性灵自喜，其描摹田园景物，细腻精致，往往自出心裁，饶有滑稽风趣。②

通过比较发现，范成大善写田园诗歌题材，诗风"温润圆转"，雅俗共赏；杨万里诗歌亦善写田园诗歌题材，但诗风诙谐风趣，自成一体。陆游则善写伤时忧世之作，诗风傲兀辛辣，尤其是七律，可与老杜媲美。三人相比，三人的诗学地位立显高下。

第三，潘德衡用富有形象生动的论诗诗评价宋代诗人。兹举例如下：

苏舜钦

落落才华笔有陵，堂堂豪气冠群英。

高歌恐骇时人眼，百感淋漓自写真。

---

① 潘德衡：《宋金元明诗评选》，民国二十八年柳原书店铅印本，第1页。
② 潘德衡：《宋金元明诗评选》，民国二十八年柳原书店铅印本，第2页。

苏轼

其一

寂历松风万籁音，乾坤清气未消沉。

飘飘奇趣横胸臆，落落高才有古今。

随意挥毫成妙谛，行云流水渺难寻。

自然风物待收拾，赢得西湖烂漫吟。

其二

招手名山入座来，奇思浩荡笔花开。

文心自得方为贵，语气纵横始见才。

骨峻仙风如可挹，调高尘俗信难媒。

浪游赤壁终陈迹，浮世匆匆一举杯。

其三

骤雨飘风笔有神，描摹烟景得清新。

官遭贬谪身多感，思入禅机味转醇。

浪迹尘中容啸傲，悠然物外见天真。

区区穷达何须计，诗卷长留万古春。

黄庭坚

硬语盘空自出奇，不宗法度不宗师。

别开生面眉山外，拗峭纵横信有之。

陆游

浩荡乾坤得自由，无穷风物眼中收。

高歌豪放空千古，落笔峥嵘贯斗牛。

冉冉年华思老骥，纷纷穷达付东流。

崎岖世路浑谙尽，一醉何妨解百忧。

文天祥

几人劲节似文山，就义从容历艰险？

正气一歌传不朽，留将青史传人寰。

组诗运用了论诗诗的形式分别吟咏了苏舜钦、梅尧臣、欧阳修、邵雍、林逋、王安石、苏轼、文与可、黄庭坚、周敦颐、陈与义、朱熹、程颢、岳飞、陆游、范成大、杨万里、文天祥、真山民等23位诗人的个性特点、艺术风格和创作特征。有些甚至还引用或化用了原作者的诗句。

另外，还效仿司空图《二十四诗品》，举出具体诗例分析陆游诗歌作品的风格。潘德衡在选录陆游诗歌作品后，评云：

> 形容莫如"云归时带雨数点，木落又添山一峰"。疏野莫如"戏招西塞山前月，来听东林寺里钟"。风趣莫如"残年自有青天管，便是无锥也未贫"。清真莫如"客散茶甘留舌本，睡余书味在胸中"。奇警莫如"一窗残日呼愁起，袅袅江城咽暮笳"。委曲莫如"山重水复疑无路，柳暗花明又一村"。绮丽莫如"烛光低映珠蟠冪，酒晕徐添玉颊红"。豪放莫如"夜阑卧听风吹雨，铁马冰河入梦来"。凄婉莫如"志士凄凉闲处老，名花零落雨中看"。妩媚莫如"山经宿雨修容出，花倚和风作态飞"。悲慨莫如"四海交朋更聚散，百年光景杂悲欢"。至于"无穷江水与天接，不断海风吹月来"。则又雄浑、劲健，尺幅中有千里之势矣。①

共用形容、疏野、风趣、清真、奇警、委曲、绮丽、豪放、凄婉、妩媚、悲慨、雄浑、劲健十三种风格评价陆游的诗歌，具有巨大的价值，也极具创造性。

此选也有许多不足之处，如诗人选录顺序颠倒错乱，将北宋诗人宋太

---

① 潘德衡：《宋金元明诗评选》，民国二十八年柳原书店铅印本，第143页。

祖置于南宋，北宋诗人潘阆置于南宋，北宋诗人李钢置于南宋，北宋诗人惠洪置于文天祥之后，陆游置于吕祖谦之后，朱熹置于朱槔之后，王禹偁置于苏舜钦之后。孟昶为后蜀时期的诗人，将其纳入本选。

　　该选随意较强，如江西诗派黄庭坚的名作《寄黄几复》《题竹石牧牛》《题落星寺》《戏呈孔毅父》《雨中登岳阳楼望君山》《临河道中》《和答钱穆父咏猩猩毛笔》等皆未入选。杨万里的名作《小池》《晓出净慈寺送林子方》《闲居初夏午睡起》等亦皆未入选。

附录一 "四宋分期"的演进及其价值评判

"四宋"指的是初宋、盛宋、中宋、晚宋，为宋诗研究过程中最为流行的一种关于宋诗演变分期的学说。"四宋分期"作为一种影响久远的诗学观念，比较清晰地揭示了宋诗不同历史发展阶段的独特艺术风貌，其形成、完善与张元干、严羽、方回、胡应麟、王史鉴、陈衍具有十分直接的关系。"四宋"既揭示了时代世次发展的顺序，又包含着价值高低的评判。"四宋分期"的探讨，从某种意义上讲，就是对宋诗特质的形成、展开、转换、蜕变与渊源问题探讨的进一步深化。

第一节 宋元宋诗分期

宋诗分期的议题是宋诗研究中的核心问题，实际上自宋诗诞生以来，人们对宋诗的发展演进就已经开始了探索。最先对宋代诗歌发展变化留意的是南宋两位诗人张元干和严羽。张元干（1091—1161）首先对北宋诗歌发展演变进行了初步的勾勒。其《亦乐居士集序》云："国初儒宗杨、刘数公，沿袭五代衰陋，号西昆体，未能超诣。庐陵欧阳文忠公初得退之诗文于东汉敝箧古文书中，爱其言辨意深。已而官于洛，而与尹师鲁讲习，文风丕变，寝近古矣。未几文安先生苏明允起于西蜀，父子兄弟俱文忠公门下士。东坡之门又得山谷隐括律，于是少陵诗法大振。如张文清、晁无咎、秦少游、陈无己之流，相望辈出，世不乏才，岂无渊源而然焉。"①张元干

---

① 张元干：《芦川归来集》卷九，上海：上海古籍出版社1978年版，第155页。

大体以时代顺序罗列十数位诗人，在品评之中已有朦胧的分期意识。如"国初"就类似于后世所称的"初宋"；其后所言苏轼、黄庭坚、晁补之、陈师道等均为后世所惯称的"盛宋"诗人。不过，因为当时宋诗的历史进程尚未完成，张元干还没有清晰地区划宋诗发展的阶段，所言诗家也难以全面地反映宋诗的概貌，其宋诗分期理论尚显稚嫩。

与张元干按照时代先后顺序勾勒宋诗发展阶段不同，严羽对宋诗的分期已有鲜明的主观价值判断。

严羽在《沧浪诗话》中有三处明确谈及宋诗分期：《诗辨》云："国初之诗尚沿袭唐人，王黄州学白乐天，杨文公刘中山学李商隐，盛文肃学韦苏州，欧阳公学韩退之古诗，梅圣俞学唐人平澹处，至东坡山谷始自出己意以为诗，唐人之风变矣。山谷用工尤为深刻，其后法席盛行，海内称为江西宗派。近世赵紫芝、翁灵舒辈独喜贾岛、姚合之诗，稍稍复就清苦之风，江湖诗人多效其体，一时自谓之唐宗，不知止入声闻辟支之果，岂盛唐诸公大乘正法眼者哉。嗟乎！正法眼之无传久矣！"①《诗体》言："以时而论……则有本朝体（通前后而言之），元祐体（苏黄陈诸公），江西宗派体（山谷为之宗）。"②《诗体》言："以人而论，则有东坡体、山谷体、后山体、王荆公体、邵康节体、陈简斋体、杨诚斋体。"③又有所谓"西昆体"④。严羽将宋代诗歌的发展，界定为从"西昆体"起到"杨诚斋体"止，共有八位诗人为不同阶段的诗人代表。"国初之诗"学习中晚唐诗人之风，带有"唐人锦色"，而于多习晚唐诗风的永嘉四灵、江湖诗派更是颇有微词。严羽又以"本朝体""元祐体"和"江西宗派体"概括宋代各个重要诗学流派的特征，且设定了各自的宗主，对宋诗的区分已有了强烈的宗派意识。严羽"以盛唐为法"，就已赋予了格高、"第一义"与"诗法正宗"的含义，因对中晚唐诗歌的卑视，故而指斥永嘉四灵和江湖诗派"不知止入声闻辟支之果"。严

---

① 何文焕辑：《历代诗话》，北京：中华书局1982年版，第688页。
② 何文焕辑：《历代诗话》，北京：中华书局1982年版，第689页。
③ 何文焕辑：《历代诗话》，北京：中华书局1982年版，第690页。
④ 何文焕辑：《历代诗话》，北京：中华书局1982年版，第689~690页。

羽所使用"近世"的概念,大体类似于后世所习称的"晚宋"。虽然,严羽对宋诗发展历程的概括比较模糊,但已具有了区划宋诗的自觉意识。可以说,严羽对宋诗的分期已经蕴含了对宋代不同历史时期诗歌艺术风貌的归纳和价值高下的判断。自此,宋诗分期理论已开始悄然发生转变。

元代,由于"举世宗唐"诗学思潮的影响,元人对宋诗的研究常常是与唐诗合为一体,元代宋诗选和诗话等对宋诗发展历程的梳理亦渐趋深入和细致。

严羽之后,继续沿着宋诗流派和价值评判的思路勾勒宋诗发展流变的是宋末元初的方回(1227—1305),他在《送罗寿可诗序》和其宋诗选本《瀛奎律髓》的评点之中包含着丰富的宋诗分期理论。《送罗寿可诗序》云:

> 诗学晚唐不自四灵始。宋刬五代旧习,诗有白体、昆体、晚唐体。白体如李文正、徐常侍昆仲、王元之、王汉谋。昆体则有杨、刘《西昆集》传世,二宋、张乖崖、钱文僖、丁崖州皆是。晚唐体则九僧最逼真,寇莱公、鲁三交、林和靖、魏仲先父子、潘逍遥、赵清献之徒。凡数十家,深涵茂育,气极势盛。欧阳公出焉,一变为李太白、韩昌黎之诗,苏子美二难相为颉颃,梅圣俞则唐体之出类者也,晚唐于是退舍。苏长公踵欧阳公而起。王半山备众体,精绝句,五古言或三谢。独黄双井专尚少陵,秦、晁莫窥其藩。张文潜自然有唐风,别成一宗。惟吕居仁克肖陈后山,弃所学,学双井,黄致广大,陈极精微,天下诗人北面矣。立为江西派之说者,铨取或不尽然,胡致堂诋之。乃后陈简斋、曾文靖为渡江之巨擘。乾淳以来,尤、杨、范、陆、萧其尤也。道学宗师,于书无所不通,于文无所不能,而高古清劲尽扫余子,又有一朱文公。嘉定而降,稍厌江西,永嘉四灵复为九僧,旧晚唐体非殆于此四人也。后生晚近不知颠末,靡然宗之,涉其波而不究其源,日浅日下。然尚有余杭二赵、上饶二泉,典刑未泯。①

---

① 方回:《桐江续集》卷三二,《四库全书》本,台北:台湾"商务印书馆"1983年版。

诗歌发展史的界划从根底上讲，应该是根据诗人与诗学流派及其所取得的诗歌成就作为最根本的依据，所以，尽管方回没有明确提出宋诗具体分期名称，但已大体勾勒出了宋诗发展的四个发展阶段，暗含了对宋诗的分期：其一，宋兴之始，"晚唐风采"和宋诗风格初具的交替期，"白体""昆体""晚唐体"占据诗坛；其二，宋诗盛兴，苏舜钦、梅尧臣等继起，承袭中唐遗风；苏轼、黄庭坚、陈师道等变革唐诗，出己意为诗；其三，南渡后，乾淳以降，宋诗中兴，陈与义和曾几为诗坛之"巨擘"，尤、杨、范、陆四家"蹑江西，追盛唐"；其四，南渡后，嘉定以后，永嘉四灵和江湖诗人学姚贾，晚唐"清苦之风"回归诗坛。整体看来，话语不多，却把宋诗各个时期的诗歌发展状况大体都照应到了，初步提出了盛衰变化的脉络，就"南渡"后的宋诗演变提出分期的时间断限，但是"南渡"前宋诗发展的脉络则较为模糊。

方回在论述宋诗各期演变的过程中均涉及价值高下的评判，而非仅仅是时代先后的排列。方回价值判断的标准是"格高"与"格卑"。《唐长孺艺圃小集序》云："诗以格高为第一。……而予乃创为格高卑之论者，何也？曰：此为近世之诗人言之也。……而又于其中以四人为格之尤高者：鲁直、无己，上配渊明、子美，为四也。……何以谓之格高？近人之学许浑、姚合者，长孺扫之如秕糠，而以陶、杜、黄、陈为师者也。"①"夫诗莫贵于格高。"②(《瀛奎律髓》卷二十评张泽民《梅花二十首》)方回所称"此为近世之诗人言之也"，就是针对宋人而言。诗以"格高"为上，于唐则以杜甫、韩愈为尊，于宋则推欧阳修、黄山谷、陈师道、苏轼。

方回丰格高，尤以江西诗派枯淡瘦劲为最高。他说："老杜诗为唐诗之冠，黄陈诗为宋诗之冠。黄陈学老杜者也。"③"宋以后，山谷一也，后

---

① 方回：《桐江续集》卷三三，《四库全书》本，台北：台湾"商务印书馆"1983年版。
② 李庆甲集评点校：《瀛奎律髓汇评》，上海：上海古籍出版社1986年版，第850页。
③ 李庆甲集评点校：《瀛奎律髓汇评》，上海：上海古籍出版社1986年版，第42页。

山二也，简斋为三，吕居仁为四，曾茶山为五。其他与茶山伯仲亦有之，此诗之正派也。余皆傍支别流，得斯文之一体者也。"①方回视江西诗派为诗之"正派"，其余皆"傍支别流"而已。盛赞陈与义诗"气岸高峻，骨格开张。格调高胜，举一世莫之能及"②、"简斋诗独是格高，可及子美"③认为后山和山谷诗格一致，谓陈师道"后山，学山谷为诗者也。……句法矫健，非晚唐能嚅哜也"④。方回之于诗格，重视的是老杜晚年高古奇瘦之格以及学杜而得的江西诗派的瘦硬拗峭之格，这样的诗格，最能代表"盛宋"和"中宋"时期的审美趋向。

方回力求以江西诗派的枯淡瘦劲纠正晚宋诗格的卑弱。方回一方面对晚宋（"四灵"和江湖诗人）卑琐滑熟的诗风多有批评。评"四灵"云："乾淳以来，尤杨范陆为四大诗家，自是始降而为江湖之诗。叶水心适以文为一时宗，自不工诗，而永嘉四灵从其说改学晚唐。诗宗贾岛、姚合，凡岛、合同时渐染者，皆阴挦取摘用，骤名于时，而学之者不能有所加，日益下矣。名曰'厌傍江西篱落'，而盛唐一步不能少进。天下皆知四灵之为晚唐，而巨公亦或学之。"⑤论江湖诗人，称刘克庄"诗格本卑，晚而渐进"⑥，戴复古"苦于轻俗"⑦，认为晚宋诗境界逼仄，气象狭小。另一方面方回对晚唐诗多有排诋，从某种意义上说，对晚唐诗的批评，也就是对

---

① 李庆甲集评点校：《瀛奎律髓汇评》，上海：上海古籍出版社1986年版，第591页。

② 李庆甲集评点校：《瀛奎律髓汇评》，上海：上海古籍出版社1986年版，第1003页。

③ 李庆甲集评点校：《瀛奎律髓汇评》，上海：上海古籍出版社1986年版，第492页。

④ 李庆甲集评点校：《瀛奎律髓汇评》，上海：上海古籍出版社1986年版，第178页。

⑤ 李庆甲集评点校：《瀛奎律髓汇评》，上海：上海古籍出版社1986年版，第771页。

⑥ 李庆甲集评点校：《瀛奎律髓汇评》，上海：上海古籍出版社1986年版，第844页。

⑦ 李庆甲集评点校：《瀛奎律髓汇评》，上海：上海古籍出版社1986年版，第840页。

晚宋诗的批评。方回云："四灵学姚合、贾岛诗而不至，七言律大率皆弱格，不高致也。"①"江西诗，晚唐家甚恶之。然粗则有之，无一点俗也。晚唐家吟不着，卑而又俗，浅而又陋，无江西之骨之律。"②"盛唐律，诗体浑大，格高语壮。晚唐下细工夫，作小结裹，所以异也。"③晚唐诗格僻弱琐细，与盛唐诗格格高语壮大相径庭。

　　总的来说，严羽与方回均不满意于"永嘉四灵""江湖诗派"为救江西拗峭瘦硬之弊而转师晚唐，不过，两人都提供了各自的解决办法。严羽崇尚盛唐、高扬"兴趣"；方回以江西诗派的"资书以为诗"和"以故为新"来矫正"永嘉四灵""江湖诗派"的细琐破碎之弊。虽然严羽与方回在对待江西诗派的态度上截然不同，但在关涉宋诗分期、各期诗歌艺术风貌以及价值评判时若合符契在宋诗分期的理念上都蕴含着价值评判。至此，南宋以来以时代先后次序为中心内容的宋诗分期自身也就具有了价值判断的内涵了。

　　严羽与方回的宋诗分期理念在金元时期影响甚深，众多诗论家在涉及宋诗分期时，除偏重时代先后顺序外，也蕴含着价值判断。袁桷（1266—1327）《题乐生诗卷》云："诗于唐三变焉，至宋复三变焉。"④《书程君贞诗后》云："由宋以来，有三变焉。"⑤《题闵思齐诗卷》云："唐诗有三变焉，至宋则变有不可胜言矣。"⑥两次提到宋诗有"三变"，一次提到宋诗"变有不可胜言"，唐有"三变"，宋亦有"三变"，袁桷将宋诗与唐诗合而言之。

---

　　①　李庆甲集评点校：《瀛奎律髓汇评》，上海：上海古籍出版社1986年版，第1601页。

　　②　李庆甲集评点校：《瀛奎律髓汇评》，上海：上海古籍出版社1986年版，第1753页。

　　③　李庆甲集评点校：《瀛奎律髓汇评》，上海：上海古籍出版社1986年版，第529页。

　　④　袁桷：《清容居士集》卷五〇，《四部丛刊初编》本，上海：商务印书馆1912年版。

　　⑤　袁桷：《清容居士集》卷四八，《四部丛刊初编》，上海：商务印书馆1912年版。

　　⑥　袁桷：《清容居士集》卷五〇，《四部丛刊初编》，上海：商务印书馆1912年版。

检索《清容居士集》，袁桷于此并无具体阐释。如果将宋诗"三变"与"宗派"结合起来考察，那么可以看出宋诗经历了四个发展阶段，潜隐着对宋诗的分期。袁桷《书汤西楼诗后》指出：

> 诗有三宗焉。夫律正不拘，语腴意赡者，为临川之宗；气盛而力夸，穷抉变化，浩浩焉沧海之夹碣石也，为眉山之宗；神清骨爽，声振金石，有穿云裂竹之势，为江西之宗。二宗为盛，惟临川莫有继者，于是唐声绝矣！至乾、淳间诸老，以道德性命为宗。其发为声诗，不过若释氏辈条达明朗，而眉山、江西之宗亦绝。永嘉叶正则，始取徐、翁、赵氏为四灵，而唐声渐复。至于末造，号为诗人者，极凄切于风云花月之摹写，力屏气消，规规晚唐之音调，而三宗泯然无余矣。[①]

袁桷用"宗"来给宋诗流派命名，为其所发明。他认为，作为"临川之宗"的王安石，以不拘格律、语丰意赅自张一军；以苏轼为代表的"眉山宗"，以其笔力雄厚、气势磅礴自立一帜；以山谷为领袖的"江西宗"，以其神清骨爽、声振金石自具一体；"道德性命宗"即以朱熹为代表的理学诗派。"四灵""江湖"兴起，晚唐之声渐复，"四宗"与盛唐之音俱衰，所谓"陵夷渡南，糜烂而不可救"[②]。此处指出"四宗""四灵""江湖"分属四个不同的历史阶段，即宋诗"四变"，对晚宋诗风的贬抑却是非常明显的。范梈（1272—1330）已言及"晚宋"，"晚宋"之名于斯肇端。其《杨仲弘诗集序》云："余尝观于风骚以降，汉魏，下至六朝，弊矣。唐初，陈子昂辈乘一时元气之会，卓然起而振之。开元、大历之音，由是丕变，至晚宋又极

[①] 袁桷：《清容居士集》卷四八，《四部丛刊初编》本，上海：商务印书馆1912年版。

[②] 袁桷：《清容居士集》卷四九，《四部丛刊初编》本，上海：商务印书馆1912年版。

矣。"①"晚宋"列于唐代"开元""大历"之后，视"晚宋"如同晚唐，文风丕变，格调低下，非"盛宋"之正脉。

第二节　明代宋诗分期

明朝初期的诗论家大多沿用了元人的办法，注重对每个诗人诗歌风貌的描绘与阐释，缺乏对宋诗发展的理论概述，不过他们论述的范围更加广泛一些。宋濂（1310—1381）《答章秀才论诗书》对宋诗进行了全面的考察，认为"宋初，袭晚唐五季之弊"，元祐之间，"苏、黄挺出"，隆兴、乾道之际，尤袤、杨万里、范成大、陆游等"终不离天圣、元祐之故步，去盛唐为益远"②。李袤（1531—1609）《宋艺圃集序》（1567）云：

> 夫建隆、乾德之间，国祚初开，淳庞再和，一时作者尚祖五季，五季固唐余也。故林逋、潘阆、胡宿、王珪、两宋、九僧之徒，皆摛藻莹莹，以清赢相贵，而杨大年、钱思公、刘筠辈又死拟西昆□□尺度。总之，遗矩虽存，而雄思尚郁矣。天圣、明道而下，则大变焉，盖时世际熙昌，人文迅发，人主之求日殷聚奎之兆斯应，故欧、苏、曾、王之流，黄、陈、梅、张之侣，皆以旷绝不世之才，厉卓荦俊拔之志。博综坟典，旁测幽微，海内颙颙，咸所倾仰。启西江宗派之名，创绌唐进杜之说。竭思愦神，日历穷险。当其兴情所寄，则征事有不必解，意趣所极，则古贤所不必法。辟之旧家，公子恢张，其先人堂构，至于甲第飞云，雕镂彩绘，远而塑之，绚烂夺目，负其意气，遽大掩前人矣。光宁以还，国步浸衰，文情随易，学士大夫，递祖清逸，无称雄杰，故陆游之流便，严羽之婉腴，紫阳之冲容，谢翱

---

① 杨载：《杨仲弘诗集》卷首，《四部丛刊初编》本，上海：商务印书馆 1912 年版。

② 《宋濂全集》，杭州：浙江古籍出版社 1999 年版，第 206 页。

之诡诞，其他若四灵、戴式之、文天祥、林德旸辈，咸遵正轨，足引同方，然究而言之，凌迟之形见矣。斯国事之将季乎。①

李裳论述了宋诗演进的三个关键时期：建隆、乾德年间为宋诗发展前期，此时诗坛领域，承继唐末五代之余韵，"摛藻莹莹"，"清赢相贵"，唐风弥漫，"雄思尚郁"，宋诗尚处于酝酿之中；天圣、明道年间为宋诗发展的兴盛期，许多"旷绝不世之才"横空出世，"欧、苏、曾、王"一代英才，光耀诗坛，江西诗派蔚成风气，可与唐诗平分秋色；南宋光宗、宁宗之后为宋诗发展的衰颓期，偏离了盛宋诗歌发展的轨道，其格局逼仄、音节促迫。李裳对晚宋诗歌境界的日就"褊浅"表示不满。李裳在这里梳理出了宋诗变化发展的脉络，比较清晰地确定了各期的时间断限。

宋濂、李裳等诗论家的论述大体是按照时代世次展开，尽管他们对各家诗歌艺术风貌和诗歌成就的论述十分全面，不过，他们更多的是依靠自身的阅读体验来诠释对宋代各个诗人的理解，并没有十分透彻地去探析其中所包含的诗运递嬗规律。

胡应麟(1551—1602)堪称对宋诗分期作出重要贡献的划时代人物，他的《诗薮》中论述宋诗分期的话语较多，这对认识"四宋"说的衍变具有十分重要的价值。《诗薮》中"宋初"出现 12 次，"盛宋"出现 1 次，"南渡"出现 14 次，"晚宋"出现 4 次，"宋末"出现 3 次。综合考量《诗薮》中相关文献内容，胡应麟对宋诗分期的贡献如下：

第一，胡应麟首次提出了"宋初""盛宋""晚宋"的概念，通过确认各期代表人物来厘清宋诗发展的路径。胡应麟云：

> 宋初九僧：一希昼、二保暹、三文兆、四行兆、五简长、六惟凤、七惠崇、八字昭、九怀古。五言律固皆晚唐调，然无一字宋人也。盛宋若梅圣俞，虽学王、岑；晚宋若赵师秀，虽学姚、许；然不

---

① 李裳：《宋艺圃集》，文渊阁《四库全书》本。

无宋调杂之。今摘录诸人佳句于左，希昼、惠崇，尤杰出也。①

南渡诸人诗尚有可观者，如尤、杨、范、陆时近元和。永嘉四灵，不失晚季，至陈去非宏壮，在杜陵廊庑，谢皋羽奇奥，得长吉风流，尤足称赏。②

宋末盛传谢皋羽歌行，虽奇邃精工，备极人力，大概李长吉锦囊中物耳，林德阳七言古不多见，而合处劲逸雄迈，视谢不啻过之。③

"宋初"所举诗人有寇准、林逋、潘阆、魏野、杨亿、刘筠、钱惟演、九僧等；"盛宋"所举诗人有苏舜钦、梅尧臣、尤袤、杨万里、范成大、陆游；"晚宋"所举诗人有赵师秀、徐照、徐玑、翁卷、刘克庄、戴复古；"宋末"所举诗人有谢翱、林景熙。由此可见，这是胡应麟从时代先后的视角来界划宋诗，"四宋分期"说也因此具有了鲜明的时代世次的意味了。

第二，价值高低评判。胡氏所言"宋初""盛宋""南渡""晚宋""宋末"除就时代世次而言外，还涉及价值高低的评判。胡应麟云：

大抵南宋古体当推朱元晦，近体则无出陈去非。此外略有三等：尤、杨四子，元和体也。徐、赵四灵，大中体也。刘、戴诸人自为晚宋。而谢翱七言古，时有可采。④

至戴式之、刘克庄辈，又自作一等晚宋，体益下矣。谢翱五言律亦然。⑤

宋初僧诗，俨是齐梁。⑥

宋初及南渡诸家，亦往往有可参唐集者，世率以时代置之。⑦

① 周维德集校：《全明诗话》，济南：齐鲁书社2005年版，第2643页。
② 周维德集校：《全明诗话》，济南：齐鲁书社2005年版，第2638页。
③ 周维德集校：《全明诗话》，济南：齐鲁书社2005年版，第2651页。
④ 周维德集校：《全明诗话》，济南：齐鲁书社2005年版，第2714页。
⑤ 周维德集校：《全明诗话》，济南：齐鲁书社2005年版，第2652页。
⑥ 周维德集校：《全明诗话》，济南：齐鲁书社2005年版，第2640页。
⑦ 周维德集校：《全明诗话》，济南：齐鲁书社2005年版，第2641页。

胡应麟基于初唐、盛唐、中唐、晚唐的唐诗价值序列判断，将尤袤、杨万里、范成大、陆游视为唐代"元和体"诗人，近乎中唐；永嘉四灵相当于唐代"大中体"诗人，介乎中晚唐之间；江湖诗派"自为晚宋"，近乎晚唐，格调愈下；宋初诗人"俨是齐梁"，则更是等而下之，不入唐格。胡氏这种将宋诗与唐诗一一对应的评论，不仅揭示了时代的次第关系，也体现了宋诗成就的高下。

第三，胡应麟大致确定了宋诗各期的起讫时间。自是"宋初""盛宋""晚宋""宋末"的名称得以完整确立。"宋初"的起讫期限为"宋九僧""宋初三体"诗人活动的时间；"盛宋"的起讫期限为苏、梅、欧活动的时间；"晚宋"的起讫期限为四灵和江湖诗人活动的时间；"宋末"则为遗民诗人活动的时间。

胡应麟的宋诗分期理论对于清人编选宋诗选本有重要影响，如姚壎、汪景龙《宋诗略》、王史鉴《宋诗类选》等。《宋诗略·序》云："南渡之尤、杨、范、陆，绝类元和。永嘉四灵，格近晚唐。晞发奇奥，得长吉风流。月泉吟社，寒瘦如郊、岛。"①南渡诗人绝类"元和"，"四灵"格调近乎晚唐，"月泉吟社"之诗歌风格如孟郊、贾岛之"寒瘦"。

不过，胡应麟的宋诗分期亦有不完善之处，如一些在宋诗发展史上的标志性人物王安石、欧阳修、苏轼、黄庭坚等未予提及；"中宋"这段时间被忽略；"晚宋"和"宋末"界限比较模糊，等等。

第三节 清代宋诗分期

入清后，人们对宋诗的研究日益深入，陆次云、王史鉴、全祖望、纪昀等在辑选宋诗选本的过程中，对宋诗的发展脉络有了更为清晰的认识。

陆次云在《宋诗善鸣集》中首次提出了"中晚宋"诗的概念。陆次云，字

---

① 姚壎、汪景龙：《宋诗略》，乾隆三十五年刻本。

云士，杭州人。康熙十八年举博学鸿词不遇，后官知县，选有《宋诗善鸣集》。《宋诗善鸣集·序》云：

> 至我朝，圣天子在上，喜起赓歌，诗教昌于廊庙，学者共识其非，厌蹈袭而思变通，始复中晚宋人之诗是问。夫中晚宋诗，杂而不纯，其超出等伦者，如奇花幽草间杂黄茅白苇中，非搜擿而出不易。遒使今之学者不能区别妍媸，以为中晚宋诗而漫然效之，不几反为七子之流所姗笑耶？①

陆次云所提出的"中晚宋"的概念，实质上是效仿明七子所提出的"中晚唐"诗而论，陆次云认为"中晚唐"诗不及盛唐诗，"中晚宋"诗也是愈趋而下，驳杂而不纯粹，即便是有少数超越同侪者，也不过是"奇花幽草间杂黄茅白苇"而已。

王史鉴（1681—?），字子任，号抱山居士，江苏无锡人。《宋诗类选·序》（康熙五十一年）云：

> 宋初诗体沿袭晚唐，骑省、工部夙擅雄名，契玄、仲先语多幽致，九僧篇什少传，患其才短。莱公妙年驰誉，诗思清华。自天圣以后，缙绅间为诗者益少，惟丞相晏元献、钱文僖、翰林杨大年、刘子仪皆宗李义山，号西昆体，雕章丽句，照暎当时。二宋高才，诗多昆体。惟王黄州师法乐天，独开有宋风气。于是欧阳公承流接响，以精深雄浑为宗，一反西昆之旧，此宋诗之始变也。林和靖之瘦洁、苏子美之豪横、梅宛陵之平淡、石曼卿之奇峭，抒写胸臆，各自名家，此其盛也。王半山步趋老杜，寓悲壮于严刻，在诸家中别构一体。苏长公挺雄杰之才，波澜万顷；少公抒峭拔之气，琳琅千首，诚天纵之奇英、斯文之砥柱也！晁、秦之肆决风流，张、黄之澹泊新辟，皆足羽

---

① 陆次云：《宋诗善鸣集》，康熙二十六年刻本。

翼二苏、挺秀词林。后人苏、黄并称，或反右涪翁于长公，则大非也。叔用、子苍雅亮而精密，后山、襄阳严劲而清拔，此宋诗之再盛。江西诗派创于吕紫薇，而山谷、后山为之鼻祖。清江三孔，名亚二苏，惜文仲攻毁程子，为生平大玷。钱塘沈氏兄弟并负雅才，三洪、二谢皆见许豫章，而人品悬绝矣。南渡之后，陈简斋崎岖乱离，不忘忠爱，苦心拔俗，能涉老杜之涯涘。厥后，陆放翁、杨诚斋、范石湖、尤遂初人各为体，咸称大家。放翁诗最富，朱子谓："近代唯见此人为有诗人风致"，刘后村亦云："南渡而下当为一大宗"，此南宋诗人之盛也。三洪虽擅文名，诗非本色。吴兴三沈诗不尽传，屏山幽炼、止斋苍劲、郑北山体制清新、周益公追趋白傅，皆翘秀也。文公少喜作诗，澹庵以诗人论荐，旨多典则，而非风云月露之词。叶水心、楼攻媿虽以文名，诗亦平雅。薛常州之朴质、赵章泉之平易，虽号名家，颇伤直致，此又一变矣。四灵苦学唐人，多工五言，较其才致，天乐为优。石屏擅江湖之咏，后村为淡泊之篇，虽有可观而气格卑弱矣。晚宋诸人感伤变革，忠义蟠郁，故多凄怆之作。文信国身任纲常，从容就义，壮烈之语，真可惊风雨而泣鬼神。水云之哀怨、晞发之恸哭、霁山仗义于诸陵、所南发愤于心史，千载而下，犹堪痛心。宋诗之终，终于义烈，岂非道学之流风、忠直之鼓动哉！宋人三百年之诗，更变递兴，称极盛矣。①

王史鉴根据高棅《唐诗品汇》对唐诗各期划分的理论依据，将唐诗各期划分与宋诗各期划分一一相对应，并使用了"宋初""南渡""晚宋"等概念。高棅指出："贞观、永徽之时……此初唐之始制也；神龙以还……此初唐之渐盛也；开元、天宝间……此盛唐之盛者也；大历、贞元中……此中唐之再盛也；下暨元和之际……此晚唐之变也；降而开成以后……此晚唐变态

---

① 王史鉴：《宋诗类选》，康熙五十一年刻本。

之极。"①高棅将唐诗的演变具体化为"四唐五变"。王史鉴云："宋初诗体沿袭晚唐……自天圣以后……此宋诗之始变也。林和靖之瘦洁、苏子美之豪横……此其盛也；王半山步趋老杜，寓悲壮于严刻，在诸家中别构一体……此宋诗之再盛；南渡之后……此南宋诗人之盛也；晚宋诸人感伤变革，宋诗之终……宋人三百年之诗，更变递兴，称极盛矣。"王史鉴则将宋诗的演变具体化为"四宋五变"，这是王史鉴从时代先后的角度对宋诗进行分期，"四宋"也就具有了明确的时代世次的内涵。高棅《唐诗品汇》中将诗人分为九类：正始、正宗、大家、名家、羽翼、接武、正变、余响、旁流。王史鉴借用高棅的分类，将宋代诗人分为五类：大家、名家、羽翼、承流、接响，用以品第诗人，而这种品第又是与诗歌的"盛衰正变"论结合在一起的。

从上述宗旨出发，王史鉴论述宋诗分期时，将诗人风格"诗变"论和源流"世变"论相互结合。论及宋诗从盛兴到衰微的过程，其开端便运用"宋初诗体沿袭晚唐"，中间运用"王半山步趋老杜，寓悲壮于严刻，在诸家中别构一体……此宋诗之再盛"，结尾使用"宋人三百年之诗，更变递兴，称极盛矣"的评语，说明了宋诗起始便是由唐诗承衍变化而至，中间宋诗盛兴，晚宋以后"气格卑弱"，于后世亦有余响。王氏在论述每位诗人的风格时，贯彻其"文变系乎世运"的诗学宗趣，并揭示出他们在文学史上的地位。就诗人而论："林和靖之瘦洁，苏子美之豪横"，"梅宛陵之平淡，石曼卿之奇峭，抒写胸臆，各自名家"；就诗学流派而论："西昆体，雕章丽句"，"四灵苦学唐人，多工五言，较其才致，天乐为优"。

从时代总体风貌而言，宋诗各期各不相同，即便同一时代，各阶段亦有别：宋初有"始制"和"渐盛"，晚宋有"变"和"变态之极"，其间贯穿着作者"盛衰正变"论诗的指导思想。王史鉴的审美取向，直接定位于盛宋，即王安石、苏轼、黄庭坚、陈师道、晁补之、秦观、张耒、韩驹等人所在的时期，认为他们开创了宋诗新气象，遂使宋诗彬彬大盛，蔚成风气，为

---

① 高棅：《唐诗品汇》，上海：上海古籍出版社 1988 年版，第 8 页。

"宋诗之再盛"。

全祖望(1705—1755),字绍衣,号谢山,浙江鄞县人,浙东学派的重要代表人物。《鲒埼亭集外编》:"宋诗之始也,杨、刘诸公最著,所谓西昆体者也。说者多有贬辞,然一洗西昆之习者欧公,而欧公未尝不推服杨、刘。犹草堂之推服王、骆,始知前辈之虚心也。庆历以后,欧、梅、苏、王数公出,而宋诗一变。坡公之雄放,荆公之工练,并起有声。而涪翁以崛奇之调,力追草堂,所谓江西派者,和之最盛,而宋诗又一变。建炎以后,东夫之瘦硬,诚斋之生涩,放翁之轻圆,石湖之精致,四壁并开。乃永嘉徐、赵诸公,以清虚便利之调行之,见赏于水心,则四灵派也,而宋诗又一变。嘉定以后,江湖小集盛行,多四灵之徒也。及宋亡,而方、谢之徒相率为急迫危苦之音,而宋诗又一变。"①全氏借对宋代诗人创作风格变化的线性描绘,指出宋诗发展的四个时期,并确定了每期清晰的时间断限:第一阶段为宋诗之始至庆历之前;第二阶段为庆历以后至建炎之前;第三阶段为建炎之后至嘉定以前;第四阶段为嘉定以后至宋亡。全祖望在论及每位诗人及诗歌流派时,包含了强烈的正变论思想,他从宋初"西昆"的杨、刘讲起,突出了苏、黄等盛宋诗人的地位,亦对杨万里、陆游、范成大等宋代标志性人物予以高度评价,其后论及永嘉四灵、江湖诗人乃至遗民诗人各有一句或两句简洁的评论,对晚宋诗人尤其是遗民诗人的"急迫"、"危苦"之音大为不满。

四库馆臣作为清代宋诗研究中不可或缺的重要力量,在宋诗分期的问题上有自己独到的见解。《四库全书总目·杨仲宏集提要》云:

> 宋代诗派凡数变,西昆伤于雕琢,一变而为元祐之朴雅,元祐伤于平易,一变而为江西之生新。南渡以后,江西宗派盛极而衰,江湖诸人欲变之,而力不胜。于是仄径旁行,相率而为琐屑寒陋,宋诗于是扫地矣。载生于诗道弊坏之后,穷极而变,乃复其始。风规雅赡,

---

① 全祖望:《鲒埼亭集外编》卷二十六,上海:商务印书馆1912年版。

雍雍有元祐之遗音。①

《四库全书总目·御定四朝诗提要》云：

> 唐诗至五代而衰，至宋初而未振。王禹偁初学白居易，如古文之有柳穆，明而未融；杨亿等倡西昆体，流布一时。欧阳修、梅尧臣始变旧格，苏轼、黄庭坚益出新意，宋诗于时为极盛。南渡以后，《击壤集》一派参错并行，迁流至于四灵、江湖二派，遂弊极而不复焉。金人奄有中原，故诗格多沿元祐，迨其末造，国运与宋同衰，诗道乃较宋为独盛。②

纪昀云：

> 文章格律与世俱变者也。有一变必有一弊，弊极而变又生焉，互相激，互相救也。唐以前毋论矣，唐末诗猥琐，宋杨、刘变而典丽，其弊也靡；欧、梅再变而平畅，其弊也率。苏、黄三变而恣逸，其弊也肆；范、陆四变而工稳，其弊也袭。③

四库馆臣勾勒出了在时代变迁和宋诗自身发展规律影响下的宋诗变革史。其论宋诗从萌芽到衰竭的变化过程，切入角度是"诗格"高下。四库馆臣将宋诗的演变概括为"四宋四变"论：一变为宋初三体，二变为元祐体，三变为江西诗派，四变为永嘉四灵与江湖诗派，即从"苏轼、黄庭坚益出新意，宋诗于时为极盛"到南渡以后"宋诗于是扫地"，这充分体现了四库馆臣"盛衰正变"的思想。"变"显示了四库馆臣的宋诗发展观念，"正"则体现了四

---

① 永瑢等：《四库全书总目》卷一六七，北京：中华书局1965年版，第1441页。
② 永瑢等：《四库全书总目》卷一九〇，北京：中华书局1965年版，第1725页。
③ 《纪晓岚文集》（第一册），石家庄：河北教育出版社1995年版，第190页。

库馆臣宋诗研究的审美归属和价值评判。四库馆臣以"文章格律"和"诗格"作为判断标准,排除了"初宋"的雕琢绮靡和"晚宋"的清巧衰飒,确立了以"盛宋"为指归的审美典范。四库馆臣关于"诗变"的理论根据,不仅在于"文章格律"本身的变化,更关乎时代与世运(国运),正如纪昀所谓"文章格律与世俱变""国运与宋同衰"。

第四节 民国宋诗分期

民国宋诗选和诗话对宋诗发展历程的梳理非常明晰。继胡应麟、王史鉴之后,民国陈衍堪称对宋诗分期理论做出总结的人物。

首先,陈衍所编《宋诗精华录》是以推尊盛宋为特色的宋诗选本,陈衍在编选该选时力图把"四宋"所包含的时代先后顺序与价值高低这两个不同的标准协调起来。《宋诗精华录》卷一言:

> 此录亦略如唐诗,分初、盛、中、晚。吾乡严沧浪(羽)、高典籍(棅)之说,无可非议者也。天道无数十年不变,凡事随之。盛极而衰,衰极而渐盛,往往然也。今略区元丰、元和以前为初宋;由二元尽北宋为盛宋,王、苏、黄、陈、秦、晁、张具在焉,唐之李、杜、岑、高、龙标、右丞也;南渡茶山、简斋、尤、萧、范、陆、杨为中宋,唐之韩、柳、元、白也;四灵以后为晚宋,谢皋羽、郑所南辈,则如唐之有韩偓、司空图焉。此卷系初宋,西昆诸人,可比王、杨、卢、骆;苏、梅、欧阳,可方陈、杜、沈、宋。宋何以甚异于唐哉!①

陈衍参照严羽《沧浪诗话》和高棅《唐诗品汇》对唐诗的分期,将宋诗分为初宋、盛宋、中宋、晚宋四期,并将唐代具有突出诗学地位的诗人与宋人一一对应。"初宋"为元丰、元和以前的时期,所举诗人有王禹偁、徐铉、李

① 陈衍选,曹中孚校注:《宋诗精华录》,成都:巴蜀书社1992年版,第1页。

昉、寇准、林逋、魏野、钱惟演、张詠、晏殊、赵抃等;"盛宋"为元丰、元和时期,所举诗人有王安石、苏轼、黄庭坚、陈师道、秦观、晁补之、张耒等,这一时期为以苏、黄为代表;中宋为南渡以后的时期,所举诗人有曾几、陈与义、尤袤、萧德藻、范成大、陆游、杨万里等;晚宋,所举诗人有徐照、徐玑、翁卷、赵师秀、谢翱、郑思肖等。

其次,《宋诗精华录》的卷数安排、入选诗人数量和诗作总量也蕴含着对宋诗的分期,且依各阶段诗歌在宋诗发展史上的成就分别予以不同的择选,陈衍将每期之诗分为一卷。卷一选录 39 位诗人 117 首,卷二选录 18 位诗人 239 首,卷三选录 32 位诗人 212 首,卷四选录 40 位诗人 122 首。宋诗四期中,盛宋入选的诗最多,其次是中宋,再次为晚宋和初宋,大略与四唐诗人的成就相对应。盛宋诗人中苏轼选录 88 首,位居所有入选诗人之首,依次杨万里诗 55 首、陆游诗 53 首、黄庭坚诗 38 首、王安石诗 34 首。尊盛宋而抑晚宋,这与陈衍重"元祐"的诗学主张一致。

再次,陈衍从诗歌音律的角度编选宋诗,体现了时代"盛衰正变"的价值判断。陈衍作为选诗家,在选本中不仅把"四宋"作为时代先后概念来使用,而且将诗道与世道相统一,所谓"天道无数十年不变,凡事随之。盛极而衰,衰极而渐盛",世有盛衰,道有隆替,诗有正变。《宋诗精华录·序》云:

> 然吾之选宋诗,抑有说焉。《虞书》曰:"诗言志,歌永言,声依永,律和声,八音克谐,无相夺伦。"伦理也。……故长篇诗歌,悠扬铿锵鞺鞳者固多,而不无沉郁顿挫处,则土木之音也。然近贤之祧唐宗宋,祈向徐仲车、薛浪语诸家,在八音率多土木,甚且有土木而无丝竹金革,焉得命为"律和声,八音克谐"哉![1]

何谓"精华"?朱自清先生阐释道:"'精华'一词,可以就音律而言,也可

---

[1]　陈衍选,曹中孚校注:《宋诗精华录》,成都:巴蜀书社 1992 年版,第 1 页。

以就宋诗全体而言。"①陈衍认为宋诗的精华在于音律协畅("八音克谐"),而非"土木之音"(长篇古体)的诗歌;就诗歌体裁而言,宋诗的精华为五七言近体("丝竹金革之音"),故全书选五七言近体诗548首;就时期而论,"盛宋"诗歌,艺术上可称得上"音律之纯",世运上可谓"世道之盛"。

《宋诗精华录》在编排体例上,按照先帝王(宋恭帝),次以时代世次为序,分列徐铉、钱惟演、寇准、苏轼、黄庭坚、汪元量等123位诗人,末为释道(参寥、惠崇、道璨)、女流(费氏、李易安)的编排顺序;从体例上的安排来说,基本上以宋代诗人时代先后次序,体现各期宋诗的成就。而这种体例编排,本身就含有伸正黜变的意义,加之视释道、女流为旁流,更是体现了作者与时高下的诗学观。

最后,《宋诗精华录》大体明晰了宋诗每期的时间断限。陈衍虽没有明确说明各期的起止时间,但从各卷选录的诗人中可以推测出来。卷一选诗从徐铉始至王令止,约从太祖建隆元年到嘉祐年间;卷二选诗从王安石始至韩驹止,约从熙宁到靖康年间;卷三选诗从陈与义始至黄公度止,约从建炎至绍兴年间;卷四选诗从戴复古始至汪元量止,约从隆兴到宋末。

陈衍在宋诗分期上确实做到了原委分明,层次井然,不愧为对严羽、胡应麟、王史鉴以来的宋诗分期说的合理发展,宋诗分期至此进入圆熟的境地。

综上所论,历经严羽、方回、胡应麟、王史鉴等人的推扬,至陈衍方得以完善和定型的"四宋"说,经历了一个相当长的在运用中前进、在前进中完善的历程。

"四宋分期"说的盛衰同时代审美风尚密切相关,在崇尚性灵、提倡新变的性灵诗学盛兴之际,便是"四宋分期"广为世人研习之时;而当审美风尚转向主张复古、尊唐抑宋,"四宋分期"便会出现无人问津的情形。"四宋分期"的主要作用并不在引领创新思潮,它是选诗家和诗论家在分期过程中对宋诗各个时期不同的艺术风格、审美特征和诗歌批评原则的全面辨

---

① 《朱自清全集》第三卷,南京:江苏教育出版社1988年版,第16页。

析，这种辨析启示人们从总体上把握宋代诗歌的艺术风貌和了解宋诗的流变，有利于揭示宋诗发展不同阶段的艺术特点和差异。

当然，我们也应看到，经过长期积淀而建立起来的"四宋"说，也并非尽善尽美，毫无瑕疵。故在"五四"之后的学界，宋诗的分期问题依然为世人所注目，并在"四宋"说的基础上，陆续提出了"两宋""三宋""五宋""六宋""八宋"等诸种分期学说，足见其生命活力和影响力。

附录二　从历代宋诗选本看"江西诗派"走向经典化的历程

选本作为诗歌传播接受过程中一种颇为特殊的媒介形式，因其具有"删汰繁芜"和"荟萃菁华"的作用，经其择选后的选本，能"归诸简要"，故而对于一般读者来说，它是最为便捷的阅读手段和方式；但对于那些较为专业的研究者而言，亦可从选诗家的取舍标准中洞晓其诗学观念。同时，选本又是一种文学批评样式，是选诗家审美情趣的集中体现，也是作为一个时代文学生态环境的重要表现。因而选本的影响力，往往会超越其他文学批评样式。①

第一节　24 种宋诗选本收录"江西诗派"诗歌的数据统计及分析

宋诗是继唐诗之后，中国诗歌发展的又一座高峰，历代的宋诗选本数量虽然不及唐诗，但也不少。据笔者考证从宋至民国，现存的宋诗选本近300 种，如若再加上当代所出版的各种启蒙本、今译本、绘图本等，宋诗选本的总数则更多。宋代许多杰出的诗人和优秀作品，经过历代诗歌选本的择汰，让最能适应读者审美需要的诗人和作品，得以进入广大读者的审美视野，成为令人难以企及的审美典范。如果从审美发生学的视角看，这种典范的产生，必然有其发生的缘由。例如作为宋代最具特色和影响力的

---

① 方孝岳：《中国文学批评·导言》云："从势力影响上来讲，总集的势力又远在诗文评专书之上。"《中国文学批评》，北京：三联书店 1986 年版，第 4~5 页。

诗人群体之一的"江西诗派"的诗学地位自不待言，它的诗歌价值和诗坛地位也和其他诗人群体一样经历了起伏不定的变化历程。

"江西诗派"的主要成员黄庭坚、陈师道、陈与义、韩驹、曾几等，均为中晚宋时期的杰出诗人，他们的诗名能在当时为人们所重，是因为他们的诗歌正好契合了当时诗坛那种求变求新的时代需求。自金元之后，随着时代的发展，读者的"期待视野"亦因之变化，对"江西诗派"的接受也出现了十分复杂的情况。这种复杂的情况有其深刻的历史原因，笔者拟从历代宋诗选本的定量分析入手，探析选本中反映出的"江西诗派"的地位升降，再结合文艺学、审美学和文化学的理论探讨，从定量和定性的视角，管窥"江西诗派"的艺术特质及其在中国诗学史上的地位。

我们选择 24 种宋诗选本对"江西诗派"进行抽样统计和数据分析（见表 27-1），其依据有三：其一，这 24 种选本均为各个时代最具特色与传播影响力的选本，充分体现了各个时代最有代表性的诗学观念；其二，这些选本除《千家诗》专选律绝、方回《瀛奎律髓》专选律诗、毕自严《类选唐宋元四时绝句》专选绝句外，余皆诸体兼收，这可以避免因诗体不完整而导致的选诗差异；其三，至于专选几大家的诗歌选本，如周之麟《宋四名家诗选》（专选苏黄范陆四家）、余柏岩《韩白苏陆四家诗选》（专选苏陆二家）、沈德潜《宋金三家诗选》（专选苏陆二家），此不予考虑。

从表 27-1 中我们可以知道，这 24 种选本所收宋诗数量悬殊较大：最多的《宋诗钞》录诗 12970 首，最少的《千家诗》录诗仅 79 首，两者相差甚远，不过，大部分选本在 300 首至 2500 首的范围内。通过对表 27-1 入选量的分析，我们可以得出以下结论：

（1）"江西诗派"八位诗人在各时代不同选本中的诗歌入选比例呈现出起伏不定的特点。这个特征在黄庭坚、陈师道、陈与义、曾几等诗人那里体现得最突出。24 种选本中，选录山谷诗最多的是《宋诗三百首》，占其所选宋诗总量的 7.33%，其次是《宋诗鉴赏辞典》为 6.07%、《宋诗精华录》为 5.67%、《宋诗选》为 4.84%、《宋诗正体》为 3.24%，最少的《御选宋诗》（0.80%），竟不到入选总量的 1%。关于陈师道诗，在《瀛奎律髓》中入选

表 27-1　江西诗派在部分宋诗选本中的入选量

入选量及其占所选宋诗总量的比重

选本	时代	编选者	所录宋诗总量	黄庭坚		陈师道		晁冲之		谢逸		韩驹		吕本中		曾几		陈与义	
分门纂类唐宋时贤千家诗选	宋	刘克庄	1537	46	2.99%	22	1.43%	1	0.07%	5	0.33%	1	0.07%	4	0.26%	1	0.07%	1	0.07%
千家诗选	宋	谢枋得	79	2	2.50%	0	0	0	0	0	0	0	0	0	0	1	1.27%	0	0
唐宋千家联珠诗格	宋	于济、蔡正孙	883	18	2.04%	8	0.91%	1	0.11%	2	0.22%	3	0.34%	0	0	1	0.11%	14	1.59%
瀛奎律髓	元	方回	1720	33	1.92%	109	6.34%	3	0.17%	2	0.12%	3	0.17%	28	1.63%	63	3.66%	66	3.84%
宋诗正体	明	符观	248	8	3.23%	10	4.03%	0	0	0	0	2	0.81%	4	1.61%	1	0.40%	13	5.24%
宋艺圃集	明	李蓘	2552	50	1.96%	72	2.82%	21	0.82%	7	0.27%	3	0.12%	7	0.27%	4	0.16%	84	3.29%
石仓宋诗选	明	曹明佺	6758	55	0.81%	70	1.04%	32	0.47%	7	0.10%	0	0	31	0.46%	26	0.38%	50	0.74%
类选唐宋元四时绝句	明	毕自严	492	30	6.10%	0	0	0	0	0	0	0	0	0	0	0	0	6	1.22%
宋诗钞	清	吴之振	12970	282	2.17%	192	1.48%	98	0.76%	0	0	134	1.03%	0	0	0	0	348	2.68%
宋金元诗永	清	吴绮	1496	23	1.54%	20	1.34%	3	0.20%	2	0.13%	4	0.27%	0	0	0	0	5	0.33%

续表

选本	时代	编选者	所录宋诗总量	入选量及其占所选宋诗总量的比重																
				黄庭坚		陈师道		晁冲之		谢逸		韩驹		吕本中		曾几		陈与义	
宋元诗会	清	陈焯	6534	125	1.91%	64	0.98%	27	0.41%	7	0.11%	26	0.40%	10	0.15%	15	0.23%	22	0.34%
宋诗啜醨集	清	潘问奇	423	6	1.42%	2	0.47%	3	0.71%	0	0	1	0.24%	0	0	0	0	12	2.84%
历代诗发	清	范大士	1235	20	1.62%	12	0.97%	16	1.26%	2	0.16%	15	1.21%	0	0	0	0	31	2.51%
积书岩宋诗选	清	顾贞观	2499	32	1.28%	24	0.96%	35	1.40%	2	0.08%	40	1.60%	1	0.04%	2	0.08%	38	1.52%
御选宋诗	清	张豫章	11966	96	0.80%	89	0.74%	37	0.31%	6	0.05%	44	0.37%	55	0.46%	12	0.10%	66	0.55%
宋诗类选	清	王史鉴	1622	20	1.23%	22	1.36%	3	0.18%	0	0	0	0	0	0	0	0	9	0.55%
宋诗别裁集	清	张景星	645	14	2.17%	8	1.24%	4	0.62%	1	0.16%	4	0.62%	2	0.31%	1	0.16%	16	2.48%
宋诗三百首	清	许耀	300	22	7.33%	0	0	0	0	0	0	0	0	1	0.33%	0	0	3	1.00%
宋诗精华录	近代	陈衍	688	39	5.67%	26	3.78%	3	0.44%	0	0	4	0.58%	0	0	5	0.73%	21	3.05%

续表

选本	时代	编选者	所录宋诗总量	入选量及其占所选宋诗总量的比重							
				黄庭坚	陈师道	晁冲之	谢逸	韩驹	吕本中	曾几	陈与义
唐宋诗举要	现代	高步瀛	197	39　1.98%	7　0.36%	0　0	0　0	0　0	0　0	0　0	6　0.30%
宋诗选	当代	程千帆	186	9　4.84%	3　1.61%	4　2.15%	0　0	2　1.08%	0　0	0　0	4　2.15%
宋诗选注	当代	钱锺书	295	3　1.02%	3　1.02%	0　0	0　0	1　0.34%	4　1.36%	2　0.68%	10　3.39%
宋诗三百首	当代	金性尧	337	9　2.67%	5　1.48%	1　0.30%	0　0	1　0.30%	5　1.48%	2　0.59%	7　2.08%
宋诗鉴赏辞典	当代	缪钺	1253	76　6.07%	35　2.79%	7　0.56%	2　0.16%	8　0.64%	10　0.80%	6　0.49%	39　3.11%
合　计			56915	1057　1.86%	803　1.41%	299　0.53%	45　0.08%	295　0.52%	162　0.28%	142　0.28%	871　1.53%

备注(选本版本如下):

1. 刘克庄编、李更、陈新校证:《分门纂类唐宋时贤千家诗选校证》，人民文学出版社 2002 年版。

2. 谢枋得编，张立敏编注:《千家诗》，中华书局 2009 年版。

3. 于济、蔡正孙编，卞东波校证:《唐宋千家联珠诗格校证》，凤凰出版社 2007 年版。

4. 方回编:《瀛奎律髓》，中华书局 1990 年版。

5. 符观:《宋诗正体》，明正德元年刊本。

6. 李袤：《宋艺圃集》，明万历五年刻本。

7. 曹学佺：《石仓宋诗选》，明崇祯四年刊本。

8. 毕自严：《类选唐宋元时绝句》，明稿本。

9. 吴之振：《宋诗钞》，康熙十年刻本。

10. 吴绮：《宋金元诗永》，康熙十七年广陵于古堂刻本。

11. 陈焯：《宋元诗会》，康熙二十七年刻本。

12. 潘问奇：《宋诗啜醨集》，康熙三十二年刻本。

13. 范大士：《历代诗发》，康熙三十六年刻本。

14. 顾贞观：《积书岩宋诗选》，康熙三十八年刻本。

15. 张豫章：《御选宋诗》，康熙四十八年刻本。

16. 王史鉴：《宋诗类选》，康熙五十一年刻本。

17. 张景星：《宋诗别裁集》，乾隆二十六年刻本。

18. 许耀：《宋诗三百首》，道光二十五年刻本。

19. 陈衍：《宋诗精华录》，上海商务印书馆1937年版。

20. 高步瀛：《唐宋诗举要》，上海古籍出版社1999年版。

21. 程千帆：《宋诗选》，古典文学出版社1957年版。

22. 钱锺书：《宋诗选注》，人民文学出版社2002年版。

23. 金性尧：《宋诗三百首》，上海古籍出版社1986年版。

24. 缪钺：《宋诗鉴赏辞典》，上海辞书出版社1987年版。

比例高达 6.34%，依次为《宋诗正体》（4.03%）、《宋诗精华录》（3.78%）、《宋艺圃集》（2.82%）、《宋诗鉴赏辞典》（2.79%），而《千家诗》《类选唐宋四时绝句》《宋诗三百首》三种宋选本竟一首未选。关于陈与义诗，在《宋诗正体》中入选比例为 5.24%，其余依次为《瀛奎律髓》（3.84%）、《宋诗选注》（3.39%）、《宋艺圃集》（3.29%）、《宋诗鉴赏辞典》（3.11%），而《千家诗》竟一首未选。关于曾几诗，在《瀛奎律髓》中入选比例为 3.66%，依次为《千家诗》（1.27%）、《宋诗精华录》（0.73%）、《宋诗选注》（0.68%），而在《类选唐宋元四时绝句》《宋诗钞》《宋金元诗永》《宋诗啜醨集》《宋诗三百首》《唐宋诗举要》等九种宋诗选本中一首未录。从总体趋势上看，古代选本中黄庭坚、陈师道、陈与义的起伏变化较大，而在现当代的宋诗选本中，黄庭坚、陈师道、陈与义三人较高的诗学地位得以稳定。而谢逸诗在 12 种选本中一首未入选，而入选总数为 45 首，占入选总量的 0.08%，吕本中诗在 11 种选本中也一首未入选，而入选总数为 162 首，占入选总量的 0.28%，显现出十分凄凉的境遇。

（2）作为"江西诗派"的成员，黄庭坚、陈师道、晁冲之、谢逸、韩驹、吕本中、曾几、陈与义在同一种选本中所受重视的程度也是极为不平衡的。按照常理推论，黄庭坚作为"江西诗派"的领袖，理应在每种选本的入选量上独占鳌头，但从实际选录来看，在这 24 种选本中，《瀛奎律髓》《石仓宋诗选》《宋诗类选》中选录陈师道诗最多，《宋诗正体》《宋艺圃集》《宋诗钞》《宋诗啜醨集》《宋诗别裁集》和《宋诗选注》则以陈与义诗入选量最高，《积书岩宋诗选》中韩驹诗居于首位。这些例子充分说明了这样一个事实，在不同时代人们的审美宗尚中，对于以黄庭坚、陈师道和陈与义为代表的"江西诗派"具有截然不同的看法，因此才会出现这种抑此扬彼的情况。但反过来说，从历代宋诗选本的统计数量上观察，黄庭坚诗的入选率为 1.89%，比其他七人都要略高一些，这极为有力地证明，只有在长期的接受实践中，才可以真正认识到谁是这一群体的领袖和杰出者。

（3）在大部分宋诗选本中，"江西诗派"的诗歌入选率与他们在宋诗中所处的实际地位不大相符。如《石仓宋诗选》共选诗 6758 首，而"江西诗派"八人共选诗 271 首，仅占入选总量的 4.01%。《宋诗钞》共收诗 12970 首，而"江西诗派"八人共选诗 1054 首，可杨万里选录 1821 首，两者相差 767 首，"苏门四君子"（苏轼 454 首、张耒 389 首、秦观 150 首、晁补之 92 首）亦选录 1085 首。《宋金元诗永》共选诗 1496 首，"江西诗派"八人共选诗 57 首，仅占入选总量的 3.81%，陆游则入选 60 首。《宋诗啜醨集》共选诗 423 首，"江西诗派"八人共选诗 24 首，仅占入选总量的 5.67%，陆游则入选 56 首，两者相差 32 首。《御选宋诗》共选诗 11966 首，"江西诗派"八人共选诗 405 首，仅占入选总量的 3.39%，苏轼则入选 589 首，朱熹选录 569 首，陆游入选 481 首。以上这些选本，其入选率之悬殊让人不可思议。这 24 种宋诗选本共收宋诗 56915 首，其中"江西诗派"八人为 3674 首，仅占 6.89%。苏轼、陆游、杨万里三人的入选总量分别是 2621、2534、2471 首，占入选总量的 4.92%、4.76%、4.64%。这对于在宋代文学中颇具影响力的"江西诗派"来说，无疑其所入选的比例太低了。

第二节　选本接受中名篇对扩大诗人声名的影响

历代宋诗选本流传甚众，但因各选本在流播范围的大小和强度上的差别，其效果传播也不尽相同。对于那些选录标准公允、接受范围广、笺注者众多、数量适中的选本，其传播效果最佳，如《千家诗》《瀛奎律髓》《宋诗类选》《宋诗别裁集》《宋诗三百首》《宋诗精华录》等。

不仅如此，就某位诗人的作品而论，每首诗歌之间差异不小；还有名篇和一般诗作的区别。当然，还会由于诗人某些诗作影响特别巨大，而使得人们忽略了诗人的整体诗歌风貌和审美基调，以偏概全，以致让人们无法全面了解诗人。不过，如果选诗家们不断地对某些诗作进行选录，那就体现了选诗家们的共同兴趣。

何谓名篇？名篇最根本的还是与作品自身的文学特质和接受者密切相

关，刘尊明指出："就作家作品而言，其创作成果是否丰硕，内容题材是否广泛，思想情感是否深厚，艺术形式有无创新，表现手法是否精巧，风格特征是否鲜明等；就接受者而言，不同阶层以及不同时代的个体，也会在艺术修养、文学观念、审美情趣、阅读习惯等各个方面呈现出细微的差别，这些因素也会影响到他们对古代作家文学地位的评定。"①笔者力图将著名的宋诗选本和经典名篇结合起来，表27-2 和表27-3 是从"江西诗派"八位诗人的诗歌中择取的一些较为著名的作品，且选出24 种传播效果较强的宋诗选本，分析其选录情况。

为了更清楚地知道古今宋诗选本选录倾向的侧重，特将其分成"古代"与"近现当代"两种表格，表27-2 及表27-3 所选的诗作完全相同。为了考察各选本的选诗宗趣，我们有意选了一些不同风格的名篇，既有能呈现出"江西诗派"拗峭生新等特色的长诗，如《寄黄几复》《书摩崖碑后》《题竹石牧牛》等，又有清新流畅的小诗如《雨中登岳阳楼望君山》《三衢道中》《清明》等。将表27-2 及表27-3 综合分析后，我们可以得出这样的结论：

（1）《瀛奎律髓》《宋诗别裁集》《宋诗三百首》《宋诗精华录》等为宋诗选本中最具影响力的选本，对名篇的经典化起到了举足轻重的作用。如黄庭坚的《登快阁》《寄黄几复》《题落星寺》《雨中登岳阳楼望君山》等分别入选《瀛奎律髓》《宋诗别裁集》《宋诗三百首》《宋诗精华录》等，其影响力就超过了《题竹石牧牛》，虽然《题竹石牧牛》也被《宋诗别裁集》《宋诗三百首》选录；陈师道《春怀示邻里》《九日寄秦少游》和《绝句》（"书当快意读易尽"）三首诗入选的频率大体一致，但前两诗未入选《宋诗别裁集》等选本，很明显二者的影响力不可同日而语。

---

① 刘尊明《唐五代词人历史地位的定量分析》（《社会科学战线》2011 年第3 期）一文认为评定一个作家的文学地位，其创作者创作层面的指标包含存词数量、词集数量、创作本事等，其接受者接受层面的指标，包含历代次韵、历代评点、历代选本等。

表27-2　"江西诗派"部分名篇在一些著名选本中的收录情况（古代）

诗人	诗作	分门纂类唐宋时贤千家诗选	千家诗	唐宋千家联珠诗格	瀛奎律髓	宋诗正体	宋艺圃集	石仓宋诗选	宋诗钞	宋诗永	宋元诗会	宋诗啜醨集	积书岩宋诗选	历代诗发	宋诗类选	宋诗别裁集	宋诗三百首
黄庭坚	《题竹石牧牛》							○								○	○
	《书摩崖碑后》										○					○	
	《登快阁》				○				○							○	○
	《寄黄几复》						○		○	○	○		○				○
	《雨中登岳阳楼望君山》							○	○	○	○						
	《鄂州南楼书事》			○				○									
	《题落星寺》				○		○							○			○
	《戏呈孔毅父》						○							○			
陈师道	《春怀示邻里》				○		○		○	○	○						
	《妾薄命》									○			○	○		○	
	《绝句》						○		○	○	○					○	
	《示三子》								○	○				○		○	
	《小放歌行》					○				○	○		○				
	《九日寄秦少游》								○								

续表

诗人	诗作	分门纂类唐宋时贤千家诗选	千家诗	唐宋千家联珠诗格	瀛奎律髓	宋诗正体	宋艺圃集	石仓宋诗选	宋诗钞	宋诗永	宋元诗会	宋诗吸麟集	积书岩宋诗选	历代诗发	宋诗类选	宋诗别裁集	宋诗三百首
晁冲之	《夜行》							○	○				○				
	《都下追感往昔》						○	○	○	○	○		○	○			
	《古乐府》						○	○	○		○		○				
	《门行赠秦夷仲》						○	○	○			○	○				
谢逸	《送董元达》						○				○	○	○	○			
	《寄隐居士》						○				○		○				
韩驹	《夜泊宁陵》				○	○				○							
	《和李上舍冬日书事》					○			○	○							
	《登赤壁矶》										○			○			
吕本中	《兵乱后杂诗》				○												
	《柳州开元寺夏雨》						○	○									
	《书徐明叔访戴图》					○		○									
曾几	《三衢道中》		○														
	《食笋》				○		○										
陈与义	《登岳阳楼》（七律）						○	○	○								
	《试院书怀》（五律）				○		○							○			
	《早行》（七绝）							○	○				○				
	《清明》（七律）								○	○	○		○				

表27-3　"江西诗派"部分名篇在一些著名选本中的收录情况(近现代)

诗人	诗作	宋诗精华录	唐宋诗举要	宋诗选	宋诗选注	宋诗三百首	宋诗鉴赏辞典
黄庭坚	《题竹石牧牛》	○					○
	《书摩崖碑后》	○	○			○	○
	《登快阁》		○			○	○
	《寄黄几复》	○	○	○		○	○
	《雨中登岳阳楼望君山》	○	○		○	○	○
	《鄂州南楼书事》	○					○
	《题落星寺》						○
	《戏呈孔毅父》						○
陈师道	《春怀示邻里》	○			○		○
	《妾薄命》		○				
	《绝句》	○			○	○	○
	《别三子》				○	○	
	《小放歌行》	○					○
晁冲之	《九日寄秦少游》	○				○	○
	《夜行》					○	
	《都下追感往昔》	○					○

续表

诗人	诗作	宋诗精华录	唐宋诗举要	宋诗选	宋诗选注	宋诗三百首	宋诗鉴赏辞典
晁冲之	《古乐府》						○
	《门行赠秦夷仲》						○
谢逸	《送董元达》						○
	《寄隐居士》						○
韩驹	《夜泊宁陵》				○		○
	《和李上舍冬日书事》					○	○
	《登赤壁矶》	○					○
吕本中	《兵乱后杂诗》				○	○	○
	《柳州开元寺夏雨》				○		○
	《书徐明叔访戴图》	○					○
曾几	《三衢道中》				○	○	○
	《食笋》	○					○
陈与义	《登岳阳楼》(七律)				○		○
	《试院书怀》(五律)	○					○
	《早行》(七绝)				○	○	○
	《清明》(七绝)	○					○

　　如果从选本的选刻目的着眼，我们可将宋诗选本大体分为如下六种：一是为选家借选本宣传诗学主张，开宗立派，如吴之振等选录的《宋诗钞》，以此为宗，有清一代形成颇具影响力的"宗宋诗派"；二是为了保存文献，探幽析微，如曹庭栋《宋百家诗存》"俱采僻集"①；三是统治者为弘扬风雅，鼓吹休明，如顾贞观《积书岩宋诗选》《宋诗别裁集》；四是删汰繁芜，荟萃精华，如汪景龙的《宋诗略》；五是为了存史，如陈焯《宋元诗会》、厉鹗《宋诗纪事》等；六是将所选作品作为指导初学的津梁，这类选本类似于蒙童的启蒙课本，如许耀的《宋诗三百首》。这六种宋诗选本从接受的视角来看，第五种和第六种的传播力更强，容易为不同时代和不同欣赏兴趣的读者所接受，如王庆勋序《宋诗三百首》云："宋诗之选非无善本，而卷帙稍繁，即不免旋读旋辍。吾师许淞渔夫子择其易于诵习者三百首为家塾课本。"由此可见，这些选诗家皆有为读者指引门径和津逮后学之用心，亦即指出了选本的学术价值。无论出自何种编选原因，这些选本对于"江西诗派"诗作的传播与接受都起到了平衡作用，在推动"江西诗派"诗作走向普通读者的同时，也在一定程度上将"江西诗派"诗作中那些脍炙人口的佳什和名篇凸显出来。

　　（2）在选录名篇的选本中，因其篇幅之限，入选诗作难免以偏概全，往往会让人们误读诗人的整体诗风。而名篇的形成又与选本传播的时空范围紧密相关，能够彰显选本传播能力的一个重要因素就是其所选诗的多寡。如若篇幅巨大，阅读费时就不便；但若卷帙太少，又难免有遗珠之憾，选本的价值就难以有效显现。在众多杰出的诗歌选本中，刘克庄《后村千家诗选》共 1537 首，《千家诗》共 79 首，于济、蔡正孙《唐宋千家联珠诗格》共 883 首，《瀛奎律髓》共 1720 首，《宋诗别裁集》共 645 首，许耀《宋诗三百首》共 300 首，《宋诗精华录》共 688 首，现当代也有"三百首""一千首"等系列宋诗选本，如高步瀛《唐宋诗举要》共 197 首，程千帆《宋诗选》共 186 首，钱锺书《宋诗选注》共 295 首，金性尧《宋诗三百首》共

――――――――――

　　①　曹庭栋：《宋百家诗存·例言》，乾隆六年刻本。

337 首，缪钺《宋诗鉴赏辞典》共 1253 首，这些充分说明了诗歌选本的数量在两百到两千左右的范围内，最易为人所接受和认同。

（3）宋元时期的选本中所选的作品与明清流行选本所选的篇目存在着较大的差异；现当代选本相对来说，则选录较为全面。表 27-2 中的"○"星罗棋布，分布不均，这说明在不同的历史发展阶段，名篇的认定差异较大；而表 27-3 中六种宋诗选本的选录名篇就比较一致，尤其是《宋诗鉴赏辞典》将所有诗作大体上全都选录。再以《分门纂类唐宋时贤千家诗选》《千家诗》《唐宋千家联珠诗格》和《宋诗三百首》（许耀）为例，前三部选本成于宋代，后者刊刻于清代末叶，这两个时代所选的江西诗派诗篇重合率极低，这一现象充分证明了每个时代的审美价值取向的差异。

第三节　选本接受中影响"江西诗派"经典化历程的原因

影响"江西诗派"诗作走向经典化的因素，除了各个时代社会经济文化的大背景外，各种文学选本的发展与普及也为其传播接受提供了良好的基础。此外，还有诸多复杂的因素影响着"江西诗派"诗作经典化的历程。

第一，"江西诗派"诗风与以唐诗为代表的浑成自然的诗风的偏离是影响"江西诗派"诗作经典化的首要因素。正如严羽《沧浪诗话·诗辨》所说："以文字为诗，以才学为诗，以议论为诗。"[1]"江西诗派"诗风之风格怪奇、语言生新、盘空硬语、雄深雅健，正与中国诗歌尤其是唐诗那种兴象华妙、自然天成的审美范式有一定的偏离，故难为广大读者所认可。对于众多选本的铨选标准而言，这明显是一个不利因素，因此明至清嘉庆以前的宋诗选本对"江西诗派"的总体入选率偏低。而那些普及和应用型的宋诗选本如《千家诗》选了黄庭坚的《鄂州南楼书事》和曾几《三衢道中》，《宋诗三百首》（许耀）选录了黄庭坚的《登快阁》《题落星寺》，《宋诗精华录》选录了

---

① 何文焕辑：《历代诗话》，北京：中华书局 1982 年版，第 688 页。

黄庭坚的《雨中登岳阳楼望君山》和曾几的《三衢道中》《书徐明叔访戴图》，这些都是"江湖诗派"诗作中极少数的明白晓畅、清新自然、意境空灵的诗作。如若按照这种标准选录，便造成了读者与"江西诗派"审美情趣的迥异其趣，以至于会使"江西诗派"与兴象华妙、自然天成的审美范式渐行渐远。

我们从选本传播的视角来阐释名篇经典化的形成。事实上，名篇的形成主要缘于作品自身的特性，选本在某种程度上起到了加快和提升的作用。例如曾几《三衢道中》以极其明白晓畅的语言，描绘了旅途风物的宁静优美，表达了诗人愉快欢喜的心情以及对美好生活的热爱之情，故而获得了历代读者的喜爱和传诵。

第二，在选本接受中，诗坛论争是影响"江西诗派"诗作经典化的重要因素。宋代作为宋诗选本的初始期，宋诗自身正在发展过程中，人们对宋诗（唐诗）的了解和认识也不是十分清晰和深入，所以将唐宋诗视为极端对立面的局面并未出现，这时的宋诗选本中如曾慥《皇宋百家诗选》（已佚）受江西诗派影响较深，①《分门纂类唐宋时贤千家诗选》和《唐宋千家联珠诗格》亦是如此。元代依然在"宗唐得古"的诗风的笼罩下，但是对于宋诗仍然采取了宽容的态度，《瀛奎律髓》就是一部唐宋诗合集，偏重于宋诗，倡"一祖三宗"之说，为"江西诗派"张目，所以在此选本中选录的"江西诗派"诗作的数量较多。明代诗坛，格调论诗学主盟诗坛，宗唐黜宋，人们多置宋集而不观，对于宋诗选录主要来自格调派诗学的反思和自省，其选录的标准"近唐调"（即以唐衡宋），② 作为宋诗流派代表的"江西诗派"遭受到束之高阁的待遇。降至清代，随着学界对明代宗唐抑宋极端思想的批判与反思，宋诗的价值被重新发现，各种重要诗学流派均通过选本实践来表达自己的主张，故而各流派之间相互辩难，探讨宋诗的审美质素。如浙派宗主吕留良选有《宋诗钞》，神韵派盟主王士禛选有《宋人绝句》和《古诗

---

① 卞东波：《南宋诗选与宋代诗学考论》，北京：中华书局2009年版，第7页。
② 《书〈宋艺圃集〉后》云："昔人选诗，取于欲离欲近，故余是编亦旁斯义。离者离远于宋，近者近附于唐，执斯二义，以向是编，则庶几无谪于宋哉！"

选》，格调派领袖沈德潜选有《宋金三家诗选》，肌理派职志翁方纲选有《七言律诗钞》，"桐城三祖"姚鼐选有《五七言今体诗钞》、刘大櫆选有《历朝诗约选》，道咸宋诗派中坚曾国藩选有《十八家诗钞》等，在这样的诗学风气下，"江西诗派"诗作在清代选本中排名的起伏不定，就不难理解了。

　　第三，第一读者的选录和推崇也会影响到"江西诗派"在选本接受中的经典化进程。① 读者的"期待视野"往往具有持续性和先入为主性，正如接受美学家姚斯所说："第一个读者的理解将在一代又一代的接受之链上被充实和丰富，一部作品的历史意义就是在这过程中得以确定，它的审美价值也是在这过程中得以证实。在这一接受的历史过程中，对过去作品的再欣赏时，同过去艺术与现在艺术之间、传统评价与当前的文学尝试之间进行着的不间断的调节同时发生的。"②作为选本批评中"江西诗派"的第一读者，③ 方回《瀛奎律髓》、李蓘《宋艺圃集》、潘是仁《宋元名家诗选》、曹学佺《石仓宋诗选》、吴之振《宋诗钞》等对于"江西诗派"诗作的选录对后世产生了很大的影响，其后的吴曹直《宋诗选》、陆次云《宋诗善鸣集》、陈訏《宋十五家诗选》、邵篁《宋诗删》、顾贞观《积书岩宋诗选》、王史鉴《宋诗类选》、吴翌凤《宋金元诗选》等选本或以其为"母本"作为选源，或受其选诗理念影响，或仿其编排体例，或录其名篇。由此看来，从宋诗选本的整体历史进程中，早期的宋诗选本从某种意义上承担了"江西诗派"第一读者的角色，由于"影响的焦虑"，这些选本在后来"江西诗派"的传播与接受中，起着导夫先路的作用。钱锺书《宋诗选注》指出："一切这类选本都带些迁就和妥协……一首诗是历来选本都选进的，你若

---

　　① 参见刘双琴：《从历代词选看欧阳修词的经典化过程》，《东华理工大学学报》(社会科学版)2010 年第 4 期。

　　② 姚斯、霍拉勃著，周宁、金元浦译：《接受美学与接受理论》，沈阳：辽宁人民出版社 1987 年版，第 25 页。

　　③ 《皇宋百家诗选》(佚)、《分门纂类唐宋时贤千家诗选》和《唐宋千家联珠诗格》虽成书更早，但因这一时期，宋诗依然在发展过程中，对宋诗的特质认识不太深刻，故而其选录宋诗的标准，也有一定的局限，故不将其作为选本批评中的"江西诗派"的第一读者进行研究。

不选，就惹起是非；一首诗是近年来其他选本都选的，要是你不选，人家也找岔子……所以老是那几首诗在历代和同时各种选本里出现。"①钱锺书和姚斯所论，说明了在"江西诗派"诗作选录与接受中，其内涵陆续"被充实和丰富"，"江西诗派"中那些最具独特艺术质素的诗篇，以非常惊人的一致性出现在后世的选本中。

第四，对宋诗特质的不断体认也是影响"江西诗派"走向经典化的决定性因素。文学史上的很多选诗家，他们本身也是诗学理论家或诗作者，具有独立而系统的诗学创作及批评观念。有的选家有鲜明的诗学理论体系，有的选家虽然没有明确的编选目的和标准，但在选诗过程中仍遵循着一定的范式。宋代是宋诗最为鲜活灵动的时期，人们对宋诗的认识还处于不成熟阶段，如江湖诗派领袖刘克庄对江西诗派评价甚高，如其《江西诗派小序》评陈师道云："树立甚高"、"诗文高妙一世"；《后村诗话》评韩驹诗"有磨淬剪裁之功""所作少而善"；而严羽《沧浪诗话》则对以苏黄诗为代表的宋诗颇为不满："近代诸公乃作奇特解会，遂以文字为诗，以才学为诗，以议论为诗。夫岂不工，终非古人之诗也。盖于一唱三叹之音，有所歉焉。"所以在这一时期的选本中，除曾慥《皇宋百家诗选》和刘克庄《分门纂类唐宋时贤千家诗选》选录江西诗派作品较多外，其他选本以选晚宋诗居多，如陈起《中兴群公吟稿戊集》、叶适《四灵诗选》、佚名《诗家鼎脔》等。明代为宗唐黜宋，前七子盟主李梦阳《缶音序》云："诗至唐，古调亡矣，然自有唐调可歌咏，高者犹足被管弦。宋人主理不主调，于是唐调亦亡，黄、陈师法杜甫，号大家，今其词艰涩，不香色流动，如入神庙，坐土木骸。"②李梦阳指出宋诗的特点"主理不主调"，缺乏唐诗那种气象混成、香色流动的气韵，而具备这种诗风特点的江西诗派，自然就难入选诗家的法眼了，所以明万历前宋诗选本仅4种。③ 明万历后，以许学夷为代

---

① 钱锺书：《宋诗选注》，北京：人民文学出版社2000年版，第294页。
② 蔡景康编选：《明代文论选》，北京：人民文学出版社1993年版，第106页。
③ 申屠青松：《明代宋诗选本论略》(《南京师范大学文学院学报》2007年第4期)一文考证明代共有宋诗选本15种，明万历以后的宋诗选本达10种之多。

表的新变派，从新变的视角在一定程度上肯定了以黄庭坚为代表的"江西诗派"，许学夷指出："宋人首称苏、黄，黄诸体恣意怪癖，遂为变中之变……然黄竟为江西诗派之祖，流毒终于宋世，中郎直举欧、苏而置黄勿论，可为宋代功臣。"①公安派等对以欧、苏为代表的宋诗派颇为揄扬，而对江西诗派之"恣意怪癖"却予以贬抑；在选本上，则表现为"江西诗派"作品的入选率较低，如《宋艺圃集》陈与义、陈师道、黄庭坚入选作品数量位列第6位、第8位、第11位，《石仓宋诗选》陈师道、黄庭坚、陈与义入选作品数量位列第23位、第37位、第41位。正如贺裳《载酒园诗话》云："天启、崇祯中，忽尚宋诗，迄今未已。究知宋人三百年间本末也，仅陆务观一人耳。"②清人对宋诗审美特质的认识，"经历了一个由重'情'到主'理'的转变……重情，以追求性情的自由抒发为最大目的，往往将酣恣雄放的风格作为宋诗的典型，在诗学典范上会推崇杨万里、苏轼、陆游；主理，往往强调技巧、锻炼、学问，强调形式对情感的节制作用，在诗学典范上会青睐黄庭坚"③，清初人曾灿《与丁雁水》指出："尚唐音者取声调，作宋诗者喜酣畅。"④邵长蘅《研堂诗稿序》："宋人实学唐，而能泛逸唐轨，大放厥词。唐人尚酝藉，宋人喜径露。唐人情与景涵，才为法敛，宋人无不可状之景，无不可畅之情。"⑤由此看来，康熙朝人们皆认为宋诗的特点是以苏、陆为代表的酣畅恣肆、豪迈雄放，而黄庭坚则受到排诋。乾嘉时期，受朴学思想的影响，翁方纲等人认为宋诗特点是"刻抉入理"，这种诗风的代表正是黄庭坚，而道咸宋诗派、同光派等也是效法黄庭坚一脉。

---

① 许学夷著，杜维沫校点：《诗源辩体》，北京：人民文学出版社1987年版，第382页。
② 郭绍虞：《清诗话续编》，上海：上海古籍出版社1983年版，第453页。
③ 申屠青松：《清初宋诗选本研究》，南京大学博士论文，2009年，第5~6页。
④ 曾灿：《六松堂尺牍》卷十四，豫章丛书本。
⑤ 邵长蘅：《研堂诗稿序》，《青门剩稿》，康熙三十九年邵氏青门草堂刻本。

参 考 文 献

史志书目类

李百药等：《北齐书》，中华书局 1975 年点校本。

令狐德棻等：《周书》，中华书局 1975 年点校本。

李延寿等：《南史》，中华书局 1975 年点校本。

魏徵等：《隋书》，中华书局 1975 年点校本。

刘昫等：《旧唐书》，中华书局 1975 年点校本。

欧阳修、宋祁等：《新唐书》，中华书局 1975 年点校本。

脱脱等：《宋史》，中华书局 1975 年点校本。

脱脱等：《金史》，中华书局 1975 年点校本。

张廷玉等：《明史》，中华书局 1975 年版。

赵尔巽等：《清史稿》，上海古籍出版社 1986 年版。

王钟翰点校：《清史列传》，中华书局 1987 年版。

章学诚：《文史通义》，上海书店出版社 1993 年排印本。

陈振孙：《直斋书录解题》，上海古籍出版社 1987 年版。

晁公武撰，孙猛校证：《郡斋读书志校证》，上海古籍出版社 1990
年版。

黄虞稷撰，瞿凤起、潘景郑整理：《千顷堂书目》，上海古籍出版社
2001 年版。

傅增湘撰：《藏园群书经眼录》，中华书局 1983 年版。

高儒撰：《百川书志》，清光绪二十三年刊本。

朱睦㮮撰：《万卷堂书目》，光绪二十八年湘潭叶氏刊本。

潘景郑：《著砚楼书跋》，上海古籍出版社 2006 年版。

《中国古籍善本书目》（集部），上海古籍出版社 1996 年版。

王重民撰：《中国善本书提要》，上海古籍出版社 1983 年版。

永瑢等：《四库全书总目》，中华书局 1965 年版。

林夕主编：《中国著名藏书家书目汇刊》，商务印书馆 2005 年版。

总集类

《十三经注疏》，中华书局 1980 年版。

刘勰著，范文澜注：《文心雕龙注》，人民文学出版社 1978 年版。

傅璇琮撰：《唐人选唐诗新编》，陕西人民教育出版社 1996 年版。

上海编辑所编辑：《唐人选唐诗（十种）》，中华书局 1959 年版。

彭定求等编：《全唐诗》，中华书局 1960 年版。

王重民等辑录：《全唐诗外编》，中华书局 1982 年版。

陈尚君：《全唐诗补编》，中华书局 1992 年版。

高棅编：《唐诗品汇》，上海古籍出版社 1982 年版。

高棅编：《唐诗正声》，明嘉靖何城重刻本。

李攀龙编：《古今诗删》，文渊阁《四库全书》本。

张之象编：《唐诗类苑》，明万历活字本。

黄德水、吴琯编：《唐诗纪》，明万历十三年吴琯刻本。

胡震亨编：《唐音癸签》，上海古籍出版社 1981 年版。

王夫之选评：《唐诗评选》，文化艺术出版社 1997 年版。

王夫之选评：《明诗评选》，文化艺术出版社 1997 年版。

王士禛编：《唐贤三昧集》，清翰墨园重刊本。

爱新觉罗·弘历敕编：《唐宋诗醇》，《四库全书》本。

沈德潜编：《古诗源》，中华书局 2000 年版。

沈德潜编：《唐诗别裁集》，上海古籍出版社 1979 年版。

沈德潜编：《明诗别裁集》，上海古籍出版社 1979 年版。

沈德潜编：《清诗别裁集》，上海古籍出版社 1984 年版。

沈德潜编：《宋金三家诗选》，齐鲁书社 1983 年版。

乔亿编：《大历诗略》，清乾隆三十七年刻本。

黄子云撰：《野鸿诗选》，清乾隆四十二年刻本。

徐世昌编：《晚晴簃诗汇》，上海三联书店 1989 年版。

邓之诚编：《清诗纪事初编》，上海古籍出版社 1965 年版。

王闿运编：《王闿运手批唐诗选》，上海古籍出版社 1989 年版。

李昉：《二李唱和集》，罗振玉辑《宸翰楼丛书》。

杨亿：《西昆酬唱集》，徐乾学刻本。

陈起：《中兴群公吟稿戊集》，知不足斋本。

叶适：《四灵诗选》，嘉庆七年焦循抄本。

刘瑄：《诗苑众芳》，影宋抄本。

吕祖谦：《宋文鉴》，嘉泰本。

邵浩：《坡门唱酬集》，绍熙元年豫章原刊本。

谢翱：《天地间集》，知不足斋丛书本。

陈世隆：《宋诗拾遗》，清抄本。

陈世隆：《宋诗僧补》，清抄本。

金履祥：《濂洛风雅》，《丛书集成》本。

方回：《瀛奎律髓》，明成化三年龙集刻本。

杜本：《谷音》，毛晋《诗词杂俎》本。

吴渭：《月泉吟社诗》，毛晋《诗词杂俎》本。

符观：《宋诗正体》，明正德元年刊本。

李蓘：《宋艺圃集》，明万历五年刻本。

潘是仁：《宋元名家诗选》，明万历四十三年刻本。

卢世㴶：《宋人近体分韵诗钞》，明壬戌年刻本。

曹学佺：《石仓宋诗选》，明崇祯四年刊本。

毕自严：《类选唐宋元四时绝句》，明稿本。

丁耀亢：《宋诗英华》，清抄本。

吴之振、吕留良、吴自牧：《宋诗钞》，康熙十年刻本。

吴曹直、储右文：《宋诗选》，康熙二十年刻本。

高士奇：《南宋二高诗》，康熙二十年抄本。

陆次云：《宋诗善鸣集》，康熙二十六年刻本。

周之麟、柴升：《宋四名家诗》，康熙三十二年刻本。

陈訏：《宋十五家诗选》，康熙三十二年刻本。

邵嗣、柯弘祚：《宋诗删》，康熙三十三年刻本。

顾贞观：《积书岩宋诗选》，康熙三十八年刻本。

张豫章：《御选宋诗》，康熙四十八年刻本。

王史鉴：《宋诗类选》，康熙五十一年刻本。

陆钟辉：《南宋群贤诗选》，雍正九年刻本。

马维翰：《宋诗选》，清刻本。

曹庭栋：《宋百家诗存》，乾隆六年刻本。

厉鹗：《宋诗纪事》，乾隆十一年刻本。

潘问奇、祖应世：《宋诗啜醨集》，乾隆十八年刻本。

张景星、姚培谦：《宋诗别裁集》，乾隆二十六年刻本。

彭元瑞：《宋四家律选》，清抄本。

汪景龙、姚壦：《宋诗略》，乾隆三十五年刻本。

严长明：《千首宋人绝句》，乾隆三十五年刻本。

陈玉绳：《宋诗选本》，乾隆间抄本。

鲍廷博：《南宋八家诗》，知不足斋影抄本。

侯廷铨：《宋诗选粹》，道光五年刻本。

许耀：《宋诗三百首》，道光二十五年刻本。

杨行传：《宋诗随意钞》，道光三十年抄本。

卢景昌：《南宋群贤七绝诗》，清抄本。

沈曾植：《西江诗派韩饶二集》，宣统二年抄本。

管庭芬：《宋诗钞补》，民国四年铅印本。

邱曾：《宋诗钞》，民国九年铅印本。

陈衍：《宋诗精华录》，上海商务印书馆 1937 年版。

别集类

刘克庄撰：《后村先生大全集》，《四部丛刊》本。

杨万里撰：《诚斋集》，《四部丛刊初编》本。

范仲淹：《范仲淹全集》，四川大学出版社 2002 年版。

陆游著，钱仲联校注：《剑南诗稿校注》，上海古籍出版社 1985 年版。

文天祥：《文山先生全集》，《四部丛刊初编》本。

杨亿编：《西昆酬唱集》，上海古籍出版社 1985 年版。

刘基撰：《诚意伯文集》，《四部丛刊》本。

李东阳撰：《怀麓堂集》，文渊阁《四库全书》本。

王九思撰：《渼陂集》，《续修四库全书》本。

王九思撰：《渼陂续集》，《续修四库全书》本。

李梦阳撰：《空同集》，《四库全书》本。

王廷相撰，李孝鱼点校：《王廷相集》，中华书局 1989 年版。

何景明撰：《大复集》，《四库全书》本。

何景明撰：《何文肃公文集》，伟文图书出版公司影印本。

吴国伦撰：《甗甄洞稿》，《四库全书存目丛书》本。

吴国伦撰：《甗甄洞续稿》，《四库全书存目丛书》本。

李攀龙撰：《沧溟集》，《四库全书》本。

李攀龙撰：《沧溟先生集》，上海古籍出版社 1992 年版。

王世贞撰：《弇州四部稿》，《四库全书》本。

王世贞撰：《弇州续稿》，《四库全书》本。

李贽撰：《焚书》，中华书局 1974 年版。

焦竑撰，李剑雄校点：《澹园集》，中华书局 1999 年版。

屠隆撰：《由拳集》，《四库全书存目丛书》本。

屠隆撰：《白榆集》，《四库全书存目丛书》本。

屠隆撰：《鸿苞集》，明万历刻本。

李维桢撰：《大泌山房集》，《四库全书存目丛书》本。

袁宏道撰，钱伯城笺校：《袁宏道集笺校》，上海古籍出版社 1981 年版。

袁中道撰：《珂雪斋前集》，《续修四库全书》本。

江盈科撰，黄仁生辑校：《江盈科集》，岳麓书社 1997 年版。

钟惺撰，李先耕、崔重庆校点：《隐秀轩集》，上海古籍出版社 1992 年版。

仇兆鳌注：《杜诗详注》，文学古籍刊行社 1955 年版。

蒲起龙解：《读杜心解》，中华书局 1981 年版。

陈子龙撰清：《陈忠裕公全集》，嘉庆八年簳山草堂刻本。

陈子龙撰：《陈卧子先生安雅堂稿》，上海时中书局清宣统一年版。

顾炎武撰：《日知录集释》，上海古籍出版社 1985 年影印本。

顾炎武撰：《顾亭林诗文集》，中华书局 1983 年版。

黄宗羲撰：《南雷文定》，《续修四库全书》本，上海古籍出版社 1997 年版。

钱谦益撰：《牧斋初学集》，上海古籍出版社 1985 年版。

钱谦益撰：《牧斋有学集》，上海古籍出版社 1996 年版。

吴伟业撰，李学颖集评标校：《吴梅村全集》，上海古籍出版社 1999 年版。

朱彝尊撰：《曝书亭集》，《四部丛刊》本。

沈德潜撰：《沈归愚诗文全集》，清乾隆教忠堂刻本。

潘德舆撰：《养一斋集》，《续修四库全书》本。

袁枚撰，周本淳标校：《小仓山房诗文集》，上海古籍出版社 1988 年版。

翁方纲撰：《复初斋文集》，《续修四库全书》本。

今人研究著作

张智华：《南宋的诗文选本研究》，北京师范大学出版社 2002 年版。

祝尚书：《宋人总集叙录》，中华书局 2004 年版。

卞东波：《南宋诗选与宋代诗学考论》，中华书局 2009 年版。

谢海林：《清代宋诗选本研究》，上海古籍出版社 2011 年版。

高磊：《清代宋诗选本研究》，苏州大学出版社 2017 年版。

王友胜：《历代宋诗总集研究》，北京大学出版社 2021 年版。

后　记

从 2006 年开始，我就有了写作此书的想法，到现在已有十数个年头。由于本人慵懒，一直未能完成夙愿。

要做好此课题，查阅资料是最大的问题，我围绕此课题做了大量的准备工作，先不说查阅了大量目录书和艺文志，更为重要的是，大量的选本，都是我一字一字从全国各大图书馆输录回来的。我所到过的图书馆有：国家图书馆、北京大学图书馆、清华大学图书馆、中国人民大学图书馆、北京师范大学图书馆、首都图书馆、中国科学院图书馆、中国社会科学院图书馆、上海图书馆、上海师范大学图书馆、浙江省图书馆、南京图书馆、苏州图书馆、吴江图书馆、常熟图书馆、无锡图书馆、安徽省图书馆、湖南省图书馆、湖北省图书馆、山西省图书馆、山东图书馆、山东大学图书馆、天津图书馆、南开大学图书馆、江西省图书馆、辽宁省图书馆、吉林大学图书馆等，正是有了这些图书馆的工作人员提供的大量帮助，才使得本书得以成为现在的样子。为此，本人几乎这几年大多数休息时间均是在图书馆度过的。其辛苦自不待言，然而最为令人辛酸的是，个别图书馆因为所谓的保管制度，而不愿将其所藏示人。

本书的部分文章曾刊发于《文学遗产》《社会科学战线》《井冈山大学学报》等学术刊物上，在此非常感谢这些编辑所付出的辛苦劳动。

本书写得较为粗疏，许多问题还需深入思考和完善，有些资料和数据统计也不甚准确。由于本人学识粗陋，疏误之处难免，祈请方家指正。

本书稿的完成一定要感谢我的博士生导师陈伯海老师，他一直关注本课题的进展，并给予了认真的指导。

王顺贵

2023 年春于嘉兴